Die Freunde Byron und James sind elf Jahre alt, als die Zeit aus den Fugen gerät: Können zwei Sekunden existieren, die es vorher nicht gab? Und wird ihre perfekte Welt jemals wieder in den Takt kommen? Rachel Joyce zieht uns ins Herz der Zeit und erzählt von einem ewigen Sommer, vierzig kurzen Jahren und zwei lebenslangen Sekunden.

»Mit einem beeindruckenden Gespür für die leisen Zwischentöne menschlichen Miteinanders schreibt Rachel Joyce einen Roman über die Macht von Vergangenheit und Zeit.« *Literaturen.de*

»Lesen! Weil's ans Herz geht.« *WDR 1 LIVE*

Rachel Joyce weiß, wie man Menschen mit Worten ganz direkt berührt. Die Autorin hat über 20 Hörspiele für die BBC verfasst und wurde dafür mehrfach ausgezeichnet. Daneben hat sie Stoffe fürs Fernsehen bearbeitet und auch selbst als Schauspielerin für Theater und Film gearbeitet. Ihr erster Roman, ›Die unwahrscheinliche Pilgerreise des Harold Fry‹, wurde für den Booker-Preis nominiert, mit dem Specsavers National Book Award für das beste Debüt prämiert, eroberte in über 30 Ländern die Bestsellerlisten und wird verfilmt. Auch ihre Romane ›Das Jahr, das zwei Sekunden brauchte‹ und ›Der nie abgeschickte Brief an Harold Fry – Das Geheimnis der Queenie Hennessy‹ sind internationale Bestseller. Rachel Joyce lebt mit ihrem Mann und ihren vier Kindern in Gloucestershire auf dem Land.

Weitere Informationen, auch zu E-Book-Ausgaben, finden Sie bei www.fischerverlage.de

RACHEL JOYCE

DAS JAHR, DAS
ZWEI SEKUNDEN
BRAUCHTE

ROMAN

Aus dem Englischen
von Maria Andreas

FISCHER Taschenbuch

2. Auflage: November 2014

Erschienen bei FISCHER Taschenbuch
Frankfurt am Main, November 2014

Die Originalausgabe erschien 2013
im Verlag Doubleday / Transworld Publishers, London
© Rachel Joyce 2013
Für die deutschsprachige Ausgabe:
© S. Fischer Verlag GmbH, Frankfurt am Main 2013

Das Motto ist ein Zitat aus: William Faulkner, ›Schall und Wahn‹,
deutsche Übersetzung von Helmut M. Braem und Elisabeth Kaiser,
© Fretz & Wasmuth Verlag AG, Zürich 1956 –
Abdruck mit freundlicher Genehmigung des Rowohlt Verlags,
Reinbek bei Hamburg

Druck und Bindung: CPI books GmbH, Leck
Printed in Germany
ISBN 978-3-596-19537-4

Für meine Mutter
und für meinen Sohn Jo (ohne »e«)

»Nur wenn die Uhr stehenbleibt, wird die Zeit lebendig.«

William Faulkner, ›Schall und Wahn‹

Prolog
Die hinzugefügte Zeit

1972 wurden der Zeit zwei Sekunden hinzugefügt. Großbritannien beschloss den Beitritt zur Europäischen Wirtschaftsgemeinschaft, und die New Seekers traten mit *Beg, Steal or Borrow* beim Grand Prix Eurovision de la Chanson an. Die Zusatzsekunden wurden notwendig, weil das Jahr ein Schaltjahr war und die Zeit nicht mehr im Takt mit der Erdbewegung. Den Grand Prix gewannen die New Seekers nicht, was aber nichts mit der Erdbewegung zu tun hatte und erst recht nichts mit den zwei Sekunden.

Dass Zeit einfach so hinzuaddiert wurde, versetzte Byron Hemmings in Angst und Schrecken. Mit seinen elf Jahren hatte er eine blühende Phantasie. Er lag wach, malte sich das Ereignis aus, und sein Herz flatterte wild wie ein Vogel. Er belauerte die Uhren, ob er sie vielleicht dabei ertappte. »Wann machen die das?«, fragte er seine Mutter.

Sie stand an der neuen Frühstückstheke und schnitt Apfelviertel klein. Die Morgensonne schien durch die Glastüren und warf so klare Lichtquadrate auf den Boden, dass Byron sich hineinstellen konnte.

»Wahrscheinlich, wenn wir schlafen«, sagte sie.

»Wenn wir schlafen?« Es stand schlimmer, als er gedacht hatte.

»Oder vielleicht, wenn wir wach sind.«

Da bekam er den Eindruck, dass sie im Grunde keine Ahnung hatte. »Zwei Sekunden sind doch gar nichts«, sagte sie lächelnd. »Bitte trink dein Sunquick aus.« Ihre Augen waren fröhlich, ihr Rock gebügelt, ihr Haar in Form geföhnt.

Byron hatte von den Extrasekunden durch seinen Freund erfahren, James Lowe. James war der klügste Junge, den Byron kannte, er las jeden Tag die *Times*. Das Einschleusen zweier Sekunden sei extrem aufregend, meinte James. Erst war der Mensch zum Mond geflogen. Jetzt griff er in die Zeit ein. Aber wie konnten zwei Sekunden plötzlich existieren, wo sie vorher nicht existiert hatten? Da fügte man doch etwas hinzu, was es gar nicht gab. Das war doch nicht geheuer. Wenn Byron darauf hinwies, lächelte James nur – das sei eben der Fortschritt.

Byron schrieb vier Briefe, einen an den Abgeordneten ihres Wahlkreises, einen an die NASA, einen weiteren an die Herausgeber des Guinness Buch der Rekorde und einen letzten an Mr Roy Castle, der auf BBC eine Kindersendung moderierte. Byron gab die Briefe seiner Mutter, damit sie sie zur Post brachte, und schärfte ihr ein, wie wichtig sie seien.

Er bekam ein Foto von Roy Castle mit Autogramm zugeschickt und eine durchgehend illustrierte Broschüre über die Mondlandung der Apollo 15, aber auf die zwei Sekunden ging niemand ein.

Innerhalb von Monaten hatte sich alles verändert. Und die Veränderungen konnten nicht wieder in Ordnung gebracht werden. Früher hatte Byrons Mutter alle Uhren im Haus mit peinlicher Sorgfalt aufgezogen, jetzt ging jede anders. Die Kinder schliefen, wann sie müde waren, und aßen, wann sie hungrig waren; so konnten ganze Tage vergehen, einer gesichtslos wie der andere. Wenn also in ein Jahr, in dem sich ein Fehler ereignet hatte, zwei Sekunden eingefügt worden waren – wie konnte seine Mutter daran schuld sein? War nicht der Zeiteinschub das schlimmere Vergehen?

»Es war nicht deine Schuld«, wiederholte Byron immer wieder. Im Spätsommer war seine Mutter oft am Teich zu finden, unten in der Wiese. Das Frühstück wurde jetzt von Byron gemacht, vielleicht ein Schmelzkäsedreieck aus der Folie, zwischen zwei Brotscheiben gequetscht. Seine Mutter saß auf einem Stuhl, klirrte mit den Eiswürfeln in ihrem Glas und rupfte von Grasrispen die Samen ab. In der Ferne leuchtete die Heide unter einem Lichtschleier, zartgelb wie Zitronensorbet; die Wiese war mit Blumen durchwebt. »Hast du gehört?«, wiederholte er dann, weil sie gern vergaß, dass sie nicht allein war. »Es war nur, weil sie Zeit dazugefügt haben. Es war ein Unfall.«

Dann hob sie das Kinn und lächelte. »Du bist ein lieber Junge. Danke.«

Und das alles, die ganze Geschichte, nur wegen eines kleinen Stolperers in der Zeit. Die Schockwellen waren Jahre um Jahre zu spüren. Von den beiden Jungen, James und Byron, konnte nur einer den Kurs halten. Manchmal schaute Byron in den Himmel über der Heide, in dem solche Unmengen Sterne schillerten, dass die Dunkelheit lebendig schien, und dann bekam er eine solche Sehnsucht, dass es weh tat. Er sehnte sich danach, diese zwei Extrasekunden auszulöschen. Sehnte die Unantastbarkeit der Zeit zurück – sie sollte wieder sein, wie es sich gehörte.

Wenn James es ihm nur nie erzählt hätte.

Erster Teil

Drinnen

1
Etwas Schlimmes

James Lowe und Byron Hemmings besuchten die Winston
House School, weil sie eine Privatschule war. Es gab noch eine
andere Grundschule, die näher lag, aber die war nicht privat,
sondern für alle. Die Kinder, die dort hingingen, kamen aus
den Sozialwohnungen an der Digby Road. Sie schnippten vom
Oberdeck des Busses Orangenschalen und Zigarettenstummel
auf die Mützen der Winston-House-Jungen herunter. Die
fuhren nicht mit dem Bus zur Schule. Sie wurden von ihren
Müttern im Auto hingebracht, weil sie es so weit hatten.

Die Zukunft war für die Winston-House-Jungen bereits
abgesteckt – eine Geschichte mit einem Anfang, einer Mitte
und einem Ende. Im nächsten Jahr würden sie die Aufnahme-
prüfung für die höhere Schule machen. Die Besten würden
ein Stipendium bekommen und mit dreizehn ins Internat
wechseln. Sie würden sich den richtigen Akzent aneignen, die
richtigen Dinge lernen und die richtigen Kontakte knüpfen.
Danach käme Oxford oder Cambridge. James' Eltern dachten
an das St. Peter's College in Oxford, Byrons Eltern an Oriel,
ebenfalls in Oxford. Im Anschluss würden die Jungen wie ihre
Väter Karriere machen, als Juristen, als Banker, in der Kirche
oder beim Militär. Eines Tages würden sie eine Stadtwohnung
in London und ein großes Haus auf dem Land besitzen, wo sie

die Wochenenden mit ihren Frauen und Kindern verbringen würden.

Es war Anfang Juni 1972. Ein Streifen Morgensonne rutschte unter Byrons blauen Vorhängen durch und beleuchtete seine säuberlich geordneten Besitztümer: seine *Look-and-Learn*-Jahrbücher, sein Briefmarkenalbum, seine Taschenlampe, seinen neuen Abrakadabra-Zauberkasten und den Chemiebaukasten mit eigenem Vergrößerungsglas, den er zu Weihnachten bekommen hatte. Seine Schuluniform, von seiner Mutter am Abend zuvor gewaschen und gebügelt, lag über dem Stuhl wie ein flachgepresster Junge. Byron kontrollierte sowohl seine Armbanduhr als auch seinen Wecker. Die Sekundenzeiger rückten gleichmäßig voran. Er überquerte leise den Gang, schob vorsichtig die Tür zum Zimmer seiner Mutter auf und nahm seinen Platz auf der Bettkante ein.

Sie lag ganz ruhig da. Die Goldrüsche ihres Haars war über das Kopfkissen gebreitet, ihr Gesicht bebte bei jedem Atemzug, als wäre sie aus Wasser. Durch die Haut schimmerten violett die Adern. Byron hatte weiche, pummelige Hände wie Pfirsichfleisch, bei James dagegen zeichneten sich schon die Adern ab, feine, erhabene Linien, die von den Fingerknöcheln aufwärts liefen und eines Tages wie bei einem Mann hervortreten würden.

Um halb sieben setzte der Wecker der Stille ein Ende, und seine Mutter schlug sofort die Augen auf, ein blauer Glanz.

»Hallo, Schatz.«

»Ich mache mir Sorgen«, sagte Byron.

»Doch nicht schon wieder wegen der Zeit?« Sie griff nach ihrem Glas und ihrer Tablette und trank einen Schluck Wasser.

»Und wenn sie heute die Extrasekunden dazutun?«

»Macht James sich auch solche Sorgen?«

»Er hat es anscheinend vergessen.«

Sie wischte sich über den Mund, er sah sie lächeln. Zwei Grübchen bohrten winzige Löcher in ihre Wangen. »Wir haben das alles doch schon besprochen. Zig Mal. Wenn sie die Sekunden zufügen, wird es vorher in der *Times* angekündigt. Und im Fernsehen kommt auch was darüber, in *Nationwide*.«

»Das macht mir Kopfschmerzen«, sagte er.

»Wenn es geschieht, wirst du nichts davon mitkriegen. Zwei Sekunden sind doch gar nichts.«

Byron spürte, wie sein Blut in Wallung geriet. Er wollte schon aufstehen, setzte sich dann aber wieder. »Zwei Sekunden machen einen gewaltigen Unterschied aus, das ist anscheinend niemandem klar. In zwei Sekunden kann viel passieren, was sonst nicht passiert wäre. Ein einziger Schritt zu weit, und man stürzt eine Klippe hinunter. Das ist sehr gefährlich.« Seine Worte sprudelten hervor wie ein Sturzbach.

Sie kniff das Gesicht zusammen, wie sie es sonst beim Kopfrechnen immer machte, und sah ihn an. »Wir müssen jetzt wirklich aufstehen.«

Sie zog die Vorhänge im Erkerfenster auf und starrte hinaus. Sommernebel floss von Cranham Moor herein, so dick, dass er die Hügel hinter dem Garten wegzuspülen drohte. Sie sah auf ihre Armbanduhr.

»Vierundzwanzig Minuten vor sieben«, sagte sie, als informiere sie die Uhr über die korrekte Zeit. Sie nahm ihren rosa Morgenmantel vom Haken und ging Lucy wecken.

Wenn Byron sich ein Bild machen wollte, wie es im Kopf seiner Mutter aussah, stellte er sich eine Reihe intarsienverzierter Miniaturschubladen vor, mit so winzigen Griffen aus Edelsteinen, dass er Mühe hätte, sie mit seinen Fingern aufzuziehen. Die anderen Mütter waren ganz anders als sie. Sie trugen Häkelpullunder und Lagenröcke, manche sogar die neuen Schuhe mit Keilabsätzen. Byrons Vater sah seine Frau lieber förmlicher gekleidet. Neben Diana mit ihren schmalen Bleistiftröcken und Pfennigabsätzen, der farblich passenden Handtasche und ihrem Notizbuch wirkten andere Frauen überproportioniert, ihre Kleidung unter Niveau. Andrea Lowe, die Mutter von James, ragte neben ihr auf wie eine dunkelhaarige Riesin. Dianas Notizbuch enthielt Artikel, die sie aus Frauenzeitschriften wie *Good Housekeeping* und *Family Circle* ausgeschnitten hatte. Sie notierte Geburtstage, die sie nicht vergessen durfte, wichtige Schultermine, aber auch Rezepte, Handarbeitsanleitungen, Gartenideen, Frisiertipps und Worte, die neu für sie waren. Die Kladde quoll über von Verbesserungsvorschlägen: *»22 neue Frisuren, damit Sie diesen Sommer noch hübscher sind.«* – *»Geschenke aus Seidenpapier für jeden Anlass.«* – *»Kochen mit Innereien.«* – *»BRAUCHEN niemals ohne ›ZU‹ gebrauchen!«*

»Elle est la plus belle mère«, sagte James manchmal. Dann errötete er und verstummte, wie in die Betrachtung von etwas Heiligem versunken.

Byron zog sich die kurze graue Hose und die Sommerjacke an. Die Knöpfe an seinem Hemd spannten, obwohl es fast neu war. Er sicherte den Sitz seiner Socken mit selbstgemachten Sockenhaltern und lief nach unten. Die getäfelten Wände schimmerten dunkel wie Kastanien.

»Ich rede mit niemandem als mit dir, Darling«, sagte seine Mutter mit dem ihr eigenen Singsang.

Sie stand an ihrem Telefontischchen kurz vor der Eingangshalle, fertig angezogen. Neben ihr wartete Lucy, dass sie Bänder in die Zöpfe gebunden bekam. Es roch intensiv nach Vim und Möbelpolitur, was für Byron genauso beruhigend duftete wie frische Luft. Als er vorbeiging, küsste seine Mutter ihre Fingerspitzen und drückte sie auf seine Stirn. Sie war nur wenig größer als er.

»Es sind nur die Kinder hier und ich«, sagte sie in den Hörer. Die Fenster hinter ihr zeigten ein mattes Weiß.

In der Küche setzte sich Byron an die Frühstückstheke und faltete eine saubere Serviette auseinander. Seine Mutter telefonierte mit seinem Vater. Er rief jeden Morgen um dieselbe Zeit an, und jeden Morgen versicherte sie ihm, sie höre ihm zu.

»Ach, heute mache ich wieder das Übliche. Das Haus in Ordnung bringen, Unkraut jäten. Nach dem Wochenende saubermachen. Es soll heiß werden.«

Entlassen aus den mütterlichen Händen, hüpfte Lucy in die Küche und stemmte sich auf ihren Hocker hoch. Sie kippte die Schachtel Zuckersterne über ihr Peter-Rabbit-Schälchen. »Vorsicht«, sagte Byron, als sie nach dem blauen Krug griff. Er sah zu, wie der Milchstrahl ziemlich von ungefähr auf ihre Getreideflocken spritzte. »Pass auf, dass du nichts verschüttest, Lucy.« Das war höflich ausgedrückt – sie hatte schon etwas verschüttet.

»Ich weiß schon, was ich tue, Byron. Ich brauche keine Hilfe«, erwiderte Lucy. Jedes Wort klang wie ein gezielter kleiner Luftangriff. Sie stellte den Krug wieder auf den Tisch, ein Ungetüm in ihren Händen. Dann baute sie um ihr Schälchen eine dichte Mauer von Müslischachteln. Er konnte nur noch ihren strohblonden Scheitel sehen.

Aus der Diele kam die Stimme seiner Mutter. »Ja, Seymour. Sie steht poliert in der Garage.« Er nahm an, sie redeten von dem neuen Jaguar.

»Könnte ich bitte die Zuckersterne haben, Lucy?«

»Du darfst keine Zuckersterne. Du musst deinen Obstsalat und dein gesundes Alpenmüsli essen.«

»Ich würde nur gern lesen, was auf dem Paket steht. Ich möchte mir Sooty, den Bären anschauen.«

»Ich lese selber gerade, was auf den Paketen steht.«

»Du brauchst sie doch nicht alle auf einmal«, sagte er sanft. »Und außerdem kannst du noch gar nicht lesen, Lucy.«

»Alles ist bestens«, trällerte seine Mutter aus der Diele. Ihr Lachen war wie ein Flügelflattern.

Byron spürte in seinem Magen einen heißen Knoten. Er versuchte, sich eine der Schachteln zu nehmen, nur eine, bevor Lucy ihn daran hindern konnte, aber ihre Hand flog hoch, als er die Schachtel wegzog. Dabei schlitterte der Milchkrug zur Seite, es klirrte laut, und der neue Boden war plötzlich eine Brühe aus weißer Milch und blauen Porzellansplittern. Die Kinder starrten entsetzt. Es war fast Zeit zum Zähneputzen.

Im Nu war Diana in der Küche. »Keine Bewegung!«, rief sie. Sie streckte den Kindern die Handflächen entgegen, als hielte sie den Verkehr auf. »Ihr könntet euch verletzen!« Byron saß so reglos, dass ihm der Hals steif wurde. Diana balancierte mit ausgestreckten Armen und gespreizten Fingern auf Zehenspitzen zum Putzschrank hinüber; der Boden unter ihr schmatzte und knackte.

»Das war deine Schuld, Byron«, sagte Lucy.

Diana eilte mit Mopp und Eimer, Schaufel und Besen zurück. Sie drehte den Mopp in Seifenwasser aus und zog ihn durch die Milchpfütze. Mit einem Blick auf die Uhr kehrte sie die Scherben auf eine trockene Stelle und von dort auf die Schaufel. Die letzten Splitter schob sie mit den Fingern zusammen und kippte alles in den Mülleimer. »Fertig«, sagte sie munter. Da fiel ihr Blick auf ihre linke Handfläche, auf die Streifen, aus denen es purpurrot hervorquoll.

»Jetzt blutest du auch noch«, sagte Lucy, die auf körperliche Verletzungen mit Entsetzen, aber auch mit einer lustvollen Faszination reagierte.

»Ach, das ist doch nichts«, sagte ihre Mutter, aber das Blut rann ihr das Handgelenk herunter und hatte trotz Schürze schon mehrere Flecken auf den Rocksaum gemacht. »Keine Bewegung!«, rief sie noch einmal, machte auf dem Absatz kehrt und rannte hinaus.

»Wir kommen zu spät«, sagte Lucy.

»Wir kommen nie zu spät«, widersprach Byron. Das war einer der Grundsätze ihres Vaters. Ein Engländer hatte immer pünktlich zu sein.

Diana tauchte umgezogen wieder auf. Sie trug jetzt ein pfefferminzgrünes Kleid mit einer passenden Lambswool-Strickjacke und hatte sich die Lippen erdbeerrot geschminkt. Die Hand war verbunden und sah aus wie eine kleine Pfote.

»Warum sitzt ihr immer noch hier?«, rief sie.

»Du hast gesagt, wir sollen uns nicht bewegen«, sagte Lucy.

Klack, klack, hallten Dianas Absätze über den Gang; die Kinder liefen ihr hinterher. Die Blazer und die Schulmützen hingen an den Garderobenhaken, darunter standen die Schulschuhe. Diana lud sich die Schultaschen und Sportbeutel auf die Arme.

»Kommt schon«, rief sie.

»Aber wir haben uns noch gar nicht die Zähne geputzt.«

Ihre Mutter antwortete nicht. Sie zog mit einem Schwung die Haustür auf und lief in den Nebel hinein. Byron und Lucy mussten rennen, um sie nicht aus den Augen zu verlieren.

Da stand sie, eine zarte Gestalt an der Garagentür. Sie sah auf die Uhr und hielt dazu das linke Handgelenk mit dem rechten Daumen und Zeigefinger hoch, als wäre die Zeit eine kleine Zelle, die sie durch ein Mikroskop betrachtete.

»Wir kommen noch rechtzeitig«, sagte sie. »Wenn wir uns beeilen, holen wir die Verspätung wieder auf.«

Cranham House war um die Jahrhundertwende erbaut worden, aus einem blassen Stein, der in der Hochsommersonne knochenweiß und an einem Wintermorgen fleischig rosa leuchtete. Es gab hier kein Dorf. Es gab nur das Haus, den Garten und dahinter die Heide mit ihren Hügelketten. Das Haus kehrte der gewaltigen Masse aus Wind, Himmel und Erde, die sich hinter ihm auftürmte, trotzig den Rücken zu. Deshalb hatte Byron immer den Eindruck, es stünde lieber anderswo, in den flachen Fluren einer englischen Parklandschaft zum Beispiel, oder an den sanften Hängen eines Flusses. Die Privatsphäre sei der Vorteil der Lage, sagte sein Vater. Eine Aussage, die James als Understatement bezeichnete. Zum nächsten Nachbarn musste man mindestens fünf Kilometer fahren. Zwischen den Gärten und den ersten Hügelausläufern lag eine Wiese mit einem großen Teich und dahinter einer Reihe von Eschen. Vor einem Jahr war das Wasser eingezäunt, den Kindern das Spielen dort verboten worden.

Auf der Auffahrt spritzte der Kies unter den Rädern des Jaguars. Der Nebel lag wie eine Kapuze über Byrons Augen. Er stahl selbst den Dingen in nächster Nähe die Farben und Konturen. Der obere Rasen, die Staudenrabatten und Rosenpergolen, die Obstbäume, die Buchenhecken, das Gemüsebeet, die Beete mit den Setzlingen, das Lattentor – alles war weg. Der Wagen bog nach links und bahnte sich seinen Weg zu den Hügelkuppen. Niemand sprach. Byrons Mutter beugte sich angestrengt über das Lenkrad nach vorn.

Oben auf der Hochebene war die Sicht noch schlechter. Die Heide erstreckte sich über fünfzehn Kilometer in alle Richtungen, doch an diesem Vormittag konnte man zwischen Hügeln und Himmel nicht mehr unterscheiden. Die Löcher, die die Scheinwerfer in die weiße Decke bohrten, waren nicht sehr tief. Gelegentlich nahm eine durchnässte Gruppe von Vieh oder ein überstehender Ast Gestalt an, und Byrons Herz machte einen Satz, wenn seine Mutter zum Überholen ausscherte. Byron hatte James einmal erzählt, dass die Bäume auf der Hochebene so gruselig aussahen, dass sie Gespenster sein könnten. James hatte die Stirn gerunzelt. Das sei wie in Gedichten, hatte James gesagt, aber nicht echt, genauso wenig wie es echt war, wenn im Fernsehen ein Spürhund reden konnte. Sie fuhren an den Eisentoren von Besley Hill vorbei, wo die Verrückten wohnten. Als die Räder des Jaguars über den Weiderost ratterten, seufzte Byron erleichtert auf. Sie näherten sich der Stadt, bogen um eine Kurve, und Diana bremste scharf.

»Nein!«, sagte er und setzte sich auf. »Was ist denn da los?«

»Keine Ahnung. Ein Stau.« Das war das Letzte, was sie jetzt brauchten.

Seine Mutter hob die Finger zu den Zähnen und riss von einem Fingernagel einen Streifen ab.

»Kommt das vom Nebel?«

Wieder: »Ich weiß es nicht.« Sie zog die Handbremse an.

»Ich glaube, die Sonne ist irgendwo da oben«, sagte er munter. »Die brennt das schnell wieder weg.«

Autos blockierten die Straße, so weit das Auge reichte, bis in den Nebelschleier hinein. Links kündigte das düstere Wrack eines ausgebrannten Fahrzeugs die Einfahrt zur Siedlung an der Digby Road an. Diese Straße fuhren sie nie. Er sah, wie seine Mutter einen kurzen Blick hinüberwarf.

»Wir kommen zu spät«, heulte Lucy.

Diana löste mit einem Knacken die Handbremse, legte den ersten Gang ein, dass das Getriebe knirschte, schlug das Steuer mit einem Ruck nach links ein und gab Gas, ohne vor dem Ausscheren in den Spiegel zu blicken und zu blinken. Sie hielten direkt auf die Digby Road zu.

Den Kindern verschlug es zunächst einmal vor Verblüffung die Sprache. Sie fuhren an der ausgebrannten Karosserie vorbei. Die Fensterscheiben waren eingeschlagen, die Räder, die

Türen und der Motor waren abmontiert, so dass das Wrack aussah wie ein verkohltes Skelett. Byron summte leise, denn an so etwas wollte er nicht denken.

»Vater sagt, wir dürfen nie da langfahren«, sagte Lucy. Sie schlug sich die Hände vors Gesicht.

»Das ist eine Abkürzung durch die Siedlung mit den Sozialwohnungen«, sagte ihre Mutter. »Ich bin hier schon gewesen.« Sie beschleunigte sachte.

Es war keine Zeit, über diese Äußerung nachzudenken – dass sie trotz Vaters Verbot schon hier langgefahren war. Die Digby Road war noch schlimmer, als Byron es sich vorgestellt hatte. An manchen Stellen war sie nicht einmal asphaltiert. In dem Nebel setzten sich die Häuserreihen trist und unterschiedslos fort, bis sie zu zerfallen schienen. Müll verstopfte den Rinnstein, da lagen Schutt, Tüten, Decken, Schachteln – Einzelheiten waren schwer zu erkennen. Gelegentlich tauchten Wäscheleinen auf, an denen ausgeblichene Bettwäsche und Kleidung hingen.

»Ich schau nicht hin«, sagte Lucy und rutschte tief in den Sitz, um sich zu verstecken.

Byron hielt Ausschau nach etwas, was ihn nicht beunruhigte. Was er wiedererkannte, was ihm auch in der Digby Road ein gutes Gefühl geben könnte. Er machte sich zu viele Sorgen, das hatte ihm seine Mutter schon oft gesagt. Und dann fand er es plötzlich. Etwas Schönes: ein Baum, der durch den Nebel leuchtete. Weit streckte er die geschwungenen Äste aus, die mit Girlanden aus kaugummirosa Blüten geschmückt schienen, obwohl die Obstblüte am Cranham House längst vorbei war. Eine Welle der Erleichterung schwappte über Byron, als hätte er ein kleines Wunder erlebt oder eine gute Tat; zumindest in diesem Moment hätte er an beides geglaubt. Unter dem Baum kam eine Gestalt hervor. Sie war klein, wie ein Kind. Sie sauste auf die Straße zu, auf Rädern. Sie saß auf einem roten Fahrrad.

»Wie viel Uhr haben wir jetzt?«, fragte Lucy. »Sind wir zu spät dran?«

Byron warf einen Blick auf seine Armbanduhr und erstarrte. Der Sekundenzeiger bewegte sich rückwärts. Erst als ihm seine eigene Stimme in die Kehle schnitt, merkte er, dass er schrie.

»Mummy, es passiert gerade! Halt an!« Er packte sie an der Schulter. Zerrte heftig daran.

Er begriff nicht, was als Nächstes geschah. Es ging so schnell. Während er versuchte, seine Uhr oder vielmehr den verstellten Zeiger seiner Mutter vors Gesicht zu halten, nahm er gleichzeitig den Wunderbaum und das kleine Mädchen wahr, das auf die Straße zuradelte. Sie gehörten alle zum selben Geschehen, schossen aus dem Nichts hervor, aus dem dichten Nebel, aus der Zeit. Der Jaguar schlingerte, und Byron schlug mit den Händen gegen das Armaturenbrett, um sich abzustemmen. Als der Wagen mit einem heftigen Ruck zum Stehen kam, gab es ein Geräusch wie ein metallisches Flüstern, dann war alles still.

In den nun folgenden Taktschlägen, die kürzer waren als Sekunden, kürzer sogar als ein Flimmern, und in denen Byron am Straßenrand nach dem Kind suchte und es nicht entdecken konnte, wurde ihm klar, dass etwas Schlimmes passiert war. Dass das Leben nie mehr sein würde wie zuvor. Er wusste es, noch bevor er die Worte dafür fand.

Über den Hügeln gleißte eine Scheibe aus blendend weißem Licht. Byron hatte recht gehabt mit der Sonne. Sie würde sich jeden Moment durch den Nebel brennen.

2
Jim

Jim wohnt in einem Camper, am Rand der neuen Siedlung. Jeden Tag läuft er bei Morgengrauen über die Heide und jeden Abend wieder zurück. Er hat einen Job im frisch renovierten Café des Supermarkts. Es gibt jetzt einen Wi-Fi-Zugang, und man kann sein Handy aufladen, aber Jim nützt weder das eine noch das andere. Als er vor sechs Monaten hier anfing, arbeitete er bei den Heißgetränken, aber nachdem er Cappuccinos mit Himbeerschaum und einem Schokoriegel garniert hatte, wurde er an die Tische verbannt. Wenn er diese Arbeit nun auch noch vermasselt, bleibt ihm nichts mehr. Nicht einmal Besley Hill.

Der schwarze Himmel ist von Faserwolken durchzogen wie von Silberhaar, die Luft so kalt, dass sie ihm die Haut aufraut. Der Boden unter seinen Füßen ist beinhart gefroren, und unter seinen Stiefeln knirschen die spröden Grasstummel. Er sieht schon den Neonschein von Cranham Village; dahinter kriechen in der Ferne Scheinwerfer über die Heide, eine Halskette aus winzigen, wandernden Lichtern in Rot und Silber, durchs Dunkel gefädelt.

Als Jugendlicher war er dort oben aufgegriffen worden, nur mit Unterhose und Schuhen bekleidet. Er hatte seine Kleider den Bäumen geschenkt, hatte tagelang im Freien geschlafen. Er wurde sofort in die Psychiatrie eingeliefert. »Hallo, Jim«, sagte der Arzt, als wären sie alte Freunde, als hätte Jim wie er einen Anzug an und eine Krawatte. »Hallo, Herr Doktor«, hatte Jim gesagt, um zu zeigen, dass er ein umgänglicher Mensch war. Der Arzt hatte Elektrokonvulsionstherapie verordnet. Die hatte bei Jim ein Stottern ausgelöst und später ein Kribbeln in den Fingern, das er jetzt noch spürt.

So ist es eben mit dem Schmerz; das weiß er. Was ihm da zugestoßen ist, hat sich in seinem Gehirn mit anderem vermengt, hat sich verwandelt, ist nicht mehr nur der Schmerz eines bestimmten Moments, sondern ein anderer Schmerz aus vielen Schichten, der die Ereignisse vor über vierzig Jahren einschließt und alles, was er verloren hat.

Er folgt der Straße zur Siedlung. Ein Schild heißt die Besucher von Cranham Village willkommen und bittet sie, vorsichtig zu fahren. Vor kurzem wurde das Schild beschmiert, wie auch das Bushäuschen und die Schaukeln für die Kinder; jetzt heißt es *Welcome to Crapham* – Willkommen im Scheißkaff. Zum Glück gehört Cranham zu den Orten, in die man nur hineingerät, wenn das Navi einen Fehler macht. Jim wischt über das Schild, weil es ihn kränkt, den Namen so herabgewürdigt zu sehen, aber das »n« kommt nicht wieder hervor.

Die neuen Häuser stehen dicht an dicht wie Zähne. Jedes hat einen Vorgarten, nicht größer als ein Parkplatz, und vor dem Fenster einen Blumenkasten aus Kunststoff, in dem nichts wächst. Letztes Wochenende haben viele Bewohner ihre Regenrinnen mit weihnachtlichen Lichtgirlanden geschmückt, und Jim bleibt stehen, um sie zu bewundern. Ihm gefallen vor allem die mit den blinkenden Eiszapfen. Auf einem der Dächer scheint ein aufblasbarer Weihnachtsmann die Satellitenschüssel zu demontieren. Er sieht wohl eher nicht aus wie jemand, den man gern durch den Kamin zu Besuch bekäme.

Jim geht an dem lehmigen Rechteck vorbei, das die Anwohner den Dorfanger nennen, an dem eingezäunten Wassergraben in der Mitte. Er hebt ein paar leere Bierdosen auf und trägt sie zum Abfalleimer.

Als er in die Sackgasse einbiegt, sieht er das Haus an, das die ausländischen Studenten gemietet haben, und das andere Haus, wo jeden Tag ein alter Mann am Fenster sitzt. Er geht an dem Gartentor mit dem Schild *Vorsicht, bissiger Hund* vorbei und an dem Garten mit der Wäsche, die nie abgehängt wird. Vorn schimmert sein Wohnmobil milchfahl im Mondlicht.

Zwei Jungs flitzen auf einem Fahrrad an ihm vorbei, aufgeregt kreischend, einer auf dem Sattel, der andere auf dem Lenker balancierend. Er ruft V-Vorsicht, aber sie hören ihn nicht.

Wie bin ich hier gelandet?, fragt sich Jim. Auch wir waren einmal zwei.

Der Wind weht und schweigt.

3
Glücksbringer

Als James zum ersten Mal mit Byron über den Zeiteinschub sprach, erwähnte er ihn nur als einen interessanten Sachverhalt unter vielen. Die beiden Jungen saßen in der Mittagspause gern vor der Kapelle, während die anderen auf dem Sportplatz herumrannten. Sie verglichen ihre Sammelkarten aus den Brooke-Bond-Teepackungen – beide sammelten gerade die Reihe »Geschichte der Luftfahrt« –, und James erzählte Byron Dinge aus der Zeitung. Er habe den Artikel – übrigens kein Leitartikel, erklärte er – schnell lesen müssen, weil sein gekochtes Ei fertig war, aber Kern des Ganzen sei gewesen, dass die Zeitaufzeichnung wegen des Schaltjahrs nicht mehr mit der natürlichen Erdbewegung übereinstimme. Um das zu ändern, müssten die Wissenschaftler Dinge wie die Ausdehnung der Erdkruste näher untersuchen, sagte er verständig, und auch die Unregelmäßigkeiten in der Erdachsenrotation. Byron fiel das Gesicht herunter. Die Vorstellung jagte ihm Entsetzen ein. James fand das alles sehr aufregend, ging dann aber zu einem anderen Thema über. In Byron jedoch fraß sich der Gedanke, dass an der natürlichen Ordnung der Dinge herumgepfuscht würde, immer weiter fest. Die Zeit war es doch, die die Welt zusammenhielt. Sie sorgte dafür, dass das Leben verlief, wie es sollte.

Anders als James war Byron von massiver Statur. Die beiden bildeten ein seltsames Paar. James war blass und schmächtig, die Haare hingen ihm in die Augen, er kaute auf den Lippen herum, wenn er über etwas nachdachte; Byron dagegen saß groß und schwerfällig neben ihm und wartete, bis James zum Ende kam. Manchmal zwickte sich Byron in die Röllchen an seinem Bauch und fragte seine Mutter, warum James nicht auch welche hatte. Dann antwortete sie, natürlich habe James auch welche, aber Byron wusste, dass sie nur nett zu ihm war. Mit seiner Leibesfülle sprengte er häufig Knöpfe und Nähte. Sein Vater sagte es rundheraus: Byron sei übergewichtig, träge. Dann erwiderte seine Mutter, das sei doch nur Babyspeck, da gäbe es einen großen Unterschied. Sie redeten, als wäre Byron gar nicht da, was ihm seltsam vorkam, wo es doch darum ging, dass zu viel von ihm da war.

Während der ersten Herzschläge nach dem Unfall hatte Byron plötzlich das Gefühl, er bestünde aus Nichts. Er fragte sich, ob er verletzt war. Er saß da und wartete, dass seine Mutter merkte, was sie angerichtet hatte, wartete, dass sie zu schreien anfing und aus dem Auto sprang, aber nichts geschah. Er saß da und wartete, dass das kleine Mädchen zu schreien anfing oder aufstand und von der Straße lief, doch das geschah genauso wenig. Seine Mutter blieb reglos hinter dem Steuer sitzen, und das kleine Mädchen blieb reglos unter seinem roten Fahrrad liegen. Dann kamen die Dinge plötzlich, wie mit einem Fingerschnippen, wieder in Bewegung. Seine Mutter blickte über die rechte Schulter und schob den Rückspiegel zurecht; Lucy fragte, warum sie stehen geblieben seien. Nur das kleine Mädchen bewegte sich nicht.

Diana ließ den Motor an und legte die Hände exakt, wie ihr Mann es ihr beigebracht hatte, auf das Steuer. Sie setzte zurück, um den Wagen wieder in Fahrtrichtung auf die Straße zu bringen, und legte den ersten Gang ein. Byron konnte es nicht fassen, dass sie einfach davonfuhr, dass sie das kleine Mädchen dort liegen ließen, wo sie es angefahren hatten, und dann wurde ihm klar, dass seine Mutter nichts davon wusste. Sie hatte, was passiert war, nicht mitbekommen. Das Herz schlug ihm bis zum Hals, dass es schmerzte.

»Fahr doch! Fahr!«, rief er.

Seine Mutter biss sich als Zeichen von Konzentration auf die Lippe und gab Gas. Sie korrigierte noch einmal den Rückspiegel, rückte ihn ein bisschen weiter nach links, ein bisschen weiter nach rechts …

»Schneller!«, rief er. Sie mussten verschwinden, bevor jemand sie sah.

Zügig fuhren sie die Digby Road hinunter. Byron drehte sich ständig von links nach rechts und reckte den Hals, um aus der Rückscheibe zu sehen. Wenn sie sich nicht beeilten, wäre der Nebel weg. Sie bogen in die Hauptstraße ein und fuhren am neuen Wimpy's vorbei. Die Kinder aus der Digby Road standen in schemenhaften Schlangen an der Bushaltestelle. Da waren der Lebensmittelladen, der Metzger, das Musikgeschäft und das Ortsbüro der Konservativen. Weiter unten polierten Verkäuferinnen des Warenhauses, alle in der gleichen Uniform, die Schaufensterscheiben und kurbelten die gestreiften Markisen herunter. Ein Portier mit Zylinder rauchte vor dem Hotel, ein Lieferwagen war mit Blumen vorgefahren. Nur Byron saß an seinen Sitz geklammert und wartete, dass jemand auf die Straße rannte und sie anhielt.

Aber das geschah nicht.

Diana parkte in der Allee, wo die Mütter immer parkten, und holte die Schultaschen aus dem Kofferraum. Sie half den Kindern aussteigen und schloss den Jaguar ab. Lucy hüpfte voraus. Andere Mütter grüßten winkend und erkundigten sich nach dem Wochenende. Eine sagte etwas über den starken Verkehr, eine andere wischte ihrem Sohn die Schuhsohle mit einem Papiertaschentuch ab. Der Nebel lichtete sich rasch. An manchen Stellen sah bereits blauer Himmel durch, und Sonnenpunkte spähten durch das Platanenlaub wie winzige Augen. In der Ferne flirrte die Heide, hell wie das Meer. Nur über den unteren Hügelausläufern hing noch ein Dunstband.

Byron lief neben Diana her und rechnete damit, dass seine Knie jeden Augenblick nachgeben würden. Er fühlte sich wie ein übervolles Wasserglas, das überschwappen würde, falls er losrannte oder plötzlich stehen bliebe. Er begriff nicht. Er begriff nicht, wie sie trotzdem in die Schule gehen konnten. Er begriff nicht, wie alles weitergehen konnte wie zuvor. Als wäre es ein ganz normaler Vormittag, was doch gar nicht stimmte. Die Zeit war aufgespalten worden, und alles war anders.

Am Spielplatz stand er an seine Mutter geklebt und lauschte so angestrengt, dass ihm war, als bestünde er nur noch aus Ohren. Aber niemand sagte: »Ich habe in der Digby Road Ihren silbernen Jaguar gesehen, mit dem Nummernschild KJX 216K.« Niemand sagte, dass gerade ein kleines Mädchen angefahren worden sei, genauso wenig erwähnte jemand die Extrasekunden. Er begleitete seine Mutter zum Eingang der Mädchenschule, und Lucy schien so unbekümmert, dass sie nicht einmal winkte.

Diana drückte seine Hand. »Alles in Ordnung?«

Byron nickte, weil ihm die Stimme versagte.

»Du musst jetzt gehen, Schatz.« Er spürte ihre Blicke, als er den Spielplatz überquerte; das Gehen strengte ihn so an, dass ihm sogar der Rücken weh tat. Das Gummiband seiner Mütze schnitt ihm in den Hals.

Er musste James finden. Er brauchte ihn ganz dringend.

James begriff alles auf eine Weise, wie es Byron nicht vermochte, er war wie die Portion Logik, die Byron fehlte. Als Mr Roper ihnen zum ersten Mal das Konzept der Relativität vorstellte, hatte James begeistert genickt, als hätte er die Existenz magnetischer Kräfte schon immer vermutet, während Byron die neue Vorstellung als einen einzigen Wirrwarr im Kopf empfand. Vielleicht lag es an James' allgemeiner Sorgfalt. Byron beobachtete ihn manchmal, wie er die Lasche am Reißverschluss seines Federmäppchens längs ausrichtete oder sich den Pony aus den Augen wischte, alles mit einer Präzision, die Byron mit Ehrfurcht erfüllte. Manchmal versuchte er, es James gleichzutun. Er machte abgezirkelte Schritte oder ordnete seine Filzstifte nach Farben. Aber dann gingen seine Schuhbänder auf oder sein Hemd rutschte aus der Hose, und Byron war wieder der Alte.

Er kniete sich in der Kapelle neben James, doch es war schwer, seine Aufmerksamkeit auf sich zu ziehen. Soweit Byron wusste, glaubte James nicht an Gott (»Es gibt keinen Beweis«), aber sobald er sich einmal in das Beten hineinvertieft hatte, nahm er es wie die meisten Dinge sehr ernst. Er drückte den Kopf zur Brust, kniff die Augen zusammen und presste die Worte mit einer solchen Inbrunst hervor, dass jede Unterbrechung Frevel gewesen wäre. Als Nächstes versuchte Byron, sich in der Schlange vor dem Speisesaal neben James herumzudrücken, aber Samuel Watkins fragte James, was er von den Glasgow Rangers hielt, und nahm James in Beschlag. Das Problem war, dass jeder ihn um seine Meinung fragte. Er dachte über Dinge nach, bevor man überhaupt merkte, dass es etwas nachzudenken gab, und wenn man dann das Problem erkannt hatte, war James schon zu ganz anderen Dingen vorausgeeilt.

Beim Cricket kam schließlich Byrons Chance. James stand vor dem Umkleidehäuschen. Inzwischen war es so heiß, dass einem jede Bewegung zu viel wurde. Die Sonne am wolkenlosen Himmel brüllte fast herunter. Byron war schon fertig mit Schlagen, und James wartete auf einer Bank, bis er an die Reihe käme. Er konzentrierte sich gern vor dem Spiel und war lieber allein. Byron setzte sich ans andere Ende der Bank, aber James blickte weder auf, noch reagierte er mit einer Bewegung. Die Haare hingen ihm in die Augen, und unterhalb der Ärmel war seine leuchtend weiße Haut schon von Sonnenbrand gerötet.

Byron sagte: »James?« Weiter kam er nicht, denn etwas hielt ihn auf.

Zahlen. Ein ständiger Strom. James flüsterte, als stecke zwischen seinen Knien eine winzig kleine Person, der er Zahlenreihen beibringen musste. Byron war an James' Gebrummel gewöhnt, hatte es schon oft bemerkt, aber normalerweise flüsterte er so leise, dass man nichts mitbekam. »Zwei, vier, acht, sechzehn, zweiunddreißig.« Die Luft über Cranham Moor flimmerte, als wollten die höchsten der Hügel mit dem Himmel verschmelzen. Byron fühlte sich überhitzt in seinem weißen Cricketdress. »Warum machst du das?«, fragte er. Er versuchte nur, ein Gespräch anzuleiern.

James fuhr hoch, als hätte er nicht bemerkt, dass er Gesellschaft hatte, und Byron lachte, um ihm zu zeigen, dass er ihm nichts Böses wollte. »Übst du die Multiplikationstabellen?«, fragte er. »Du kannst sie doch besser als jeder andere. Als ich zum Beispiel. Ich bin ein hoffnungsloser Fall. Bei der Neunerreihe schmeißt's mich immer. Und bei den Siebenern *aussi*. Auch die sind für mich *très difficile*.« Bei Dingen, die auf Englisch zu öde waren oder zu schwierig zu erklären, verfielen die beiden Jungs gern ins Französische. Das war wie eine Geheimsprache, aber auch wieder nicht, weil jeder einsteigen konnte.

James bohrte die Schlägerspitze in das Gras zu seinen Füßen. »Ich kontrolliere, ob ich Zahlen verdoppeln kann. Um mich abzusichern.«

»Dich abzusichern?« Byron schluckte schwer. »Wie soll dich das denn absichern?« So etwas hatte James noch nie erwähnt. Das sah ihm gar nicht ähnlich.

»Das ist, wie wenn ich in mein Zimmer renne, bevor die Klospülung ganz durchgerauscht ist. Wenn ich das nicht schaffe, könnte etwas schiefgehen.«

»Aber das ist doch unlogisch, James.«

»Eigentlich ist es sehr logisch, Byron. Ich überlasse nichts dem Zufall. Wir stehen unter Druck, die Stipendienprüfung kommt. Manchmal suche ich nach vierblättrigem Klee. Und jetzt habe ich auch noch einen Glückskäfer.« James zog etwas aus seiner Tasche und ließ es kurz zwischen seinen Fingern hervorblitzen. Der Messingkäfer war dunkel und schlank, so groß wie Byrons Daumen, ein Insekt mit geschlossenen Flügeln. Daran war ein silberner Schlüsselring befestigt, wo man einen Schlüssel einhängen konnte.

»Ich wusste gar nicht, dass du einen Glückskäfer hast«, sagte Byron.

»Meine Tante hat ihn mir geschickt. Er kommt aus Afrika. Ich kann mir keine dummen Schnitzer leisten.«

Byron spürte hinter den Augen und der Nasenwurzel einen stumpfen Druck; es gab ihm vor Beschämung einen Stich, als er merkte, dass er gleich in Tränen ausbrechen würde. Zum Glück kam vom Cricketfeld der laute Ruf: »Aus!«, dann eine Runde Applaus. »Jetzt bin ich mit Schlagen dran«, sagte James und schluckte. Sport war sein schlechtestes Fach. Byron erwähnte es nicht gern, aber James neigte zum Blinzeln, wenn der Ball auf ihn zugeflogen kam. »Ich muss jetzt los«, sagte er, blieb aber stehen.

»Hast du's gesehen, *ce matin*?«

»Was gesehen, Byron?«

»Die zwei Sekunden. Die haben sie heute zugefügt. Um Viertel nach acht.«

Da trat eine winzige Pause ein, in der nichts geschah, während Byron darauf wartete, dass James etwas sagte. James aber schwieg. Er starrte einfach mit seinem eindringlichen, wachsblauen Blick auf Byron herunter, den Käfer fest in der Hand. Die Sonne stand direkt hinter ihm, und Byron musste die Augen zusammenkneifen, um ihn anzusehen. James Ohren leuchteten wie Krabben.

»Bist du sicher?«, fragte James.

»Mein Sekundenzeiger ist rückwärts gelaufen. Ich hab's gesehen. Und als ich dann noch einmal auf die Uhr geschaut habe, ist er wieder in die richtige Richtung umgekehrt. Das war definitiv so.«

»Es hat nichts in der *Times* gestanden.«

»Die haben auch in *Nationwide* nichts berichtet. Ich habe mir gestern Abend die ganze Sendung angesehen, aber niemand hat etwas erwähnt.«

James warf einen Blick auf seine Uhr, ein Schweizer Fabrikat mit einem dicken Lederarmband; sie hatte seinem Vater gehört. Es gab keinen Sekundenzeiger, nur ein kleines Fenster für das Datum. »Bist du sicher? Ganz sicher, dass du es wirklich gesehen hast?«

»Hundert pro.«

»Aber warum? Warum sollten sie die Sekunden zufügen, ohne uns Bescheid zu geben?«

Byron schnitt eine Grimasse, um die Tränen aufzuhalten. »Das weiß ich auch nicht.« Er wünschte, er hätte auch so einen Glückskäferschlüsselring. Er wünschte, er hätte auch eine Tante, die ihm Talismane aus Afrika schickte.

»Alles in Ordnung?«, fragte James.

Byron nickte ein paarmal so heftig, dass seine Augäpfel nach oben und nach unten gepresst wurden. »*Dépêchez-vous. Les autres* warten schon.«

James drehte sich zum Spielfeld und holte tief Luft. Er rannte los, zog die Knie hoch zur Brust und bewegte die Arme auf und ab wie Motorkolben. Wenn er in diesem Tempo weiterliefe, würde er ohnmächtig zusammenbrechen, bevor er sein Ziel erreicht hätte. Byron rieb sich die Augen, falls jemand hersah, und nieste mehrmals – falls sie immer noch hersahen, dächten sie vielleicht, er hätte Heuschnupfen oder eine plötzliche Sommergrippe.

Nach bestandener Führerscheinprüfung hatte Diana den Schlüssel für den neuen Jaguar geschenkt bekommen. Seymour überraschte sie nicht oft mit Geschenken. Diana war da spontaner. Wenn sie jemandem etwas schenken wollte, kaufte sie es einfach, auch wenn kein Geburtstag anstand, und packte es schön ein. Seymour hatte den Schlüssel nicht in Geschenkpapier gewickelt. Er hatte ihn in eine Schachtel gelegt und ein weißes Spitzentaschentuch darübergedeckt. »Ach du meine Güte«, hatte sie gesagt. »Was für eine Überraschung.« Sie schien den Schlüssel erst gar nicht zu bemerken. Verwirrt strich sie immer wieder über das Taschentuch. Es war mit dem Anfangsbuchstaben ihres Namens bestickt, einem großen D, und mit kleinen rosa Röschen.

Schließlich hatte Seymour gesagt: »Du lieber Himmel, Darling!« Nur kamen die Worte falsch heraus und klangen weniger nach Zärtlichkeit als nach Drohung. Da zog sie endlich das Taschentuch von der Schachtel und fand darin den Schlüssel mit dem besonderen, in den Lederanhänger eingestanzten Jaguar-Emblem.

»Ach, Seymour«, sagte sie immer wieder. »Das wäre doch nicht … Das ist doch nicht dein … Das kann ich doch nicht …«

Seymour hatte auf seine förmliche Art genickt, als lechze sein Körper danach, in großen Sätzen herumzuspringen, was ihm aber seine Kleidung nicht erlaubte. Jetzt würden die Leute aufmerken und ihnen Beachtung schenken, hatte er gesagt. Niemand würde mehr auf die Hemmings herabsehen. Ja, Darling, hatte Diana gesagt, alle würden so neidisch sein, sie habe wirklich ein Riesenglück. Sie streckte die Hand aus und streichelte ihm über den Kopf, und er schloss die Augen und legte die Stirn auf ihre Schulter, als wäre er plötzlich müde.

Als sie sich küssten, murmelte Seymour etwas, und die Kinder stahlen sich davon.

Diana hatte mit ihren Vermutungen, wie die anderen Mütter reagieren würden, recht gehabt. Sie umringten den neuen Wagen. Sie betasteten das Armaturenbrett aus Mahagoniholz, die Lederpolster, setzten sich probeweise auf den Fahrersitz. Deirdre Watkins sagte, sie wäre nun mit ihrem Mini Cooper nie mehr zufrieden. Der Jaguar röche sogar teuer, sagte die neue Mutter. (Niemand hatte ihren Namen richtig verstanden.) Und die ganze Zeit flatterte Diana mit ihrem Taschentuch hinter ihnen her, wischte Fingerabdrücke weg und lächelte unbehaglich.

Jedes Wochenende stellte Seymour dieselben Fragen. Putzten die Kinder vor dem Einsteigen die Schuhe ab? Polierte sie den Chrom des Kühlergrills? Wussten alle Bescheid? Natürlich, natürlich, sagte sie. Alle Mütter seien gelb vor Neid. Hatten sie es den Vätern erzählt? Ja, ja. Sie lächelte wieder. »Sie reden die ganze Zeit darüber. Du bist so gut zu mir, Seymour.« Seymour versuchte, hinter der Serviette zu verbergen, wie glücklich er war.

Wenn Byron an den Jaguar und an seine Mutter dachte,

schlug sein Herz so heftig in seiner Brust, dass er Angst hatte, es würde ein Loch hineinhämmern. Er musste die Hand dagegenpressen, vielleicht hatte er ja einen Herzanfall.

»Träumst du wieder in den Tag hinein, Hemmings?« In der Klasse zog ihn Mr Roper zum Stehen hoch und sagte zu den Jungs, so sähe ein Dummkopf aus.

Egal. Was immer Byron tat, ob er in die Bücher starrte oder zum Fenster hinaus – Worte wie Hügel verschwammen. Er sah einzig das kleine Mädchen. Die zusammengerollte Gestalt gleich neben dem Beifahrerfenster, eingeklemmt unter dem roten Fahrrad, dessen Räder sich in der Luft drehten. Sie lag so reglos da, als wäre sie urplötzlich stehen geblieben, wo sie gerade war, und hätte beschlossen, an Ort und Stelle einzuschlafen. Byron starrte auf seine Armbanduhr und den unbarmherzig voranschreitenden Sekundenzeiger und fühlte sich, als würde er aufgefressen.

4
Was alles getan werden muss

Jim schließt die Tür seines Campers auf und öffnet sie. Er muss sich bücken, um einzusteigen. Winterweißes Mondlicht fällt in kaltem Strahl durch das Fenster und erhellt die laminierten Flächen. Es gibt einen kleinen Gaskocher mit zwei Flammen, eine Spüle, einen Klapptisch und rechts eine Sitzbank, die sich zu einem Bett ausziehen lässt. Jim schiebt die Tür wieder zu und schließt ab. Die Rituale beginnen.

»Hallo, Tür«, sagt er. »Hallo, Wasserhähne.« Er begrüßt seine ganze Habe. »Hallo, Wasserkessel, hallo, Rollmatratze, hallo, kleiner Kaktus, hallo, Jubiläums-Küchentuch.« Nichts darf ausgelassen werden.

Wenn alles begrüßt ist, schließt Jim die Tür wieder auf, öffnet sie, steigt aus und schließt hinter sich ab. Sein Atem bläst Blütengirlanden ins Dunkel. Aus dem Haus mit den ausländischen Studenten kommt Musik, und der alte Mann, der den ganzen Tag an seinem Fenster sitzt, ist schon ins Bett gegangen. Im Westen schwappen die letzten Wellen des Stoßverkehrs über die Hügelkuppen. Dann bellt ein Hund, und jemand schreit ihn an, er soll das Maul halten. Jim schließt die Tür seines Wagens auf und steigt ein.

Er führt das Ritual einundzwanzig Mal durch. Das ist die nötige Zahl von Wiederholungen. Er steigt ein. Er begrüßt seine Habe. Er steigt aus. Rein, hallo, raus. Rein, hallo, raus. Und jedes Mal aufschließen und zuschließen.

Die Zahl einundzwanzig garantiert Sicherheit. Nichts wird passieren, wenn er das Ritual einundzwanzig Mal wiederholt. Zwanzig ist nicht sicher, zweiundzwanzig auch nicht. Wenn er in Gedanken abschweift – zu einem Bild oder einem anderen Wort –, dann muss er wieder ganz von vorn anfangen.

Niemand ahnt etwas von dieser Seite in Jims Leben. In der Siedlung rückt er die Mülltonnen gerade oder hebt Abfall auf. Er sagt zu den Jungs im Skatepark: H-hallo, wie geht's? Manchmal hilft er den Müllmännern die Recycling-Kisten tragen. Niemand weiß, was er alles durchexerzieren muss, wenn er allein ist. Eine Frau mit Hund fragt ihn manchmal, wo er wohnt und ob er nicht einmal mit ihr zum Bingo ins Gemeindezentrum gehen möge. Da könne man schöne Preise gewinnen, sagt sie, manchmal ein Essen für zwei im Pub in der Stadt. Aber Jim macht Ausflüchte.

Wenn er fertig ist mit Ein- und Aussteigen, geht es noch weiter. Er muss sich auf den Bauch legen, um den Türrahmen mit Isolierband abzudichten, dann kommen die Fenster dran – ein Schutz gegen Einbrecher. Er muss in den Schränken nachsehen und unter dem Ausziehbett und hinter den Vorhängen, immer wieder. Wenn er mit allem fertig ist, fühlt er sich manchmal immer noch nicht sicher, dann beginnt das Ganze von vorn, nicht nur das Verkleben, sondern auch das Auf- und Zuschließen. Hallo, Fußmatte, hallo, Wasserhähne.

Seit der Schulzeit hat er keine richtigen Freunde mehr. Er war nie mit einer Frau zusammen. Seit der Schließung von Besley Hill hat er sich beides gewünscht, Freunde, Liebe, hat sich gewünscht, andere zu kennen und gekannt zu werden, aber wenn man immer ein- und aussteigt, unbelebte Gegenstände begrüßt und Öffnungen mit Isolierband verklebt, bleibt nicht viel Zeit. Außerdem ist er oft so nervös, dass er die nötigen Worte nicht herausbringt.

Jim begutachtet das Innere des Wohnmobils. Die Fenster. Die Schränke. Jeder Spalt ist versiegelt, auch um das hochklappbare Dach herum, es ist wie im Inneren eines dick eingewickelten Pakets. Plötzlich weiß er, dass er alles getan hat, und wird von Erleichterung überflutet. Das fühlt sich so gut an wie frisch gebadet. Über die Heide tönt der Klang der Kirchenglocken, die zwei Uhr früh schlagen. Jim hat keine Uhr. Schon seit Jahren nicht mehr.

Es bleiben ihm vier Stunden zum Schlafen.

5

Die Verrenkungskünstlerin

James Lowe sagte einmal zu Byron, Zauberkunst sei das Spiel mit der Wahrheit. Sie arbeite keineswegs mit Lügen. Was die Leute sehen, sagte er, hängt zum großen Teil davon ab, was sie suchen. Wenn zum Beispiel in Billy Smarts Zirkus eine Frau in der Mitte durchgesägt wird, ist das nicht die Wirklichkeit, sondern eine Illusion von Wirklichkeit. Ein Trick, der einen dazu bringt, die Realität anders zu sehen.

»Das verstehe ich nicht«, sagte Byron.

James strich sich die herunterhängenden Haare wieder ordentlich aus der Stirn und vertiefte seine Erklärung. Er spitzte sogar den Bleistift und zeichnete ein Diagramm. Die Assistentin, sagte er, steigt in die Kiste, so dass am einen Ende ihr Kopf herausschaut und am anderen ihre Füße, und der Zauberer schließt den Deckel. Aber dann dreht der Zauberer die Kiste ein paarmal um ihre eigene Achse, und wenn die Schuhe der Assistentin weg vom Publikum zeigen, zieht sie schnell die Füße ein und ersetzt sie durch zwei künstliche. Die Frau ist eine Verrenkungskünstlerin und zwängt ihre Beine in den oberen Kistenteil, und der Zauberer sägt die Kiste mittendurch.

»Siehst du?«, fragte James.

»Ich kann trotzdem nicht hinschauen. Ich mag mir nicht vorstellen, dass ihre Beine abgesägt werden.«

James musste zugeben, dass dies ein gewichtiges Problem darstelle. »Vielleicht solltest du dann bei der Nummer deine Zuckerwatte essen«, schlug er vor.

Byrons Mutter war keine Verrenkungskünstlerin. Manchmal überraschte er sie am Plattenspieler, wie sie sich zur Musik hin und her wiegte. Einmal sah er sogar, wie sie die Arme hob, als wolle sie die Hände jemand nicht Vorhandenem auf die Schultern legen, mit dem sie dann im Kreis herumwirbelte. Aber auch das machte sie noch lange nicht zur Assistentin eines Zauberkünstlers. Trotzdem stand sie nach der Schule mit Lucy da, ohne das geringste Anzeichen einer Veränderung, und wartete auf ihn. Sie trug ihren rosa Sommermantel mit passender Handtasche und Schuhen. Andere Frauen schlugen Verabredungen vor, und sie lächelte jede einzeln an und zog ihr Notizbuch heraus. Niemand hätte vermuten können, dass sie erst vor ein paar Stunden ein kleines Kind angefahren hatte und, ohne auszusteigen, weitergefahren war.

»Kaffeerunde der Mütter nächsten Mittwoch«, sagte sie und trug das Datum sorgfältig ein. »Ich komme.«

»Was hast du mit deiner Hand gemacht, Diana?«, fragte jemand. Vielleicht Andrea Lowe.

»Ach, nichts.«

Wieder erwähnte niemand den Unfall. Niemand erwähnte die Zusatzsekunden.

»*Au revoir*, Hemmings«, sagte James.

»*Au revoir*, Lowe«, sagte Byron.

Diana ging mit ihren Kindern zum Auto und schloss die Türen auf, ohne mit der Wimper zu zucken. Aufmerksam forschte Byron nach dem kleinsten Anzeichen von Unruhe, aber sie fragte ihn nach seinem Schultag und überprüfte die Position des Fahrersitzes, alles ohne jeden Hinweis, dass etwas anders war als sonst. Als sie an der Digby Road mit dem ausgebrannten Autowrack am Eck vorbeifuhren, überfiel ihn eine solche Beklemmung, dass er singen musste. Seine Mutter rückte nur ihre Sonnenbrille zurecht und blickte geradeaus.

»Ja, wir hatten wieder einen schönen Tag«, sagte sie später am Telefon zu seinem Vater. Sie wickelte sich die Plastikspirale des Telefonkabels als weiße Ringe um den Zeigefinger. »Es war heiß. Ich habe die Rosenbeete gejätet. Die Wäsche gewaschen. Ein paar Sachen zum Einfrieren gekocht. Der Wetterdienst sagt voraus, dass es sonnig bleibt.« Byron wollte dauernd nach dem Unfall fragen; es war, als müsse er sich auf sich selbst setzen, um den Mund zu halten. Er stieg auf einen Hocker an der Frühstückstheke, während sie das Abendessen kochte, und er fragte sich, wie lange er würde schweigen müssen, damit seine Mutter von sich aus zu reden anfinge. Er zählte die Sekunden, die Minuten ihres Schweigens, dann fiel ihm wieder der Grund ein, warum sie nichts sagte: Sie hatte keine Ahnung.

»Du solltest an die frische Luft«, sagte sie. »Du siehst ganz erschöpft aus.«

Byron nutzte die Gelegenheit, um in die Garage zu schleichen. Er zog das Tor hinter sich so weit herunter, dass nur noch ein Spalt Tageslicht hereinfiel, und holte aus der Tasche seines Blazers seine Taschenlampe heraus, um den Jaguar zu untersuchen. Er fand kein Zeichen einer Beschädigung. Langsam ließ er den Lichtstrahl von links nach rechts wandern, prüfte die Karosserie noch sorgfältiger, aber es gab keinen Kratzer. Er strich mit den Fingerspitzen über den Lack. Über die Türen. Die Motorhaube. Das silberne Metall fühlte sich glatt an. Er konnte immer noch nichts finden.

Die Garage war kalt und dunkel, es roch nach Öl. Byron vergewisserte sich immer wieder mit einem Blick über die Schulter, dass ihn niemand beobachtete. An der Rückwand ragten Dianas alte, mit Leintüchern verhängte Möbel auf; sie waren aus dem Haus ihrer Mutter nach deren Tod hergeschickt worden. Er hatte einmal mit James die Tücher hochgehoben und eine Stehlampe mit einem leuchtend roten, quastenbesetzten Schirm gefunden, einen Satz Beistelltischchen und einen alten Sessel. James meinte, wahrscheinlich sei in diesem Sessel jemand gestorben, vielleicht sogar Dianas Mutter. (Grandma konnte Byron sie nicht nennen, weil er sie nie gesehen hatte.) Er war erleichtert, als er das Garagentor wieder schließen und alles hinter sich lassen konnte.

Der Himmel draußen war offen wie eine blaue Schüssel, die Luft schwer von Hitze und Duft. Lupinen standen da wie bunte Schüreisen, Rosen und Pfingstrosen blühten. Alles im Garten hatte seinen Platz, nichts störte das Auge. Die rosa Beete gingen in weiße über, die weißen in blaue; die kleineren Formen wurden von größeren abgelöst. Schon jetzt trugen die Obstbäume grüne Knöpfchen, Murmeln gleich, wo sich erst vor ein paar Wochen weiße Blüten gedrängt hatten. Byron sog die Süße der Luft ein, die so greifbar war wie die Schallplattenmusik seiner Mutter, die er beim Betreten der Eingangshalle schon hörte, bevor er seine Mutter selbst fand. Die Düfte, die Blumen, das Haus, das alles hatte doch bestimmt mehr Gewicht als ihre Tat von heute früh. Und auch wenn seine Mutter eine Straftat begangen hatte, war es nicht ihre Schuld. Der Unfall war wegen der beiden Extrasekunden geschehen. Ihm graute davor, was sein Vater sagen würde, wenn er es erführe. Zum Glück war dem Jaguar nichts passiert.

»Lammkoteletts zum Abendessen«, sagte seine Mutter. Sie servierte sie mit Papiermanschetten und Bratensauce.

Byron konnte nichts essen. Er konnte sein Fleisch nur in kleine Stückchen schneiden und zwischen die Kartoffeln schieben. Als seine Mutter fragte, warum er keinen Hunger habe, erzählte er ihr etwas von Bauchweh, und sie lief das Thermometer holen. »Und was ist mit deinem Sunquick?«, fragte sie. »Willst du das auch nicht?«

Er fragte sich, was dem kleinen Mädchen zugestoßen war, ob die Eltern oder die Nachbarn sie gefunden hatten. Wie schwer sie verletzt war.

»Ich trinke Byrons Sunquick«, sagte Lucy.

Es hatte Byron immer gefallen, dass seine Mutter Dinge mit ihren Markennamen benannte. Das ließ auf eine Genauigkeit schließen, die er beruhigend fand. Wie auch die kleinen Notizen, die sie auf den Telefonblock schrieb (*Lucys Clarks putzen. Turtle-Wax-Politur kaufen.*) Ein Markenname wies darauf hin, dass es für jedes Ding eine korrekte Bezeichnung gab, die keinen Raum für Missverständnisse ließ. Als er jetzt zusah, wie seine Mutter leise vor sich hin singend die Küche aufräumte, stieg ihm ein Kloß in die Kehle, so krass war das Missverhältnis zur Wirklichkeit. Er musste alles tun, was in seiner Macht stand, um sie zu beschützen.

Während seine Mutter Wasser ins Spülbecken einließ, ging Byron hinaus, um mit Lucy zu sprechen. Sie hockte auf den Steinplatten der Terrasse vor einem Beet Goldlack, der Farben hatte wie Edelsteine. Sie setzte vier Gartenschnecken auf den Boden, geordnet nach der Größe der Schneckenhäuser und auch nach Schnelligkeit. Byron fragte beiläufig, wie es ihr gehe, und sie antwortete, sehr gut, außer, dass er auf der Ziellinie ihres Schneckenrennens knie. Byron rückte ein Stück zur Seite.

»Geht's dir gut nach heute Vormittag?« Er räusperte sich. »Nach dem, was heute Vormittag passiert ist?«

»Was ist denn passiert?«, fragte Lucy. Ihr Mund war noch mit Dessertmousse verschmiert.

»Als wir – du weißt schon, wo wir hingefahren sind.« Byron

zwinkerte betont auffällig. Lucy schlug sich die Hände vors Gesicht.

»Oh«, sagte sie. »Das hat mir nicht gefallen.«

»Hast du –? Hast du was gesehen?«

Lucy setzte eine ihrer Schnecken wieder auf die Startlinie zurück, weil sie nach hinten losgekrochen war. »Ich hab nicht hingeguckt. Ich hab so gemacht, Byron.« Sie drückte sich die Hände auf die Augen, um ihre Angst zu illustrieren.

Die Situation erforderte Byrons ganzes Geschick. Er zwirbelte an seinen Stirnhaaren wie James, wenn er über etwas nachdachte. Vater würde sich vielleicht aufregen, erklärte er langsam, wenn er erführe, dass sie die Digby Road entlanggefahren waren. Es sei wichtig, ihm das nicht zu sagen, wenn er sie am Wochenende besuchen käme. Es sei wichtig, so zu tun, als wären sie nie dort gewesen.

»Und wenn ich's vergesse?« Plötzlich begann Lucys Mund zu zittern, und er befürchtete schon, sie würde losheulen. »Und wenn ich vergesse, dass wir nicht da gewaren?« Sie brachte öfter einmal die Wörter durcheinander, vor allem, wenn sie sich aufregte oder müde war.

Von Gefühlen überwältigt beugte sich Byron nach vorn und umarmte sie. Sie roch nach Zucker und irgendwie rosa, und in diesem Moment begriff er, dass sich zwischen ihnen etwas verändert hatte, dass sie immer noch ein Kind war, während er etwas wusste, was ihn erwachsener machte. Bei dieser Erkenntnis kribbelte es in seinem Bauch wie Weihnachten, nur ohne Geschenke. Er sah zu seiner Mutter in der Küche hinüber, die am Fenster die Teller abtrocknete, rosig beschienen vom Abendlicht. Ihm war bewusst, dass er einen Meilenstein in seinem Leben erreicht hatte, einen einschneidenden Moment, und obwohl er einen solchen Meilenstein oder einschneidenden Moment nicht erwartet hatte, gehörte es dazu, wenn man ein

Mann wurde, genauso wie die Stipendienprüfung. Er musste sich beidem gewachsen zeigen.

»Alles wird gut. Das verspreche ich dir.« Er nickte, wie sein Vater immer nickte, wenn er eine Tatsache darlegte, als hätte er es dermaßen richtig getroffen, dass sogar sein eigener Kopf zustimmen musste. »Du musst einfach diesen Vormittag aus deinem Kopf löschen.« Byron beugte sich vor, um ihr ein Küsschen auf die Wange zu drücken. Das war zwar nicht männlich, aber genau, was seine Mutter tun würde.

Lucy bog sich von ihm weg und zog die Nase kraus. Er fürchtete, sie würde gleich weinen, und zog sein Taschentuch heraus. »Du stinkst aus dem Mund, Byron«, sagte sie. Dann hüpfte sie mit hoch angezogenen Knien ins Haus zurück, dass ihr die Zöpfe an die Schulterblätter schlugen, und zertrat dabei unter ihren glänzenden Schulschuhen mindestens zwei ihrer Rennschnecken.

An diesem Abend sah sich Byron sowohl die Sechs-Uhr-Nachrichten als auch *Nationwide* an. Es gab weitere Kämpfe in Irland, aber der Unfall wurde genauso wenig erwähnt wie die zwei Extrasekunden. Ihm war übel und feuchtkalt.

Was würde James an seiner Stelle tun? Es war schwer, sich vorzustellen, dass Andrea Lowe einen Fehler machte. Wäre James an seiner Stelle, würde er logisch vorgehen. Er würde ein Diagramm zeichnen, um das Geschehen zu veranschaulichen. Byron drückte vorsichtig die Klinke zum Arbeitszimmer seines Vaters herunter, obwohl die Kinder dort keinen Zutritt hatten.

Hinter dem Fenster lag der Garten noch in warmes Licht getaucht, die Blütenquirle der Fackellilien glühten in der Abendsonne, aber der Raum selbst war still und kühl. Das Holz des Schreibtischs und des Stuhls davor war poliert wie bei Museumsmöbeln. Auch die Dose mit Karamellbonbons und die Karaffe mit Whisky durften nicht berührt werden. Dasselbe galt für seinen Vater. Wenn Byron jemals Anstalten machte, die Arme um ihn zu legen – und manchmal wünschte er sich, er könnte es –, dann entzog sich sein Vater in letzter Sekunde und bog die Umarmung zu einem Händeschütteln ab.

Byron setzte sich ganz vorn auf die Kante des Schreibtischstuhls, um das Ärgernis, das er erregte, möglichst gering zu halten, dann nahm er ein Blatt von dem dicken weißen Papier und den Stift seines Vaters. Er skizzierte sorgfältig eine Karte mit Pfeilen, die die Vorwärtsfahrt des Jaguars in der Digby Road graphisch darstellten. Er zeichnete die Wäscheleinen ein und den blühenden Baum. Dann änderte er die Richtung der Pfeile, wo der Wagen nach links geschlingert war, den Bordstein gerammt hatte und zum Stehen gekommen war. Byron trug einen Kreis ein, wo sie das kleine Mädchen zurückgelassen hatten. Sie lag direkt an der Seite des Wagens, wo nur Byron sie sehen konnte.

Byron faltete die Karte zusammen und schob sie in seine Tasche. Dann legte er den Stift zurück und wischte mit seinem Hemd über den Stuhl, damit sein Vater sein Eindringen nicht bemerken würde. Er wollte das Zimmer schon verlassen, als ihm die Idee zu einem weiteren Experiment kam.

Er kniete sich auf den kleinen Teppich und legte den Oberkörper am Boden ab. Er legte sich genauso hin, wie das kleine Mädchen unter dem Fahrrad gelegen hatte: auf die Seite, die Knie angezogen und die Arme darum geschlungen. Wäre ihr nichts passiert, dann wäre sie gleich wieder aufgestanden. Sie hätte gebrüllt. Lucy brüllte fürchterlich, wenn man sie nur versehentlich ein bisschen kratzte. Gesetzt den Fall, dass die Polizei schon in diesem Moment nach seiner Mutter fahndete?

»Was machst du hier drinnen?«

Erschrocken drehte er sich zur Tür. Seine Mutter stand wie

schwebend auf der Schwelle, als wage sie sich keinen Schritt weiter. Byron hatte keine Ahnung, wie lange sie schon da war.

Er rollte sich herum, immer weiter, den Teppich hinauf und hinunter – damit wollte er den Eindruck erwecken, als wäre er ein ganz normaler Junge, der ein Tobespiel spielte, auch wenn er schon etwas groß dafür war. Er rollte so schnell, dass er sich an den nackten Armen und Beinen die Haut verbrannte, so schnell, dass ihm schwindlig wurde. Seine Mutter lachte, und die Eiswürfel in ihrem Glas klirrten wie Scherben. Weil sie fröhlich schien, rollte er noch ein bisschen weiter. Dann kniete er sich hin und sagte: »Ich glaube, wir sollten morgen mit dem Bus zur Schule fahren.«

Seine Mutter erschien ihm für ein paar Sekunden hin- und herzuschwanken, weil er es mit dem Rollen leicht übertrieben hatte.

»Mit dem Bus?«, fragte sie, als sie wieder senkrecht stand. »Wieso denn das?«

»Oder vielleicht mit dem Taxi. Wie früher, als du noch nicht fahren konntest.«

»Aber seit dein Vater mir das Fahren beigebracht hat, ist das doch nicht mehr nötig.«

»Ich dachte, es wäre mal was anderes.«

»Wir haben doch den Jaguar, Schatz.« Nicht das geringste Zucken. »Dein Vater hat ihn gekauft, damit ich euch zur Schule fahren kann.«

»Genau. Der Wagen ist so neu, dass wir ihn schonen sollten. Außerdem sagt Vater immer, dass Frauen nicht fahren können.«

Da lachte sie laut auf. »Also, das ist offensichtlich falsch. Obwohl dein Vater natürlich ein sehr kluger Mann ist. Viel klüger als ich. Ich habe noch nie ein Buch von Anfang bis Ende gelesen.«

»Du liest Zeitschriften. Kochbücher.«

»Ja, aber die haben Bilder drin. In klugen Büchern stehen nur Wörter.«

Während des Schweigens, das nun folgte, betrachtete sie ihre verletzte Hand, kippte die Handfläche nach oben und nach unten. Nichts existierte als das hereinfallende Licht, in dem silberne Stäubchen wirbelten, und das beharrliche Ticken der Uhr auf dem Kaminsims.

»Wir haben heute früh einen kleinen Schlenker gemacht«, sagte sie leise. »Weiter war nichts.« Dann sah sie auf ihre Armbanduhr und rief: »Huch! Du meine Güte, es ist Zeit für dein Bad.« Als hätte es klick gemacht, fiel sie in die Rolle der Mutter zurück wie ein Schirm, der in die richtige Form aufspringt. Sie lächelte. »Wenn du magst, kannst du Badeschaum haben. Hast du auch nichts von den Sachen deines Vaters angefasst?«

Das war alles, was sie zu dem Unfall sagte.

Die Woche nahm ihren Lauf, und alles ging weiter wie gehabt. Niemand kam, um seine Mutter zu verhaften. Die Sonne ging auf, kletterte in hohem Bogen den Himmel hinauf und hinunter und ging auf der anderen Seite der Heide wieder unter. Wolken zogen vorüber. Manchmal stocherten sie mit knochigen Fingern an den Hügelflanken, manchmal wuchsen sie und wurden dunkel wie Schmutzflecken. Nachts kam der Mond heraus, ein blasser Abklatsch der Sonne, und schüttete sein Licht in verschiedenen Silberblauschattierungen über die Hügel. Seine Mutter ließ in den Schlafzimmern nachts die Fenster offen, damit Luft hereinkam. Die Gänse riefen vom Teich. Füchse kläfften durch die Dunkelheit.

Diana fuhr mit den kleinen Dingen fort, die sie stets getan hatte. Ihr Wecker weckte sie um halb sieben. Sie schluckte ihre Tablette mit Wasser und sah auf ihre Armbanduhr, um sich nicht zu verspäten. Sie zog ihre altmodischen Röcke an, die ihrem Mann so gefielen, und bereitete das gesunde Frühstück für Byron zu. Am Mittwoch war die Bandage von ihrer Hand verschwunden, nichts knüpfte mehr an den Vormittag in der Digby Road an. Sogar James schien die zwei Sekunden zu vergessen.

Nur Byron erinnerte sich immer wieder daran. Die Zeit war verstellt worden. Seine Mutter hatte ein Kind angefahren. Byron hatte es gesehen, sie nicht. Die Wahrheit war immer gegenwärtig wie ein Splitter in der Ferse, und obwohl er ihr sorgsam aus dem Weg zu gehen versuchte, vergaß er manchmal die Vorsicht, und schon tauchte die Wahrheit wieder auf. Er versuchte, sich mit anderem zu beschäftigen, spielte mit seinen Soldaten oder übte Zaubertricks, die er James zeigen wollte, aber die Bilder kehrten immer wieder zurück, kleine Einzelheiten, als wären sie zu einem Teil seiner selbst geworden. Das gestreifte Schulkleid des kleinen Mädchens, ihre lakritzschwarzen Zöpfe, die Sockenbündchen an ihren Knöcheln, die leer drehenden Räder ihres roten Fahrrads. Alles, was man tat, hatte Folgen. Wenn man nichts wusste, gab einem Mr Roper zur Strafe Sätze zum Abschreiben auf, oder wenn Byron einen Stein über den Zaun in den Teich warf, sah er Wasserringe, die sich öffneten wie Blüten. Nichts geschah isoliert für sich. Und obwohl seine Mutter nicht schuld war, obwohl niemand von dem Unfall wusste, musste er Nachwirkungen haben. Byron hörte den Uhren zu, die im ganzen Haus tickten und tackten und ihre Wanderung durch die Zeit mit Schlägen verkündeten.

Eines Tages – wenn nicht jetzt, dann in der Zukunft – würde jemand dafür bezahlen müssen.

6
Der orangefarbene Hut

Jim besprüht den Tisch am Fenster. Einmal. Zweimal. Er wischt. Einmal. Zweimal. Er hat seine eigene Flasche antibakteriellen Mehrzweckreiniger und auch seinen eigenen blauen Lappen.

Der Himmel im frühen Dezember ist schwer von Schnee, der nicht fällt. Vielleicht wird es weiße Weihnachten geben. Das wäre doch was, Schnee zum ersten Mal, seit er im Van lebt. Kunden eilen über den Parkplatz, sie schleppen recycelbare Tüten und kleine Kinder, beugen den ganzen Körper verkniffen der Kälte entgegen, als wäre die Luft voller Pfeffer. Manche tragen Schals und Mützen mit Weihnachtsmotiven, ein kleines Mädchen hat ein Geweih auf, das immer wieder zur Seite rutscht. Und hinter alldem recken sich die Hügelkuppen von Cranham Moor dem Himmel entgegen. Die Kälte hat das Grün, Gelb, Rosa und Lila des Farns, des Heidekrauts, der wilden Orchideen und der Gräser zu einem einheitlichen Braun verbrannt. Jim erkennt in der Ferne Besley Hill und die Baumaschinen ringsherum. Es gehen Gerüchte um, dass dort eine Siedlung von fünfzehn Fünf-Sterne-Luxushäusern entstehen soll. Seit dem Bau von Cranham Village wurden überall auf der Heide neue Baugebiete erschlossen. Die Mauern springen aus der Erde wie Bruchstücke freigescharrter Knochen.

»Haben Sie nichts zu tun?«, fragt Mr Meade, der sich von hinten nähert. Er ist ein kleiner Mann mit sorgfältig gestutztem Schnurrbart, der für Notfälle immer einen Vorrat Parkmünzen dabeihat.

»Ich w-w-w…«

Aber Mr Meade unterbricht Jim. Das tut jeder. Keiner will einen Mann so heftig über Worte stolpern sehen, dass es schmerzt. »Übrigens sitzt Ihr Hut schief, Jim.«

Jims Hut sitzt schief, weil er zu klein ist. Genau genommen ist es auch kein Hut, jedenfalls kein ernstzunehmender. Das Ding ist orange wie das Team-T-Shirt, die Teamschürze und die Teamsocken, sein grobmaschiges Plastikgewebe ist in die ungefähre Form eines Herrenhuts gepresst. Der Einzige, der den Hut nicht trägt, ist Mr Meade, weil er der Geschäftsführer ist. Schließlich erwartet man auch von den Royals nicht, dass sie Fahnen schwenken oder Wimpel aufhängen; vielmehr sollen ja ihretwegen alle anderen patriotisch Flagge zeigen.

Jim rückt seinen Hut gerade, und Mr Meade geht einen weiblichen Gast bedienen. Die neue Köchin verspätet sich schon wieder.

Im Café ist nicht viel los. Es wurde vor kurzem renoviert und verschönert, trotzdem sitzen nur zwei Männer reglos vor ihrem Kaffee, wie tiefgefroren. Das Lebendigste hier ist der blinkende Glasfaser-Weihnachtsbaum, der oben an der Treppe steht und die Kunden, die unten im Supermarkt einkaufen, mit einem festlichen Farbwechsel von Grün zu Rot zu Blau begrüßt. Jim spritzt und wischt. Zweimal. Einmal. Für die Arbeit mag das angehen, eine Art magisches Notpflaster, bis er zum Wohnwagen zurückkehren und die Rituale richtig ausführen kann, den vollen Zyklus von einundzwanzig Durchgängen.

Eine schmale Hand zupft ihn am Ärmel. »Sie haben meinen Tisch ausgelassen«, sagt eine Frauenstimme. Sie gehört der

Frau, die Mr Meade gerade bedient hat. Jim zuckt vor ihren Fingern zurück, als hätte sie ihn verbrannt. Er kann ihr nicht einmal in die Augen sehen.

In Besley Hill sind die stationären Patienten in Zweierreihen spazieren gegangen. Sie haben einander niemals berührt. Wenn die Schwestern ihnen beim Anziehen halfen, taten sie es sehr behutsam, um niemanden in Panik zu versetzen.

»Sehen Sie das?« Die Frau fragt, als wäre er geistig minderbemittelt. Sie deutet auf den Tisch in der Mitte des Cafés, genau zwischen dem Fenster und der Ausgabetheke. Sie hat ihren neuen Mantel über die Stuhllehne gehängt und ihren Kaffee auf den Tisch gestellt, neben die Würzsaucen und Zuckertütchen. Er folgt ihr, und sie hebt die Tasse, damit er darunter saubermachen kann. Wenn sie nur nicht so dicht bei ihm stehen würde. Jim zittern die Hände. Sie seufzt ungeduldig.

»Offen gesagt bin ich schockiert über die Zustände hier«, sagt sie. »Jetzt haben sie so viel Geld in die Renovierung gesteckt, aber es sieht immer noch aus wie im Schweinestall. Kein Wunder kommt keiner her.«

Jim spritzt. Zweimal. Einmal. Er wischt. Zweimal. Einmal. Um sich zu entspannen, leert er seinen Kopf von allen Gedanken, wie es ihm die Schwestern immer gesagt haben. Er denkt an weißes Licht, in dem er schwebt, bis ihn eine weitere Störung unsanft in die Gegenwart zurückholt. »Verdammte Stufen. Mann, Mann, Mann. Dreckstreppe.«

Er kann nicht weiterputzen. Verstohlen wirft er einen Blick auf die Frau, die sich so unfreundlich beschwert hat, aber der hat es vor Fassungslosigkeit die Sprache verschlagen, wie auch den beiden Männern, die vorhin einen tiefgefrorenen Eindruck machten. Alle starren zu dem Weihnachtsbaum oben auf der Treppe.

»Leck mich am Ärmel!«, sagt er.

Jim fragt sich, ob Mr Meade weiß, dass der Baum nicht nur blinkt, sondern auch spricht und flucht, als das Gesicht von Eileen, der neuen Köchin, auf der Treppe erscheint. Sie zieht sich die letzten Stufen hinauf, als müsse sie einen nackten Felsgipfel erklimmen.

»Verdammte Hacke«, sagt sie.

Der Baum blinkt ungerührt. Blink, blink, blink.

Eileen darf die Kundentreppe gar nicht benutzen. Sie muss die Personaltreppe benutzen. Allein das macht Jim schon Angst. Und sie hat seine Rituale unterbrochen. Jetzt muss er noch mal spritzen. Noch mal wischen …

»Ich habe nicht den ganzen Tag Zeit«, drängelt die Kundin. »Können Sie jetzt bitte mal zum Ende kommen?«

Er versucht, Eileen zu ignorieren, aber sie walzt heran wie eine Schlechtwetterfront, da kann er schwer tun, als gäbe es sie nicht. Manchmal hört er sie mit den beiden jungen Mädchen in der Küche lachen, und dieses Lachen hat etwas so Anarchisches, etwas so geballt Fröhliches und Direktes, dass er sich die Ohren zuhalten und warten muss, bis es verklungen ist. Eileen ist eine große, stämmige Frau mit einer störrischen, tizianroten Mähne, die ein paar Schattierungen dunkler ist als die Teamhüte und einem blutleer weißen Mittelscheitel entspringt. Sie trägt einen stechpalmengrünen Mantel, der im Bemühen, ihre Fülle zu umhüllen, an den Nähten Falten wirft.

»Meine Güte!« Die Kundin schreit nun fast. »Ich bitte Sie doch nur, meinen Tisch abzuwischen. Wo ist das Problem? Wo ist der Geschäftsführer?«

Eileen runzelt die Stirn, als hätte sie mitgehört. Dann setzt sie sich in Marsch Richtung Küche. Jim und die Frau liegen direkt auf ihrer Marschroute. Er fängt von vorne an. Er spritzt und wischt. Macht sich leer von Gedanken …

»Ein bisschen dalli, ja!«, wiederholt die unfreundliche Frau.

Eileen ist trotz ihrer Körpermasse erstaunlich wendig; die unfreundliche Frau steht ihr mitten im Weg. Warum weicht sie nicht zur Seite? Warum nimmt Eileen keine andere Route? Wenn sie in diesem Tempo weitermarschiert, wird sie die unfreundliche Frau niedertrampeln. Jim atmet schneller. Ihm dröhnt der Kopf. Wenn die Frau nicht von der Stelle weicht, wenn er die Sache nicht geregelt bekommt, dann wird etwas Schlimmes passieren.

Links, rechts, links, rechts. Links, rechts. Jim reißt beim Wischen den Arm so schnell von einer Seite zur anderen, dass die Muskeln brennen. Seine Finger kribbeln.

Eileen ist schon fast an seinem Tisch. »T-tisch«, flüstert er kaum hörbar. Das Wischen allein funktioniert offensichtlich nicht. Deshalb muss er auch die Worte zu Hilfe nehmen. »Hallo, T–«

»Was brabbeln Sie da?«, knurrt die unfreundliche Frau und tritt näher an ihn heran, um ihn zu hören. Und Eileen rumpelt vorbei wie durch ein geöffnetes Schleusentor. Die Krise ist vorüber.

Ob Eileen den Stuhl versehentlich oder absichtlich anstößt, ist unklar, jedenfalls gerät er ins Wackeln, und der Mantel der Frau rutscht auf den Boden, eine seidige Pfütze. »Schiete!«, sagt Eileen. Sie denkt nicht daran, stehen zu bleiben.

Da ist sie, die Katastrophe. Die Krise ist keineswegs vorüber.

»Entschuldigung«, sagt die unfreundliche Frau, allerdings so schrill, dass das Wort klingt wie sein Gegenteil. »Entschuldigen Sie, wollen Sie meinen Mantel nicht aufheben?«

Eileen lässt sich nicht aufhalten. Sie marschiert weiter auf die Küche zu.

»Heben Sie meinen Mantel auf!«, fordert die Frau.

»Heben Sie ihn doch selber auf«, sagt Eileen über die Schulter.

Jims Herz galoppiert. Der Mantel liegt zu seinen Füßen. »Das lasse ich mir nicht bieten«, stößt die Frau hervor. »Ich werde den Geschäftsführer rufen. Ich werde mich über Sie beschweren.«

»Bitte schön«, sagt Eileen. Und dann – o nein – bleibt sie stehen. Dreht sich um. Eileen mustert die unfreundliche Frau, und die unfreundliche Frau mustert Eileen, und Jim steht in der Mitte dazwischen und spritzt und wischt und flüstert *Hallo, Salzstreuer, Hallo, Canderel-Süßstoff*, damit alles wieder gut wird. Wenn der Mantel sich nur selbst auf den Stuhl zurückzaubern würde. Er schließt die Augen und tastet in seiner Tasche nach dem Schlüsselring. Er denkt an Isolierband und Gedankenleere, aber nichts funktioniert. Der Frau wird Schlimmes passieren. Eileen wird Schlimmes passieren. Den Supermarktkunden und Mr Meade und den Mädchen in der Küche wird Schlimmes passieren, und alles ist Jims Schuld.

Er bückt sich nach dem Mantel. Der ist wie Wasser in seinen Fingern. Jim legt ihn über den Stuhlrücken, aber seine Hände zittern so heftig, dass der Mantel wieder abrutscht und Jim sich noch einmal bücken muss, um ihn noch einmal aufzuheben und noch einmal hinzuhängen. Er spürt, wie die beiden Frauen ihn beobachten, Eileen und die Kundin mit der metallischen Stimme. Ihm ist, als würde er gehäutet. Er fühlt sich mehr wie die beiden Frauen als wie er selbst. Dann setzt sich die unfreundliche Frau hin. Sie schlägt die Beine übereinander, aber Danke sagt sie nicht.

Vor der Küche macht Eileen halt. Sie dreht sich zu Jim um und lächelt breit, dass ihr ganzes Gesicht aufleuchtet. Dann schubst sie die Tür auf und verschwindet. Jim ist so aufgewühlt, dass er an die frische Luft müsste, aber das darf er nicht. Er muss den nächsten Tisch abwischen, und diesmal muss er alles richtig machen.

»Warum müssen Sie denn diese Rituale ausführen?«, hatte ihn einmal eine Psychiatrieschwester gefragt. »Was wird Ihrer Meinung nach passieren, wenn Sie es nicht tun?« Sie sah nett aus, kam frisch aus der Ausbildung. Sie meinte, er male alles zu schwarz und müsse seinen Ängsten offen entgegentreten. »Dann sehen Sie sie so, wie sie wirklich sind. Und erkennen, dass Rituale nichts verändern.« Sie redete von seinen Ängsten, als wären sie Möbelstücke, die er in ein anderes Zimmer räumen und vergessen könnte, redete so liebenswürdig, dass er sich wünschte, sie hätte recht. Sie erhielt von den Ärzten die Erlaubnis, mit Jim zum Bahnhof zu gehen, wo die Leute kamen und gingen, wie sie wollten, wo es keine Möglichkeit gab, verborgene Ecken und sichere Eingänge und Ausgänge auszukundschaften. »Das ist alles nur in Ihrem Kopf, sehen Sie«, sagte sie, als sie aus dem Bus stiegen und den Bahnhofsvorplatz überquerten.

Aber sie hatte sich getäuscht. Es gab so viele Menschen, so viel Chaos – vorbeirasende Züge, überfüllte Bahnsteige, Tauben, denen ein Füßchen fehlte, kaputte Fensterscheiben, höhlenartige Belüftungsschächte –, und er lernte an diesem Vormittag, dass das Leben sogar noch gefährlicher war als gedacht. Er hatte sich bisher höchstens nicht genug Sorgen gemacht, wie alle anderen auch. Er hatte die Katastrophen nicht schwarz genug gemalt. Er musste etwas tun. Sofort. Er rannte zur Toilette, um in Ruhe seine Rituale durchzuführen, und hätte dabei fast einen riesigen Teebereiter im Bahnhofscafé gerammt – und den Pendlern, von denen der Raum voll war, schlimme Verbrühungen zugefügt. Da wuchs ihm alles über den Kopf. Jim löste den Bahnhofsalarm aus. Eine Stunde später, nachdem zahllose Feuerwehrautos angerückt waren und es bei sämtlichen Zügen in den Südwesten zu Verspätungen gekommen war, fand man ihn zu einer Kugel zusammengerollt unter einer Bank liegen. Er sollte die Psychiatrieschwester mit dem frischen Gesicht nie wiedersehen. Sie verlor ihre Stelle – noch etwas, woran er schuld war.

Als Jim später eine neue Rolle blaue Papierhandtücher für die Toiletten holt, hört er Eileen wieder. Sie ist jetzt in der Küche, beim Vorratsschrank, und spricht mit den beiden jungen Frauen, die für die Ausgabe des warmen Essens verantwortlich sind.

»Was ist mit Jim eigentlich los?«, hört er sie fragen. Es empört ihn, seinen Namen aus ihrem Mund zu hören. Damit unterstellt sie zwischen ihnen eine Verbindung, die überhaupt nicht da ist.

Er steht ganz still und hält die Rolle mit den blauen Papierhandtüchern gegen den Bauch geklemmt. Eigentlich will er nicht lauschen. Er will überhaupt nicht hier sein; deshalb erscheint es ihm als die beste Alternative, so zu tun, als wäre er gar nicht da.

»Er wohnt in einem Wohnmobil«, sagt eines der Mädchen. »Drüben in der neuen Siedlung.«

»Er hat kein Haus oder so«, sagt ihre Freundin. »Er steht einfach dort.«

»Er ist ein bisschen ...«

»Ein bisschen *was*?«, fragt Eileen ungeduldig. Was auch immer mit Jim los ist, niemand scheint bereit, es auszusprechen.

»Na, du weißt schon«, sagt das erste Mädchen.

»Zurückgeblieben«, sagt das andere.

»Jim hat Proleten«, verbessert sich das erste Mädchen. Und dann merkt Jim, dass er sich verhört hat. Probleme ist das Wort, das sie benutzt hat. »Er hat die meiste Zeit seines Lebens in Besley Hill verbracht. Als das Heim geschlossen wurde, konnte er nirgendwo mehr hin. Er kann einem nur leidtun. Er tut ja keinem was.« Jim hat keine Ahnung gehabt, dass sie das alles über ihn weiß.

Das zweite Mädchen sagt: »Er gärtnert gern. Pflanzt Zwiebeln und Samen und so. Er kauft sie als Sonderangebot im Supermarkt. Manchmal holt er auch Dünger und solches Zeug. Das stinkt dann wie die Pest.«

Eileen gibt ein paar so abgehackte, so mächtige Laute von sich, dass er einen Augenblick braucht, bis er sie erkennt. Es ist ihr Lachen. Aber es klingt nicht unfreundlich, fällt ihm auf. Es ist, als lache sie nicht *über* Jim, sondern *mit* ihm, was komisch ist, weil er gar nicht lacht. Er lehnt an der Wand, gegen eine blaue Handtuchrolle gepresst, und sein Herz schlägt wie kurz vor dem Explodieren.

»Was ist denn das für ein Mist«, sagt Eileen. »Wie zum Teufel soll dieser bescheuerte Hut denn halten?«

»Wir benutzen Haarnadeln«, sagt das erste Mädchen. »Die musst du durch den Rand bohren.«

»Ach, vergiss es. Das Mistding setz ich nicht auf.«

»Musst du aber. Das ist Vorschrift. Und die Netzhaube. Die musst du auch aufsetzen.«

Was dann passiert, bekommt Jim nicht mehr mit. Die Tür fällt ins Schloss, und die Stimmen sind mit einem Schlag nicht mehr zu hören, dringen nur noch als dumpfes Gemurmel zu ihm durch, ähnlich wie der Rest der Welt verschwindet, wenn Jim etwas anpflanzt. Er wartet noch ein bisschen, und als er sich sicher fühlt, bringt er die Rolle mit dem blauen Krepppapier in die Toiletten und desinfiziert die Waschbecken und Wasserhähne. Den Rest des Vormittags wischt Jim Tische ab und trägt Tabletts zu den jungen Mädchen in der Küche, die ihn als zurückgeblieben beschrieben haben. Die Gäste kommen und gehen – viele sind es nicht. Die Schneewolke hinter dem Fenster ist so schwer, dass sie sich kaum vom Fleck rühren kann.

Jim hat sein Erwachsenenleben immer wieder in Betreuung verbracht. Die Jahre sind vergangen, an manche kann er sich nicht mehr erinnern. Nach einer Behandlung verlor er manchmal ganze Tage; die Zeit wurde zu einer Reihe leerer Räume, die keine Verbindung miteinander hatten. Manchmal musste er die Schwestern fragen, was er heute gegessen hatte und ob er schon spazieren war. Wenn er über Gedächtnisverlust klagte, erklärten die Ärzte dies mit seiner Depression. In Wahrheit fand er das Leben einfach leichter, wenn er vergessen konnte.

Trotzdem war der endgültige Abschied von Besley Hill schrecklich. Es war furchtbar mit anzusehen, wie die anderen Bewohner mit ihren Koffern und Mänteln das Haus verließen, wie sie in Minibussen und Autos von Verwandten davongefahren wurden. Manche weinten. Ein Patient versuchte sogar, über die Heide davonzulaufen. Sie wollten nicht zu Verwandten, von denen sie so lange im Stich gelassen worden waren. Sie wollten nicht in Wohnheime oder ins betreute Wohnen. Nach dem Abschlussgutachten machte eine Sozialarbeiterin für Jim den Job im Supermarkt ausfindig. Sie war mit Mr Meade gut bekannt, sie spielten beide in derselben Laientheatergruppe. Sie wies darauf hin, dass Jim schließlich in seinem Van wohnen könne. Und wenn er wolle, könne er sich eines Tages ein Handy zulegen. Er könne neue Freundschaften schließen. Er könne den neuen Freunden SMS schreiben und sich mit ihnen treffen.

»Aber ich habe Angst«, sagte er. »Ich bin nicht wie normale Leute. Ich weiß nicht, was ich tun soll.«

Die Sozialarbeiterin lächelte. Sie fasste ihn nicht an, sondern legte ihre Hände neben die seinen auf die Tischplatte. »Niemand weiß, wie man normal ist, Jim. Wir versuchen nur alle unser Bestes. Manchmal brauchen wir nicht nachzudenken, dann wieder ist es, als rennen wir einem Bus hinterher, der schon halb die Straße runter ist. Aber es ist nicht zu spät für dich. Du bist erst in den Fünfzigern. Du kannst noch einmal anfangen.«

Als Jim das nächste Mal an Eileen vorbeigeht, wendet er den Blick ab und macht einen großen Bogen um sie. Aber sie bleibt stehen und fragt: »Na, Jim? Wie geht's?« Sie ist gerade auf dem Weg zu einem Gast, dem sie ein getoastetes Sandwich bringen will.

Ihre Frage ist offen und simpel. Trotzdem kann er nicht antworten. Er schaut zu seinen Schuhen hinunter. Sie sind lang und schmal. Seine Hose reicht nicht ganz bis zu den Knöcheln. In der Pubertät nahm sich sein Körper eher den Himmel zum Ziel als die Anzüge und Stühle, die andere Körper ausfüllen wollen. Er kauft seine Stiefel und Sportschuhe immer noch eine Nummer zu groß, weil er Angst hat, dass ihn sein Körper wieder überrumpelt und über Nacht noch einmal ein paar Zentimeter zulegt.

Jim starrt weiter demonstrativ auf seine Füße, als wären sie ein ungemein spannender Anblick. Er fragt sich, wie lange er das durchhalten wird und ob Eileen bald weitergeht.

»Lass dich von mir nicht stören«, sagt sie.

Sogar ohne hinzuschauen, sieht er sie dastehen, eine Hand in die Hüfte gestemmt, die Füße breit auf dem Boden. Das Schweigen ist unerträglich.

»Bis dann«, sagt sie schließlich.

Sie will schon gehen, als Jim den Kopf hebt. Ihr in die Augen zu blicken ist ihm zu viel, aber sie soll wissen … ja, was denn? Er versucht zu lächeln. Eileen hält den Teller in der Hand, auf dem das Sandwich mit dem Belag »nach Jahreszeit« und der Garnitur angerichtet ist; Jim hält sein Desinfektionsspray. Sein Lächeln fällt nicht sehr breit aus. Es ist eher eine kleinere gymnastische Betätigung seiner Gesichtsmuskeln. Er möchte nur, dass sie versteht – was genau sie verstehen soll, ist allerdings schwer zu sagen. Sein Lächeln ist ein bisschen wie das Schwenken einer weißen Fahne. Oder wie ein Licht im Dunkeln. Als wolle er sagen: Hier bin ich, da bist du. Weiter nichts.

Sie sieht ihn stirnrunzelnd an, als habe er Schmerzen.

Er wird an dem Lächeln wohl noch arbeiten müssen.

7
Noch einmal davongekommen

»Ich glaube, es gibt eine Verschwörung«, flüsterte James Lowe am Freitagnachmittag. Die Jungs beugten sich über ihre Bänke und lernten den Stoff über Zellteilung und Amöben.

»Eine Verschwörung?«, wiederholte Byron.

»Ich glaube, deshalb wurden die zwei Sekunden nicht erwähnt. Wir sollen die Wahrheit nicht erfahren. Wie bei der Mondlandung.«

»Was ist mit der Mondlandung?«

»Ich habe gelesen, das sei alles erfunden. Die Astronauten sind nie dort gewesen. Die haben einen falschen Mond in einem Studio aufgebaut und Fotos gemacht.«

»Aber warum sollen wir von den zwei Sekunden nichts wissen?«, flüsterte Byron. »Das begreife ich nicht.« Er begriff auch nicht, was James über die Mondlandungen sagte. Schließlich hatte er die NASA-Fotos von den Astronauten und Apollo 15 bekommen; die konnten doch keine Fälschungen sein. Ihm drehte sich der Kopf. Die Hitze half auch nicht weiter. Die Luft im Klassenzimmer war heiß, stickig und wie zum Schneiden. Im Lauf der Woche waren die Temperaturen immer höher geklettert. Aus einem ausgeblichenen Himmel herab setzte die Sonne das Land in Brand. Zu Hause kratzte der fahle Rasen unter Byrons nackten Füßen, und an den Steinplatten auf der

Terrasse verbrannte er sich wie an heißen Tellern. Die Rosen seiner Mutter ließen die Köpfe hängen, als wären sie zu schwer; die Blätter vertrockneten an den Stielen, die Mohnblüten hingen schlaff herab. Sogar die Bienen sahen aus, als wäre es ihnen zum Herumsummen zu heiß. Hinter dem Garten zeigte die Heide ihr dunstiges Patchwork aus Grün, Lila und Gelb.

»Warum wollte die Regierung nicht, dass wir von den Extrasekunden erfahren?«, wiederholte Byron seine Frage, weil James inzwischen ein Diagramm zeichnete und die Sekunden anscheinend schon wieder vergessen hatte.

Mr Roper sah von seinem Pult auf dem Podium vor der Klasse auf. Er musterte das Meer der kleinen Köpfe, wie um einen auszuwählen, den er fressen wollte. James wartete. Als Mr Roper in eine andere Richtung sah, erklärte er: »Falls die Leute protestieren. Es ist mit den Bergarbeitern schon schlimm genug. Wenn es so weitergeht, gibt es wieder Kurzarbeit, eine Dreitagewoche. Die Regierung will nicht noch mehr Unruhen, deshalb haben sie die Sekunden eben eingeschoben und gehofft, niemand würde es bemerken.«

Byron versuchte, sich wieder seinem Biologiebuch zuzuwenden, aber die Schautafeln sagten ihm nichts. Sie waren nur noch abstrakte Formen, wie auch Worte ihre Bedeutung verlieren konnten, wenn er sie in seinem Zimmer tausendmal wiederholte. Er sah immer wieder das kleine Mädchen in der Digby Road vor sich. Ihr Bild überlagerte alles andere. Ihr Kleid, das sich oberhalb der Knie verfangen hatte, ihre Socken, die auf die Knöchel heruntergerutscht waren, ihre Füße unter dem Rad. Er konnte nicht mehr schweigen. »James?«, flüsterte er. »Ich habe ein Problem.«

James legte seinen Bleistift parallel zum Radiergummi ab. Er wartete. Als Byron nichts mehr sagte, fragte er. »Hat es zufällig mit den Amöben zu tun?«

Nein, flüsterte Byron. Das hatte es nicht, doch wenn sie schon dabei waren, musste er zugeben, dass es ihn noch immer verwirrte, wie eine einzelne Zelle beschließen konnte, zwei zu werden.

»Es ist sehr kompliziert. Es war alles ein Missgeschick.«

»Was für ein Missgeschick?«

»Es hat mit den zwei Sekunden zu tun …«

An dieser Stelle wurde Byron unterbrochen; etwas Hartes sauste auf sein Ohr herunter. Er sah vor sich Mr Roper mit einem Wörterbuch in die Höhe ragen; in seinem Gesicht loderte ein Zorn, der seine Augen verdunkelte und seinen Atem beschleunigte. Weil Byron während der Unterrichtsstunde geredet hatte, musste er zur Strafe hundertmal einen Satz schreiben, und weil er einen Mitschüler gestört hatte, weitere hundertmal denselben Satz. (*Ich muss mich bemühen, nicht dümmer zu sein, als Gott mich gewollt hat.*)

»Ich könnte die Sätze für dich schreiben«, bot James ihm später an. »Es ist sehr ruhig bei uns am Wochenende. Außer der Vorbereitung auf die Prüfung habe ich nichts zu tun. Und ich würde auch …« – hier beugte er sich so dicht zu Byron hinüber, dass dieser James' Mandeln sehen konnte – »… keine Fehler machen.«

Byron bedankte sich, wandte aber ein, dass Mr Roper den Unterschied sofort erkennen würde. James verkleckerte keine Tinte, seine Buchstaben taumelten nicht gefährlich abschüssig übers Papier, wie es Byrons Schrift gern tat.

»Siehst du votre père am Wochenende?«

»Oui, James.«

»Moi aussi. Macht er …?«

»Macht er was?«

»Macht er Spiele mit dir et choses comme ça? Redet er?«

»Mit mir?«

»Ja, Byron.«

»Nun ja, er ist müde. Er muss ausspannen. Er muss an die nächste Woche denken.«

»Meiner auch«, sagte James. »Vermutlich wird das eines Tages egal pour nous sein.« Die Jungs verstummten, als sie über ihre Zukunft nachsannen.

Byron hatte James nur ein einziges Mal zu Hause besucht. Das Haus der Familie Lowe war ein kühler Neubau auf einem kleinen Anwesen mit elektrischen Toren. Anstelle eines Gartens gab es einen gepflasterten Außenbereich, und drinnen schützten Plastikmatten die cremefarbenen Teppichböden. Die Jungen hatten schweigend im Speisezimmer gegessen. Danach hatten sie draußen auf der Privatstraße gespielt, aber eher halbherzig – fast mit feierlichem Ernst.

James und Byron verließen die Schule, ohne die beiden Sekunden oder Byrons Geheimnis noch einmal zu erwähnen. Bei genauerer Überlegung war Byron froh darüber. Er befürchtete, seinem Freund eine zu große Last aufzubürden. Manchmal trottete James hinter seiner Mutter her, die schmächtigen Schultern vorgebeugt und den Kopf gesenkt, als wäre seine ganze Intelligenz in seinen Schulranzen gepackt, schwer und mühsam zu tragen.

Außerdem hatte Byron andere Sorgen. Nachdem die Schule diese Woche vorbei war, stand nichts mehr zwischen ihm und dem Besuch seines Vaters. Der kleinste Versprecher, und sein Vater käme darauf, dass sie in der Digby Road gewesen waren. Zu Hause sah Byron seiner Mutter zu, wie sie frische Rosen aus dem Garten in der Vase arrangierte und sich die Haare eindrehte, und sein Herz klopfte. Sie rief die Zeitansage an, um sich zu vergewissern, ob ihre Armbanduhr auch bestimmt richtig ging, und während sie von Raum zu Raum eilte und nachsah, ob die Handtücher im Bad sauber waren, und den Stapel *Reader's Digest* auf dem Couchtisch geraderückte, schlich Byron in die Garage. Noch einmal leuchtete er den Jaguar mit der Taschenlampe ab, fand aber von dem Unfall keine Spur.

Sie warteten gemeinsam mit allen anderen Freitagabendfamilien am Bahnhof auf den Vater. In der Sonne war es immer noch zu heiß, und so standen sie im Schatten des Zauns am Ende des Bahnsteigs, ein wenig abseits von den anderen. Schließlich hatte Vater in der Bank täglich mit Leuten zu tun, da wollte er nicht aus dem Zug steigen und Mutter im Geplauder mit Fremden vorfinden. Beim Warten zog sie immer wieder ihren Taschenspiegel aus der Handtasche und hielt ihn sich von allen Seiten vors Gesicht, wie um zu prüfen, ob alles am richtigen Platz säße. Byron zeigte Lucy, wie sie mit Hilfe von Pusteblumen die Zeit bestimmen konnte: Es war so viel »Uhr«, wie sie Puster brauchte, um alle Samen wegzublasen. Aber die Luft stand so dick und unbewegt, dass die Samen kaum wegflogen.

»Es ist dreizehn Uhr«, sang Lucy. »Es ist fünfzehn Uhr.«

»Still jetzt, ihr beiden«, mahnte ihre Mutter. »Der Zug kommt.«

Auf dem Bahnhofsvorplatz flogen Autotüren auf, Mütter und Kinder stürzten auf den Bahnsteig. An die Stelle der weißen Hitze, der Lähmung und des Schweigens, die hier geherrscht hatten, traten Farben, Bewegung und Gelächter.

Einmal waren sie zu spät gekommen, das war noch in den Tagen, bevor Diana fahren gelernt hatte. Seymour hatte im Taxi nichts gesagt, weil es unhöflich war, seinem Groll vor Fremden Luft zu machen, aber in Cranham House hatte er getobt. Ob Diana nicht wisse, wie demütigend es sei, wenn man als einziger Mann auf dem Bahnsteig übrig bleibe, nicht abgeholt? Als sei er ihr egal? Nein, nein, sagte sie immer wieder, es war ein Versehen. Aber Seymour konnte nicht aufhören. Ein Versehen? Konnte sie die Uhr nicht lesen? Noch etwas, was ihr ihre Mutter nicht beigebracht hatte? Byron war unter die Bettdecke gekrochen und hatte sich die Hände auf die Ohren gepresst, um nichts mehr zu hören. Jedes Mal, wenn er die Hände hob, hörte er das Weinen seiner Mutter, das Gebrüll seiner Vaters und später dann ein anderes Geräusch, ein viel leiseres aus dem Schlafzimmer, als ringe sein Vater um Luft. So lief es oft ab.

Der Zug hielt am Bahnsteig. Lucy und Byron sahen aufmerksam zu, wie die anderen Väter ihre Kinder begrüßten. Manche tätschelten sie an den Schultern, andere umarmten sie. Lucy lachte laut auf, als ein Vater seine Aktentasche auf den Boden schleuderte und seine Tochter in die Luft wirbelte.

Seymour war der Letzte. Er ging den ganzen Bahnsteig entlang, die Sonne im Rücken, so dass es aussah, als bewege sich ein Schatten auf sie zu – alle drei verstummten. Er machte mit seinem Mund einen feuchten Abdruck auf der Wange seiner Frau. »Kinder«, sagte er. Er gab ihnen keinen Kuss.

»Hallo, Vater.«

»Hallo, Darling.« Diana fasste sich ans Gesicht, wie um die Haut wieder in Ordnung zu bringen.

Seymour setzte sich auf den Beifahrersitz und stellte die Aktentasche auf seinem Schoß ab. Er beobachtete Diana scharf. Wie sie den Zündschlüssel umdrehte, den Sitz einstellte, die Handbremse löste – die ganze Zeit beobachtete er sie. Ihre Zunge schlüpfte immer wieder aus dem Mund, leckte über die Unterlippe und verbarg sich wieder.

»Spiegel, Blinken, Manöver«, sagte er, als sie vom Bahnhofsplatz herunterfuhren.

»Ja, Darling.« Ihre Finger zitterten auf dem Lenkrad, sie strich sich immer wieder die Haare hinter die Ohren.

»Vielleicht möchtest du jetzt auf die linke Spur wechseln, Diana.«

Die Luft schien am Wochenende stark abzukühlen. Byron bemerkte, dass seine Mutter sich oft an den Halsausschnitt ihrer Strickjacke fasste, wenn sein Vater nach Hause kam.

Byrons Ängste schienen unbegründet, der Besuch schien glatt zu verlaufen. Lucy sagte nichts von der Digby Road. Seine Mutter sagte nichts vom Jaguar. Sie parkte den Wagen in der Garage, wo er hingehörte, und erwähnte mit keinem Wort, wie er schlitternd zum Stehen gekommen war. Auch die beiden Sekunden wurden nicht erwähnt. Byrons Vater hängte seinen Anzug in den Schrank und wählte eine der Cordhosen, der traditionsreichen schottischen Harris-Tweed-Jacken und der Seidenkrawatten, seine ländliche Garderobe. Die Kleidung seines Vaters war immer so steif, auch beim Entspannen am Wochenende. Was er anhatte, sah weniger nach Stoff aus, sondern mehr nach Pappe. Er las in seinem Arbeitszimmer seine Zeitungen und machte, begleitet von Byrons Mutter, seinen Samstagnachmittagsspaziergang zum Teich hinunter, wo er ihr zusah, wie sie den Enten und Gänsen Körner hinstreute. Im Gegenzug wusch sie seine Hemden und Unterwäsche, und es war wie ein Zeichen, dass sich die Königin auf ihrem Landsitz aufhielt, nur dass statt des Union Jack die Unterhosen seines Vaters in der Sonne hingen. Erst beim sonntäglichen Mittagessen liefen die Dinge aus dem Ruder.

Seymour sah zu, wie Diana Gemüse auf seinen Teller häufte. Er fragte Byron, wie er mit der Prüfungsvorbereitung vorankomme, starrte dabei aber auf Dianas Hände, wie sie jede Kartoffel einzeln auf den Teller löffelte, so dass Byron erst nach einigen Augenblicken merkte, dass sein Vater auf seine Antwort wartete. Er sagte, er komme gut voran. Seine Mutter lächelte.

»Genauso gut wie der Junge von den Lowes?«

»Ja, Vater.« Die Fenster im Esszimmer waren geöffnet, aber es war unerträglich stickig. Die Hitze war wie Suppe.

Byron verstand nicht, warum sein Vater James nicht leiden konnte. Er wusste, dass es nach dem Vorfall mit der Brücke ein Telefonat gegeben hatte, dass sich Andrea Lowe beschwert und sein Vater versprochen hatte, den Teich einzuzäunen, aber danach war doch alles geklärt. Die beiden Väter hatten sich bei der Weihnachtsparty die Hand geschüttelt und sich gegenseitig versichert, sie nähmen einander nichts übel. Aber seit damals betonte Seymour immer wieder, Byron solle sich mit anderen Jungen anfreunden. Der kleine Lowe habe lauter überspannte Ideen, da spiele es keine Rolle, dass sein Vater Akademiker und Kronanwalt sei. Diana band sich die Schürze ab. Sie setzte sich. Seymour streute Salz über das Brathähnchen. Er redete von den Unruhen in Irland und den Bergarbeitern, wie sie nun alle ihren Denkzettel bekämen, und Diana sagte, ja, ja, und dann forderte er sie auf: »Erzähl mir von dem neuen Jaguar.«

Byron hob es mit einem Ruck den Magen. Sein Inneres schien sich zu verflüssigen.

»Entschuldige, wie meinst du das?«, fragte Diana.

»Nehmen die anderen Mütter immer noch Notiz davon?«

»Die wünschen sich alle, sie hätten so viel Glück wie ich. Setz dich bitte gerade hin, Byron.«

Er warf einen verstohlenen Blick zu Lucy hinüber. Sie presste den Mund so fest zusammen, dass die Lippen gefährlich danach aussahen, zu den Ohren abzuwandern.

»Ich dachte, wir könnten nach dem Essen eine Spritztour mit ihr machen.«

»Meinst du, mit Lucy?«, fragte seine Mutter.

»Ich meine, mit dem neuen Jaguar – mit der Limousine«, sagte sein Vater.

Seine Mutter räusperte sich. Nur ganz leise, aber der Kopf seines Vaters schoss sofort in die Höhe. Er legte Messer und Gabel hin und wartete, die Augen forschend auf sie gerichtet. »Ist etwas passiert?«, fragte er schließlich. »Ist ihr etwas passiert?«

Diana griff nach ihrem Glas, und vielleicht zitterte ihre Hand ganz leicht, weil die Eiswürfel klirrten. »Ich wünschte mir nur …« Was immer sie sich wünschte, sie überlegte es sich anders und brach mitten im Satz ab.

»Was wünschst du dir, Diana?«

»Dass du aufhören würdest, den Jaguar *sie* zu nennen.«

»Wie bitte?«

Sie lächelte. Sie griff nach der Hand ihres Mannes. »Es ist ein Auto, Seymour. Keine Frau.«

Byron lachte, denn sein Vater sollte erkennen, dass diese Bemerkung nicht persönlich gemeint war. Sie war sogar, haha, so wahnsinnig witzig, dass man sich den Bauch halten und sich ausschütten musste vor Lachen. Und wenn man den potenziellen Ernst der Situation betrachtete, war die Bemerkung auch sehr klug. Für jemanden, der nach eigener Aussage ungebildet war, sorgte seine Mutter immer wieder für Überraschungen. Byron suchte nach Lucys Blick und nickte ihr zu, um sie zum Mitlachen zu ermuntern. Wahrscheinlich riss auch die Erleichterung, dass nichts von dem Geheimnis ans Licht gekommen war, die beiden mit; Lucy krümmte sich vor Lachen, dass ihre Zöpfe in die Bratensauce fielen. Als Byron einen Seitenblick wagte, bemerkte er Vaters starre Oberlippe. Kleine Schweißtröpfchen säumten sie wie Perlen.

»Lachen die Kinder über mich?«

»Natürlich nicht«, sagte Diana. »Kinder, so lustig ist das auch wieder nicht.«

»Ich arbeite die ganze Woche.« Seymour redete mit großer

Sorgfalt, sprach die Worte aus, als wären sie sperrige Gebilde zwischen seinen Zähnen. »Das tue ich alles für dich. Ich habe dir einen Jaguar gekauft. Keiner der anderen Männer kauft seiner Frau einen Jaguar. Der Verkäufer in der Niederlassung wollte seinen Ohren nicht trauen.«

Je mehr er redete, desto älter wirkte er. Diana sagte immer wieder nickend: »Ich weiß, Darling, ich weiß.« Zwischen Diana und Seymour bestand ein Altersunterschied von fünfzehn Jahren, aber in diesem Moment schien er der einzige Erwachsene im Raum zu sein. »Bitte – können wir das nicht nach dem Essen besprechen?« Sie warf einen Blick auf die Kinder. »Schwarzwälder Kirschtorte als Nachtisch. Dein Lieblingskuchen, Darling.«

Seymour versuchte, seine Freude nicht zu zeigen, aber sie schlich sich trotzdem auf sein Gesicht und zwang ihn, den Mund schmollend nach unten zu verziehen wie ein trotziges Kleinkind. Zum Glück griff er wieder zum Besteck, schweigend beendeten sie die Mahlzeit.

So war es mit Seymour. Manchmal wollte in seinem Gesicht ein Kind durchkommen, dann machte er eine Grimasse, um das Kind zu vertreiben. Im Wohnzimmer standen zwei gerahmte Fotografien von Seymour als kleinem Jungen. Das erste Foto war in Rangun aufgenommen worden, im Garten der Familie. Seymour hatte einen Matrosenanzug an und hielt Pfeil und Bogen in der Hand. Hinter ihm waren Palmen und riesige Blüten zu sehen, mit handgroßen Blütenblättern, aber wie er seine Spielsachen von sich weg streckte, verriet, dass er gar nicht mit ihnen spielte. Das zweite Foto war ein Schnappschuss von der Ankunft in England, als seine Eltern das Schiff verließen. Man sah, dass Seymour fror und Angst hatte. Er starrte zu seinen Füßen hinunter, und der Matrosenanzug sah völlig fehl am Platz aus. Nicht einmal Seymours Mutter lächelte. »Du weißt gar nicht, was für ein Glück du hast«, sagte sein Vater manchmal zu Byron. »Ich musste die ganze Zeit kämpfen. Als wir nach England zurückkehrten, hatten wir nichts. Rein gar nichts.«

Von Diana gab es keine Fotos. Sie sprach nie von ihrer Kindheit. Es war unmöglich, sie sich anders vorzustellen als in ihrer Rolle als Mutter.

In seinem Zimmer vertiefte sich Byron noch einmal in seinen geheimen Plan von der Digby Road. Er wünschte, seine Mutter hätte nichts über die Angewohnheit seines Vaters gesagt, von dem Wagen zu sprechen wie von einer weiblichen Person. Er selbst wünschte, er hätte nicht gelacht. Das war der ungünstigste Moment für eine Meinungsverschiedenheit mit seinem Vater. Byron hatte deshalb ein so flaues, schwankendes Gefühl im Magen wie damals wegen der Cocktailparty, die seine Eltern letzte Weihnachten für die anderen Eltern von Winston House gegeben hatten. Unten aus der Küche drangen Stimmen zu ihm hoch. Er versuchte wegzuhören, aber sein Vater hatte die Stimme erhoben, und Byron hörte ihn, da konnte er summen, so viel er wollte. Die Linien auf seiner Karte begannen zu verschwimmen, die Bäume hinter dem Fenster wurden zum grünen Gekrakel vor blauem Grund. Dann wurde es im Haus plötzlich so still, als wäre alles zu Staub zerfallen. Er schlich auf Zehenspitzen in die Eingangshalle. Er konnte nicht einmal Lucy hören.

Als er seine Mutter allein in der Küche entdeckte, musste Byron so tun, als wäre er von weit hergerannt, so erschrocken war er. »Wo ist Vater?«

»Er ist nach London zurückgefahren. Er hat zu arbeiten.«

»Hat er den Jaguar nicht untersucht?«

Sie sah ihn verständnislos an: »Warum sollte er denn? Er hat ein Taxi zum Bahnhof genommen.«

»Warum hast du ihn denn nicht hingefahren?«

»Ich weiß nicht. Es war keine Zeit. Du stellst aber eine Menge Fragen, Schatz.«

Sie verstummte, und er fürchtete schon, sie sei verärgert, bis sie sich umdrehte und Seifenblasen in die Luft wirbelte. Lachend fing Byron die Blasen ein, und sie wedelte eine davon heran, dass sie sich als weißer Knopf auf seine Nase niederließ. Ohne seinen Vater bekam das Haus wieder etwas Weiches.

Die Weihnachtsparty war Seymours Idee gewesen. Sie fand mehrere Monate nach dem Vorfall am Teich statt. Es sei Zeit, diesen Eltern von der Schule ein, zwei Dinge klarzumachen, sagte er. Sie verschickten spezielle Einladungen auf weißen Karten. Diana hatte einen Baum gekauft, der so groß war, dass er an die Decke der Eingangshalle stieß. Sie hängte Papiergirlanden auf, polierte die Wandtäfelung, spritzte Füllungen in Blätterteigpastetchen und fädelte Maraschinokirschen auf Cocktailspießchen. Alle waren gekommen, sogar Andrea Lowe und ihr Mann, der Kronanwalt.

Er war ein schweigsamer Mann mit Samtjackett und Fliege, der seiner Frau, die ihr Glas und ihre Appetithäppchen in der Serviette mit sich herumtrug, überallhin folgte.

Diana hatte von ihrem Servierwagen Gläser an die Gäste verteilt, und alle bewunderten die neue Fußbodenheizung, die Einbauküche, die avocadogrünen Bäder, die Einbauschränke in den Schlafzimmern, die elektrischen Kamine und die Doppelverglasung an den Fenstern. Byrons Aufgabe war es gewesen, den Gästen den Mantel abzunehmen.

»Neues Geld«, hörte er eine Mutter sagen. Byron vermutete dahinter eine gute Sache, wo jetzt in der Währung das Dezimalsystem eingeführt worden war. Sein Vater ging gerade vorbei, als die Frau ihre Bemerkung fallenließ, und Byron fragte sich, ob auch er sich darüber freute, doch anscheinend biss er gerade in seinem Pilzpastetchen auf etwas Unangenehmes. Seymour verzog das Gesicht; aber ihm schmeckte eben nichts ohne Fleisch.

Später am Abend schlug Deirdre Watkins ein Partyspiel vor, auch daran erinnerte sich Byron, obwohl er sich auf einen Beobachterposten oben an der Treppe hatte beschränken müssen. »Au ja, ein Partyspiel«, rief seine Mutter und lachte. Sie war eben immer freundlich. Und obwohl Byrons Vater keine Spielernatur war, außer man zählte Solitär oder sehr schwierige Kreuzworträtsel zu Spielen, waren sich alle Gäste einig, dass ein Partyspiel ein Riesenspaß wäre, und so musste er eben mitmachen. Schließlich war er der Gastgeber.

Sein Vater hatte Diana die Augen verbunden, ein wenig grob, fand Byron, aber sie beklagte sich nicht. Das Spiel bestehe darin, erklärte sein Vater, dass sie ihn finden müsse. »Meine Frau mag Spiele. Nicht wahr, Diana?« Manchmal hatte Byron das Gefühl, sein Vater schieße übers Ziel hinaus, wenn er den Spaßvogel mimte. Man erhielt ein zutreffenderes Bild von ihm, wenn er seine Ansichten über die Europäische Wirtschaftsgemeinschaft oder den Tunnel unter dem Ärmelkanal kundgab. (Er war gegen beides.) Aber jetzt wogte es im Wohnzimmer von Erwachsenen, alle lachten und tranken und riefen seiner Mutter zu, als sie mit flatternden Händen herumtastete und stolperte.

»Seymour?«, rief sie immer wieder. »Wo bist du?«

Sie fasste an die Wangen, Haare und Schultern von Männern, die nicht ihr Mann waren. »O nein«, sagte sie dann. »Du meine Güte, Sie sind nicht Seymour.« Und die Menge lachte. Sogar Andrea Lowe gelang ein Lächeln.

Sein Vater hatte den Kopf geschüttelt, als wäre er müde, verletzt oder vielleicht sogar gelangweilt – was genau, war schwer zu sagen –, und war gegangen. Niemand außer Byron hatte es mitbekommen. Aber Diana suchte immer weiter nach ihm, rempelte gegen die Menge, wurde von den Gästen weitergereicht wie ein Ball oder eine Puppe, und alle lachten und johlten, stießen sie einmal fast in den Weihnachtsbaum, während sie mit ausgestreckten, wedelnden Händen suchte.

Das war die letzte Party, die seine Eltern veranstalteten. Sein Vater sagte, eine weitere gebe es nur über seine Leiche. Das schien Byron kein einladender Ort für eine Party. Aber bei der Erinnerung an den Abend, an die Übelkeit und Verwirrung, die ihn überkamen, als er seine Mutter wie ein Stück Treibholz durch das Haus gleiten sah, wünschte er sich wieder, sie hätte nichts über den neuen Jaguar gesagt.

Am Sonntagabend breitete Byron sein Leintuch und seine Bettdecke auf dem Fußboden aus. Für Notfälle legte er seine Taschenlampe und sein Vergrößerungsglas an der Seite bereit. Er sah Unannehmlichkeiten auf sich zukommen, und obwohl ihm weder Tod noch Hungersnot drohte, war es wichtig zu wissen, dass er durchhalten und das Beste aus der Lage machen könnte. Erst kam ihm die Bettdecke erstaunlich dick und weich vor; er freute sich, dass Durchhalten so leicht war. Es fiel ihm nur nicht so leicht, gleichzeitig zu schlafen.

Die Hitze war dem Unternehmen auch nicht förderlich. Byron lag auf der Decke und knöpfte seine Schlafanzugjacke auf. Er döste langsam ein, doch als die Kirchenuhr zehn schlug und die Glockentöne über die Heide hallten, war er wieder hellwach. Er hörte seine Mutter ihre Musik im Wohnzimmer ausschalten, hörte ihre leichten Schritte auf der Treppe, den Klick, mit dem sich ihre Zimmertür schloss, und die Stille, die darauf folgte. Auf welche Seite er sich auch drehte, wie gut er die Decken auch aufschüttelte, immer traf sein weiches Fleisch auf harte Flächen. Die Stille war so laut, dass er sich nicht vorstellen konnte, wie dabei überhaupt jemand schlafen konnte. Er hörte die Füchse auf der Heide. Er hörte die Eule, die Zikaden, und manchmal gab es im Haus ein Knarzen oder sogar einen dumpfen Schlag. Byron tastete nach seiner Taschenlampe und knipste sie an und aus, an und aus, leuchtete mit dem Lichtstrahl die Wände und Vorhänge hinauf und hinunter, falls draußen Einbrecher waren. Die vertrauten Formen in seinem Zimmer sprangen aus dem Dunkel hervor und wichen wieder zurück. Er konnte sich noch so sehr bemühen, die Augen zu schließen, sein Kopf schwirrte nur so von Gedanken an Gefahren. Am nächsten Morgen würde er überall blaue Flecken haben.

Doch da begriff Byron. Um seine Mutter zu retten, genügte es nicht, vom Jaguar zu schweigen. Auch Durchhalten war nicht genug. Er musste überlegen, was James an seiner Stelle täte. Er musste logisch denken. Was er brauchte, war ein Plan.

8
Ein Abgang

Die Schneewolke hinter dem Supermarktfenster sieht so schwer aus, dass es ein Wunder ist, wie sie sich überhaupt noch in der Luft hält. Jim stellt sich vor, wie sie mit einem Plumps auf die Heide heruntersackt. Er stellt sich vor, wie sie aufplatzt und ihr Weiß über die Hügel schüttet, und er lächelt. Fast gleichzeitig folgt ein zweiter Gedanke, aber der ist wie ein Schlag in den Solarplexus, warum, weiß Jim nicht. Er kann kaum atmen.

Obwohl so viele Jahre verlorengegangen sind, fliegt manchmal eine Erinnerung zu ihm zurück. Manchmal kann eine unbedeutende Kleinigkeit zum Funken werden, der ein Stück Vergangenheit zum Auflodern bringt. Andere würden darüber hinweggehen, doch bei ihm kann eine solche Kleinigkeit aus ihrem Zusammenhang heraustreten und solchen Kummer auslösen, dass sich in Jim alles zusammenschnürt.

Es war an einem Winternachmittag wie heute, lange ist es her, als er zum ersten Mal aus Besley Hill entlassen wurde. Da war er neunzehn. Die Heide hatte einen Überzug aus pudrigem Schnee. Er stand am Fenster und sah hinaus, während die diensthabende Schwester seinen Koffer holte und dann seinen blauen Gabardinemantel. Er musste sich sehr verdrehen, um ihn über die Schultern zu ziehen. Als er in die Ärmel schlüpfte, wurden seine Arme nach hinten gezerrt wie von einem Gurt; der Mantel schnitt ihm in die Achseln.

»Sieht so aus, als brauchst du jetzt ein paar Nummern größer«, sagte die Schwester und sah zu ihm hoch. Da wurde ihm bewusst, wie lange er hier gewesen war. Sie sagte ihm, er solle sich in den Warteraum setzen. Da saß er allein, den Mantel auf dem Schoß. Er legte ihn zu einem Bündel von der Größe eines kleinen Haustiers zusammen und streichelte das weiche Futter. Seit dem Tag seiner Ankunft, als sie ihn hereingetragen hatten, war er nicht mehr in diesem Warteraum gewesen. Jetzt war er verwirrt, wusste nicht mehr, was er nun eigentlich war. Er war kein Patient mehr, denn es ging ihm besser. Aber er wusste noch nicht, was das genau bedeutete. Als die Schwester wieder erschien, sah sie ihn überrascht an. »Wieso bist du immer noch hier?«, fragte sie.

»Ich warte, dass mich jemand abholt.«

Sie sagte, seine Eltern würden sicher bald hier sein. Sie bot Jim eine Tasse Tee an.

Er hatte Durst und hätte das Angebot gern angenommen, aber er dachte an seine Eltern und brachte kein Wort heraus. Er hörte die Schwester in der Küche singen, als sie Wasser für sich selbst aufsetzte. Ihr Singen hatte eine Leichtigkeit, als sei alles in ihrem Leben gut. Er hörte sogar das leise Klicken des Teelöffels in ihrem Becher. Er versuchte, Themen zu üben, über die er mit anderen Menschen sprechen könnte. Angeln zum Beispiel. Er hatte mitgehört, wie sich die Ärzte darüber unterhielten, hatte auch mitgehört, wie die Schwestern davon redeten, dass sie tanzen gingen oder sich mit einem neuen Freund trafen. Er wünschte, er wüsste etwas von diesen Dingen. Aber er konnte es ja lernen. Jetzt, wo es ihm besserging, könnte er das alles auch tun. Angeln, tanzen, Mädchen treffen.

Draußen vor dem Fenster schwand das Licht. Die dünne

Schneedecke auf der Heide leuchtete matt wie eine zerbrechliche Zinnschicht. Als die Schwester wieder auftauchte, sprang sie fast in die Höhe. »Bist du immer noch da?«, fragte sie. »Ich dachte, du wärst längst weg.« Sie fragte, ob ihm kalt sei. Ihm war tatsächlich kalt, der Raum war eisig, aber er versicherte ihr, ihm sei schön warm. »Dann mach ich dir wenigstens jetzt noch einen Tee«, sagte sie. »Die werden sicher jeden Moment da sein.«

Während sie in der Küche sang, dämmerte ihm die Wahrheit. Niemand würde kommen. Natürlich nicht. Niemand würde ihm beibringen, wie man angelte oder ein Mädchen zum Tanzen einlud. Er wusste nicht, ob er wegen der Kälte oder wegen der neuen Erkenntnis so zitterte. Er stand auf und schlich aus der Eingangstür. Er wollte die Schwester mit seinem plötzlichen Verschwinden nicht vor den Kopf stoßen, deshalb ließ er den ordentlich zusammengefalteten Mantel auf dem Stuhl liegen, damit sie wusste, dass sie den Tee nicht umsonst gemacht hatte. Er erwartete, dass jemand herauslaufen, ihn am Arm nehmen und zurück ins Haus führen würde, doch niemand kam. Er ging die ganze Einfahrt entlang und fand die Tore verschlossen. Da er die Schwester nicht wieder belästigen wollte, fand er eine Stelle, wo er über die Mauer klettern konnte. Danach lief er los in Richtung Heide, weil er keine Ahnung hatte, wo er sonst hingehen sollte. Er verbrachte mehrere Tage dort oben, wusste nicht, was er empfand, wusste nur, dass etwas mit ihm nicht stimmte, dass er ein Sonderling war, er war nicht geheilt, er war mit Schuld beladen, er war nicht wie alle anderen – bis die Polizei ihn fand, mit nichts als der Unterhose am Leib, und auf kürzestem Weg nach Besley Hill zurückbrachte.

»Sie mögen diese Hügel wohl«, sagt es in seinem rechten Ohr. Jim dreht sich rasch um und findet Eileen hinter sich. Er macht einen Satz von ihr weg, als hätte sie eine ansteckende Krankheit. Ihr orangefarbener Hut sitzt so gefährlich schief auf ihrem Kopf, als wolle er jeden Moment davonfliegen. Sie trägt einen Teller mit einem Schinkensandwich.

Eileen strahlt ihn mit diesem breiten, offenen Lächeln an, das ihr ganzes Gesicht in die Höhe hebt. »Ich wollte Sie nicht erschrecken«, sagt sie. »Ich wirke immer so auf die Leute. Auch wenn ich glaube, dass ich gar nicht so schrecklich bin, erschrecke ich die Leute.« Sie lacht.

Nach seiner ersten Lächelerfahrung möchte Jim nun etwas anderes ausprobieren. Vielleicht sollte er lachen, obwohl er nicht den Eindruck erwecken möchte, dass er sich über Eileen lustig mache oder sich der Meinung anschließe, sie habe eine erschreckende Wirkung. Er möchte so lachen wie sie: mit einem großzügigen Lachen, das tief aus der Kehle kommt. Er bringt sein Gesicht in die Form eines Lächelns und macht dann das entsprechende Geräusch dazu.

»Brauchen Sie ein Glas Wasser?«, fragt sie.

Er versucht es mit einem lauteren Lachen. Verrenkt sich die Mandeln dabei. Es klingt noch schlimmer als das erste. Da bricht er ab und sieht zu seinen Füßen hinunter.

»Die Mädchen haben mir erzählt, dass Sie Gärtner sind«, sagt sie.

Gärtner. So hat ihn noch niemand genannt. Sie hatten andere Namen für ihn: Froschmaul, Bekloppski, Spinner, Spast – aber Gärtner nie. Freude steigt in ihm hoch, aber vielleicht ist es ein Fehler, es noch einmal mit Lachen zu versuchen, deshalb gibt er sich lässig. Er versucht, die Hände ganz entspannt in die Hosentaschen zu schieben, aber seine Schürze ist im Weg, und seine Hände bleiben stecken.

Sie sagt: »Mir hat mal jemand einen Bonsai geschenkt. Dass ich den angenommen habe, war der größte Fehler meines Lebens. Dabei wollte ich mich wirklich gut um das Bäumchen kümmern. Ich habe die Anleitung gelesen. Ich habe es an den richtigen Platz gestellt, ans Fenster. Ich habe es mit diesem Fingerhut gegossen. Ich habe sogar eine Mini-Baumschere gekauft. Und raten Sie mal, was passiert ist? Der kleine Scheißer ist einfach verdorrt und vor meinen Augen eingegangen. Eines Morgens bin ich runtergekommen, da hatte er seine Blättchen abgeworfen und über den ganzen Boden verstreut. Er hing richtig zur Seite.« Sie stellt pantomimisch einen winzigen toten Baum dar. Jim hätte so gern gelacht.

»Vielleicht haben Sie ihn zu viel gegossen?«

»Ich glaube, ich habe ihn zu sehr umsorgt. Das war das Problem.«

Jim ist nicht ganz sicher, was er mit ihrer Geschichte vom Bonsai-Bäumchen anfangen soll. Er nickt, als dächte er gerade angestrengt über etwas anderes nach. Er zerrt die Hände wieder aus den Hosentaschen.

»Sie haben schöne Finger«, sagt Eileen. »Künstlerfinger. Wahrscheinlich können Sie deshalb so gut mit Pflanzen umgehen.« Sie wirft einen Blick zurück ins Café, und Jim erkennt, dass sie sicher nach einer Ausrede sucht, um sich von ihm loszueisen.

Er würde gern noch etwas sagen. Würde sich gern noch länger bei dieser Frau aufhalten, die so breitbeinig auf der Erde steht. Deren Haare die Farbe von Flammen haben. Aber er hat keine Ahnung, wie man Smalltalk macht. Es sei ganz einfach, hat ihm einmal eine Schwester in Besley Hill gesagt. Du sagst, was dir gerade durch den Kopf geht. Und ein Kompliment komme immer gut an, meinte sie.

»Ihr S-s-sandwich gefällt m-m-mir«, sagt Jim.

Eileen runzelt die Stirn. Sie sieht das Sandwich an und dann wieder ihn.

Jims Mund fühlt sich an wie Sandpapier. Vielleicht war das Sandwich kein guter Start. »Ich mag es, wie Sie die Pommes hingelegt haben«, sagt er. »Auf der Seite.«

»Oh«, sagt sie.

»Und den – und den – Salat. Es gefällt mir, dass Sie die Tomate zu einem S-s-stern geschnitten haben.«

Eileen nickt, als hätte sie sich noch nie Gedanken darüber gemacht. »Wenn Sie mögen, mach ich Ihnen auch so eins.«

Jim antwortet, dass er das sehr gern möchte, und sieht ihr zu, wie sie das Sandwich serviert. Sie sagt etwas zu dem Gast, dass er brüllt vor Lachen. Jim fragt sich, was das wohl war. Als sie zurück zur Küche marschiert, hüpft der Hut auf ihrem Haar herum; sie hebt die Hand und gibt ihm einen Klaps, wie andere nach einer Fliege schlagen. Jim spürt etwas tief im Inneren, als würde ein winziger Lichtschalter angeknipst. Er will nicht mehr an den Tag denken, als ihn niemand abholen kam.

Mit einundzwanzig wurde Jim zum zweiten Mal als geheilt entlassen, aber nach sechs Monaten war er wieder zurück in Besley Hill. In diesen sechs Monaten hatte er wirklich versucht, es auf die Reihe zu kriegen. Er hatte sich bemüht, zu sein wie alle anderen. Er schrieb sich an der Abendschule ein, um den Schulabschluss nachzuholen. Er versuchte, mit der Hauswirtin und den anderen Männern, die dort möbliert wohnten, Konversation zu machen. Aber er musste feststellen, dass es ihm schwerfiel, sich zu konzentrieren. Seit der zweiten Behandlungsreihe mit Elektroschocks war er anscheinend vergesslich geworden. Er vergaß nicht nur das Neue, was er am Tag gelernt hatte, sondern die grundlegendsten Dinge, zum Beispiel konnte er manchmal nicht sagen, wie er hieß, konnte die Straße nicht nennen, in der er wohnte. Einmal erschien er einfach nicht an seinem Arbeitsplatz, weil er sich nicht erinnern konnte, wo er aus dem Bus steigen musste. Er versuchte es mit einem Job bei der Müllabfuhr, aber die anderen Männer lachten, wenn er die Tonnen der Größe nach ordnete. Als er sagte, er habe keine Freundin, nannten sie ihn einen warmen Bruder. Aber sie waren nie wirklich verletzend, und bis er den Job dann verlor, hatte er das Gefühl entwickelt, er gehöre dazu. Manchmal beobachtete er die Müllmänner aus dem Fenster seines möblierten Zimmers, wie sie die Tonnen auf dem Rücken trugen, und fragte sich, ob sie sein Team waren oder ein anderes. Bei der Arbeit mit ihnen hatte er ein wenig zu begreifen begonnen, was es hieß, stark zu sein, Mitglied einer Gruppe. Es war, als würde er durch ein fremdes Fenster blicken und eine andere Facette des Lebens sehen.

Eine Schattenseite hatte der Job aber doch gehabt. Noch monatelang hielt sich der Müllgeruch in seinen Kleidern. Er gewöhnte es sich an, jeden Tag in den Waschsalon zu gehen. Die Frau an der Theke rauchte Kette, zündete die nächste Zigarette am glimmenden Stummel der vorigen an. Nach einer Weile konnte Jim nicht mehr sagen, ob der Geruch, der in seinen Kleidern hing, vom Müll oder vom Rauch stammte – wie auch immer, er musste sie immer wieder im Salon waschen gehen, weil sie nie richtig sauber waren. Schließlich sagte die Frau: »Sie sind doch nicht ganz richtig im Kopf.« Da konnte er auch dorthin nicht mehr zurück.

Am meisten störte ihn, dass er nun schmutzige Wäsche tragen musste. An manchen Tagen zog er sich gar nicht mehr an. Und dann bedrängten ihn Gedanken, die er nicht haben wollte. Als er versuchte, etwas zu unternehmen, um diese Gedanken loszuwerden, als er zum Beispiel »Nein!« zu ihnen sagte oder spazieren ging, begann er den anderen Mietern aufzufallen, die nun einen Bogen um ihn machten. Als er eines Tages die Tür zu seinem Zimmer öffnete und sein Blick auf seinen kleinen

Herd fiel, rutschte ihm ein »Hallo!« heraus. Jim maß diesem Gruß weiter keine Bedeutung bei. Er wollte einfach freundlich sein, weil ihm der Herd so einsam vorkam. Aber dann fiel ihm auf, dass nachher etwas passierte oder vielmehr nicht passierte, den ganzen Tag nicht: Er hatte keinen einzigen schlimmen Gedanken. Kurze Zeit später bekam seine Hauswirtin Wind von seinen Aufenthalten in Besley Hill, und das Zimmer stand ihm nicht mehr zur Verfügung.

Nach mehreren Nächten auf der Straße stellte sich Jim selbst der Polizei. Er sei eine Gefahr für andere, gab er an. Obwohl er wusste, dass er nie jemanden absichtlich verletzen würde, begann er zu schreien und um sich zu treten, als könnte es doch passieren. Er wurde sofort nach Besley Hill gefahren. Die Polizisten schalteten sogar die Sirene ein, obwohl Jim gar nicht mehr schrie oder um sich trat. Er saß ganz still da.

Was ihn zum dritten Mal nach Besley Hill zurückführte, war keine klinische Depression. Auch keine Schizophrenie oder multiple Persönlichkeitsstörung oder Psychose oder wie die gestellten Diagnosen alle hießen. Es war mehr die Gewohnheit. Es fiel ihm einfach leichter, sein gestörtes Ich zu sein als sein »geheiltes«. Er hatte nun zwar mit den Ritualen begonnen, doch seine Rückkehr nach Besley Hill war, als schlüpfe er in alte Kleider und stelle fest, dass man ihn wiedererkannte. Das gab ihm ein Gefühl von Sicherheit.

Jemand tobt in der Küche des Cafés herum – eine Frau. Jemand anderer versucht, sie zu beruhigen – ein Mann. Die Tür fliegt auf, und Eileen stürmt heraus, ihre flammend roten Haare stehen wirr in alle Richtungen, von ihrem orangefarbenen Hut keine Spur. Sie hat sich ihren Mantel über die Schulter geworfen wie eine Jagdbeute. Die Tür schwingt zurück, gleich darauf jault jemand auf. Als Mr Meade ein paar Sekunden später heraustritt, drückt er sich die Hand auf die Nase.

»Mrs Hill!«, ruft er zwischen den Fingern hindurch. »Eileen!« Er eilt ihr nach, sie marschiert ungerührt weiter, an den Tischen vorbei. Die Gäste stellen ihre Heißgetränke ab.

»Ich oder der bescheuerte Hut«, sagt Eileen über die Schulter.

Mr Meade schüttelt den Kopf, ohne die Hand von der Nase zu nehmen, als hätte er Angst, sie könnte bei heftigen Bewegungen abfallen. Kunden aus dem Supermarkt, die für das Weihnachtsangebot Schlange stehen (eine Tasse Kaffee/ Cappuccino mit Plätzchenteller), starren mit offenem Mund herüber.

Eileen bleibt so plötzlich stehen, dass Mr Meade gegen einen Einkaufswagen mit Weihnachtsbackwaren prallt. »Schauen wir uns doch mal an«, sagt sie, nicht nur an ihn gewandt, sondern an den ganzen Raum, an die Gäste, das Personal mit den orangefarbenen Hüten, sogar an die Plastiktische und Stühle. »Schauen wir doch mal unser Leben an.«

Niemand rührt sich. Niemand antwortet. Es tritt eine Stille ein, als hätte alles aufgehört oder wäre abgeschaltet worden, als hätten alle vergessen, was als Nächstes kommen sollte. Nur der Weihnachtsbaum scheint sich zu erinnern, unbeirrt fährt er in seinem glücklichen Farbenwechsel von Grün nach Rot nach Blau fort. Dann macht Eileen ein Gesicht, als könne sie es nicht fassen, und stößt dieses wilde Tuten aus, aus dem ihr Lachen besteht. Und wieder ist es, als lache sie nicht über die anderen, sondern mit ihnen. Als betrachte sie die ganze Szene, einschließlich sich selbst, von oben und sähe plötzlich, dass alles zum Brüllen komisch ist.

Eileen dreht sich um und zeigt zwei weißgraue Beine, weil ihr Rock sich im Gummi ihrer Unterhose verfangen hat. »Ach, scheiß doch drauf«, schnaubt sie, packt das Geländer und schiebt entschlossen den Fuß vor auf die erste Stufe der ausschließlich für Kunden reservierten Treppe.

Als Eileen fort ist, tritt eine neue Stille ein. Etwas nicht so recht Greifbares ist geschehen, und keiner will sich bewegen, bevor er nicht das ganze Ausmaß des Schadens erfasst hat. Ein Gast fängt an zu murmeln, und als nichts passiert, als die Wände sich nicht spalten und die Decke nicht herunterkracht, lacht ein zweiter. Leise und allmählich schlängeln sich immer mehr Stimmen durch die dichte Stille, bis im Café wieder der Normalzustand eingekehrt ist.

»Die Frau ist gefeuert«, sagt Mr Meade, obwohl man einwenden könnte, dass Eileen ihren Job bereits selbst hingeschmissen hat. »Zurück an die Arbeit, Leute.« Und dann: »Jim? Dein Hut?«

Jim rückt ihn gerade. Wahrscheinlich ist es am besten, wenn er Eileen nicht wiedersieht; in ihrem Kielwasser brodelt immer ein solches Chaos. Trotzdem hallen ihre Abschiedsworte in ihm wider, ihr großzügiges Lachen. Unwillkürlich fragt er sich, was für ein Sandwich sie ihm gebracht hätte. Ob sie es mit Pommes, Salat und einer Sterntomate garniert hätte. Er erinnert sich an eine Zeit, es ist schon lange her, als kleine Sandwiches auf dem Rasen serviert wurden, zu heißem Tee. Er muss seinen Kopf festhalten, damit, während er so schlottert, sein orangefarbener Hut nicht herunterfällt.

Die ersten Schneeflocken beginnen zu fallen. Lautlos wie Federn trudeln und kreiseln sie durch die Luft, aber er schaut nicht hin.

9
Teich

Die Sonne war schon aufgegangen und hatte den Morgenhimmel bereits mit kupfergeränderten Wolken betupft. Sie träufelte ihr goldenes Licht wie Honig über die Heide. Sechs Tage, einundzwanzig Stunden und fünfundvierzig Minuten waren seit dem Unfall vergangen. Und endlich hatte Byron einen Plan.

Er ging zielstrebig durch den Garten, auf die Wiese zu. Ausgerüstet mit unentbehrlichen Werkzeugen und dazu einer Packung Kekse, falls die Arbeit schwierig würde, zog er das Lattentor ins Schloss. Über Nacht war viel Tau gefallen, fette Tropfen hingen wie Klunker an den Gräsern. Seine Hausschuhe, seine Schlafanzughose und der Saum seines Frotteebademantels trieften nach wenigen Minuten vor Nässe. Als er kurz stehen blieb und zum Haus zurückblickte, sah er die dunkle Spur, die seine Füße hinterlassen hatten, sah die Sonne wie Flammen an den Schlafzimmerfenstern hochwachsen. Seine Mutter und seine Schwester schliefen beide noch. Aus der Ferne schallte von einem Bauernhof Hundegebell über die Hügel.

James Lowe hatte einmal gesagt, ein Hund sei nicht unbedingt ein Hund. Es sei nur ein Name, wie auch »Hut« oder »Gefriertruhe« nur Namen seien. Vielleicht sei ein Hund, hatte er gesagt, in Wirklichkeit ein Hut.

»Aber wie kann ein Hund ein Hut sein?«, hatte Byron gefragt. Ihm drängte sich das höchst verwirrende Bild vom Jagdhut seines Vaters an einer Leine auf.

»Ich sage ja nur, dass Hut und Hund willkürlich gewählte Bezeichnungen sind. In diesem Fall lässt sich durchaus spekulieren, dass die falsche Bezeichnung gewählt wurde. Auch sind vielleicht nicht alle Hunde tatsächlich Hunde. Vielleicht sind manche etwas anderes. Nur weil wir sie alle gleich nennen, heißt das nicht, dass alle Hunde Hunde sind.«

»Aber sie sind trotzdem keine Hüte«, wandte Byron ein. »Und Gefriertruhen auch nicht.«

»Du musst in größeren Dimensionen denken als nur in dem, was du kennst«, hatte James gesagt.

Mit dem Vergrößerungsglas aus seinem Chemiebaukasten, einer Taschenlampe und der silbernen Pinzette seiner Mutter begann Byron seine Suche. Er fand einen gelbgestreiften Stein, eine winzige Spinne mit einem blauen Eierkokon, wilden Thymian und zwei weiße Federn, aber nicht das wichtige Ding, das er brauchte. Vielleicht suchte er am falschen Ort. Er stellte den Fuß auf die unterste Stange des Zauns, der den Teich umgab, und hievte sich darüber. Es war seltsam, nach dieser langen Zeit auf die verbotene Seite des Zauns zu treten. In Vaters Arbeitszimmer hatte er sich genauso gefühlt – die Luft bekam scharfe Kanten. Die Gänse zischten und streckten den Hals vor, griffen ihn aber nicht an. Nach einer Weile verloren sie das Interesse an ihm und watschelten zum Ufer.

Über dem Teich lagen immer noch die Reste der Brücke. Sie streckte sich wie ein glänzendes schwarzes Rückgrat vom Ufer zu der kleinen Insel in der Mitte. Er konnte auch noch erkennen, wo die zerbrechliche Struktur die Insel wieder verließ und dann auf halbem Weg zum jenseitigen Ufer im Wasser versank. Byron kniete sich ins Gras, um seine Suche mit der

Taschenlampe und dem Vergrößerungsglas wieder aufzunehmen, aber es hatte keinen Zweck, er konnte sich nicht konzentrieren. Seine Gedanken wanderten immer wieder ab, er erinnerte sich, was hier geschehen war.

Die Brücke war ganz allein James' Idee gewesen, Byron hatte ihm nur als Handlanger gedient. James hatte wochenlang darüber nachgedacht. Er hatte Pläne gezeichnet. In der Schule hatte er ununterbrochen davon geredet. Am Bautag hatten die Jungen nebeneinander am Ufer gesessen und die Wasserfläche durch die gespreizten Finger betrachtet, um eine fachgerechte Perspektive zu bekommen. Byron hatte Steine zum Teich geschleppt und von den Eschen am Ende der Wiese größere Zweige herbeigeschleift.

»Sehr gut, sehr gut«, hatte James gerufen, ohne ein einziges Mal aufzustehen.

Byron hatte die Steine im seichten Wasser aufgestapelt, als Lagerung für die dickeren Äste. Nach mehreren Stunden spannte sich eine unregelmäßige Struktur über die Wasserfläche. »Willst du sie ausprobieren?«, hatte Byron gefragt.

James hatte sein Diagramm konsultiert. »Ich glaube, wir müssen vorher die Belastbarkeit prüfen.« Byron wandte beharrlich ein, es sei doch nur ein Teich. Er war auf die Brücke hinausgetreten.

Er erinnerte sich, dass sein Herzschlag genauso geschwankt hatte wie das Gebilde unter seinen Füßen. Das Holz war dunkel und ölig, seine Zehen fanden keinen Halt. Bei jedem Schritt erwartete er den Absturz, und je mehr diese Erwartung wuchs, desto unvermeidlicher schien er. Byron erinnerte sich auch, wie James Zahlen gemurmelt hatte, und redete sich hartnäckig ein, er tue dies nicht aus Sorge, sondern weil er Berechnungen anstellte.

Die Erinnerung an diesen Tag war so klar, als beobachte er

die Geister zweier Kinder am Wasser. Und dann geschah noch etwas anderes.

Je länger Byron auf das Wasser blickte, desto deutlicher sah er nicht nur die Brücke, sondern immer mehr auch die Spiegelung des Himmels, als läge unter der Wasseroberfläche eine zweite, durch das Wasser gebrochene Welt, die ebenfalls mit Kupferwolken und Sonnenflecken betupft war. Einem Jungen, der nicht die Schule von Winston House besuchte, hätte man verzeihen können, wenn er glaubte, dass es an diesem Morgen zwei Himmel gab, einen über seinem Kopf und einen unter dem Wasser. Und angenommen, die Wissenschaftler irrten doch? Aus der Zeit hatten sie ja schon ein Kuddelmuddel gemacht. Angenommen, es gäbe wirklich zwei Himmel? Bis zu dem Unfall war Byron davon ausgegangen, dass alles so wäre, wie es erschien. Als er jetzt in den Teich starrte und auf den Himmel im glänzenden Kreis des Wassers, kam ihm der Gedanke, dass die Leute die Dinge nur als wahr erkannten, weil es ihnen so beigebracht worden war. James hatte recht. Das schien keine gute Grundlage, um etwas zu glauben.

Das gab Byron so viel zu denken, dass er Hunger auf einen Keks bekam. Eine leichte Brise kräuselte das Wasser und jagte überall winzige Lichtjuwelen durch das Gras. Es war schon Viertel nach sechs. Byron schüttelte die Krümel von seinem Bademantel und kehrte zu seiner Aufgabe zurück. Jetzt halfen ihm das Vergrößerungsglas und die Taschenlampe nicht mehr viel; die Sonne stieg von Minute zu Minute höher. Diese Gegenstände vermittelten ihm nun eher das Gefühl, er sei ein Junge, der immer wieder fündig wurde. Wenn James hier wäre, bräuchte er sowieso nichts davon.

»Du liebe Zeit, bist du durchnässt«, sagte seine Mutter, als der Wecker klingelte und sie die Augen aufschlug. Sie griff nach ihrer Tablette und dem Wasserglas. »Du warst doch nicht etwa unten am Teich?«

»Ich glaube, heute wird es wieder heiß«, sagte Byron. »Muss ich in die Schule?«

Diana zog ihn an sich und schlang die Arme um ihn. Er konnte es kaum erwarten, ihr zu zeigen, was er gefunden hatte.

Sie sagte: »Eine gute Ausbildung ist sehr wichtig für dich. Wenn du keine richtigen Grundlagen hast, endest du wie ich.«

»Ich wäre lieber wie du als wie sonst jemand auf der Welt.«

»Nein, das wärst du nicht. Leute wie ich kriegen es nie gebacken.« Sie stützte ihr Kinn auf seine Schulter, so dass ihre Stimme aus dem Inneren seiner Knochen zu kommen schien. »Außerdem möchte dein Vater das Beste für dich. Er möchte, dass du erfolgreich wirst. Dazu hat er sehr feste Ansichten.«

Eine Weile hielt sie ihn noch umfasst, ihr Gesicht war nahe an dem seinen. Dann küsste sie ihn auf die Haare und schlug die Bettdecke zurück. »Ich lass dir ein Bad einlaufen, damit du dich nicht erkältest.«

Er wusste nicht, was sie meinte. Warum sollte er sich nicht wünschen, so zu werden wie sie? Was sollte es bedeuten, dass sie es nie gebacken kriegte? Sie ahnte doch wohl nicht, was in der Digby Street passiert war. Sobald sie aus dem Zimmer verschwunden war, zog er behutsam das Kleeblatt aus seinem Bademantel. Es war ein bisschen verknittert, ein bisschen durchweicht und hatte eigentlich auch keine vier Blätter, genau genommen nur drei, aber er wusste, es würde sie retten, weil James gesagt hatte, dass Klee Glück bringe. Byron steckte es tief unter ihr Kissen, damit es sie beschützen konnte, selbst wenn sie nichts davon wusste.

Leise summend folgte er seiner Mutter ins Bad. Das Licht, das durch die Fenster fiel, warf weiße Trittsteine auf den Gangteppich, und er hüpfte von einem zum nächsten. Er dachte daran, dass ihm seine Mutter nun »ein Bad einlaufen« ließ. Diesen Ausdruck hatte sie noch nie benutzt. Manchmal sagte sie Dinge so außerhalb des Gewohnten – dazu gehörte zum Beispiel auch die Bemerkung, dass er bestimmt nicht werden wolle wie sie –, dass er das Gefühl hatte, es stecke noch eine andere Person in ihr, wie ein Junge in seinem Vater steckte und eine andere Welt im Teich.

Er wünschte, er hätte nicht die ganzen Kekse aufgegessen. So etwas würde James nicht tun.

10
Pflanzung

Die nächsten drei Tage fällt immer wieder Schnee. Er macht sogar die Nächte weiß. Immer, wenn er wegzutauen beginnt, wirbeln weitere Schneemassen herunter, und das Land ist wieder verborgen. Stille polstert die Luft, der Boden wird zu einer einzigen Fläche, und bald kann Jim die Bewegung des Flockenschwarms nur noch ausmachen, wenn er in die Dämmerung starrt. Himmel und Erde sind aus einem Guss.

In der Siedlung bleiben die Autos stehen, kreuz und quer geparkt. Der alte Mann, der nie lächelt, beobachtet alles aus seinem Fenster. Sein Nachbar mit dem bissigen Hund schaufelt einen Weg zur Tür, der innerhalb von Stunden wieder zuschneit. Der Schnee überschüttet die nackten Zweige wie mit Blüten, die Blätter der Immergrüngewächse biegen sich unter der Last nach unten. Die ausländischen Studenten gehen in dick gefütterten Winterjacken und Wollmützen hinaus, um auf Plastiktüten Schlitten zu fahren. Sie steigen über den Zaun und versuchen, auf dem zugefrorenen Wassergraben in der Mitte des Dorfangers herumzuschlittern. Jim sieht zu, ein wenig abseits, wie sie lachen und sich Worte zurufen, die er nicht versteht. Er hofft, sie verwüsten nichts. Manchmal, wenn niemand hersieht, kontrolliert er die Fensterkästen, doch darin ist kein Anzeichen von Leben zu entdecken.

Bei der Arbeit beklagen sich die Mädchen von der Küche, dass nichts zu tun ist, und Mr Meade berichtet, der Supermarkt reduziere schon die Preise für Weihnachtsartikel. Jim macht die Tische sauber, an die sich niemand setzt, er spritzt und wischt. In der Dämmerung knirscht der Neuschnee leise unter seinen Füßen, die Heide schläft fahl unter dem Mondlicht. Spitzenbehänge aus Eiszapfen schmücken Straßenlampen und Sträucher.

Einmal kratzt Jim spätnachts den Schnee von einem Beet mit Winterzwiebeln. Das ist sein neuestes Projekt. Hier braucht es keine Rituale. Kein Isolierband, keine Begrüßungen. Wenn er gärtnert, gibt es nichts außer ihm und der Erde. Ihm fällt Eileen ein und ihr Bonsai-Baum, und dass sie ihn einen Gärtner genannt hat. Trotz der beißenden Kälte wird ihm innerlich warm. Er wünscht, sie könnte sehen, was er hier angelegt hat.

Es war eine der Schwestern in Besley Hill, der zum ersten Mal auffiel, dass er draußen glücklicher war. Sie schlug ihm vor, im Garten mitzuhelfen. Der sei total heruntergekommen. Er fing langsam an: ein bisschen Zusammenrechen, ein bisschen Auslichten. Er ließ den grauen Kasten des Gebäudes hinter sich, vergaß die vergitterten Fenster, die limettengrünen Wände, den Geruch nach Bratensauce und Desinfektionsmitteln, die endlose Reihe der Gesichter. Er lernte durch Herumprobieren. Er sah, wie sich die Pflanzen mit den Jahreszeiten veränderten. Er entdeckte, was sie brauchten. Nach ein paar Jahren bekam er seine eigenen Beete. Ringelblumen setzten Farbkleckse, Rittersporn, Fingerhut und Malven ragten auf wie Kerzen. Über den Büschen von Thymian, Salbei, Minze und Rosmarin schwebten Schmetterlinge wie Blüten. Alles gedieh unter seinen Händen. Er baute sogar Spargel an, erntete Stachelbeeren, schwarze Johannisbeeren und Loganbeeren. Die

Schwestern ließen ihn auch Apfelkerne säen, doch das Heim wurde geschlossen, bevor sie zur ersten Blüte kamen. Manchmal erzählten ihm die Schwestern von ihren eigenen Gärten. Sie zeigten ihm Samenkataloge und fragten ihn, was sie bestellen sollten. Als er wieder einmal entlassen wurde, schenkte ihm ein Arzt einen kleinen Kaktus, der ihm Glück bringen sollte. Jim kehrte nach wenigen Monaten zurück, aber der Arzt ließ ihn den Kaktus behalten.

Es gab so viele Jahre in Besley Hill und außerhalb, dass Jim nicht mehr mitzählen konnte. Es gab so viele Ärzte und Schwestern und Patienten, dass sie alle zu einem Gesicht, zu einer Stimme, zu einem Kittel verschmolzen. Manchmal merkt er, wie ein Gast im Café innehält und ihn kurz anstarrt, und Jim hat keine Ahnung, ob der Gast ihn kennt oder ihn nur seltsam findet. Es gibt Lücken in seiner Erinnerung, Lücken von Wochen, Monaten und manchmal mehr. Wenn er sich an die Vergangenheit erinnert, ist es, als reiste er an Orte, wo er einmal gewesen war, und entdeckte, dass sich alles in die Luft erhoben hatte und davongeflogen war.

Nur das erste Mal kann er nicht vergessen. Da war er erst sechzehn. Er sieht sich immer noch völlig verängstigt auf dem Beifahrersitz, von dem er nicht aussteigen wollte. Er sieht die Ärzte und Schwestern, die die Steintreppe zu dem Auto herunterrannten und riefen: »Danke, Mrs Lowe. Jetzt übernehmen wir.« Er erinnert sich, wie sie seine Finger, die den Rand des Ledersitzes umklammerten, mit Gewalt hochbogen, und wie sie, weil er schon so groß war, seinen Hals nach unten drücken mussten, damit er sich nicht den Kopf anstieß. Er hat sogar noch ein Bild der Schwester im Kopf, die ihn im Haus herumführte, nachdem sie ihm etwas gegeben hatten und er geschlafen hatte. Er kam auf eine Station mit fünf Männern, die alt genug waren, um seine Großväter zu sein. Sie weinten in der Nacht nach ihren Müttern, und Jim weinte auch, aber das hatte alles keinen Zweck, es kam niemals jemand.

Nach dem ersten Job bei der Müllabfuhr versuchte er noch vieles andere. Nichts Anstrengendes. Er mähte Rasen, schichtete Holz auf, rechte Blätter weg, verteilte Werbezettel. Zwischen den Aufenthalten in Besley Hill bewohnte er möblierte Zimmer und Apartments. Einmal war er in »betreutem Wohnen« untergebracht. Nichts war von Dauer. Er bekam gegen seine Depressionen weitere Elektroschocks und Medikamentencocktails. Nach Morphiumspritzen sah er unzählige Spinnen aus Glühbirnen hervorkriechen, sah Schwestern mit Rasierklingen statt Zähnen. Den größten Teil seiner Dreißiger war er so unterernährt, dass sein Magen sich wie ein Grab zwischen die Hüftknochen senkte. Bei der Beschäftigungstherapie lernte er Töpfern und Zeichnen, die Grundbegriffe der Schreinerei und Französisch für Anfänger. Nichts davon verhinderte, dass er immer wieder zusammenbrach, manchmal erst Wochen oder Monate nach seiner Entlassung. Bei seiner letzten Rückkehr nach Besley Hill fand er sich damit ab, dass er nie wieder aus dem Heim herauskäme. Und dann wurde es einfach geschlossen.

Schnee verflicht die Zweige der Hecken und die Ranken der Clematis. Die weißen Zweige der Bäume schwanken, als wäre Musik in der Luft, hörbar nur für sie. Autos kriechen über die gefrorenen Höhenrücken der Heide, und das Licht auf den unteren Hügelausläufern ist von einem blankgeputzten Blau.

Es ist noch zu früh für Lebenszeichen. Die Kälte würde jeden jungen Keim umbringen, die Erde ist steinhart. Jim liegt neben seinen Zwiebeln auf dem Boden und streckt die Arme über sie aus, um ihnen Wärme zu schicken. Manchmal ist es mit mehr Gefahren verbunden, für etwas zu sorgen, das schon wächst, als etwas Neues zu pflanzen.

11
Mütter und Psychologie

»Ich verstehe nicht«, sagte James. »Warum, glaubst du, müssen wir die Polizei verständigen?«

»Falls die nichts von den zwei Sekunden wissen«, sagte Byron. »Falls du recht hast mit der Verschwörung. Sonst könnten Unschuldige verdächtigt werden, obwohl sie gar nichts dafür können.«

»Aber wenn es eine Verschwörung gibt, weiß die Polizei wahrscheinlich davon. Und die Regierung auch. Wir müssen jemand anderen finden. Jemand Vertrauenswürdigen.«

Bis zu dem Unfall hatte Byron nicht geahnt, dass es so schwierig sein könnte, ein Geheimnis für sich zu behalten. Er konnte an nichts anderes mehr denken als daran, was seine Mutter getan hatte und was passieren würde, wenn sie es erführe. Er ermahnte sich, nicht an den Unfall zu denken, aber das Nicht-Denken nahm so viel Raum ein, dass er genauso gut daran denken konnte. Jedes Mal, wenn er einen Satz anfing, hatte er Angst, ihm könnten die falschen Worte entschlüpfen. Daher musste er sie ständig überprüfen, wenn sie seinen Mund verließen, als kontrolliere er, ob sie saubere Hände hatten. Es war furchtbar anstrengend.

»Est-ce qu'il faut parler avec quelqu'un d'autre?«, fragte James. »Monsieur Roper peut-être?«

Byron machte vage Nickbewegungen. Er hatte nicht ganz verstanden, was James gesagt hatte, und wartete auf weitere Anhaltspunkte.

»Es muss jemand Verständnisvolles sein«, sagte James. »Votre mère? Elle est très sympathique.« Bei der Erwähnung von Diana bekam James Flecken im Gesicht. »Sie hat nicht geschimpft wegen der Sache am Teich. Sie hat uns heißen Tee gemacht und diese kleinen Sandwiches. Und wenn du dich schmutzig gemacht hast, lässt sie dich auch nicht draußen sitzen, zum Beispiel.«

Auch wenn James recht hatte mit Byrons Mutter, auch wenn sie nach dem Vorfall am Teich nicht herumgebrüllt hatte wie Seymour oder verbissen geschwiegen wie James' Mutter, auch wenn sie beharrlich darauf hingewiesen hatte, dass Byrons Sturz ins Wasser doch nur ein Missgeschick gewesen sei, fand Byron, sie sollten ihr nicht von den zwei Sekunden erzählen. »Glaubst du, ein Mensch kann schuldig sein, wenn er gar nicht weiß, dass er etwas begangen hat?«, fragte er.

»Hat das auch mit den Extrasekunden zu tun?«

Byron sagte, er meine das eher allgemein, und zog seine Sammelkarten heraus, um das Gespräch aufzulockern. Er hatte inzwischen die ganze Serie, sogar die Nummer eins.

»Ich sehe nicht, wie jemand schuldig sein könnte, wenn er nichts von seinem Vergehen weiß«, sagte James, von den Karten wie in Trance versetzt. Er streckte die Finger aus, berührte sie aber nicht. »Du kannst nur schuldig sein, wenn du absichtlich ein Verbrechen verübst. Wenn du zum Beispiel jemanden umbringst.«

Byron sagte, er denke nicht an einen Mord. Er denke nur an einen Unfall.

»Was für eine Art von Unfall? Meinst du, wenn man jemandem aus Versehen in der Arbeit die Hand abschneidet?«

Manchmal dachte Byron, James lese zu viel Zeitung. »Nein«, sagte er. »Nur, wenn man etwas ohne Absicht falsch macht.«

»Ich glaube, wenn du dich für deinen Fehler entschuldigst«, sagte James, »wenn du sagst, es tut dir leid, und zeigst, dass du das wirklich ernst meinst, dann wäre es in Ordnung. Das würde ich jedenfalls tun.«

»Aber du machst nie Fehler«, erinnerte Byron.

»Ich bringe manchmal Wörter mit und ohne H durcheinander. Wenn ich müde bin, sage ich *Haus* statt *aus*. Und einmal bin ich vor der Schule in was reingetreten und habe es mit ins Auto geschleppt. Meine Mutter musste die Fußmatten sauberscheuern. Und ich habe den ganzen Nachmittag an der Mauer gesessen.«

»Wegen deiner Schuhe?«

»Weil sie mich nicht reingelassen hat. Wenn sie putzt, muss ich draußen bleiben. Manchmal bin ich nicht sicher, ob mich meine Mutter überhaupt haben will.« Bei diesem Geständnis studierte James seine Fingerspitzen und verstummte. Nach einer Weile fragte er: »Hast du auch die Karte mit der Montgolfière? Das ist die Nummer eins in der Serie.«

Byron wusste, dass es die Nummer eins war. Auf ihr war ein blauer, mit einer Goldgirlande geschmückter Heißluftballon abgebildet. Das war seine Lieblingskarte; nicht einmal Samuel Watkins hatte die. Aber wie sein Freund so dasaß, hatte er etwas so Einsames, Zusammengesunkenes, dass Byron die Karte mit der Montgolfière in seine Hände schob. Er dürfe sie behalten, bot er ihm an. Und als James abwehrte: »Nein, die kannst du mir doch nicht geben. Dann hast du nicht mehr die komplette Serie«, kitzelte Byron ihn, um ihm zu zeigen, dass es ihm überhaupt nichts ausmachte. James klappte zusammen wie ein Taschenmesser und kreischte vor Lachen, während Byrons Finger nach den harten kleinen Stellen in seinen Achselhöhlen und unter seinem Kinn suchten. »Bitte h-hör auf«, brüllte James. »Ich krieg Schluckauf.« Wenn James lachte, war er wie ein kleiner Junge.

Die nächste Nacht war nicht einfacher. Der Schlaf kam anfallsweise, und wenn er dann kam, sah Byron Dinge, die ihm Angst machten, und wachte auf, in feuchte Leintücher verheddert. Als er am nächsten Morgen in den Spiegel blickte, erschrak er über den großen, blassen Jungen mit Augenringen, die aussahen wie blaue Flecken.

Seine Mutter erschrak genauso. Als sie ihn sah, sagte sie, er müsse zu Hause bleiben. Byron wies darauf hin, dass er sich auf die wichtige Prüfung vorbereiten müsse, aber sie lächelte nur. Ein Tag würde nichts ausmachen. Und heute finde auch der Vormittagskaffee der Mütter statt. »Dann brauche ich da wenigstens nicht hin.« Byron war beunruhigt. Wenn sie aus der Reihe tanzte, würden die anderen Mütter Verdacht schöpfen. Er erklärte sich bereit, zu Hause zu bleiben, aber nur, weil er dafür sorgen wollte, dass sie zu der Kaffeerunde ging.

»Ich möchte auch zu Hause bleiben«, sagte Lucy.

»Du bist nicht krank«, sagte Mutter.

»Byron ist auch nicht krank«, sagte Lucy. »Er hat keine Punkte.«

Einmal im Monat trafen sich die Mütter von Winston House zu einem Vormittagskaffee im einzigen Kaufhaus der Stadt. Es gab noch andere Cafés am unteren Ende der High Street, aber nur von der neuen Sorte, wo man amerikanische Hamburger und aromatisierte Milchshakes bekam. Das Café im Kaufhaus öffnete um elf. Die Stühle dort hatten vergoldete Holzrahmen mit blauen Samtpolstern, die Bedienungen trugen weiße Rüschenschürzchen und brachten die Rosinenbrötchen auf Tellern mit Tortendeckchen. Wenn man Kaffee bestellte, wurde er mit sowohl einem Milch- als auch mit einem Sahnekännchen serviert, außerdem lag ein hauchdünnes, mit Pfefferminz gefülltes Schokoladetäfelchen in dunkler Papierhülle bei.

An jenem Vormittag waren fünfzehn Mütter gekommen. »Was für eine großartige Beteiligung!«, sagte Andrea Lowe und fächelte sich mit der Speisekarte Luft zu. Sie riss ständig ihre strahlenden Augen auf, als sähe sie sich von schockierenden Dingen umgeben. Deirdre Watkins, die als Letzte gekommen war, saß auf einem niedrigen Hocker, den sie aus der Toilette geholt hatte, weil alle Goldstühle schon besetzt waren. Sie betupfte sich ständig das Gesicht, das bei der Hitze von einem Schweißfilm überzogen war. »Ich weiß nicht, warum wir uns nicht öfter hier treffen«, sagte Andrea. »Bist du sicher, dass du uns von da unten sehen kannst, Deirdre?«

Deirdre beteuerte, sie sitze ganz hervorragend, wenn ihr nur bitte jemand den Zucker reichen könne.

»Nicht für mich«, wehrte die neue Mutter ab. Ihr Mann hatte etwas mit Verkauf zu tun, aber natürlich nicht von Haustür zu Haustür. Sie hielt die Hände hoch, als würden ihre Finger schon von der Berührung mit der Zuckerdose fett.

»Ist Byron krank?«, fragte Andrea. Sie nickte vom anderen Tischende zu ihm hinüber.

»Er hat Kopfschmerzen«, sagte Diana. »Er ist nicht ansteckend, hat keinen Ausschlag oder Knötchen.«

»Du meine Güte!«, kam es von den Müttern im Chor. Wer würde denn ein ansteckendes Kind ins Kaufhaus mitnehmen?

»Keine Unfälle mehr?«, fragte Andrea.

Byron schluckte schwer, als seine Mutter sagte, nein, es habe keine Unfälle mehr gegeben. Der Teich sei jetzt eingezäunt. Andrea erklärte der neuen Mutter, dass James und Byron letzten Sommer versucht hätten, über den Teich am Cranham

House eine Brücke zu bauen. »Sie sind fast ertrunken«, sagte sie lachend. Aber Schwamm drüber, fügte sie hinzu.

»Es ist ja nur Byron reingefallen«, murmelte Diana. »Das Wasser ist nicht viel mehr als knietief. James ist nicht einmal nass geworden.«

Das war die falsche Bemerkung. Andrea Lowe rührte in ihrem Kaffee, dass es klirrte. »Jedenfalls sollte Byron keinen wichtigen Schulstoff versäumen. An deiner Stelle würde ich ihn ansehen lassen. Mein Mann kennt einen sehr guten Spezialisten in der Stadt. Howards, heißt er. Sie waren zusammen auf dem College. Der Mann ist ein Experte für Kinder.«

»Danke, Andrea«, sagte Diana. »Den werde ich mir merken.« Sie griff nach ihrem Notizheft und schlug eine neue Seite auf.

»Genau genommen ist er Psychologe.«

Das Wort knallte durch die Luft wie ein Peitschenhieb. Ohne aufzusehen, bemerkte Byron, wie seine Mutter über ihrem Notizheft stockte. Er wusste, warum. Sie stolperte über die Schreibung von »Psychologe«.

»Nicht dass ich persönlich je seine Dienste benötigt hätte«, sagte Andrea.

Diana schrieb eifrig. Dann knallte sie das Notizheft zu und rammte es in ihre Handtasche.

»Aber es gibt Leute, die ihn brauchen. Es gibt ja so kranke Menschen auf der Welt.«

Byron sah die Frauen mit einem breiten Lächeln an, um ihnen zu zeigen, dass er nicht zu diesen gehörte, sondern ganz normal war und nur ein bisschen Kopfschmerzen hatte.

»Zum Beispiel meine Schwiegermutter«, fiel Deirdre ein. »Die schreibt diesem DJ auf Radio 2 Liebesbriefe. Wie heißt der gleich?«

Andrea sagte, sie habe keine Ahnung. Sie sei nicht so für DJs, sondern mehr für Beethoven.

»Ich sage ihr ständig, du kannst ihm doch nicht jeden Tag schreiben. Sie hat diese – wie heißt das gleich?« Die anderen Mütter schüttelten den Kopf, aber diesmal kam Deirdre selbst darauf. »Diese Schizophrenie. So heißt das. Sie sagt, er spricht zu ihr aus dem Radio.«

»Ich schreibe gern Briefe«, sagte Byron. »Einmal habe ich an die Queen geschrieben. Und sie hat geantwortet. Stimmt's, Mummy? Vielmehr hat ihre Hofdame geantwortet.«

Andrea Lowe musterte ihn mit zusammengekniffenem Mund, als lutsche sie an einem Halsbonbon. Er bedauerte, dass er die Queen erwähnt hatte, obwohl er insgeheim stolz auf die Korrespondenz war. Er bewahrte sie in einer besonderen Jacob's-Crackerdose auf, zusammen mit den Briefen von der NASA und Mr Roy Castle. Er hatte das Gefühl, Briefeschreiben lag ihm.

»Aber du schreibst der Queen vermutlich nicht über deine Unterwäsche«, sagte Deirdre. »Das macht nämlich meine Schwiegermutter.«

Die Frauen brachen in Gelächter aus, und Byron wünschte, er könnte in ein Mauseloch verschwinden. Sogar seine Ohren genierten sich. Er hatte überhaupt nichts mit Unterwäsche im Sinn gehabt, und jetzt stand ihm das Bild von allen Müttern in pfirsichfarbenen Korsetts vor Augen, und er wusste nicht, wohin damit. Er spürte, wie sich die weiche Hand seiner Mutter unter dem Tisch um die seine schloss. Unterdessen sagte Andrea Lowe, auch Geistesgestörtheit sei eine Krankheit. Solche Leute gehörten nach Besley Hill. Das sei auf lange Sicht das Humanste, sagte sie. Es sei wie bei Homosexuellen. Auch die bräuchten Hilfe, damit sich ihr Zustand bessere.

Danach unterhielten sich die Frauen über andere Dinge. Über ein Rezept für Hähnchenschnitzel. Über die Olympischen Sommerspiele in München und wer immer noch einen

Schwarzweißfernseher habe. Deirdre Watkins sagte, jedes Mal, wenn sie sich über die neue Gefriertruhe beuge, habe sie Angst, ihr Mann würde sie hineinstopfen. Ob sich Andrea nicht um Anthonys Sicherheit sorge, fragte die neue Mutter, nach der neuen Welle von Bombenanschlägen durch die IRA? Andrea antwortete, ihrer Meinung nach gehörten sämtliche Terroristen aufgeknüpft, das seien doch alle Fanatiker. Zum Glück sei ihr Mann für Straftaten im häuslichen Umfeld zuständig.

»Du liebe Zeit!«, sagten die Frauen.

»Ich fürchte, er hat manchmal sogar mit Frauen zu tun. Sogar mit Müttern.«

»Mit Müttern?«, fragte Deirdre.

Byrons Herz flog hoch wie ein gewendeter Pfannkuchen und klatschte auf seinen Magen herunter.

»Die glauben, nur weil sie Kinder haben, können sie sich alles erlauben. Aber Anthony fährt einen harten Kurs. Wer eine Straftat begeht, muss zur Rechenschaft gezogen werden. Auch, wenn es eine Frau ist. Oder sogar eine Mutter.«

»Sehr richtig«, sagte die neue Mutter. »Auge um Auge.«

»Manchmal schreien sie ihm die fürchterlichsten Beschimpfungen ins Gesicht. Anthony will die Worte gar nicht wiederholen.«

»Du liebe Güte«, sang der Frauenchor.

Byron konnte seine Mutter nicht ansehen. Er hörte sie scharf die Luft einziehen und murmeln, wie es auch die anderen taten, hörte das leise Geräusch, mit dem sich ihre Lippen öffneten, als sie die Tasse ansetzte, das Klicken ihrer rosa lackierten Fingernägel am Porzellan und das kleine, feuchte Schnalzen beim Schlucken. Ihre Unschuld war so offenkundig, so greifbar, dass er glaubte, er könne sie berühren, und doch trug sie seit neun Tagen Schuld mit sich herum. Das war so grausam herzzerreißend, dass er es nicht in Worte fassen konnte.

»Das ist der Preis des Feminismus«, sagte Andrea. »Das Land geht vor die Hunde.«

»Ja, genau«, stimmten die Frauen zu und senkten ihre Münder wie kleine Schnäbel den Kaffeetassen entgegen.

Byron flüsterte seiner Mutter zu, dass er gern gehen wollte, aber sie schüttelte den Kopf. Ihr Gesicht war starr wie Glas.

Andrea sagte: »So ist das eben, wenn Frauen arbeiten gehen. Wir können keine Männer sein. Wir sind Frauen. Wir müssen uns auch benehmen wie Frauen.« Sie gab dem Wort *Frauen* eine besondere Betonung, dass es aus dem Satz herausknallte und lang und wichtig klang. »Die erste Pflicht einer verheirateten Frau ist, Kinder zu bekommen. Mehr sollten wir nicht verlangen.«

»Ja, genau«, sagten die Frauen. Plink, plonk, fielen zwei weitere Zuckerwürfel in Deirdres Tee.

»Warum denn nicht?«, fragte eine leise Stimme.

»Wie bitte?« An Andreas Mund fror die Kaffeetasse fest.

»Warum können wir nicht mehr verlangen?«, meldete sich die leise Stimme wieder.

Fünfzehn Gesichter drehten sich mit einem Ruck zu Byron. Er schüttelte den Kopf, wollte seine Harmlosigkeit signalisieren, als er zu seinem Entsetzen merkte, dass die leise Stimme seiner Mutter gehörte. Sie hatte sich das Haar hinter die Ohren gestrichen und saß kerzengerade da, wie hinter dem Steuer, wenn sie Vater zeigen wollte, dass sie sich konzentrierte.

Sie sagte: »Ich möchte nicht mein ganzes Leben im Haus verbringen. Ich möchte etwas von der Welt sehen. Wenn die Kinder älter sind, suche ich mir vielleicht wieder eine Arbeit.«

»Du meinst, du hast früher schon gearbeitet?«, fragte Andrea.

Seine Mutter senkte den Kopf. »Es könnte doch interessant sein. Mehr will ich gar nicht sagen.«

Welcher Teufel ritt sie denn? Byron wischte sich den Schweiß von der Oberlippe und machte sich auf seinem Stuhl ganz klein. Mehr als alles auf der Welt wünschte er sich, dass sie wäre wie die anderen. Aber da saß sie und redete davon, anders zu sein, wo sie doch sowieso schon von allen anderen abstach, ohne zu ahnen, wie sehr. Er wäre am liebsten aufgestanden, hätte mit den Armen geschlenkert, herumgeschrien, nur um von ihr abzulenken.

Inzwischen bat Deirdre noch einmal um den Zucker. Die neue Mutter hielt die Hände hoch, als er vorbeigereicht wurde. Mehrere Frauen beschäftigten sich ausgiebig mit einem Fussel auf ihrem Ärmel.

»Ach so, wie *interessant*«, sagte Andrea und lachte.

Schweigend ließen sie sich die High Street hinuntertreiben, Byron und seine Mutter. Die Sonne war ein blendendes Loch am Himmel, und ein Bussard stand über der Heide und wartete darauf, sich auf Beute hinabzustürzen. Schwül und abgestanden, fühlte sich die Luft an wie eine Faust, die das Land umklammerte. Als eine Wolke heranzog, sog der Himmel ihre Feuchtigkeit auf, bevor sie sich auf die Erde ergießen konnte. Byron fragte sich, wie lange eine solche Hitze noch anhalten konnte.

Nachdem seine Mutter im Café davon gesprochen hatte, sich eine Arbeit zu suchen, war die Unterhaltung der Frauen ins Stocken geraten, als fühlten sie sich unwohl oder übermüdet. Byron hielt seine Mutter an der Hand und konzentrierte sich darauf, nicht auf die Ritzen zwischen den Gehwegplatten zu treten. Es gab so vieles, was er sie fragen wollte. Sie lief in ihrem zitronengelben Kleid an den Fenstern des Parteibüros der Konservativen vorbei, ihre Haare leuchteten in der Sonne.

»Die haben keine Ahnung«, sagte sie, geradeaus starrend.

»Wer hat keine Ahnung?«

»Diese Frauen. Die wissen gar nichts.«

Er war nicht sicher, was er mit diesem Informationsbruchstück anfangen sollte, deshalb sagte er: »Wenn wir nach Hause kommen, schaue ich mir den Brief von der Königin noch einmal an.«

Seine Mutter lächelte ihn an, als sei er ein kluger Kerl. Das fühlte sich genauso an wie ihre Hand auf der seinen. »Prima Idee, Schatz. Du bist so ein guter Briefeschreiber.«

»Und dann entwerfe ich vielleicht ein neues *Blue-Peter*-Abzeichen.«

»Ich dachte, es gäbe schon eines?«

»Gibt es auch. Sogar in Silber und in Gold. Aber um das goldene zu kriegen, muss man zum Beispiel einen Menschen aus großer Not retten. Findest du das realistisch?«

Sie nickte, aber auf eine Weise, als höre sie nicht mehr richtig zu, zumindest nicht ihm. Sie blieben vor einem Getränkemarkt stehen. Ihre Schuhspitze klopfte auf dem Gehweg, tapp, tapp, tapp.

»Sei ein braver Junge und warte hier einen Moment«, sagte sie. »Ich brauche Tonic Water für das Wochenende.«

In dieser Nacht kippte das Wetter. Byron wachte auf, als eine Bö seine Fensterflügel aufdrückte und seine Vorhänge blähte wie Segel. Ein gegabelter Blitz schnitt durch den Himmel, und die Heide leuchtete auf wie ein blaues Foto, von seinem Fenster gerahmt. Er lag ganz still da und zählte, wartete auf den Donnerschlag. Regennadeln begannen zu fallen. Sie schossen durch den offenen Vorhang. Wenn er nicht aufstand und das Fenster schloss, würde der Teppich nass werden. Er lag auf seinen Leintüchern und konnte weder einschlafen noch sich von der Stelle rühren. Er hörte nichts als den Regen, der auf das

Dach prasselte, auf die Bäume, auf die Terrasse. Er konnte sich nicht vorstellen, dass der Regen jemals wieder aufhören würde.

Byron dachte daran, was Mrs Lowe über die Frauen gesagt hatte, die mit einer Straftat nicht davonkommen durften. Er wusste nicht, wie er seine Mutter schützen könnte. Die Aufgabe schien zu groß für einen Jungen allein. Man musste bedenken, was sie von der Arbeit gesagt hatte, die sie annehmen wollte, und wie sie am Wochenende protestiert hatte, als ihr Vater von dem Jaguar gesprochen hatte wie von einer Frau. Nicht nur, was sie in der Digby Road getan hatte, sonderte sie von allen anderen ab. Sie hatte etwas an sich, etwas Reines, Fließendes, das sich nicht einschließen ließ. Wenn sie entdeckte, was sie getan hatte, würde die Wahrheit heraussprudeln. Sie wäre nicht fähig, sie zurückzuhalten. Er stellte sich wieder die winzigen, juwelenbesetzten Schubladen in ihrem Kopf vor. Vielleicht lag es am Regen, aber ihn bedrängte das Bild, dass alle Schubladen randvoll mit Wasser gefüllt waren. Er stieß einen Schrei aus.

Plötzlich erschien ihre silberne Silhouette in der Tür, vom Ganglicht beschienen. »Was ist denn, Schatz?« Er sagte ihr, dass er Angst habe, und sie lief schnell zu seinem Fenster und machte es zu. Sie ordnete den Vorhang wieder zu schönen blauen Falten.

»Du bist so ein Grübler«, sagte sie lächelnd. »Die Dinge sind nie so schlimm, wie wir glauben.« Sie setzte sich an seine Bettkante und strich ihm über die Stirn. Leise sang sie ein Lied, das er nicht kannte, und er schloss die Augen.

Egal, was passierte, er durfte seiner Mutter niemals erzählen, was sie getan hatte. Von allen Menschen, die er kannte, war sie mit Sicherheit der gefährlichste. Das sagte er sich immer wieder, während ihre Finger durch sein Haar fuhren, der Regen auf die Blätter trommelte und der Donner zahm wurde. Wie von Schnüren gezogen schwankte Byron dem Schlaf entgegen.

12
Noch ein Unfall

Fünf Tage nach Eileens Abgang aus dem Café begegnet Jim ihr wieder. Der Schnee ist schon am Tauen. Im Laufe des Tages rutscht er von den Bäumen, Wassergeriesel ist so allgegenwärtig wie das Tropf-Tropf-Tropf schmelzender Eiszapfen. Als der Erdboden wieder zum Vorschein kommt, wirken die gedämpften Farben, die Grün-, Braun- und Lilatöne, geradezu schreiend und selbstherrlich. Nur um die Hügel der Heide herum liegt noch ein weißer Schneeschal.

Jim geht nach der Arbeit über den Parkplatz hinaus. Die Straße ist dunkel. Pendler fahren nach Hause. Straßenlampen gießen orangefarbenes Licht über die nassen Gehwege und die schmutzgeränderten Schneewälle am Bordstein. Als Jim auf den Kreisverkehr zugeht, um die Straße sicher zu überqueren, rattert ein weinroter Ford Escort vorbei. Auf der Rückscheibe verkündet ein Aufkleber: *Mein Zweitwagen ist ein Porsche*. An der Haltelinie legt der Ford quietschend eine Vollbremsung hin, dass es metallisch riecht wie bei einem Feuerwerk. Jim tritt hinter dem Auto auf die Straße.

Es gibt keinen ersichtlichen Grund, warum ein haltender Wagen auf einmal zurücksetzen sollte. Aber dieser tut es. Der Motor heult auf, eine plötzliche Rauchwolke ausstoßend, der Ford macht einen Satz nach hinten und bremst dann ruckartig direkt bei Jim. Er merkt, dass etwas Gravierendes geschehen ist, und dann, dass es sich um Schmerz handelt. Er schießt in ihm hoch; am Zeh beginnend, flammt er das Bein hinauf bis in seine Wirbelsäule.

»He!«, schreit eine Männerstimme auf der anderen Straßenseite.

Die Beifahrertür fliegt auf, und da ist sie. Oder vielmehr ihr Gesicht, in einem schrägen Winkel. Sie muss vom Fahrersitz herübergerutscht sein. Rote Haare lodern hoch. Große Augen. Nur ihr Auto steht zwischen ihnen.

»Was zum …?« Das kann nur sie sein.

Jim hebt die Hände. Wenn er eine weiße Fahne hätte, würde er sie schwenken. »I-i-ich … Ihr Wagen – Ihr Auto …« Er hat so viele Gedanken im Kopf und die 1105 Kilo Ford Escort auf seiner Stiefelkappe.

Eileen starrt ihn an, ihr Blick zeigt ihm, wie verwirrt sie ist. Er weiß nicht, warum, aber als er ihrem Blick begegnet, steht ihm plötzlich die Hortensie vor Augen, die er erst heute früh blühend vorgefunden hat, so rosa, dass es schon vulgär wirkte.

Eileen und Jim starren einander an, ohne sich zu rühren, er denkt an Hortensien, sie murmelt »Mist«, bis wieder die Stimme von der anderen Straßenseite schreit: »Halt! Halt! Ein Unfall!«

Einen Moment lang scheinen die Worte bedeutungslos. Dann erkennt Jim, worauf sie sich beziehen. Eine Woge von Panik erfasst ihn. Er will damit nichts zu tun haben. Die Sache muss ein Ende haben. Er ruft: »Alles in Ordnung!« Die Leute werden aufmerksam. Er wedelt mit den Armen, als wäre Eileen auf dem Weg, den er nehmen muss, eingeklemmt und er könnte sie mit kräftigen Handbewegungen befreien. »Weg da!«, ruft er, oder etwas Ähnliches. »Aus dem Weg! Fahren Sie schon!« Er ist fast unhöflich.

Eileen zieht den Kopf ein, knallt die Tür zu und fährt vorwärts. Als sie in den Kreisverkehr einbiegt, rammt sie mit einem Rad auf der Beifahrerseite den Bordstein.

Der Mann, der gerufen hat, rennt nun, dem Verkehr ausweichend, über die Straße. Er ist jung, dunkelhaarig, trägt eine Lederjacke, hat ein Gesicht wie ein Totenschädel. Beim Atmen stößt er kleine Wölkchen in die Kälte hinaus. »Ich habe das Nummernschild notiert«, sagt er. »Können Sie laufen?«

Jim sagt, das könne er sicher. Jetzt, wo sich Eileens Hinterrad von seinem Fuß verabschiedet hat, fühlt er sich überraschend leicht an, als bestünde er aus Luft.

»Soll ich die Polizei rufen?«

»I-ich …«

»Den Rettungsdienst?«

»N-n…«

»Da.« Der junge Mann drückt Jim einen Zettel in die Hand, auf den er die Nummer und Merkmale des Autos gekritzelt hat. Seine Schrift sieht kindlich aus. Jim faltet den Zettel zusammen und steckt ihn ein. Er hat Mühe, seine Gedanken in eine logische Folge zu bringen. Er ist angefahren worden, er ist verletzt. Er hat jetzt nur den Wunsch, in der Zurückgezogenheit seines Wohnmobils seinen Stiefel auszuziehen und seinen Zeh zu untersuchen, ohne dass ihn noch einmal jemand überfährt oder ihm droht, Leute zu holen, die ihm Angst machen. Dann fällt ihm ein, dass er den Zettel des jungen Mannes nur einmal gefaltet hat. Er sollte zweimal gefaltet werden, und dann noch einmal. Schließlich hat es einen Unfall gegeben. Er sollte die Rituale durchführen, sogar hier auf dem Gehweg. Aber jetzt ist es schon passiert, er hat etwas falsch gemacht. Trotz der Kälte bricht ihm der Schweiß aus. Er fängt an zu zittern.

»Ist auch sicher alles in Ordnung mit Ihnen?«, fragt der junge Mann.

Jim versucht, den Zettel in seiner Tasche noch einmal zu falten, aber er hat sich im Schlüsselring verfangen.

Der junge Mann starrt ihn an. Er fragt: »Hat das Auto Sie auch an der Hüfte erwischt?«

Da, es ist geschafft. Der Zettel ist zweimal gefaltet. »J-ja«, sagt er zu sich selbst, weil er jetzt abgesichert ist.

»Echt? Scheiße«, entfährt es dem jungen Mann.

Jim ist abgesichert, aber er fühlt sich nicht so. Schlimme Gedanken zetern in seinem Kopf. Er kann sie hören und spüren. Da sind weitere Rituale notwendig. Er wird nur wissen, dass alles in Ordnung ist, wenn er eine Zwei und eine Eins sieht. Er muss die Zahlen finden. Jetzt gleich, sonst wird alles noch schlimmer. »H-h-hilfe«, sagt er und starrt auf die Nummernschilder der vorbeifahrenden Autos.

Der junge Mann wirft einen Blick über die Schulter. »Hilfe! Hilfe!«, schreit er. Die Autos fahren nun langsamer, aber keines hat die richtigen Zahlen auf dem Nummernschild.

Wenn Jim sich beeilt, kann er zum Supermarkt zurückkehren. Das Café ist schon geschlossen, aber der Laden hat noch geöffnet. Er kann in den Gang mit den Drogerieartikeln gehen, wo es ein Shampoo-Angebot gibt: 2 für 1. Das hat schon einmal funktioniert. Es ist wie ein weiteres Notpflaster. Als er sich von dem jungen Mann abwendet, schießt ein heißer Blitz sein ganzes Bein hoch. Jim fragt sich, ob sein Fuß immer noch mit seinem restlichen Körper verbunden ist. Er muss die Fäuste ballen, damit der junge Mann nichts mitbekommt, aber leider steht Jim mitten im Weg einer anderen Person. Und die sieht alles.

»Jim? Was ist passiert?« Ohne Haarnetz und orangefarbenes Hütchen braucht Jim einen Moment, um sie einzuordnen. Es ist eines der jungen Mädchen aus dem Supermarktcafé – die, die ihn einmal als zurückgeblieben beschrieben hat. Sie hat knallpinke Haare und so viele Nieten in den Ohren, dass sie aussehen wie frisch von einer Polsterei.

»Kennen Sie diesen Mann?«, fragt der junge Mann.

»Ich arbeite mit ihm zusammen. Da oben im Café. Er macht die Tische sauber. Ich mache das Essen.«

»Er ist von einem Auto angefahren worden.«

»Ein Unfall?« Sie reißt die Augen auf.

»Die Fahrerin hat nicht mal angehalten.«

Ihr quellen die Augen vor. »Fahrerflucht? Ohne Witz?«

»Er sagt, dass alles in Ordnung ist, aber er steht unter Schock. Er muss ins Krankenhaus. Er muss geröntgt werden und so.«

Die Mundwinkel des Mädchens heben sich zu einem Lächeln, als hätte sie gerade etwas unerwartet Köstliches probiert. »Jim? Sollen wir dich in die Klinik bringen?« Es wäre nicht nötig, dass sie sich so dicht an ihn heranbeugt, die Worte übertrieben deutlich ausspricht und gleichzeitig schreit, als wäre er taub oder langsam von Begriff. Aber sie tut alles drei.

Jim schüttelt verneinend den Kopf. »I-i-ich …«

»Ich kenne ihn. Ich verstehe seine Sprache. Er sagt ja.«

Und so findet sich Jim in einem Ruftaxi wieder, eingequetscht zwischen zwei jungen Leuten, die offensichtlich gern reden. Er muss unbedingt die Zahlen Zwei und Eins finden, sonst wird dem Mädchen etwas passieren. Und dem jungen Mann. Und dem Taxifahrer, und allen Fußgängern, die sich in ihre Winterkleider mummeln. Jim versucht, tief durchzuatmen. Er versucht, seinen Kopf von Gedanken zu leeren. Aber er sieht nichts als Verwüstung.

»Schauen Sie mal, der arme Kerl schlottert ja richtig«, sagt die junge Frau und streckt den gesenkten Kopf vor Jim vorbei, um den jungen Mann anzusprechen. Und kurz darauf: »Ich bin übrigens Paula.«

»Cool«, sagt der junge Mann.

Es wird eine Klinikambulanz geben, es wird Ärzte geben, es wird überall Verletzungen geben. Eine Schmerzspirale windet sich in Jim hoch, als das Taxi auf den Klinikparkplatz fährt und er sich erinnert.

Paula sagt: »Meine Eltern haben mich nach dieser Sängerin genannt. Die gestorben ist.«

Der junge Mann nickt, als wäre alles klar, und sieht sie mit einem breiten Lächeln an.

Wenn die Schwestern die Patienten zur Behandlung brachten, empfahlen sie immer, etwas locker Sitzendes zu tragen. Das war nicht weiter schwierig. Sie trugen sowieso oft die Sachen anderer Leute. »Wer brutzelt heute Abend?«, hörte er beim ersten Mal einen der älteren Patienten fragen. Sie gingen stumm die Gänge entlang. Es gab Türen, durch die man eintrat, und andere Türen, durch die man herauskam, so dass man, wenn man zur Behandlung ging, nicht mit den Patienten zusammentraf, die die Behandlung gerade hinter sich hatten.

Im OP-Raum lächelten ihn alle beruhigend an, der Psychiater, die Schwestern, die Anästhesistin. Sie baten ihn, die Hausschuhe auszuziehen und sich auf die Liege zu setzen. Die Füße müssten nackt sein, erklärte die Schwester, damit sie die Bewegung in den Zehen verfolgen könnten, wenn der Anfall kam. Jim bückte sich, um die Hausschuhe auszuziehen, aber er zitterte so, dass er fast hinfiel. Er wollte sie zum Lachen bringen, denn er wollte, dass sie nett zu ihm wären und ihm nicht weh täten, deshalb machte er einen Scherz über seine Füße, wie lang sie waren, und alle lachten. Alle zeigten sich wohl von ihrer besten Seite. Und das erschreckte ihn nur noch mehr. Die Schwester stellte seine Hausschuhe unter die Liege.

Es würde nicht lange dauern, sagten sie. Er müsse sich entspannen. »Kämpf nicht dagegen an, Jim. Denk dran, tief zu atmen, wie wir es dir gezeigt haben.«

Die Schwester nahm eine seiner Hände, die Anästhesistin die andere. Er habe Glück, sagte eine Stimme, dass er so gute Venen habe. Er spürte einen Stich in seiner Hand, und Leere tröpfelte in seine Fingerknöchel, seinen Arm, seinen Kopf. Kurz hörte er Frauenlachen aus einem Schlafsaal, das Schimpfen von Krähen im Garten, und dann flogen die Frauen davon, und die Geräusche lösten sich auf.

Er kam in einem anderen Raum zu sich. Neben ihm waren noch andere Patienten; sie saßen still da. Ein Mann übergab sich in einen Eimer. Jims Kopf pochte, als wäre sein Inhalt zu groß für den Schädel geworden. Es gab Becher mit Tee und eine Familienpackung Kekse in der Dose.

»Du musst essen«, sagte die Schwester. »Wenn du etwas isst, geht es dir besser.« Sie bot ihm auf einem Teller eine rosa Waffel an. Der Geruch war wie ein tätlicher Angriff. Er konnte auch das Erbrochene riechen und das Veilchenparfüm der Schwester. Alles schien zu stark zu riechen, davon wurde ihm noch übler. »Die anderen essen auch«, sagte die Schwester.

Das stimmte. Die anderen saßen mit ihren Schwestern da und tranken Tee und aßen Kekse, und alle hatten zwei rote Punkte auf der Stirn, als wären die Verbrennungen schon immer da gewesen. Niemand redete. Er sah das alles, ein schrecklicher Anblick, aber irgendwie sah er es auch wieder nicht. Er fragte sich, ob er auch zwei rote Stellen hatte, aber als er daran dachte, nachzusehen, waren schon mehrere Nächte vergangen, vielleicht auch eine noch längere Zeit. Das waren die Folgen. Die Zeit war zerstückelter als zuvor. Es war, als würde man eine Handvoll Federn in die Luft werfen und zusehen, wie sie herunterschwebten. Die Augenblicke flossen nicht mehr von einem in den nächsten.

Der Warteraum in der Klinikambulanz ist so voll, dass es nur noch Stehplätze gibt. Das sei am Wochenende immer so, sagt Paula; ihr Dad sei jeden Samstagabend in der Klinikambulanz gelandet. Da sind Männer mit blutenden Gesichtswunden und zugeschwollenen Augen und ein kleiner Junge, aschfahl im Gesicht, der das Kinn hoch in die Luft reckt. (»Ich wette, der hat sich Bohnen in die Nase gesteckt«, sagt Paula.) Eine Frau weint an der Schulter einer anderen, mehrere Leute haben einen notdürftigen Verband oder eine improvisierte Armschlinge. Jedes Mal, wenn der Rettungsdienst mit einem neuen Patienten auf der Liege hereineilt, wenden alle den Blick ab. Nur Paula starrt lange und intensiv hin.

Sie erklärt der Schwester am Empfang, dass Jim von einem Auto angefahren wurde. Fahrerflucht, sagt sie. Die Frau braucht ein paar einfache Angaben. Name, Postleitzahl, Telefonnummer und Adresse des Hausarztes.

»Jim?«, sagt Paula. Sie stupst ihn an, weil alle warten und er nichts sagt. Er zittert stark.

»Ein Ausweis?«, fragt die Frau wiederholt.

Aber Jim hört fast nichts. Die Frage trifft ihn wie ein Keulenschlag und setzt neue, so tiefsitzende, so überwältigende Erinnerungen frei, dass er Mühe hat, aufrecht stehen zu bleiben. Sein Fuß fühlt sich an wie entzweigespalten, der heftige Schmerz ist wie ein Echo auf den Schmerz in seinem Kopf. An so vieles denken zu müssen, übersteigt einfach seine Kräfte. Er klammert sich an das Sims vor dem Empfangsfenster und flüstert unhörbar: *Hallo, Telefon, hallo, Stift.*

Paulas Stimme tönt laut durch die Stille: »Ist schon in Ordnung, er ist mit uns hier. Können Sie meine Adresse notieren?« Seine Unterlagen seien wohl alle in Besley Hill, vermutet sie. »Er war jahrelang dort oben, aber er ist völlig harmlos.« Mit einer Grimasse distanziert sie sich von dem, was sie nun ausspricht: »Er redet mit Pflanzen und so.«

»Nehmen Sie Platz«, sagt die Frau.

Als eine blaue Plastikbank frei wird, bietet Jim den Platz Paula an, aber sie lacht und sagt fröhlich: »Du bist doch der Verletzte. Du bist doch überfahren worden.« Sie hat die Angewohnheit, am Satzende mit der Melodie nach oben zu gehen, als hingen die Schlüsse aller ihrer Sätze hoch oben in der Luft. Jim hat das Gefühl, er würde immer wieder an einen Abgrund geführt und dort stehen gelassen; ihm wird ganz schwindlig davon. Inzwischen kramt der junge Mann Münzen aus der Tasche und schiebt sie in einen Getränkeautomaten. Er knackt den Deckel einer Softdrinkdose und bietet sie Jim und Paula an.

»Nein, danke«, sagt Jim. Er kann kaum schlucken. Nirgendwo sieht er eine Eins oder eine Zwei.

»Ich kriege keine Luft«, japst Paula. Vor Stress, fügt sie hinzu. Stress mache komische Sachen mit den Leuten. »Ich kenne eine Frau, der sind über Nacht die ganzen Haare ausgefallen.«

»Nie im Leben!«, sagt der junge Mann.

»Und ich kenne noch wen, der hat eine Muschel gegessen und dann einen Herzinfarkt gekriegt. Und eine Frau, die an einem Hustenbonbon erstickt ist.«

Eine Schwester ruft Jim auf und winkt ihn zu einer Kabine. Sie trägt einen Kittel, einen weißen Kittel, und er sieht so aus wie alle anderen weißen Kittel. Jim überlegt kurz, ob alles nur ein Trick ist, um ihm wieder eine Behandlung zu verpassen. Er fällt beinahe hin.

»Er sollte längst einen Rollstuhl haben«, sagt Paula. »Das ist doch die Höhe!«

Die Schwester erklärt, dass erst nach dem Röntgen ein Rollstuhl verfügbar sei, und Paula nimmt Jim am Arm. Sie drückt viel zu fest zu, und er würde am liebsten schreien, aber er darf nicht, es ist ja nur gut gemeint. Die Schwester trägt Gummischuhe, die auf dem grünen Linoleum quietschen, als wäre unter den Sohlen etwas halb Lebendiges eingeklemmt. Sie studiert die Notizen auf ihrem Klemmbrett und macht Jim ein Zeichen, er solle sich auf die Liege legen. Er zittert so heftig, dass sie ihm unter die Arme greifen und ihm hinaufhelfen müssen. Als die Schwester den Plastikvorhang rings um die Kabine zuzieht, quietschen die Chromringe auf der Stange schrill auf. Paula und der junge Mann treten zum Ende der Liege, wo Jims Stiefel über die Kante vorstehen. Sie sehen besorgt aus, aber auch gespannt. Die Bomberjacke des jungen Mannes knarzt bei jeder Bewegung wie ein Plastikstuhl.

»Es handelt sich wohl um einen Unfall«, sagt die Schwester. Wieder fragt sie nach Jims Namen.

Diesmal redet Paula nicht lange herum und nennt ihn.

»Und ich heiße Darren«, fügt der junge Mann hinzu, auch wenn ihn niemand gefragt hat.

»Nie im Leben!«, sagt Paula.

»Doch, wirklich«, sagt Darren, und sogar er klingt überrascht.

Die Schwester verdreht die Augen. »Können wir zu dem Unfall zurückkommen? Wurde die Polizei verständigt?«

Darren setzt eine vernünftige Miene auf. Er beschreibt lang und breit, wie die Fahrerin ohne Vorwarnung zurückgestoßen ist; Jim hört gar nicht mehr zu. Er denkt stattdessen daran, wie verwirrt Eileen ihn angesehen hat, als wäre sie jemand anders. Als wäre sie nicht die Person, die sie vorgab zu sein, sondern jemand, der darin eingeschlossen war, ein verletzliches, kleineres Selbst, wie das letzte Püppchen ganz innen in den russischen Matroschkas.

»Er will keine Anzeige erstatten«, sagt Paula. »Übrigens kannte ich mal eine Frau, die einen Autounfall hatte. Sie hat beide Beine verloren. Deshalb hat sie Plastikbeine gekriegt. Die hat sie nachts unters Bett gelegt.«

»Nie im Leben«, sagt Darren.

Die Schwester möchte nun Jims Fuß sehen, und da tritt schließlich eine entrückte Stille ein.

Als sie aus der Klinik herauskommen, ist es halb zehn. Beim Röntgen hat sich gezeigt, dass die Zehenknochen nicht gebrochen sind, aber die junge diensthabende Ärztin hat einen Verdacht auf Bänderriss. Als Vorsichtsmaßnahme bekommt Jim das Bein bis zum Knie mit blauem Gips eingegipst und wird mit einer Packung Schmerztabletten und Leihkrücken entlassen.

»Ich wollte schon immer mal Krücken haben«, sagt Paula zu Darren.

»Ich wette, du würdest süß damit aussehen«, sagt Darren. Die beiden erröten wie Christbaumkugeln.

Jim habe Glück, meint die Schwester etwas verblüfft: Dank der unerklärlichen Größe seiner Stiefel sei der Schaden minimal. Jim erhält von ihr ein Infoblatt, was bei einem Gipsverband zu beachten ist, und einen Kontrolltermin in zwei Wochen. Als sie fragt, ob er die Fahrerin erkennen würde, kommt Jim bei dem Wort »N-n-nein« so schwer ins Stottern, dass sie sich durch die Haare fährt. Sie rät Paula, Jim solle zur Polizei gehen, sobald er den Schock überwunden habe. Selbst wenn er keine Anzeige erstatten wolle, könne er bei der Opferhilfe und bei der Telefonseelsorge Unterstützung bekommen. Es sei nicht wie früher, als alles, was mit Psychologie zu tun hatte, verpönt gewesen sei. Es gebe alle möglichen Hilfsangebote.

Das junge Pärchen besteht darauf, noch ein Ruftaxi zu holen und Jim zu seiner Siedlung zu fahren. Die beiden wollen kein Geld annehmen. Paula erzählt Darren von einer Reihe von

Unfällen, die sie mit angesehen hat, einschließlich einer echten Massenkarambolage auf der Autobahn und des Dramas, als sich eine Freundin mit der Lockenschere das Ohr verbrannt hatte. Jim ist so müde, dass er nur noch ans Schlafen denken kann. Sein Klappbett scheint aus dem Dunkel hervorzutreten, samt Decken und Kissen. Er kann sogar das Quietschen der Scharniere hören.

Als sie am Schild vorbeigefahren sind, das vorsichtige Fahrer willkommen heißt, am Dorfanger und an den Skaterrampen, bittet er, dass man ihn aussteigen lässt.

»Aber wo ist dein Van?«, fragt Paula mit einem suchenden Blick über die dichtstehenden Häuschen und die Weihnachtsbeleuchtung, die in ganz Cranham Village blinkt wie schnell pulsierende, bläuliche Kopfschmerzen. Jim deutet auf die Sackgasse. Er wohne da am Ende, sagt er, wo die Straße aufhört und die Heide beginnt. Hinter seinem Camper schwanken die schwarzen Zweige der Bäume, als ein Windstoß durchfährt.

Paula sagt: »Wir können dich reinbringen. Wir können dir Tee aufsetzen.«

»Du brauchst vielleicht Hilfe«, sagt Darren.

Aber Jim lehnt ab. Seinen Wagen hat noch nie jemand betreten. Das ist der innerste Teil seiner selbst, den niemand sehen darf. Bei diesem Gedanken spürt er einen sengenden Schmerz, einen neuen Graben zwischen sich und dem Rest der Welt.

»Kommst du auch sicher zurecht?«, ruft Darren ihm nach.

Jim nickt, weil er die Lippen nicht zum Sprechen bewegen kann. Er winkt dem Fahrer zu als Zeichen, dass alles in Ordnung ist, dass es ihm gutgeht.

Hinter der Siedlung liegt die Heide, dunkel und massiv, uralte Schichten aus Erde und Gras, zu Stein gepresst. Ein alter Mond scheint über das Land, und Milliarden Sterne schicken Lichtpunkte durch die Jahre. Wenn das Land sich jetzt zu dehnen begänne, wenn es aufreißen würde und die Häuser, die Straßen, die Strommasten, die Lampen verschlänge, bliebe nichts mehr übrig, was an die Menschen erinnerte. Es gäbe nur noch die dunklen, schlafenden Hügel und den uralten Himmel.

Das Ruftaxi fährt schon am Dorfanger vorbei, die Rücklichter glühen. Dann biegt es um die Ecke und wird vom Dunkel verschluckt. Nur Jim steht noch da und schaut in die Nacht.

13
Das Versehen

Als das Geheimnis ans Licht kam, war es durch ein Versehen. Es verriet sich sozusagen selbst. Es war, wie wenn man einen Hund hat, der in fremde Gärten rennt, bevor man ihn daran hindern kann. Nur hatten sie natürlich keinen Hund, weil Vater eine Haustierallergie hatte.

Byrons Mutter war nur in sein Zimmer gekommen, um Fieber zu messen, bevor er schlafen ging. Lucy schlief schon; Byron hatte lange auf seine Mutter warten müssen, denn es war ein Anruf seines Vaters dazwischengekommen. Byron konnte nicht hören, was sie sagte, weil sie langsam und leise redete. Kein Gelächter flatterte hoch. Als sie in sein Zimmer trat, blieb sie einen Moment stehen, das Gesicht zum Boden gewandt, als wäre sie ganz woanders, als sähe sie ihn gar nicht, und da hatte er seine Bauchschmerzen erwähnt. Eigentlich wollte er sie nur daran erinnern, wer er war.

Diana prüfte das Thermometer und sagte mit einem Seufzen, sie wisse nicht, was mit ihm los sei. »Du hast irgendwie keine richtigen Symptome«, sagte sie.

»Bevor es passiert ist, ging's mir gut.« Die Worte flogen heraus, bevor er merkte, was er da sagte. Er schlug sich die Hand vor den Mund.

»Wie meinst du das?«, fragte seine Mutter. Sie war damit

beschäftigt, das Thermometer mit einem Lappen sauberzu-wischen, dann schob sie es wieder in seine schmale Silberhülle. »Es ging dir gut, bevor *was* passiert ist?« Sie legte den Kopf schief. Sie wartete.

Byron betrachtete seine Fingernägel. Er hoffte, wenn er schwieg und so tat, als wäre er nicht da, würde sich das Ge-spräch verflüchtigen. Es würde vielleicht das Interesse an By-ron verlieren und davonschlendern zu ganz anderen Worten, die mit ganz anderen Problemen zu tun hätten. »Nichts«, sagte er. Wieder einmal konnte er nichts anderes sehen als das Bild von dem roten Fahrrad und dem kleinen Mädchen.

Seine Mutter bückte sich und drückte ihm einen Kuss auf die Stirn. Sie duftete süß wie Blumen und kitzelte mit ihren weichen Haaren seine Stirn. »Sie hätte nicht auf die Straße hin-ausrennen sollen«, sagte er. Auch dieser Satz schoss so schnell heraus, als wäre er heiß und flüssig.

Seine Mutter lachte. »Wovon redest du?«

»Es war nicht deine Schuld.«

»Nicht meine Schuld? Nein?« Wieder lachte sie, oder sie lächelte zumindest und machte ein Geräusch dazu.

»Du hast nichts falsch gemacht, weil du nichts davon wuss-test. Es lag an dem Nebel und den Extrasekunden. Du kannst nichts dafür.«

»Wofür kann ich nichts?«

»Für das kleine Mädchen. Das kleine Mädchen in der Digby Road.«

Seine Mutter zog das Gesicht in Falten. »Welches kleine Mädchen? Ich weiß nicht, was du meinst.«

Byron spürte, wie ihm plötzlich der feste Boden unter den Füßen wegsackte; er trat wieder auf Steine und Zweige, und das Wasser leckte ihm um die Knöchel. Er mühte sich in diesem Gespräch nur deshalb weiter voran, weil die Möglichkeit eines

Rückziehers weggedriftet war. Er zwirbelte an der Ecke seines Lakens herum und beschrieb, wie er das kleine Mädchen auf seinem roten Fahrrad aus dem Gartentor hatte herausschießen sehen und wie er es, nachdem der Wagen zum Stehen gekommen war, noch einmal gesehen hatte, reglos am Boden. Er merkte, dass ihm nur eine kleine Anzahl von Worten zur Verfügung stand, und wiederholte sie immer wieder. Digby Road. Nebel. Zwei Sekunden. Nicht deine Schuld. Und weil seine Mutter nichts sagte, sondern nur zuhörte, die Hände auf den Mund gepresst, fügte er hinzu: »Ich habe dir gesagt, du sollst weiterfahren, weil ich nicht wollte, dass du Angst bekommst.«

»Nein«, sagte sie plötzlich. Das war nur ein einziger kleiner Laut und gleichzeitig die Antwort, die er am wenigsten erwartete. »Nein. Das kann nicht stimmen.«

»Aber ich hab's gesehen. Ich habe den ganzen Unfall gesehen.«

»Unfall? Da war kein Unfall.« Ihre Stimme wurde mit jedem Wort lauter. »Ich habe kein kleines Mädchen angefahren. Ich fahre sehr vorsichtig. So vorsichtig, wie dein Vater es mir beigebracht hat. Wenn da ein kleines Mädchen gewesen wäre, dann hätte ich es gemerkt. Ich hätte es gesehen. Ich hätte angehalten.« Sie hielt die Augen fest auf den Boden gerichtet. Es sah aus, als spräche sie zu einem Teppichstück. »Ich wäre ausgestiegen.«

Byron drehte sich der Kopf. Er atmete flach, immer schneller, die Atemstöße zerrten an seinen Brust- und Halsmuskeln. Er hatte sich so oft vorgestellt, wie er dieses Gespräch führen oder vielmehr nicht führen würde, und jetzt, wo es wirklich dazu gekommen war, schien alles falsch. Es wurde ihm zu viel. Es war zu viel, seiner Mutter nach der ganzen Zeit die Wahrheit zu sagen und festzustellen, dass sie sie nicht sehen konnte. Er wäre am liebsten zu Boden gestürzt und hätte aufgehört zu denken. Zu empfinden.

»Geht's dir nicht gut?«, fragte sie. »Was ist denn los, Schatz?«

Als er nichts mehr zu sagen hatte – als alle Worte aufgebraucht waren und der Raum sich um seine eigene Achse drehte, die Wände wegrutschten, der Fußboden kippte –, da sagte er: »Entschuldige. Ich muss mich übergeben.« Und er rannte ins Bad.

Er musste es dann doch nicht. Er klammerte sich an die Toilettenschüssel und beugte den Kopf hinein. Er versuchte sogar, mit den Bauchmuskeln nach oben zu pressen und gleichzeitig die Halsmuskeln zusammenzuziehen. Er würgte, aber es kam nichts. Als seine Mutter an die Tür klopfte und fragte, ob sie hereinkommen dürfe, ob sie ihm etwas bringen könne, sagte er mehrmals, dass alles in Ordnung sei. Er konnte immer noch nicht begreifen, warum sie ihm nicht glaubte. Er drehte die Wasserhähne auf, setzte sich auf den Fußboden und wartete reglos, dass sie ging. Als er schließlich ihre Absätze auf der Treppe hörte, langsam, als sei sie nicht in Eile, sondern lasse sich dahintreiben oder sei tief in Gedanken, schloss er die Tür auf und kehrte rasch in sein Zimmer zurück.

In dieser Nacht vermisste er James sehr. Er hätte nicht einmal etwas Bestimmtes zu sagen gehabt; James war einfach in seinen Gedanken, wie auch die Erinnerung an die Brücke, die sie über den Teich gebaut hatten. Wenn James etwas von dem Unfall wüsste, dann wüsste er auch, was zu tun wäre, wie er auch über Belastbarkeit und Schwerkraft Bescheid wusste.

Byron erinnerte sich an seine Gefühle bei dem Sturz, an den Moment zwischen dem Verlust des Gleichgewichts und der Landung im kalten Wasser. Was für ein Schock. Der Schlammboden hatte an seinen Füßen gezogen, und obwohl er wusste, dass das Wasser seicht war, hatte er in plötzlicher Panik, er könne ertrinken, um sich geschlagen. Das Wasser war ihm in Ohren, Mund und Nase gedrungen. »Mrs Hemmings!

Mrs Hemmings!«, hatte James am Ufer geschrien. Er war anscheinend handlungsunfähig, konnte nur mit den Armen rudern. Byron sah seine Mutter herbeirennen, um ihn zu retten, ihre Arme und Beine flogen so, dass sie zu stürzen schien. Sie schüttelte nicht einmal die Schuhe ab, sondern watete sofort ins Wasser. Dann legte sie den beiden Jungen die Arme um die Schultern und führte sie ins Haus zurück, und obwohl James nicht nass war, wickelte sie beide in Handtücher ein. »Ich bin schuld, ich bin schuld«, sagte James immer wieder. Aber Diana unterbrach ihn und hielt ihn an den Schultern fest. Sie sagte zu ihm, er habe Byron gerettet und solle stolz darauf sein. Danach hatte sie ihnen Sandwiches und süßen Tee gemacht und alles auf dem Rasen serviert, und James sagte mit klappernden Zähnen: »Sie ist so nett, deine Mutter, sie ist so nett.«

Byron faltete unter der Bettdecke die Karte auseinander, die er im Arbeitszimmer seines Vaters gezeichnet hatte. Er leuchtete sie mit der Taschenlampe an und studierte sie. Er fuhr mit der Fingerspitze den Weg der Pfeile nach, und sein Herz klopfte, als er die rote Markierung erreichte, wo der Jaguar plötzlich stehen geblieben war. Er wusste, dass er mit dem Unfall recht hatte. Schließlich hatte er alles mit eigenen Augen gesehen. Unten hörte er die Kühlschranktür aufschnappen, dann knallte seine Mutter die Eiswürfelschale auf die Abtropfe. Etwas später hörte er ihre Musik vom Plattenspieler, ein so trauriges Lied, dass er sich fragte, ob seine Mutter weinte. Er dachte wieder an das kleine Mädchen in der Digby Road, an die Unruhe, die seine Mutter plagte. Am liebsten wäre er zu ihr gegangen, aber er konnte sich nicht rühren. Er sagte sich, in einer Minute würde er gehen, und dann verstrich noch eine Minute, eine weitere und wieder eine, und er lag immer noch im Bett. Nun, wo er seiner Mutter erzählt hatte, was geschehen war, hatte er das Gefühl, er sei ebenfalls zu einem Teil des Unfalls geworden. Wenn er nur den Mund gehalten hätte, hätte sich das Ganze vielleicht in Luft aufgelöst. Es wäre vielleicht unwirklich geblieben.

Später öffnete seine Mutter einen Spalt seine Tür, und ein scharfer Lichtbalken fiel herein, von dem er Kopfschmerzen bekam. Sie flüsterte: »Byron, bist du noch wach?« Aber er blieb reglos liegen, die Augen fest zugekniffen. Er versuchte, schwer zu atmen wie ein Schlafender. Er hörte ihre Schritte auf dem Teppich knistern und fing ihren süßen Duft auf, dann wurde es plötzlich wieder dunkel.

»Alles in Ordnung?«, fragte sie am nächsten Morgen. Es war wieder Freitag, und er putzte sich gerade im Bad die Zähne. Er hatte keine Ahnung, dass seine Mutter hinter ihm stand, bis er ihre Finger auf seiner Schulter spürte. Er musste hochgefahren sein, weil sie lachte. Ihre Haare umrahmten ihr Gesicht wie eine goldene Wolke, ihre Haut war weich wie Sahneeis.

»Du bist heute früh nicht zu mir gekommen, um das Weckerklingeln abzuwarten. Ich habe dich vermisst.«

»Ich habe verschlafen.« Er konnte sich nicht umdrehen und sie ansehen. Der Spiegelsohn sprach mit der Spiegelmutter.

Sie lächelte. »Es ist gut, dass du geschlafen hast.«

»Ja«, sagt er. »Du auch?«

»Ich auch?«

»Hast du auch geschlafen?«

»O ja«, sagte sie. »Ich habe gut geschlafen, danke.«

Sie verstummten einen Augenblick. Er spürte, dass sie beide nach den annehmbarsten Worten suchten, ähnlich wie seine Mutter vor der Ankunft seines Vaters die Kleider anprobierte, hineinschlüpfte, seufzte und wieder herausschlüpfte. Dann rief Lucy nach ihrer Schuluniform, und sie lachten beide, lachten lange und heftig und wie erleichtert, dass sie etwas anderes tun konnten als reden.

»Du siehst blass aus«, sagte sie, als das Gelächter verebbt und nichts mehr davon übrig war.

»Du wirst nicht zur Polizei gehen?«

»Zur Polizei? Warum sollte ich das tun?«

»Wegen des kleinen Mädchens in der Digby Road.«

Seine Mutter schüttelte den Kopf, als begriffe sie nicht, warum er schon wieder davon anfing. »Wir haben das doch gestern Abend schon alles besprochen. Da war kein kleines Mädchen. Du hast dich getäuscht.«

»Aber ich habe es gesehen.« Er wurde immer lauter. »Ich habe direkt am Fenster gesessen. Ich habe alles gesehen. Ich habe die Extrasekunden gesehen, und dann habe ich das kleine Mädchen gesehen. Du konntest es nicht sehen, weil du gefahren bist. Und weil es so neblig war.«

Seine Mutter legte die Stirn in die Hände und fuhr dann mit den Fingern durch die Haare, als wolle sie eine Lichtung freirechen, durch die sie sehen könnte. Sie sagte langsam: »Ich war auch in dem Wagen. Und nichts ist passiert. Das weiß ich. Es ist nichts passiert, Byron.«

Er wartete, dass sie noch etwas sagte, aber seine Mutter sah einfach über ihn hinweg und schwieg. Und so gab es zwischen ihnen nur, was sie schon gesagt hatte. Ihre Worte flatterten über ihren Köpfen und hallten in seinen Ohren wider wie ein Echo, fanden sogar im Schweigen noch eine Stimme. Nichts ist passiert. Es ist nichts passiert, Byron.

Es war aber doch etwas passiert. Das wusste er genau.

Sein Vater kam am Wochenende zu Besuch, und deshalb gab es keine Möglichkeit, mit seiner Mutter noch einmal über den Unfall zu sprechen. Das einzige Mal, dass er sie allein vorfand, war in der Zeit, während sein Vater in seinem Arbeitszimmer die monatlichen Ausgaben prüfte. Sie lief im Wohnzimmer auf und ab, nahm Dinge in die Hand und stellte sie wieder hin, ohne sie anzusehen. Als sein Vater an der Tür erschien und sagte, er habe eine Frage, flogen ihre Hände zum Hals, und ihre Augen weiteten sich. Es gebe einen unausgefüllten Scheckabschnitt, sagte er.

»Unausgefüllt?« Sie wiederholte das Wort, als wüsste sie nicht, was es bedeutete.

Das sei nicht das erste Mal, sagte sein Vater. Er rührte sich nicht von der Stelle, doch seine Mutter fuhr wieder fort, Dinge geradezurücken, die bereits gerade waren, und hob immer wieder die Finger zum Mund. Sie wisse nicht, warum sie da etwas nicht ausgefüllt habe, sagte sie. Sie versprach, in Zukunft besser Acht zu geben.

»Ich wünschte, du würdest das unterlassen.«

»Ich habe gesagt, es war ein Versehen, Seymour.«

»Ich meine, das mit deinen Nägeln. Ich wünschte, du würdest nicht an den Nägeln kauen.«

»Ach, Darling, du wünschst dir so vieles, was ich unterlassen soll.« Sie lachte und ging hinaus, um im Garten Unkraut zu jäten. Wieder fuhr sein Vater schon Sonntagfrüh zurück.

Als die dritte Woche begann, folgte Byron seiner Mutter wie ein Schatten. Er sah ihr beim Abspülen zu. Er sah ihr beim Umgraben der Rosenbeete zu. Die Rosen blühten jetzt so üppig, dass er vor lauter weichen rosa Blütenblättern kaum die Stiele sehen konnte; sie überzogen die Pergola wie ein Himmel voller Sterne.

Abends hörte er zu, wie seine Mutter unten ihre Musik auf dem Plattenspieler abspielte. Alle seine Gedanken waren von der Digby Road beherrscht. Er konnte nicht glauben, dass er es ihr tatsächlich erzählt hatte. Zum ersten Mal stand etwas zwischen ihnen wie der Zaun zwischen Teich und Wiese, und alles nur deshalb, weil sie etwas für wahr hielt, was er besser wusste. Im Raum schwebte sogar der Vorwurf, dass er sie auf fürchterliche Weise ungerecht beschuldigte.

Er wünschte, er könnte es James erzählen. Dienstagmittag wagte er sogar die Frage: »Hast du Geheimnisse?«

James schluckte mit Mühe einen Bissen Fleischpastete hinunter und antwortete: »Ja, Byron.« Er warf verstohlene Blicke nach links und rechts, um sich zu vergewissern, dass niemand zuhörte, aber Watkins hatte einen neuen Luftballon, mit dem man Furzgeräusche machen konnte, und alle anderen waren damit beschäftigt, ihn auf die Bank zu legen, darauf herumzudrücken und zu lachen. »Warum? Hast *du* denn welche?« Wie James seinen Freund ansah, zu kauen aufhörte und auf seine Antwort wartete, hatte etwas sehr Wachsames.

»Ich bin nicht sicher.« Byron spürte einen Adrenalinstoß, als wäre er drauf und dran, von einer Mauer zu springen.

»Zum Beispiel«, sagte James, »tauche ich manchmal den Finger in den Topf mit Pond's-Creme von meiner Mutter.«

Das fand Byron kein großartiges Geheimnis, aber James fuhr langsam und wohlüberlegt fort, und Byron vermutete, dass das Schlimme nun erst komme.

»Ich nehme nur ein winziges bisschen. Wenn sie nicht zusieht. Damit ich keine Falten kriege.« Dann kaute James weiter und spülte den Bissen mit Wasser herunter. Erst, als er nichts mehr sagte und zum Salzstreuer griff, begriff Byron, dass das schon alles war.

»Aber ich verstehe nicht. Du hast doch gar keine Falten, James.«

»Ja, eben – weil ich Pond's-Creme benutze, Byron.«

Das war ein weiteres Beispiel für James' vorausschauendes Denken.

Nachdem Byron seiner Mutter von dem Unfall erzählt hatte, beschloss er Wiedergutmachung. Nach der Schule folgte er ihr in die Waschküche, wo sie schmutzige Wäsche für die Waschmaschine sortierte. Er sagte ihr, er habe sich geirrt. Es sei sein Fehler gewesen. Sie habe sich in der Digby Road nichts zuschulden kommen lassen.

»Willst du endlich aufhören, darauf herumzureiten?«, erwiderte sie. Das war sehr seltsam, weil er jetzt zum ersten Mal seit fünf Tagen darauf zu sprechen kam.

Byron stellte einen Fuß auf den Rücken des anderen und balancierte in dieser Haltung, als wäre er vielleicht weniger lästig, wenn er weniger Raum auf dem Fußboden einnahm. »Es gibt nämlich keinerlei Beweise«, sagte er. »Keine Beschädigung am Wagen.«

»Würdest du mir bitte die Stärke geben?«

»Wenn wir das kleine Mädchen angefahren hätten, dann hätte der Jaguar eine Delle.« Er reichte ihr die Stärke, die sie freigiebig über die Weißwäsche gab. »Und er hat keine Delle«, sagte er. »Das habe ich überprüft. Sogar mehrmals.«

»Na also.«

»Uns hat auch niemand in der Digby Road gesehen.«

»Wir leben in einem freien Land, Byron. Wir können fahren, wohin wir wollen.«

Er hätte gern gesagt: »Vater sagt aber, wir dürfen nicht in die Digby Road fahren und die Todesstrafe sollte wieder eingeführt werden, und beides kommt mir nicht besonders frei vor«, aber das war ein langer Satz, und er spürte, dass jetzt nicht der richtige Moment dafür war. Seine Mutter stopfte die Wäsche in die Waschmaschine und schlug die Tür zu. Er wiederholte, dass er sich wahrscheinlich geirrt habe, aber da war sie schon auf halbem Weg in die Küche.

Und doch merkte er am Nachmittag, dass sie über seine

Behauptungen nachdachte. Obwohl sie ihm heftig widersprochen hatte, überraschte er sie mehrmals, wie sie, das Glas in der Hand, mit besorgtem Blick aus den Terrassenfenstern sah. Als sein Vater anrief, um zu kontrollieren, ob sie ihm zuhörte und alles war, wie es sein sollte, sagte sie: »Entschuldige, was hast du gesagt?« Und als er sich wiederholte, erhob sie sogar die Stimme: »Darling, was glaubst du denn, was hier passiert? Ich sehe keine Menschenseele. Keiner hat die leiseste Ahnung, wo ich wohne.« Sie schloss mit ihrem flatternden Gelächter, doch wie es mittendrin abstürzte, klang es nicht danach, als fände sie die Sache auch nur ein bisschen komisch.

Wie konnte sie die Wahrheit so vergessen? Schließlich hatte es in Cranham House eine Weihnachtsparty gegeben, und alle Mütter wussten, wo Diana wohnte. Byron schob diese Fehlleistung auf ihre innere Anspannung.

»Tut mir leid, Seymour, tut mir leid«, sagte seine Mutter in den Hörer. Sie legte auf und rührte sich nicht von der Stelle.

Also versuchte Byron wieder einmal, seine Mutter zu beruhigen. Obwohl es nicht stimme, was er vorhin gesagt habe, erklärte er, obwohl sie das Mädchen wirklich angefahren habe und davongefahren sei, sei der Unfall nicht ihre Schuld.

»Was?«, fragte seine Mutter, als spräche sie seine Sprache nicht. Dann schüttelte sie den Kopf und forderte ihn auf, ihr nicht dauernd vor die Füße zu laufen, sie habe zu tun.

»Es ist nämlich so«, fuhr er fort, »dass die Zeit in dem Moment nicht echt war. Es war hinzugefügte Zeit. Zeit, die es gar nicht hätte geben dürfen. Zeit, die es auch nicht gegeben hätte, wenn sie nicht die Uhren angehalten hätten, um zwei Sekunden einzuschieben. Deshalb kann dir niemand einen Vorwurf machen, weil du nichts dafür kannst. Möglicherweise war eine Verschwörung im Gang, wie bei Präsident Kennedy oder bei den Mondlandungen.« Dass er James' Worte wiederholte, gab

Byrons eigenen zusätzliches Gewicht, obwohl er eigentlich keine Ahnung hatte, wovon er redete.

Seine Mutter schien keineswegs beeindruckt. »Natürlich sind sie auf dem Mond gelandet. Natürlich hat die Zeit nicht aufgehört. Das ist es doch gerade, was die Zeit ausmacht. Sie läuft immer weiter.«

Er versuchte zu erklären, dass die Zeit vielleicht gar nicht so verlässlich war, aber da hörte sie ihm schon nicht mehr zu. Während die Kinder ihr Abendessen aßen, blätterte sie ihre Zeitschrift durch, so schnell, dass sie unmöglich darin lesen konnte. Sie badete die Kinder, vergaß aber, den Badeschaum zu holen. Und als Lucy wie jeden Abend fragte, ob sie ihr wieder mit den vielen lustigen Stimmen vorlesen würde, seufzte seine Mutter und fragte, ob eine Stimme nicht genüge.

Byron lag den größten Teil der Nacht wach und suchte nach Wegen, wie er seiner Mutter helfen könnte. Am nächsten Morgen war er wie erschlagen und konnte sich kaum rühren. Sein Vater rief an, und wie üblich versicherte ihm seine Mutter, dass niemand da sei. »Nicht mal der Milchmann«, sagte sie lachend. Dann schob sie rasch nach: »Nein, ich bin nicht ordinär, Darling.« Während sie seiner Antwort zuhörte, stocherte sie unablässig mit der Schuhspitze im Teppich herum. »Natürlich liegt mir an dir. Natürlich wollen wir dich sehen.« Wieder legte sie den Hörer auf die Gabel und starrte ihn an.

Byron begleitete Lucy zur Schule und kehrte mit seiner Mutter zum Auto zurück.

Diana seufzte immer wieder, seufzte, ohne etwas zu sagen. Er war sicher, dass ihr etwas nachhing, was ihr zu schaffen machte – sicher dieser Unfall.

»Niemand weiß davon«, sagte er.

»Wie bitte?«

»Sie hätten dich schon lange verhaftet. Aber das haben sie

nicht. Es gab keine Erwähnung in der *Times*. Auch in *Nationwide* ist nichts gekommen.«

Diana warf die Hände hoch und stieß ungeduldig die Luft aus. »Hörst du nie auf damit?« Sie richtete die Worte fast an den Gehweg und fing an, so schnell zu laufen, dass Byron einen Seitgalopp einlegen musste, um mitzuhalten.

Beim Auto warf seine Mutter ihre Handtasche auf das Pflaster. »Schau mal«, sagte sie und deutete auf die silberne Karosserie. »Da ist nichts. Da ist deshalb nichts, weil es keinen Unfall in der Digby Road gegeben hat. Du hast dich getäuscht. Du hast es dir nur eingebildet.«

Dann kniete sie sich sogar hin, den Rock über die Knie zerrend. Sie deutete auf die Kühlerhaube, die Türen, den Motor. Andere Mütter traten auf dem Weg zu ihren Autos heran. Diana begrüßte sie nicht, sah nicht einmal auf; sie fixierte Byron mit ihrem Blick, als sei alles andere unwichtig. »Siehst du? Siehst du?«, sagte sie immer wieder. Er musste die anderen Mütter anlächeln, um zu zeigen, dass alles in Ordnung war, und das strengte ihn auf die Dauer so an, dass sein Gesicht schmerzte. Er wollte nur noch einsteigen.

Byron bückte sich noch näher zu ihr. »Sollten wir das nicht lieber zu Hause machen?«

»Nein«, sagte sie. »Mir reicht's. Du hörst nicht mehr auf. Ich gehe in den Garten, ich gehe die Wäsche waschen, und du redest pausenlos davon. Ich will, dass du endlich einsiehst, dass alles in Ordnung ist.« Sie strich mit den Fingern über den Lack und zeigte ihm, wie sauber er war. Sie hatte recht; er glänzte wie eine Messerklinge, flirrte vor Hitze und Licht. Ihre Fingernägel sahen daneben aus wie mit Perlmutt überzogene Muscheln. »Es gibt keinen Kratzer. Nichts. Siehst du?« Sie bückte sich und reckte den Hals, um die Karosserie auch von unten zu inspizieren. »Siehst du? Siehst du endlich, Schatz?«

Byron spürte Tränen in den Augen. Jetzt begriff er. Er begriff, dass er sich geirrt haben musste, dass es keinen Unfall gegeben hatte, dass das, was er gesehen hatte, eine Täuschung gewesen war. Heiße Scham erfüllte ihn. Dann schnappte seine Mutter plötzlich nach Luft. Sie fuhr zurück, schlug beide Hände vor den Mund.

»Was ist los?«, fragte er.

Sie versuchte aufzustehen, aber ihr Rock war zu eng und ließ ihren Beinen nicht den nötigen Raum. Sie hatte immer noch die Hände über dem Mund, als presse sie etwas nach innen.

Byron besah sich den Wagen, konnte aber nichts entdecken. Er half seiner Mutter hoch, und sie drehte den Rücken zum Jaguar, als könnte sie den Anblick nicht ertragen. Sie war ganz weiß im Gesicht, ihr Blick voller Entsetzen. Er wusste nicht, ob sie vielleicht gleich krank werden würde.

Byron ließ sich auf die Knie nieder. Er drückte die Finger in den Splitt und untersuchte die Stelle, auf die sie gedeutet hatte. Es roch nach heißem Öl, aber er konnte nichts entdecken. Er wollte schon lachen und sagen, keine Panik, da sah er es. Er fand den Beweis. Sein Herz schlug so schnell, als hämmere jemand gegen eine Tür. Er hatte das Gefühl, dieser Jemand wäre in seinem Inneren und prügelte ihn von innen windelweich. Er beugte sich noch dichter über die Radkappe.

»Steig ein«, murmelte seine Mutter. »Steig sofort ein.«

Da war es. Eine winzige Kerbe direkt über dem eingeprägten Jaguar-Emblem. Nicht größer als ein kleiner Kratzer. Er wusste nicht, wie er die hatte übersehen können. Sie war rot. Fahrradrot.

14
Jims Kummer

Die Fetzen einer dahinjagenden Wolke brechen den Porzellanteller des Mondes in Splitter. Die immergrünen Blätter rascheln wie Plastik. Regen ist im Anzug. Vorsichtig macht sich Jim auf den Weg zu seinem Wohnmobil. Seine Schritte klingen ganz fremd. Er hört das Klicken der Krücken auf dem Gehweg. Das langsame Vorwärtsschleifen des Gipsfußes. Er spürt das Gewicht der Schmerztabletten in der Tasche. Sein Fuß ist kein Fuß. Er ist ein Ziegelstein. Ein blauer Ziegelstein.

Die Vorhänge der Häuser sind zugezogen, um die Dunkelheit, die Heide und Außenseiter wie ihn auszusperren.

Heute Nacht ist etwas passiert. Nicht nur der Unfall. Der Raum zwischen Vergangenheit und Gegenwart wurde aufgeschlitzt. Er sehnt sich nach seinem Bett in Besley Hill, wo die Patienten die Schlafanzüge anderer Patienten trugen. Er sehnt das Essen herbei, das dreimal täglich kam, und die Schwestern, die ihm seine Tabletten brachten. Er sehnt die Leere in seinem Kopf herbei. Den Schlaf.

Aber er weiß, dass er nichts davon bekommen wird. Erinnerungsbruchstücke fliegen ihm durch den Kopf, es ist, als würde er damit beworfen. Hinter Cranham Village, hinter der Heide sind verlorene Jahre, verlorene Menschen, all das. Er erinnert sich an Eileens verwirrten Blick und an den Jungen, der einmal sein Freund gewesen ist. Er denkt an die Brücke über den Teich und die zwei Sekunden, mit denen alles angefangen hat.

Der Schmerz in seinem Fuß ist nichts, verglichen mit der anderen Wunde tief in ihm. Die Vergangenheit lässt sich nicht wiedergutmachen. Da gibt es nur die begangenen Fehler.

Die Rituale werden die ganze Nacht dauern. Und wenn er endlich glauben wird, dass es reicht, kommt der nächste Tag, und das Ganze muss von vorne anfangen. Dann der übernächste Tag und der Tag danach. Er zieht den Schlüssel aus der Tasche. Der Schlüsselring aus Messing fängt kurz das Licht ein.

Schwarzer Regen beginnt herabzuprasseln. Er explodiert auf den Gehwegplatten von Cranham Village, auf den Mülltonnen, den Schieferdächern, dem Camper. Langsam bewegt sich Jim weiter. Alles, denkt er, alles wäre besser als das, was vor ihm liegt.

15
Die Verbrennung der Vergangenheit

»Es war ein furchtbares Missgeschick.«

Als Byron die Wahrheit gestand, wich aus James' Gesicht das bisschen Farbe, das es hatte. Er hörte der Geschichte zu, wie das Mädchen genau in dem Moment, als die Sekunden zugefügt wurden, auf die Straße gerannt war, und zwischen seinen Augenbrauen tauchte eine Furche auf, so tief wie mit dem Messer eingekerbt. Während Byron beschrieb, wie er versucht hatte, das Geheimnis für sich zu behalten, und gescheitert war, drehte James an einer Strähne seiner Stirnhaare, bis sie sich zu einer Schlinge bog. Dann saß er lange da, den Kopf zwischen den Händen. Byron befürchtete schon, dass es ein Fehler gewesen war, ihn um Hilfe zu bitten.

»Aber was habt ihr denn in der Digby Road gemacht, Byron?«, fragte James schließlich. »Weiß deine Mutter denn nicht, wie gefährlich es dort ist? Einmal wurden dort jemandem die Knie zerschossen. Und einige der Häuser haben keine Toiletten.«

»Ich glaube nicht, dass meine Mutter an solche Dinge gedacht hat. Sie hat uns gesagt, sie sei schon mal dort gewesen.«

»Ich begreife nicht, wie das passieren konnte. Sie fährt sehr vorsichtig. Das habe ich beobachtet. Manche der anderen Mütter fahren nicht gut. Mrs Watkins zum Beispiel; ihr Fahrstil ist richtig gefährlich. Aber deine Mutter ist ganz anders. Geht es ihr gut?«

»Sie sagt nichts. Gestern hat sie den Wagen zweimal gewaschen. Wenn mein Vater das rauskriegt, gibt es Ärger. Ich weiß nicht, was am Wochenende passieren wird.«

»Aber es ist doch nicht ihre Schuld. Der Unfall ist nur wegen der zwei Sekunden passiert.«

Byron sagte, es sei ein Glücksfall, dass James von dem Zeiteinschub gelesen hatte. Er war erleichtert, dass James nun mit zu ihm ins Boot gestiegen war.

»Hast du das kleine Mädchen auch ganz bestimmt gesehen?«, fragte James.

»Ja.«

»Du kannst auch *korrekt* sagen, wenn du willst.«

»Korrekt, James.«

»Und deine Mutter nicht?«

»Korrekt. Nein.«

»Wir wollen nicht, dass sie ins Gefängnis kommt.«

(Obwohl auch das korrekt war, schnürte sich Byron der Hals zusammen, und das Wort blieb stecken.)

»Wenn das kleine Mädchen tot wäre, hätten wir davon erfahren. Es hätte in meiner Zeitung gestanden. Das können wir also ausschließen. Und wenn sie ins Krankenhaus gekommen wäre, hätte ich genauso davon gehört. Meine Mutter liest zwar nicht die *Times*, aber sie erfährt solche Dinge, weil sie im Ortsbüro der Konservativen viel mit den Ehrenamtlichen redet. Außerdem wusste deine Mutter nichts von ihrer Tat, als sie davongefahren ist. Das ist wichtig.«

»Aber ich glaube nicht, dass sie gut lügen kann. Sie wird es irgendwann erzählen. Sie kann nicht anders.«

»Dann müssen wir uns überlegen, was zu tun ist.« James zog seinen Messingkäfer aus der Blazertasche und umklammerte ihn fest. Er schloss die Augen und begann die Lippen zu bewegen. Byron wartete geduldig, weil er wusste, dass sein Freund an einer Idee arbeitete. Sie müssten wissenschaftlich denken, sagte James langsam. Sie müssten sehr logisch und präzise vorgehen. »Um deine Mutter zu retten«, sagte er, »brauchen wir einen Aktionsplan.«

Wären sie nicht beide Schüler von Winston House gewesen, hätte Byron seinen Freund umarmen können. Er wusste, dass nun, da sein Freund mit von der Partie war, alles gut werden würde.

»Warum machst du so ein komisches Gesicht?«, fragte James.

»Ich lächle dich an«, sagte Byron.

Wie sich herausstellte, hätte sich Byron wegen seines Vaters keine Sorgen zu machen brauchen. An diesem Wochenende blieb seine Mutter mit Kopfschmerzen im Bett. Sie kam nur herunter, um zu kochen und die Wäsche zu waschen. Es ging ihr zu schlecht, um sich im Esszimmer zu ihnen zu setzen. Der Jaguar blieb in der Garage, und Seymour blieb in seinem Arbeitszimmer. Byron und Lucy spielten leise im Garten.

Am Montag fuhr ihre Mutter sie mit dem Auto zur Schule, aber Byron musste sie zweimal daran erinnern, in den Seitenspiegel zu sehen und auf der linken Spur zu bleiben. Bevor sie das Haus verlassen konnten, hatte sie sich mehrmals umgezogen. Seit sie dieses neue Wissen über sich hatte, war es, als versuche sie herauszubekommen, wer sie war und wie sie aussah. Sie trug ihre Sonnenbrille, obwohl der Himmel an diesem Vormittag dicke Wolkenfalten hatte. Sie nahmen heute eine andere Route über die Hügel zur Schule, um die Abzweigung zur Digby Road zu umgehen. Byron erzählte Lucy, die neue Route sei landschaftlich schöner. Ihre Mutter liebe die Heide.

»Aber ich nicht«, sagte Lucy. »Da gibt es für mich nichts zum Anschauen.«

James' Aktionsplan war umfangreich. Er hatte das ganze Wochenende daran gearbeitet. Der Plan umfasste die Durchsicht der Zeitungen nach Nachrichten aus der Digby Road und anderen Unfällen, die mit den beiden Sekunden zu tun hatten. James fand nichts. Er machte eine Liste mit Dianas Eigenschaften, falls sie sie als Bezugsgrößen benötigten, und erstellte eine Kopie für Byron. Die Handschrift war gestochen scharf. Jeder neue Punkt begann in einer neuen Zeile.

Numéro un: Der Unfall war nicht ihre Schuld.

Numéro deux: DH ist eine gute Mutter.

Numéro trois: DH sieht weder aus noch denkt sie wie eine Kriminelle.

Numéro quatre: Als Byron, ihr Sohn, neu in die Schule kam, war DH die Einzige von allen Eltern, die sich das Klassenzimmer angesehen hat.

Numéro cinq: DH hat einen Führerschein und eine gültige Steuerplakette.

Numéro six: Als der Freund ihres Sohnes (James Lowe Esq) von einer Wespe gestochen wurde, hat DH die Wespe in einem anderen Teil des Gartens ausgesetzt, sich aber aus humanitären Gründen geweigert, sie umzubringen.

Numéro sept: ~~DH ist schön.~~ (Der letzte Punkt war ausgestrichen.)

»Aber was werden wir mit dem Beweisstück unternehmen?«, fragte Byron.

Auch darüber hatte James nachgedacht. Die Jungen würden Geld sparen, um die Radkappe zu ersetzen, aber bis sie genug zusammenhätten, müsste Byron die rote Spur mit silberner

Airfix-Farbe überpinseln. James habe davon genügend Vorräte, sagte er: »Meine Eltern schenken mir immer Modellbausätze zu Weihnachten, aber ich bekomme von dem Kleber Kopfschmerzen.« Er zog ein kleines Farbtöpfchen und einen Spezialpinsel aus der Tasche und gab Byron genaue Anweisungen, wie er die Pinselspitze in den Farbtopf tauchen, überschüssige Farbe am Rand des Töpfchens abstreifen und die Farbe ohne Hast, mit leichten Strichen, auftragen müsse. Er wünschte, er könnte das selbst übernehmen, aber es gab keine Möglichkeit für ihn, Cranham House zu besuchen. »Du musst es machen, wenn niemand zusieht«, sagte er noch.

Byron zog die Karte hervor, die er von der Digby Road gezeichnet hatte, und James nickte beifällig. Aber als Byron fragte, ob es nicht Zeit sei, die Polizei einzuschalten, riss James die Augen so weit auf, dass Byron sich umdrehte und nachsah, ob jemand hinter ihm stand. James flüsterte eindringlich: »Wir dürfen auf keinen Fall der Polizei etwas sagen. Wir dürfen deine Mutter nie verraten. Außerdem hat sie uns am Teich gerettet, du erinnerst dich doch? Sie hat dich rausgezogen und gesagt, ich hätte keine Schuld. Sie war so freundlich zu uns. In Zukunft brauchen wir einen Geheimcode, wenn wir den Fall besprechen. Il faut que le mot est quelque chose au sujet de ta mère. Damit wir uns daran erinnern können.«

»Könnte es bitte nicht auf Französisch sein?«, bat Byron.

James wählte »perfekt«.

Am nächsten Tag dachte sich James einen schlauen Grund aus, warum er an dem Jaguar vorbeigehen musste. An der Stelle, wo er geparkt stand, blieb er stehen, kniete sich auf den Gehweg und tat, als müsste er seinen Schuh zubinden. Danach meldete er Byron, er habe gute Arbeit geleistet. Man könne eigentlich nichts sehen, sagte er, wenn man nicht genau wusste, wo man hinblicken musste.

Manchmal in dieser Woche schien Diana die Digby Road zu vergessen. Sie spielte mit den Kindern »Mensch ärgere Dich nicht« oder buk Törtchen, aber dann hörte sie plötzlich auf, den Würfel zu schütteln oder das Mehl zu sieben, und entfernte sich. Minuten später füllte sie einen Eimer mit Seifenwasser. Sie wusch die ganze Karosserie des Jaguars mit dem Schwamm ab und spülte mit mehreren Eimern kaltem Wasser nach. Dann polierte sie den Wagen mit Ziegenleder, mit langsamen, vorsichtigen Kreisen, wie Seymour es wünschte. Nur bei der Radkappe zauderte sie. Sie näherte sich ihr mit ausgestrecktem Arm und leicht zurückgebeugtem Kopf. Wie es aussah, ertrug sie es kaum, die Radkappe zu berühren.

Auf dem Spielplatz der Grundschule sagte Diana kaum ein Wort. Als eine Mutter sich am Donnerstag erkundigte, wie es ihr gehe, zuckte sie nur mit den Achseln und wandte den Blick ab, und Byron merkte, dass sie alles tat, was sie konnte, um ihre wahren Gefühle zu verbergen. Die Mutter schien nicht zu begreifen. Sie sagte: »Ich wette, Sie machen sich Sorgen um diesen neuen Jaguar. Ich hätte wahnsinnige Angst, ihn zu fahren.« Das waren nur höfliche Floskeln.

Aber Diana bekam ganz hohle Wangen: »Ich wünschte, ich hätte das Ding nie zu sehen bekommen«, sagte sie. Byron hatte diesen Gesichtsausdruck erst einmal an ihr gesehen, als sie die Nachricht vom Tod ihrer Mutter erhalten hatte. Die Frau war über die scharfe Antwort sichtlich überrascht; sie lachte und versuchte, dem Moment seine Schwere zu nehmen, aber Diana machte auf dem Absatz kehrt und ging davon. Byron wusste, dass seine Mutter nicht unhöflich sein wollte. Er wusste, dass sie leicht weinen würde. Er war so erschrocken und beunruhigt, dass er ihr nicht folgte, sondern bei der anderen Mutter stehen blieb und Smalltalk machte, während er darauf wartete, dass seine eigene Mutter zurückkehrte. Er erwähnte mehrmals das Wetter und dass der Jaguar voll funktionstüchtig sei. Da gehe nie etwas schief, fügte er hinzu. Seine Mutter fahre äußerst vorsichtig. Sie hätten noch nie einen Unfall gehabt. Er wünschte selbst, sein Mund würde endlich einen Punkt machen.

»Du meine Güte«, sagte die Frau und blickte sich um. Diana war nirgendwo zu sehen. Schließlich lächelte die Frau verkniffen und sagte, es sei sehr nett, mit ihm zu plaudern, aber sie habe tausend Dinge zu erledigen und müsse schleunigst davon.

In dieser Nacht wurde Byron von einem seltsamen Knacken geweckt. Er lief zum Fenster und sah hinaus. Der Garten war dunkel bis auf eine Ecke am Lattenzaun, wo es orangefarben flackerte. Er zog den Bademantel über und holte seine Taschenlampe, ging zum Zimmer seiner Mutter und fand es leer. Er sah auch im Bad und in Lucys Zimmer nach, aber von seiner Mutter war nichts zu sehen. Er bekam es mit der Angst zu tun und ging nach unten, aber dort waren alle Lampen aus. Byron schlüpfte in seine Straßenschuhe und ging hinaus, sie suchen.

Auf den oberen Hängen der Hügel lag noch ein schwacher Schein der Abendröte, während auf den unteren Hügelausläufern das Dunkel nur von den Schafen durchbrochen wurde, die so hell leuchteten wie Steine. Die Blumen standen hochgereckt und still, die Blüten der Nachtkerze erinnerten an gelbe Lampenschirmchen. Byron ging am oberen Rasen vorbei, an der Rosenpergola, den Obstbäumen und dem Gemüsegarten, er ließ sich von dem Knacken des Feuers und seinem orangefarbenen Schein leiten. Obwohl das Obst noch nicht ganz reif war, lag eine schwere Süße wie ein Versprechen in der Luft. Tief am Himmel hing ein rosa Mond, dessen schwaches Licht nicht mehr als ein Lächeln war, das sich an die Wangen der Hügel schmiegte.

Es überraschte ihn nicht, als er sah, dass sich seine Mutter die Hände über den Flammen wärmte. Schließlich machte sie oft ein Feuer im Garten. Überraschend jedoch war, dass sie sowohl einen Drink als auch eine Zigarette bei sich hatte. Er hatte sie noch nie rauchen sehen, doch wie sie die Zigarette an die Lippen presste und kräftig sog, ließ darauf schließen, dass sie ihr schmeckte. Tiefe Schatten waren ihr ins Gesicht gemeißelt, Haut und Haare leuchteten. Sie bückte sich, um etwas aus einer Tüte zu ihren Füßen zu ziehen. Dann hielt sie kurz inne, um zu rauchen und zu trinken, und warf, was immer sie herausgezogen hatte, ins Feuer. Die Flammen duckten sich kurz unter dem Gewicht und spuckten dann eine heiße Lohe in die Höhe.

Wieder hob seine Mutter das Glas an den Mund. Sie trank auf eine zügige Art, als wünschte das Glas, von ihr geleert zu werden, und nicht umgekehrt. Als sie ihre Zigarette zu Ende geraucht hatte, warf sie sie auf den Boden und drückte und drehte mit der Schuhspitze darauf herum, als wäre sie ein Fehler, den sie begangen hatte.

»Was machst du denn hier draußen?«, fragte Byron.

Sie fuhr hoch und wandte ihm das Gesicht entgegen. Sie sah aus wie vom Blitz getroffen.

»Ich bin's nur.« Byron lachte und leuchtete sich mit der Taschenlampe an, um zu zeigen, dass er ihr nichts Böses wollte. Der grelle Lichtstrahl blendete ihn. Plötzlich war in alles ein blaues Loch eingebrannt, sogar in seine Mutter. Er musste sie immer wieder angestrengt ansehen – möglicherweise würde er erblinden. »Ich konnte nicht schlafen«, sagte er. Er wollte nicht, dass sie ihn im Verdacht hatte, hinter ihr herzuspionieren. Die blauen Löcher verblassten.

»Gehst du oft hinaus, wenn du nicht schlafen kannst?«, fragte sie.

»Eigentlich nicht.«

Sie lächelte traurig. Da hatte er das Gefühl, wenn er etwas anderes geantwortet hätte, wenn er ja gesagt hätte, ich bin die ganze Zeit draußen, dann hätte auch sie etwas anderes gesagt, das Gespräch wäre in einer anderen Richtung verlaufen, vielleicht hätte sich alles geklärt.

Seine Mutter zog wieder etwas aus der Tüte. Es sah aus wie ein spitzer Schuh mit schmalem Absatz. Auch den warf sie ins Feuer. Die Luft knisterte, als die Flammen ihre Finger nach oben streckten, um ihn aufzufangen.

»Verbrennst du deine Kleider?«, fragte Byron beunruhigt. Er war nicht sicher, wie er James diese Neuentwicklung erklären sollte.

Seine Mutter fand anscheinend keine Antwort darauf.

Er fragte: »Sind das die Kleider, die du an dem Tag anhattest?«

»Die waren altmodisch. Die haben mir nie gefallen.«

»Vater mochte sie. Er hat sie dir gekauft.«

Sie zuckte mit den Achseln und trank noch ein paar Schluck. »Schon möglich«, sagte sie. »Aber jetzt ist es zu spät.« Sie hob die ganze Tüte hoch und öffnete sie über den Flammen wie zu einem Gähnen. Zwei Strümpfe schlängelten sich heraus, dazu der zweite Schuh und die Strickjacke aus Lambswool. Noch einmal loderten die Flammen hoch, und Byron sah zu, wie die Kleidungsstücke schwarz wurden und zerfielen. Ein Lichtkranz von Hitze ließ das Dunkel schmelzen. »Ich weiß nicht, was ich tun soll«, sagte sie.

Es war, als redete sie mit jemand anderem, nicht mit ihm,

und er sah sie an und fürchtete sich vor dem, was als Nächstes kommen würde.

Aber es kam nichts mehr. Stattdessen begann sie zu zittern. Sie zog die Schultern hoch, um das Zittern zu unterdrücken, aber es ließ sich nicht aufhalten – die Bewegung lief durch ihren ganzen Körper, ein Nein, Nein, Nein, das sich sogar auf ihre Kleider übertrug. Byron schlüpfte aus seinem Bademantel und legte ihn fürsorglich um ihre Schultern. Er konnte nicht sagen, wie es kam, aber in diesem Moment fühlte er sich tatsächlich größer als sie, als wäre er gewachsen, während sie am Feuer standen. Sie nahm seine Hand in die ihre.

»Du brauchst Schlaf, Schatz«, sagte sie. »Du hast morgen Schule.«

Sie liefen durch die Wiese und dann durch den Garten zum Haus zurück, dessen eckige Silhouette sich von der noch schwärzeren Schulter der Hügel abhob. Die Fenster, die wie Glasschmuck schimmerten, streuten ihren Glanz ins Dunkel. Sie gingen am Teich vorbei, wo die Gänse, kaum erkennbar, am Ufer warteten. Seine Mutter knickte um, als hätte sich in ihrem Fußgelenk eine Verbindung gelöst, und er streckte den Arm aus, um sie zu stützen.

Byron dachte an seinen Freund. Er dachte an James' Glückskäfer und seinen Aktionsplan. Er dachte an das Geld für die Radkappe. Er und James wären zusammen wie der Bademantel über ihren Schultern. Sie würden sie beschützen. Er sagte: »Alles wird gut. Du brauchst keine Angst zu haben.« Er führte sie ins Haus und die Treppe hoch.

Als Byron am nächsten Morgen nachsah, waren ihre Kleider nur noch ein Häufchen Asche.

Zweiter Teil

Draußen

1
Eine sehr gute Idee

»Ich glaube, wir müssen etwas tun«, sagte Byron.

Diana sah von der Theke hoch, wo sie Äpfel schnitt; sie brachte kein Wort heraus. Sie leerte ihr Glas, stellte es zu allen ihren anderen geleerten Gläsern und sah ihn abwesend an, als wäre sie so in ihren Gedanken verloren, dass sie den Rückweg in die Gegenwart nicht fand. Dann lächelte sie leise und schnitt weiter.

Es war Anfang Juli. Seit dem Unglück waren neunundzwanzig Tage vergangen, zwölf seit der Entdeckung des Beweises auf der Radkappe. Überall in der Küche standen gefährlich aufgetürmte Stapel schmutziger Teller und Schüsseln. Wenn Lucy einen sauberen Löffel brauchte, musste Byron einen benutzten suchen und abspülen. In der Waschküche hatte sich ein so muffiger Geruch festgesetzt, dass er immer wieder die Tür schloss. Diana parkte nicht mehr in der Allee wie alle anderen Mütter. Sie ließ das Auto stehen, wo es niemand sehen würde, und sie legten den Rest des Wegs zu Fuß zurück. Einer von Lucys Schulschuhen war an der Spitze zerschrammt. Byron hatte an seinem Schulhemd ein weiteres Knopfloch gesprengt. Seiner Mutter rutschten die Strickjacken von den Schultern. Es war, als begänne alles zu vergessen, was es war.

Als Byron seinem Freund von dem Gang der Dinge berichtete, sagte James, sie müssten sich einen neuen Aktionsplan einfallen lassen.

»Aber was?«, hatte Byron gefragt.

»Ich denke noch darüber nach«, sagte James.

Man musste auch das Verhalten seiner Mutter am Wochenende bedenken. Diana bekam anscheinend nichts mehr auf die Reihe. Sie hatte so viel Angst, Seymour zu spät abzuholen, dass sie fast eine Stunde auf dem Bahnsteig warten mussten. Sie überschminkte ihren Mund so lange, bis er aussah, als gehöre er jemand anderem. Byron versuchte Lucy abzulenken, spielte mit ihr *Ich sehe was, was du nicht siehst, und das fängt an mit ...*, aber sie regte sich nur furchtbar auf, als sie nicht erraten konnte, was mit »M« anfing. (»Mbäume«, schluchzte sie. Sie heulte immer noch, als der Zug einfuhr.) Danach rannte seine Mutter zum Auto, quasselte nervös und zusammenhanglos, wie heiß es doch sei, wie Seymours Woche gelaufen sei, was es Gutes zum Abendessen geben werde. Genauso gut hätte sie schreien können: Radkappe, Radkappe, Radkappe. Auf dem Rückweg würgte sie immer wieder den Motor ab.

Zu Hause wurde es nicht besser. Am Samstagabend hatte Byron versucht, die angespannte Atmosphäre mit der Frage aufzulockern, was sein Vater von der Europäischen Wirtschaftsgemeinschaft halte, aber er wischte sich nur den Mund ab. Also bitte, ist da kein Salz drin?, hatte er gefragt.

»Salz?«, erwiderte Diana.

»Ja«, sagte er. »Salz.«

»Was ist mit Salz?«

»Du kommst mir so zerstreut vor, Diana.«

»Gar nicht, Seymour. Du hast gerade etwas gesagt. Über Salz.«

»Ich habe gesagt, dass ich keines schmecke. In meinem Essen.«

»Ich schmecke nichts anderes als Salz.« Sie schob ihren Teller weg. »Ich kann das gar nicht essen.«

Es war, als hätten diese Worte eine andere Bedeutung, die nichts mit Salz, also bitte, zu tun hatte, sondern mit etwas völlig anderem. Später hatte Byron die Ohren gespitzt, was seine Eltern machten. Sie hielten sich beharrlich in getrennten Räumen auf. Sobald sein Vater hereinkam, rannte seine Mutter hinaus. Wieder einmal war Seymour früh am Sonntagmorgen zurückgefahren.

»Das hört sich an, als würde sie sich Sorgen machen«, hatte James geschlussfolgert.

»Was können wir tun?«

»Wir müssen ihr helfen. Wir müssen ihr beweisen, dass es keinen Grund zur Sorge gibt.«

»Aber es gibt einen«, sagte Byron. »Es gibt sogar jede Menge.«

»Du musst die Tatsachen im Blick behalten.« James zog etwas aus der Innentasche seines Schulblazers und faltete es zweimal auseinander. Offensichtlich hatte er am Wochenende wieder eine seiner Listen erstellt. »Operation Perfekt«, las er vor. »Erstens: Wir glauben nicht, dass das kleine Mädchen ernsthaft verletzt wurde. Zweitens: Die Polizei ist nicht gekommen, um deine Mutter zu verhaften. Drittens: Es war nicht ihre Schuld, weil es in den Extrasekunden passiert ist. Viertens.« Hier machte James eine Pause.

»Was ist viertens?«, fragte Byron.

»Viertens ist, was wir als Nächstes unternehmen müssen«, sagte James. Und er erklärte seinen Plan in allen Details.

Die Morgensonne wies eindringlich auf die Schmierer und Flecken an den Glastüren hin, als zöge sie es vor, nicht mehr hereinzuscheinen. Sie sammelte sich lieber in geheimen, staubgefüllten Inseln und zeigte die von der Terrassentür hereinführende Schmutzspur von Lucys Schuhabdrücken.

Byron sagte: »Hast du mich gehört, Mummy? Wir müssen etwas tun. Wegen der Sache, die in der Digby Road passiert ist.« Sein Herz schlug ihm bis zum Hals.

Schnitt, Schnitt, Schnitt, zerkleinerte das Messer seiner Mutter den Apfel. Wenn sie nicht aufpasste, würde sie sich in die Finger schneiden.

Er sagte: »Wir müssen dorthin zurück. Wir müssen erklären, dass es ein Unfall war.«

Das Messer hielt inne. Seine Mutter hob den Kopf und starrte ihn an. »Soll das ein Witz sein?« Schon schossen ihr Tränen in die Augen, und sie tat nichts, um sie zurückzuhalten, sondern ließ sie einfach das Gesicht herunterlaufen und auf den Boden platschen. »Ich kann da jetzt nicht mehr hinfahren. Es ist vor einem Monat passiert. Was soll ich sagen? Außerdem – wenn dein Vater davon erfährt …« Sie konnte den Satz nicht beenden. Stattdessen nahm sie einen neuen Anlauf: »Ich kann auf keinen Fall dahinfahren.«

Es war, als müsste Byron jemandem Schmerz zufügen, obwohl ihm das zutiefst zuwider war. Er konnte nicht hinsehen. Er wiederholte einfach immer wieder, was James gesagt hatte, Wort für Wort: »Aber ich komme mit dir mit. Die Mutter des kleinen Mädchens wird sehen, wie nett du bist. Sie wird sehen, dass du auch eine Mutter bist. Sie wird verstehen, dass es nicht deine Schuld war. Und dann werden wir die Radkappe ersetzen, und alles ist ausgestanden.«

Diana hielt sich die Schläfen, als wäre in ihrem Kopf etwas so Schweres, dass sie sich kaum noch bewegen konnte. Dann schien ein neuer Gedanke sie aus ihrem Dämmer zu reißen. »Natürlich!« Sie schrie beinahe. »Was in aller Welt habe ich die ganze Zeit gemacht? Natürlich muss ich dorthin.« Sie nahm energisch die Schürze vom Haken und wand sie sich um die Hüfte.

»Wir könnten noch ein bisschen warten«, sagte er. »Ich habe nicht gemeint, dass wir das gleich heute machen müssen.«

Aber seine Mutter hörte ihn nicht. Sie küsste ihn auf die Wuschelhaare und lief nach oben, Lucy wecken.

Es gab keine Möglichkeit, James zu alarmieren. Byron suchte vom Beifahrersitz aus die Gehwege ab, aber da sie gar nicht bei der Schule parkten, war ihm klar, dass die Chancen gleich Null standen. Er wusste, dass er ihn nicht finden würde. Der Himmel war an diesem Morgen so glatt und neu, dass er aussah wie gebügelt. Sonnenlicht spaltete das Laub, und die fernen Gipfel der Heidehügel zerflossen in zartes Blaulila. Als sich Diana aufmachte, um Lucy die letzten paar Straßen zur Schule zu bringen, rief eine Mutter einen Gruß zu ihr hinüber, aber sie ging rasch weiter, die Arme fest um ihre Taille geschlungen, als hielte sie sich zusammen, um nicht in Stücke zu brechen. Byron wurde sich bewusst, dass er große Angst hatte; die Digby Road war der letzte Ort, wo er hinwollte. Er wusste nicht, was die Leute sagen würden, wenn sie ankämen, so weit war James' Plan nicht gediehen. Es war nicht vorgesehen, dass sich die Dinge so überschlugen.

Als seine Mutter mit einem Schwung die Fahrertür öffnete und sich neben ihn setzte, erschrak Byron. Ihre Augen hatten einen beinahe zinnfarbenen Glanz.

Sie sagte: »Das muss ich alleine machen.«

»Und was ist mit mir?«

»Es wäre nicht richtig, dich mitzunehmen. Es ist nicht richtig, dass du die Schule versäumst.«

Hektisch dachte er nach, was James dazu sagen würde. Schlimm genug, dass der Plan ohne James ins Rollen kam; sein

Freund hatte sehr entschieden erklärt, dass sie Diana zu zweit begleiten würden, um Notizen zu machen. Byron sagte: »Das geht nicht. Du kennst die Stelle gar nicht. Du kannst nicht alleine hin. Du brauchst mich.«

»Schatz, die Leute werden zornig sein. Du bist ein Kind. Das wird eine schwierige Situation.«

»Ich will aber mit. Wenn ich nicht dabei bin, ist es noch schlimmer für dich. Und ich werde mir dauernd nur Sorgen machen. Wenn sie uns sehen, wird alles gut. Das weiß ich.«

Damit war das geregelt. Zu Hause vermieden Byron und seine Mutter Blickkontakt, redeten kaum, erwähnten nur Banales. Die Digby Road war im Zimmer gegenwärtig wie ein Sofa, sie wichen ihr sorgsam aus. »Ich muss mich umziehen, bevor wir gehen«, sagte sie schließlich.

»Du siehst hübsch aus.«

»Nein. Ich brauche die richtige Kleidung.«

Er folgte seiner Mutter nach oben und prüfte in ihrem Spiegel seine eigene Erscheinung. Er wünschte, er müsste nicht seine Schuluniform tragen. James hatte einen Anzug wie ein Erwachsener, den er zur Kirche tragen musste, obwohl er gar nicht an Gott glaubte. Inzwischen nahm sich Diana viel Zeit und suchte mit peinlicher Sorgfalt das Richtige heraus. Vor dem Spiegel hielt sie sich ein Kleid ums andere an. Schließlich entschied sie sich für ein pfirsichfarbenes, enganliegendes Etuikleid. Es gehörte zu Seymours Lieblingsstücken, unterstrich die Blässe ihrer nackten Arme, die Linien ihres Schlüsselbeins. Manchmal trug sie es zum Abendessen, wenn ihr Mann zu Hause war; dann legte er ihr seine Hand ins Kreuz und führte sie die Treppe hinunter, als wäre Diana eine Verlängerung seines Arms. »Setzt du keinen Hut auf?«, fragte Byron.

»Einen Hut? Warum sollte ich?«

»Um zu zeigen, wie ernst der Anlass ist.«

Auf ihrer Lippe kauend, ließ sie sich die Sache durch den Kopf gehen. Sie legte sich die Arme um die Brust und zog an ihren Schulterblättern. Sie bekam überall eine Gänsehaut, wahrscheinlich brauchte sie noch eine Strickjacke. Dann schleifte sie den Polstersessel zum Schrank, stieg darauf und stöberte eine Reihe Schachteln auf dem obersten Regal durch. Ein Hut nach dem anderen segelte zu Boden, manche garniert mit Schleier und Federn – Baskenmützen, Pillbox-Hüte, steife Hüte mit breiten Krempen, ein Hut aus russischem Zobel ebenso wie ein weißer Seidenturban und ein mit Glitzersteinen und Federn besetzter Kopfputz. »Ach du meine Güte«, sagte seine Mutter, stieg herunter und schob sie beiseite. Dann ließ sie sich an ihrem Frisiertisch nieder, probierte die gemäßigteren Modelle eines nach dem anderen und warf sie alle wieder auf den Boden. Ihre Haare standen ihr, leicht aufgeladen, vom Gesicht ab, sie sah aus wie an eine Fensterscheibe gedrückt. »Nein, ich glaube nicht, dass ich einen Hut tragen möchte«, sagte sie schließlich.

Sie puderte sich die Nase und drückte die rotgeschminkten Lippen aufeinander. Für Byron war es, als sähe er sie verschwinden; ihn überkam eine solche Traurigkeit, dass er sich schnäuzen musste.

»Vielleicht sollte ich etwas von Vater anziehen?«

»Das würde ich nicht.« Sie bewegte beim Reden kaum den Mund. »Er würde es merken.«

»Ich dachte an etwas Kleines wie eine Krawatte. Das würde er nicht merken.«

Byron öffnete vorsichtig die Doppeltür von Seymours Kleiderschrank. Die Sakkos und Hemden hingen an Holzbügeln wie kopflose Klone seines Vaters. Byron zog eine Seidenkrawatte und den Jagdhut heraus, dann schlug er schnell die Türen zu, bevor die Sakkos und Hemden ihn anbrüllen konnten.

Er schlang sich die pflaumenfarbene Krawatte um den Hals; den Hut behielt er in der Hand, weil man im Haus keine Hüte tragen sollte. Das brachte Pech, würde James sagen.

»So«, sagte er, »fertig.«

Seine Mutter blickte noch einmal in das Zimmer zurück. »Sollen wir wirklich?«, fragte sie, aber nicht ihn, sondern die Möbel, den Polstersessel, die Chintzvorhänge und den Bettüberwurf, alle aus demselben Stoff gearbeitet.

Er schluckte mit einem Glucksgeräusch, das im ganzen Zimmer zu hören war. »Wir werden es schnell hinter uns haben. Also, kommen wir mal in die Hufe.«

Sie lächelte, als gäbe es nichts Leichteres, und sie verließen das Haus.

Dianas Fahrstil war ein Muster an Umsicht. Sie legte die Hände exakt in der Zehn-vor-Zwei-Position auf das Steuer. Über der Heide flammte die Sonne durch den weiten Himmel wie ein Suchscheinwerfer. Das Vieh stand wie festgewurzelt, von Kriebelmücken umschwärmt; die Tiere schlugen mit dem Schwanz, rührten sich sonst aber nicht, sondern warteten nur, dass die Hitze nachließ. Das Gras war zu Stroh gebleicht. Byron hätte gern etwas gesagt, aber er wusste nicht, wo er anfangen sollte, und je länger seine Redeblockade dauerte, desto schwieriger wurde es, die Stille anzutasten. Außerdem rutschte ihm in jeder Kurve der Jagdhut seines Vaters über die Nase. Er schien ein eigenständiges Leben zu führen.

»Geht's dir gut?«, fragte seine Mutter. »Du siehst sehr rot aus unter dem Hut.«

Sie entschied sich, am Ende der Digby Road zu parken, knapp hinter dem ausgebrannten Wagen. Als sie fragte, ob er sich an das Haus erinnern würde, zog er die Karte aus der Tasche und faltete sie auseinander.

»Aha, ja«, sagte Diana, obwohl sie sich nicht die Zeit nahm hinzugucken. Jetzt, wo sie sich zu diesem Schritt entschlossen hatte, ließ sie sich durch nichts mehr aufhalten. Sie sagte nur noch: »Vielleicht solltest du den Hut jetzt abnehmen, Schatz.«

Byrons Haare klebten in feuchten Stacheln auf seiner Stirn. Die Absätze seiner Mutter hämmerten hart aufs Pflaster, und er wünschte, sie würde leiser auftreten, weil die Leute schon auf sie aufmerksam wurden. Eine Frau im Overall starrte über ihren Wäschekorb hinweg zu ihnen herüber. Ein paar junge Männer, die auf einer Mauer saßen, pfiffen Diana hinterher. Byron fühlte sich innerlich ganz matschig, das Atmen fiel ihm immer schwerer. Die Siedlung war noch schlimmer, als er sie in Erinnerung hatte. Die Sonne stach auf die Häuser herunter, dass der Anstrich rissig wurde. Auf viele Mauern waren Parolen wie *Bullen raus* oder *IRA-Schweine* gesprüht. Jedes Mal, wenn Byron einen Blick auf die Umgebung warf, spürte er einen angstvollen Stich und wünschte, er könnte das Ganze abblasen, aber das ging natürlich nicht. Ihm fiel ein, was James von den kaputtgeschossenen Knien in der Digby Road erzählt hatte, dann erinnerte er sich an die Bemerkung seiner Mutter, dass sie hier schon einmal entlanggefahren war. Wieder fragte er sich nach dem Grund.

»Sind wir fast da?«, fragte sie.

»Da steht ein blühender Baum, gleich danach kommt das Gartentor.«

Aber der Anblick des Baums war ein weiterer Schock. In den vier Wochen seit ihrem letzten Besuch in der Digby Road war er einem Anschlag zum Opfer gefallen: Die ausladenden Äste waren abgebrochen, die Blüten über das ganze Pflaster verstreut. Es war kein Baum mehr, sondern nur noch ein verkrüppelter Rumpf ohne Glieder. Alles war hier so verkehrt.

Seine Mutter blieb an dem Tor stehen, aus dem das kleine Mädchen herausgelaufen war, und fragte, ob sie hier richtig seien. Sie hielt ihre Handtasche mit beiden Händen und sah plötzlich viel zu klein aus.

Das Tor quietschte, als sie den Riegel hob. Byron betete innerlich.

»Ist das ihres?« Diana deutete auf ein rotes Fahrrad, das neben dem Haus an einer Mülltonne lehnte. Byron nickte.

Sie ging auf die Tür zu, er folgte ihr dicht auf den Fersen. Der Garten war so klein, dass er in eine der Hauptrabatten von Cranham House gepasst hätte, aber der Weg war sauber; auf beiden Seiten lagen große Steine, zwischen denen Blümchen als Farbtupfer hervorspitzten. An den Fenstern im Obergeschoss waren die Vorhänge zugezogen, unten genauso.

Vielleicht hatte James sich geirrt? Vielleicht war das kleine Mädchen tot? Vielleicht waren ihre Eltern bei der Beerdigung oder besuchten das Grab? Es war eine wahnsinnige Idee, in die Digby Road zurückzukehren. Byron dachte sehnsüchtig an sein Zimmer mit den blauen Vorhängen. An den weißen Fliesenboden in der Eingangshalle. An die neue Doppelverglasung an den Fenstern.

»Ich glaube, die sind nicht da«, sagte er. »Sollen wir nach Hause fahren?«

Aber Diana zog einen Finger nach dem anderen aus ihren Handschuhen und klopfte an die Tür. Byron warf verstohlen einen weiteren Blick auf das rote Fahrrad. Er sah keine Anzeichen einer Beschädigung. Seine Mutter klopfte zum zweiten Mal, etwas lauter. Als immer noch niemand öffnete, trat sie ein paar Schritte zurück, dass ihre Absätze Löcher in den harten Rasen stachen. »Da ist jemand im Haus«, sagte sie und deutete auf eines der Fenster oben. »Hallo?«, rief sie.

Das Fenster ging auf, das Gesicht eines Mannes erschien.

Man konnte ihn nicht sehr deutlich sehen, aber er trug anscheinend nur ein Unterhemd. »Was wollen Sie?« Er klang nicht besonders freundlich.

Mit einem kleinen Zungenschnalzer brach sie das Schweigen. »Es tut mir leid, wenn ich Sie störe. Kann ich Sie kurz sprechen?«

Byron nahm die Finger seiner Mutter und umklammerte sie fest. Ein Bild stand ihm vor Augen, das er nicht verscheuchen konnte. Er konnte sich bemühen, wie er wollte, immer sah er, wie seine Mutter vom Boden abhob, leicht wie eine Feder oder ein Wölkchen, und einfach davonschwebte.

Die Haustür ging auf, und der Mann starrte sie an. Er füllte den ganzen Türrahmen aus. Er hatte seine Haare sichtlich erst auf dem Weg nach unten gekämmt und ein Hemd übergezogen, aber am Kragen waren tomatenkerngroße Blutflecken, außerdem fehlten ein paar Knöpfe. Byrons Vater hätte sein Hemd nie offen gelassen, seine Mutter hätte es nie versäumt, fehlende Knöpfe anzunähen. Die graue Haut des Mannes hing in fettigen Falten herunter, über dem unrasierten Kinn lag ein Schatten. Er blockierte weiter die Tür.

»Wenn Sie was verkaufen wollen«, sagte er, »können Sie verduften.«

Diana sah ihn entsetzt an. »Nein, nein«, stammelte sie. »Wir sind wegen einer persönlichen Angelegenheit hier.«

Byron nickte, um zu zeigen, wie persönlich die Angelegenheit war.

Diana sagte: »Es geht um Ihre Tochter.«

»Jeanie?« Die Augen des Mannes blitzten. »Ist was mit ihr?«

Diana warf einen Blick über die Schulter. Am Tor hatte sich ein Grüppchen versammelt, die Frau im Overall und die Jugendlichen von der Mauer, dazu mehrere andere. Sie beobachteten mit versteinerten Gesichtern das Geschehen. »Es wäre viel einfacher, wenn ich es Ihnen drinnen erklären könnte.«

Der Mann trat zur Seite, um sie hereinzulassen. Er schloss die Tür; es roch so feucht, dass Byron durch den Mund atmen musste. Die Tapete an den Wänden hatte keine Streifen oder Blumen wie in Cranham House, sondern ein vergilbendes Blümchenmuster, das ihn an alte Damen erinnerte. Kurz unterhalb der Decke löste sich die Tapete in Wellen ab.

»Beverley«, rief der Mann die Treppe hinauf.

Eine dünne Stimme antwortete: »Was ist denn jetzt schon wieder, Walt?«

»Besucher, Bev.«

»Was heißt hier Besucher?«

»Leute, die uns sehen wollen. Sie wollen über Jeanie reden.« Er wandte sich an Diana und fragte leise: »Ihr ist doch nichts passiert? Ich weiß, dass sie oft Ärger bekommt und so, aber sie ist ein liebes Mädchen.«

Diana brachte kein Wort hervor.

»Wir warten auf Beverley«, sagte er.

Er deutete auf ein Zimmer links und entschuldigte sich. Hier kämen viele Frauen vorbei, die Kosmetik verkaufen wollten, sagte er. »Und Frauen mögen ja so feine Sachen.« Diana nickte, um zu zeigen, dass sie begriff. Byron nickte auch, aber er begriff nichts.

Nach der engen, düsteren Diele war das kleine Wohnzimmer überraschend sauber und hell. Auf dem Fensterbrett stand eine Reihe von Porzellannippes, Kätzchen in Körbchen und Koalababys auf Zweigen. Der Teppich war blumig gemustert, die Wände mit Raufaser tapeziert. Es gab keinen Fernseher, aber einen leeren Platz, wo einmal einer gestanden hatte, darüber drei flüchtende Gipsenten. Links stand eine Musiktruhe mit Plattenspieler und einer Auswahl von 45-er Platten in Papierhüllen. Byron lächelte den Frauenzeitschriften auf dem Sofatisch zu, den Nippesfiguren auf dem Fensterbrett, den fliegenden Enten und dem gerüschten Lampenschirm; ihm ging gegenüber diesen Möbelstücken und ihren Besitzern das Herz auf, dass es ihn regelrecht überwältigte. Auf dem Kunstledersofa saß eine Reihe von Plüschtieren, von denen er manche wie Snoopy erkannte; andere hatten Hüte auf oder T-Shirts an mit dem Schriftzug *Ich hab dich lieb!* oder *Knuddel mich!*

»Setzen Sie sich doch bitte«, sagte Walt. Er sah zu groß aus für den Raum.

Byron ließ sich zwischen den Plüschtieren nieder, mit großer Vorsicht, damit er nicht ihre Ärmchen oder Beinchen oder ihr Zubehör quetschte. Seine Mutter setzte sich auf die andere Seite des Sofas, neben ein blaues, riesiges Ding, das vielleicht ein Bär, möglicherweise aber auch ein Dinosaurier war. Es reichte ihr fast bis zu den Schultern. Walt stand vor dem Kamin. Niemand sagte ein Wort. Alle studierten den braunen Teppich mit dem blumigen Wirbelmuster, als hätten sie noch nie etwas so Spannendes gesehen.

Als die Tür aufflog, drehten sich alle um. Die Frau, die eintrat, war so schmächtig wie Diana; ihr kurzes schwarzes Haar hing ihr wie Troddeln ums Gesicht. Sie trug ein T-Shirt, einen formlosen braunen Rock und Sandalen mit einem Keilabsatz aus Kork. »Was gibt's, Walt?«, fragte sie. Erst dann erblickte sie ihre Gäste und zuckte zusammen, als hätte sie einen Stromschlag bekommen.

»Die sind wegen einer persönlichen Angelegenheit hier, Beverley.«

Sie strich sich mit gespreizten Fingern das Haar zurück, dass es flach hinter ihren Ohren anlag wie die Flügel einer Amsel. Ihre Haut war blass, fast ohne Farbe; sie hatte spitze Gesichtszüge. Ihre Augen flitzten zwischen ihrem Mann und ihren Gästen hin und her. »Das sind aber nicht die Gerichts-vollzieher?«

Nein, nein, sagten sie alle im Chor; sie hätten nichts mit dem Gericht zu tun.

»Hast du ihnen was zu trinken angeboten?«

Walt zuckte entschuldigend mit den Achseln. Diana ver-sicherte ihr, dass sie keinen Durst hätten.

»Es geht um Jeanie«, sagte Walt.

Beverley zog einen Plastikstuhl heran und setzte sich Diana gegenüber. Ihre flinken grünen Augen taxierten die Besuche-rin von oben bis unten. Mit den schmalen Händen und der blassen Haut, dem verkniffenen Mund und den bleistiftspit-zen Wangenknochen wirkte sie ausgehungert, als lebte sie von Speiseabfällen.

»Und?«, fragte sie.

Diana blieb reglos sitzen, mit zusammengepressten Knien, die rosa Schuhe lückenlos nebeneinandergestellt. Sie sagte nichts.

»Mir gefallen die Bären Ihrer Tochter«, sagte Byron und ver-suchte, so erwachsen wie James zu klingen.

»Die Bären gehören Beverley«, sagte Walt. »Auch der Por-zellankrimskrams. Sie sammelt. Stimmt's, Beverley?«

»Stimmt«, sagte Beverley. Sie sah Diana unverwandt an.

Nichts deutete darauf hin, dass es hier ein kleines Mädchen gab, außer ein Schulfoto auf dem Kaminsims. Darauf kniff Jeanie die Augen zusammen und schaute böse in die Kamera. Nicht wie bei Lucys Schulfoto, auf dem sie von dem Blitzlicht eindeutig überrascht worden war. Dieses kleine Mädchen sah aus, als hätte ihr jemand zugerufen, sie solle lächeln, denn gleich komme das Vögelchen, doch sie hätte sich entschlossen geweigert. Sie hatte Beverleys zierliche, straffe Gesichtszüge.

Walt sagte: »Beverley hätte gern die Negerpüppchen-Band

von Robertson's. Ihr gefallen die kleinen Instrumente und alles.«

»Meine Mutter mag auch kleine Sachen«, sagte Byron.

»Aber Robertson's-Marmelade ist zu teuer.«

Byron sah verstohlen zu seiner Mutter hinüber. Sie machte sich so steif, als spähe sie über den Rand einer Klippe nach unten und hoffe, nicht abzustürzen.

»Hören Sie mal«, sagte Walt. »Jeanie hat doch hoffentlich nichts ausgefressen, oder?«

Endlich machte Diana den Mund auf. Mit brüchiger Stimme begann sie die Geschichte von dem Unfall zu erzählen. Byrons Mund wurde beim Zuhören so trocken, dass er sich anfühlte wie ausgeschabt. Er konnte kaum hinsehen. Stattdessen beobachtete er Beverley, wie sie wiederum Diana beobachtete. Sie schien von den Ringen seiner Mutter hypnotisiert.

Diana erklärte, wie sie vor vier Wochen die Straße als Abkürzung genommen hatten, wie sie genau in dem Moment, als ihre Tochter auf ihrem Fahrrad aus dem Gartentor kam, die Kontrolle über ihren Wagen verloren hatte. Sie schnäuzte sich, während sie weinte. »Es tut mir ja so leid, ich hab nichts gesehen«, sagte sie immer wieder. In der Stille, die sich anschloss, nahm sie das blaue Plüschtier auf den Schoß und umklammerte es um die Mitte.

»Wollen Sie damit sagen, dass Sie Jeanie mit Ihrem Auto angefahren haben?«, fragte Walt schließlich. Sein Gesicht war ganz zerknittert, so sehr verzog er es, weil er rein gar nichts verstand. »Sind Sie deshalb hier?«

Das blaue Plüschtier in Dianas Armen begann zu bibbern, als hätte es ein nervöses Eigenleben bekommen. »Ich hätte anhalten sollen. Ich weiß nicht, warum ich das nicht getan habe. Ich weiß nicht, warum ich nicht ausgestiegen bin. Ist Ihre Tochter – ist alles in Ordnung mit ihr?«

Byron dröhnte der Puls in den Ohren.

Walt starrte Beverley mit einem fragenden Blick an. Auch sie blickte starr. »Das muss ein Irrtum sein«, sagte er schließlich. »Sind Sie sicher, dass es Jeanie war?«

Byron stand auf und sah sich ihr Schulfoto genau an. Er sei sicher, sagte er. Dann fügte er hinzu, als alleiniger Kronzeuge habe er alles mit angesehen. Es gebe auch einen Beweis, fuhr er fort, weil niemand etwas sagte; alle starrten ihn nur an. Es war, als stünde er unter heißen Scheinwerfern. Er erklärte, dass auf der Radkappe eine rote Kerbe entstanden sei. Ein unwiderlegbares Indiz, sagte er, Worte, die James gebrauchen würde.

Aber Walt wirkte immer noch verwirrt. »Nett von Ihnen, dass Sie gekommen sind, aber Jeanie geht es prima. Sie hat nie ein Auto erwähnt. Nie einen Unfall. Oder, Beverley?«

Beverley zuckte mit den Achseln, als sei sie nicht ganz sicher.

»Sie rennt herum wie immer. Manchmal komme ich ihr gar nicht mehr nach. Stimmt doch?«

»Richtig, Walt.«

Diana stieß einen erleichterten Schrei aus. Byron hätte am liebsten alle Plüschtiere gestreichelt und ihnen die Köpfe getätschelt. Er konnte es kaum erwarten, James alles zu berichten. Diana sagte, welche Sorgen sie sich gemacht habe, dass sie tagelang nicht habe schlafen können; Byron erinnerte sie daran, dass sie auch Angst hatte, Vater könne etwas mitbekommen, eine private Nebenbemerkung, die aber von allen gehört wurde.

»Und ich dachte, Sie wollen uns dieses Make-up verkaufen«, sagte Walt schmunzelnd. Alle lachten.

Da ertönte ein so scharfes Geräusch, als schnitte eine Schere durch die Luft. Alle drehten sich zu Beverley. Sie zog die Stirn zusammen, als hätte sie einen Schlag darauf erhalten, ihr grüner Blick zuckte über den Teppich hin und her. Walt griff nach ihrer Hand, doch Beverley schlug sie weg, bevor er ihre gefunden hatte. »Was um Himmels willen redest du denn da? Sie hatte doch eine Platzwunde. Eine Platzwunde auf dem Knie.«

Byron drehte sich zu Diana und Diana zu Walt. Der blähte die Wangen auf und blies die Luft aus.

»Das Ganze ist vor vier Wochen passiert«, fuhr Beverley fort. »Jetzt, wo ich darüber nachdenke, wird mir klar, dass es an diesem Tag gewesen sein muss. Vier Wochen ist natürlich eine lange Zeit. Aber sie hatte Blut auf dem Söckchen. Es war keine tiefe Wunde. Ich musste ein Paar frische Söckchen suchen, erinnerst du dich? Ich musste ein Pflaster holen.«

Walt ließ den Kopf hängen, offensichtlich bemüht, die Vergangenheit ins Blickfeld zu bekommen.

»Er hat keine Ahnung«, sagte Beverley zu Diana, als wären sie jetzt Freundinnen. »Sie wissen doch, wie Männer sind.« Sie lächelte. Byron konnte in ihren Mund hineinsehen, sah die scharfen Spitzen ihrer Backenzähne.

»Was für eine Platzwunde?« Dianas Stimme hatte beinahe jeden Ton verloren. »War es etwas Ernstes?«

»Ein kleiner Schnitt. Nichts von Bedeutung. Auf der Kniescheibe.« Beverley hob den Saum ihres Rocks und deutete auf ihr eigenes Knie. Es war weiß und klein, mehr wie ein Ellbogen als wie ein Knie, und Diana starrte hin. »Sie musste nicht genäht werden oder so. Wie Sie sagten, es war eben ein Unfall. Unglückliche Umstände.«

An der Tür schüttelten sich alle die Hände. Walt nickte Diana immer wieder zu. »Machen Sie sich keine Sorgen«, sagte er immer wieder, und Diana sagte immer wieder: »Danke, danke.« Und: Sie sei so froh, dass alles in Ordnung sei. Ob das Fahrrad beschädigt sei? Ob es ein Geschenk gewesen sei? Walt sagte, sie solle sich darüber bloß keine Gedanken machen.

»Tschüs dann!«, rief Beverley und winkte von der Haustür. »Wir sehen uns!« Zum ersten Mal sah sie glücklich aus.

Auf der Rückfahrt von der Digby Road war es Byron ganz heiß vor Aufregung. Seine Mutter kurbelte die Autofenster herunter, damit sie den Fahrtwind auf der Haut spüren konnten.

»Das ist wirklich gut gelaufen, würde ich sagen.«

»Meinst du?« Sie schien unsicher.

»Ich fand sie nett. Sogar Vater würde sie mögen. Zeigt sich, dass es auch in der Digby Road freundliche Menschen gibt.«

»Das kleine Mädchen hatte eine Schnittwunde. Die Mutter musste ihre Söckchen wegwerfen.«

»Aber es war ein Missgeschick. Das ist bei ihnen angekommen. Und dem kleinen Mädchen geht es gut. Das ist die Hauptsache.«

Ein Laster donnerte vorbei, und Diana flogen die Haare ums Gesicht wie Gischt. Sie trommelte mit den Fingern aufs Lenkrad.

»Sie mochte mich nicht«, sagte sie.

»Doch. Und sie liest dieselben Zeitschriften wie du. Das habe ich gesehen. Der Vater des kleinen Mädchens mochte dich auf jeden Fall. Er hat dauernd gelächelt.«

Plötzlich trat Diana so heftig auf die Bremse, dass Byron fürchtete, sie hätten einen neuen Unfall. Ohne zu blinken, fuhr sie an den Rand; ein überholender Autofahrer hupte sie an. Als sie Byron ihr Gesicht zuwandte, sah er, dass sie lachte. Anscheinend hatte sie keine Ahnung, dass sie den Fahrer hinter sich behindert hatte.

»Ich weiß, was wir jetzt machen.« Diana wartete auf eine Lücke im Verkehr, wendete rasch und fuhr in Richtung Stadt zurück.

Sie parkten in der Nähe des Kaufhauses. Seine Mutter war so energiegeladen, wie er sie seit der Entdeckung der Farbspur nicht mehr erlebt hatte. Wäre es nicht wunderbar, sprudelte sie hervor, wenn sie Beverley die ganze Negerpüppchen-Band kaufen könnten? Als der Portier seiner Mutter die Glastüren öffnete, wurden sie von lebhaftem Geplauder und den Eröffnungsakkorden eines E-Pianos begrüßt. Ein Musiker im Frack führte den Kunden das neueste Wurlitzer-Modell vor. Er zeigte, wie man auf Knopfdruck verschiedene Arten von Begleitung erklingen lassen konnte: Schlagzeug, Streicher, Samba. Ein neues Musikzeitalter breche an, sagte er. Und jemand rief: »Nicht zu diesem Preis.« Die Kunden lachten.

Byron flüsterte seiner Mutter zu, dass sie viel Marmelade essen müssten, um die Negerpüppchen-Band zu bekommen, wenn sein Vater nicht misstrauisch werden sollte. Er schlug stattdessen ein Plüschtier vor.

Alles im Kaufhaus war Glanz und Glitzer – die Böden, die das Licht widerspiegelten, die riesigen Fenster, die auf die Straße hinausgingen, die Lampen auf den Theken, der Schmuck, die bunten Parfümflaschen. An den Theken fanden sich Frauen ein, die Düfte und Lippenstifte ausprobierten. Wenige kauften etwas. Seine Mutter ging rasch von einer Auslage zur nächsten, ihre Absätze klickten auf dem Marmor. Manches beklopfte sie leicht mit dem Fingernagel. Wenn James nicht gewesen wäre, wäre Byron am liebsten nie mehr zur Schule gegangen. Er war hier auf etwas süß Duftendes, Verbotenes gestoßen wie die Bilder in seinem Buch Tausendundeine Nacht, auf denen die Frauen hauchdünne Kleider anhatten, die kaum ihr weiches Fleisch verhüllten. Er wünschte, es könnte immer so sein, dass die Sorgen vorbei wären, dass er mit seiner Mutter allein wäre und Wiedergutmachungsgeschenke kaufte. In der Geschenkabteilung suchten sie ein blaues Lämmchen mit gestreifter Weste aus, an dessen samtige Vorderfüßchen die Klangscheiben eines Beckens genäht waren. Es war in einer Schachtel mit einem glänzenden blauen Band verpackt.

»Meinst du nicht, dass wir auch etwas für Jeanie kaufen sollten?«, fragte seine Mutter.

Byron schlug Klick-Klack-Kugeln vor. Die mochte jeder. Seine Mutter lief schon zum Lift, um in die Spielzeugabteilung hinaufzufahren, als er sie bremsen musste. Die Kugeln waren natürlich gefährlich. Ein Junge hatte einmal fast sein Auge verloren. James hatte ihm alles darüber erzählt.

»Das wollen wir natürlich nicht«, sagte sie. »Jeanie klingt nach einem ziemlich gefährlichen kleinen Mädchen.« Fast mussten sie beide darüber lächeln.

»Und auch keinen Hüpfball«, sagte er. »Sie könnte in Probleme aller Art hineinhüpfen.«

Jetzt lachten sie richtig. Sie nahmen noch ein zweites Lamm, das eine kleine Gitarre hatte. Das Instrument hatte sogar Saiten. Als sie schon an der Kasse warteten, hatte seine Mutter eine weitere Idee. Mit einer atemlosen Stimme, die wie ein Lachen klang, rief sie nach einer Verkäuferin. »Führen Sie rote Fahrräder?« Sie hielt das Scheckheft schon in der Hand.

Seine Mutter bot Byron an, mit ihm etwas essen zu gehen. Es war noch nicht ganz Zeit für das Mittagessen, aber er hatte einen Bärenhunger. Sie ging mit ihm in das Hotel in der Stadtmitte. Die Tische waren mit steifen weißen Tischtüchern gedeckt, der Boden glänzte wie Eis. Die Luft war von Rauch, Geplauder und dem Klappern von Besteck auf Porzellan erfüllt. Das Personal schwebte lautlos umher, kontrollierte das Besteck und polierte Gläser. Viele Tische waren unbesetzt. Byron war noch nie hier gewesen.

»Tisch für zwei Personen?«, fragte ein Kellner, der hinter einer Topfpalme hervorglitt. Er hatte Koteletten, die wie wollige Raupen über seine Unterkiefer krochen, und um den Kragen eines lila Rüschenhemds eine Fliege. Byron dachte, dass er sich eines Tages gern ein solches farbiges Hemd kaufen würde. Er fragte sich, ob Banker Koteletten tragen durften oder ob dies nur am Wochenende möglich wäre.

Als Byron und Diana vorbeigingen, blickten die Gäste von ihrem Kaffee auf. Sie bemerkten Dianas schmale Fesseln und das Rascheln ihres Körpers in dem pfirsichfarbenen Kleid. Sie bemerkten das steife Band ihrer goldenen Haare und die Rundung ihrer Brüste. Sie wogte wie eine Welle über den Glasboden. Byron wünschte, die Leute würden wegsehen, gleichzeitig hoffte er, sie würden weiter hinsehen. Seine Mutter ging weiter, als wüsste sie von nichts. Vielleicht hielten die Leute sie für einen Filmstar. Wenn er ein Fremder wäre und sie zum ersten Mal sähe, würde er sicher auch glauben, sie wäre einer.

»Ist das nicht aufregend?«, fragte sie, als der Kellner einen Stuhl für sie hervorzog, wieder alles ohne Geräusch.

Byron stopfte sich seine steife Serviette in den Kragen, genau wie der Gentleman am Nebentisch. Der Mann hatte seine Haare geölt und quer über den Kopf frisiert, dass sie aussahen wie eine Plastikkappe. Byron nahm sich vor, seine Mutter zu fragen, ob er auch solches Öl kaufen und seine Haare so glatt an den Kopf frisieren könnte.

»Keine Schule heute, Sohnemann?«, fragte der Kellner.

»Wir waren einkaufen«, sagte Diana, ohne mit der Wimper zu zucken. Stattdessen ließ sie den Blick über die Speisekarte wandern und tippte mit der Fingerspitze an ihren Mund. »Was hättest du denn gern, Byron? Heute kannst du dir aussuchen, was du willst. Wir haben etwas zu feiern.« Als sie lächelte, sah sie aus wie von innen erleuchtet.

Byron sagte, er hätte sehr gern die Tomatencremesuppe, aber auch den Krabbencocktail, und könne sich nicht entscheiden. Er staunte, als seine Mutter beides bestellte. Der Gentleman am Nebentisch zwinkerte ihm zu.

»Und was darf ich Ihnen bringen, Madam?«

»Ach, nichts für mich.«

Byron wusste nicht, warum der Gentleman ihm zugezwinkert hatte, deshalb zwinkerte er einfach zurück.

»Nichts?«, fragte der Kellner. »Für eine so schöne Dame wie Sie?«

»Nur Wasser, bitte. Mit Eis.«

»Ein Glas Champagner?«

Sie lachte. »Es ist ja noch nicht einmal Mittag.«

»Nimm ihn doch«, drängte Byron. Unwillkürlich suchte er wieder den Blick des Gentlemans, der nun zu lächeln schien. »Schließlich ist es ein besonderer Anlass.«

Während sie auf ihre Getränke warteten, spielte Diana mit ihren Händen. Byron fiel wieder ein, wie Beverley die Finger seiner Mutter angestarrt hatte, als schätze sie ihre Ringgröße. »Ich kannte einmal einen Mann, der nichts als Champagner getrunken hat«, erzählte sie. »Ich glaube, er hat sogar schon zum Frühstück welchen getrunken. Der hätte dir auch gefallen, Byron. Er konnte den Leuten Knöpfe aus den Ohren zaubern. Ein witziger Mensch. Und eines Tages – war er fort.«

»Fort? Wo ist er hin?«

»Ich weiß es nicht. Ich habe ihn nie wiedergesehen. Er sagte, die Bläschen machen ihn glücklich.« Ein trauriges, tapferes Lächeln erschien auf ihrem Gesicht. Byron hatte sie noch nie so reden hören. »Ich frage mich, was da passiert ist.«

»Hat er in der Digby Road gewohnt? Bist du deshalb dort hingefahren?«

»Aber nein«, sagte sie. »Das war etwas anderes.« Diana machte eine flinke kleine Wischbewegung mit den Händen, als hätte sie Brösel auf dem Tischtuch entdeckt und wolle sie wegfegen. »Das war vor Jahren. Bevor ich deinen Vater kennengelernt habe. Da kommen unsere Getränke.«

Seine Mutter legte die Finger um die schlanke Champagnerflöte und hob sie an die Lippen. Byron sah zu, wie sich die Bläschen ans Glas hefteten. Er glaubte, sie zerplatzen zu hören, als die buttergelbe Flüssigkeit in ihren Mund floss. Sie nahm einen winzigen Schluck und lächelte. »Auf alles, was vorbei ist.«

Der Kellner lachte, der Gentleman mit den Plastikhaaren auch. Byron wusste nicht, was das alles zu bedeuten hatte. Die Männer beobachteten seine Mutter, wie sie errötete und auf alles Vergangene trank. Sie hatte noch nie von Leuten gesprochen, die einem Knöpfe aus den Ohren holen konnten, ebenso wenig von der Zeit, bevor sie seinen Vater kennengelernt hatte.

»Meine Suppe wird wohl bald kommen«, sagte Byron. Auch er lachte, nicht, weil die Hand des Kellners so nahe bei der seiner Mutter lag, und auch nicht, weil der Gentleman am Nebentisch sie anstarrte, sondern weil er gleich Suppe *und* Krabbencocktail essen würde, obwohl es noch nicht ganz Mittag war. Das war, als spränge er aus dem normalen Zeitablauf heraus und sähe die Welt aus einer neuen Perspektive. Und im Gegensatz zu den hinzugefügten zwei Sekunden war das die Entscheidung seiner Mutter und kein unglücklicher Zufall.

An diesem Nachmittag wurden die Geschenke in die Digby Road geliefert. Seine Mutter rief in der Werkstatt an und erkundigte sich nach einer neuen Radkappe. Sie redete auch mit seinem Vater und stieß ihr flatterndes Lachen aus. Sie hätten wieder einen guten Tag gehabt, sagte sie. James hatte recht. Wenn man nur logisch dachte, gab es für alles eine Lösung.

Als Byron am nächsten Morgen auf dem Nachttischchen seiner Mutter nachsah, war das Glas darauf leer und der Deckel ihrer Tablettenflasche abgeschraubt. Sie schlief so tief, dass sie sich nicht einmal rührte, als der Wecker klingelte. Sie hatte

2

Engel

Manchmal trägt die Luft, wenn der Wind stillsteht, Musik über die Heide. Dann bleibt Jim an der Tür seines Campers stehen und hört zu. Er sieht zu, wie der letzte goldene Lichtstreifen über den westlichen Hügelgrat gleitet. Er weiß nicht, was für eine Musik das ist, weiß nicht, wer sie spielt. Sie klingt traurig, Lieder mit Worten, die er nicht versteht. Irgendwo da draußen spielt irgendwer Musik, um die Leere seiner Einsamkeit zu füllen – und Jim ist hier, der ebenfalls zuhört, nur weiß es der andere nicht. Wir sind nicht allein. Schon während Jim dieser Gedanke kommt, fällt ihm auch ein, dass niemand da ist, mit dem er ihn teilen kann. Er schließt die Tür seines Wohnmobils und zieht den Schlüssel hervor, das Isolierband. Mit flüssigen, sparsamen Bewegungen vollzieht er seine Rituale und legt sich dann schlafen.

Er weiß nicht, ob es an seiner Verletzung oder am Stress in der Arbeit liegt, aber seit dem Unfall ist er müder. Sein Stottern hat sich verschlimmert, die Schmerzen in seinen Händen auch. Im Café ist jetzt mehr los. Die Personalabteilung in der Zentrale hat beschlossen, dass im Vorfeld von Weihnachten die allgemeine Atmosphäre in dem Gebäude festlicher werden muss. Infolge des schlechten Wetters in letzter Zeit und auch der Rezession sind die Verkaufszahlen gesunken. Da muss etwas unternommen werden, ein blinkender Baum reicht anscheinend nicht. Deshalb hat die Personalabteilung eine junge Blaskapelle engagiert, die am Ladeneingang Weihnachtslieder spielt. Die Marktleiterin, nicht gerade für ihre Warmherzigkeit oder Kreativität bekannt, wartete mit einer weiteren Idee auf: Jede Woche wird nun im Laden ein Plüsch-Schneemann versteckt, und der erste glückliche Kunde, der ihn findet, gewinnt einen weihnachtlichen Geschenkkorb. Das gesamte Personal wurde mit blinkenden Anstecksschildchen ausgestattet, auf denen steht: *Hi! Ich bin …! Frohe Weihnachten!* Paula hat sich die Nägel abwechselnd rot und grün lackiert und Glitzermotive aufgeklebt. Ihre Freundin Moira trägt ein Paar Rentier-Ohrringe. Moiras blinkendes Anstecksschildchen prangt auffordernd auf ihrer linken Brust wie eine Einladung, während Jim das seine trägt, als entschuldige er sich für den traurigen Rest seiner Person.

Die Nachricht von seinem Unfall hat im Supermarktcafé rasch die Runde gemacht. Anfangs bot ihm Mr Meade Krankenurlaub an, aber Jim flehte ihn an, ob er nicht weiterarbeiten dürfe. Er behauptet beharrlich, er brauche keine Krücken. (»Darf ich mal?«, fragt Paula.) Er hat von der Klinik einen speziellen Plastiksocken bekommen, der den Gips schützt. Wenn er langsam gehe und nur Tische abwische, werde es keine Probleme geben, verspricht er. Die Aussicht, nächte- und tagelang allein in seinem Van zu sein, versetzt ihn in Angst und Schrecken. Seit er in der Klinik war, würde er das nicht mehr überleben, das steht für ihn fest. Die Rituale würden immer schlimmer werden. Er weiß auch, dass das zu den Dingen gehört, die er niemandem erzählen kann.

»Der Arbeitsschutz wäre sicher nicht glücklich damit«, sagt Mr Meade. »Die wollen nicht, dass du mit einem gebrochenen Fuß im Café herumläufst.«

»Es ist ja nicht seine Schuld«, mischt Paula sich ein, »wenn eine Wahnsinnige ihm über den Fuß fährt und einfach abhaut.«

Es liegt Jim schwer im Magen, dass sie herausgefunden hat, welche Rolle Eileen bei dem Unfall gespielt hat. Er hatte nicht die Absicht, es jemandem zu erzählen, der Gipsfuß war schon schlimm genug. Paula hatte auch erst geschaltet, als Darren den Wagen beschrieb und die Autonummer nannte. Sie habe ein fotografisches Gedächtnis, sagte sie. Genau genommen sagte sie, sie habe ein fotogenes Gedächtnis, aber alle wussten, was sie meinte. Seit der Fahrt zur Klinik trägt Paula eine Kette von Knutschflecken wie einen Halsschmuck aus lila und grünen Steinen. Jim sieht Darren nach der Arbeit auf dem Parkplatz auf sie warten. Wenn er Jim entdeckt, winkt er ihm zu.

Die Wahrheit ist ans Licht gekommen, da sind sich alle einig. Leute wie Eileen sollten in Sicherheitsverwahrung genommen werden. Ihr Abgang vom Café, ihr ständiges Zuspätkommen, ihre ordinären Ausdrücke werden noch einmal durchgekaut. In der kurzen Zeit, in der sie hier als Köchin gearbeitet hatte, wurden anscheinend drei Beschwerden gegen sie eingereicht. Paula meint, das Problem sei, dass Leute wie Jim einfach zu gutmütig sind. Aber er weiß, dass das nicht das Problem ist. Das Problem ist vielmehr, dass die Leute Sündenböcke brauchen, die »böse« sind.

»Du musst sie bei der Polizei melden«, sagt Paula jeden Tag zu Jim. »Das war Fahrerflucht. Sie hätte dich totfahren können.«

Mr Meade fügt hinzu, Eileen sei gemeingefährlich. Ihr sollte der Führerschein entzogen werden.

»Du musst Anzeige erstatten«, sagt Moira. Ihre Rentier-Ohrringe verfangen sich immer in ihren Haaren, und Paula muss sie wieder befreien. »Heutzutage gibt es Zeugenschutz und so. Du bekommst eine Wohnung, die überwacht wird, und einen neuen Namen.«

Das ist zu viel für Jim. Das war ein Missgeschick, wiederholt er. Die Mädchen holen ihm Toilettenpapier, damit er sich die Nase putzen kann.

Tatsache bleibt, dass sich etwas verändert hat. Jim ist nicht liebenswürdiger oder weniger seltsam geworden, aber der Unfall hat auf die allgemeine Gefährdung aufmerksam gemacht. Wenn Jim so etwas passieren kann, kann es jedem passieren. Also hat das Café-Team entschieden, dass auch Jims merkwürdige Seiten dazugehören und zu beschützen sind. Mr Meade holt Jim von dem Schild ab, das vorsichtige Fahrer in Crapham Village willkommen heißt, und fährt ihn in die Arbeit. Jeden Morgen sagt er, es sei schockierend, was die Jugendlichen heutzutage anstellten. Jim seinerseits presst die Nase an die Scheibe und sieht aus dem Fenster. Manchmal tut er, als schliefe er, aber nicht, weil er müde ist, sondern weil er seine Ruhe braucht.

»Du musst die Täterin zur Rede stellen«, sagt Paula zu Jim. »Sonst heilen die Wunden nicht. Du hast doch gehört, was die Schwester zu dir gesagt hat. Du bist das Opfer eines Gewaltverbrechens. Du wirst nie darüber hinwegkommen, wenn du den Stier nicht bei den Hörnern packst.«

»Aber mein F-fuß heilt doch. Ich w-will nicht …«

»Es geht hier um das innere Trauma. Ich kannte jemand, der wollte sich auch nicht gegen den Täter wehren. Nein, nein, sagte er immer, ich kann gut damit leben, was passiert ist. Und rate mal, was dabei herausgekommen ist?«

Jim gibt zu, dass er keine Ahnung hat, obwohl ihm schwant, dass dabei Körperverletzung verheerender Art eine Rolle spielt.

»Er hat schließlich im Supermarkt einen Mann niedergestochen. Nur weil der sich in der Schlange vorgedrängelt hat.«

»Wer? Der T-tä…?«

»Nein, das Opfer. Der Mann hatte ungelöste Probleme.«

Schon wieder dieser Ausdruck.

»Wegen dem Trauma ist das Opfer zum Täter geworden«, sagt Paula. »So was gibt's.«

»Ich v-verstehe nicht«, sagt Jim. »Du kanntest …«

»Ich kenne ihn nicht persönlich«, unterbricht sie Jim. »Ich kannte wen, der ihn kannte. Oder ich kannte wen, der jemand anderen kannte.« Sie schüttelte ungeduldig den Kopf, als wäre Jim absichtlich schwer von Begriff. »Worauf ich hinauswill: Du wirst nie darüber wegkommen, wenn du dich nicht wehrst. Und deshalb werden wir dir Hilfe besorgen.«

Der Termin findet am Mittwoch nach der Arbeit statt. Paula hat alles organisiert, sie und Darren werden Jim beide begleiten. Sie helfen ihm beim Einsteigen in den Bus; er kommt sich vor wie ein alter Mann. Er beobachtet, wie sie auf den beiden Vordersitzen so nah zusammenrücken, dass sich ihre Schultern berühren, wie Darren eine pinke Haarlocke hebt und Paula etwas ins Ohr flüstert. Jim fühlt sich, als hätten sie ihn allein zurückgelassen.

Den letzten Teil des Wegs legen sie zu Fuß zurück; Darren und Paula nehmen Jim in die Mitte. Kein Stern ist zu sehen; der Himmel ist dick mit Wolken verhangen, die in einem schwefligen Orange schimmern. Sie kommen in die High Street, nun eine Fußgängerzone, gehen am Schnäppchenladen vorbei, an der Spielhalle, an dem Elektrogeschäft, das zugemacht hat, an USA-Chicken und am Café Max. Die Schaufenster sind hell erleuchtet, manche mit bunten Laternen dekoriert, manche mit Schaumschnee besprüht. Eine junge Frau schüttelt vor den

Passanten die Büchse einer Weihnachtssammlung für Krebsopfer. Jims Anblick wirkt so verstörend auf sie, dass sie die Büchse ganz still hält und tut, als betrachte sie eine Schaufensterauslage. Das schmerzt, weil das Fenster zu einem der Läden gehört, die zu vermieten sind. Bis auf ein paar tote Fliegen am Fensterbrett und das eine oder andere geplünderte Regal ist er leer.

»Meine Mum hatte Brustkrebs«, sagt Paula. »Sie ist gestorben, als ich achtzehn war.« Als Darren das hört, bleibt er kurz stehen und hüllt sie mit in seine Jacke ein.

Am Ende der High Street biegen sie in eine lange Straße mit lauter Reihenhäuschen ein. Wir sind fast da, sagt Darren. Die Straße ist mit Autos und Lieferwagen zugeparkt. Bei vielen Häusern wurde das Dach ausgebaut und eine mit undurchsichtigen Scheiben verglaste Veranda vorgebaut. Alle haben Satellitenschüsseln und Fernsehantennen. Beim Vorbeigehen zählt Jim die Weihnachtsbäume in den vorderen Räumen. Er fragt sich, ob er einundzwanzig finden wird.

Paula sagt: »Red einfach mit der Frau. Wie du dich fühlst. Sie beißt nicht.«

Jim ist beim Zählen rausgekommen. Er würde gern zum Anfang der Straße zurückkehren und noch einmal von vorn beginnen. Dann würde er sich besser fühlen, nicht so schutzlos. Er dreht sich um, weil er umkehren will.

»Wo willst du denn hin?«, fragt Paula.

»Ich brauche k-k-keinen A-a-arzt ...«

»Sie ist keine Ärztin. Sie kann Leuten helfen. Sie ist dafür ausgebildet.«

Darren zieht die Adresse aus der Tasche. Hier ist es, sagt er. Er drückt das Tor zum Vorgarten auf, macht einen Schritt zur Seite und lässt Paula und Jim den Vortritt.

Windspiele hängen an den unteren schwarzen Zweigen von

drei oder vier dicht gepflanzten Obstbäumen. Im Gänsemarsch gehen die drei den dunklen Weg entlang zur Tür.

»Wieso sind wir hier bei einem Privathaus?«, fragt Darren. »Ich dachte, die Frau macht das beruflich.«

»Macht sie auch«, sagt Paula. »Sie ist die Freundin von einer Freundin und hat sich bereit erklärt, Jim eine kostenlose Probestunde zu geben. Anscheinend ist sie phantastisch. Und wahnsinnig vielseitig – sie behandelt auch Phobien. Und macht sogar Gruppen. Sie hat eine volle Online-Ausbildung.«

Die Psychoberaterin ist eine stämmige Frau mit dicken grauen, kinnlang geschnittenen Haaren, die sie mit einem Reif aus dem Gesicht hält. Sie trägt vernünftige Schuhe, eine Hose mit Gummibund, eine locker sitzende Bluse und einen optimistisch bunten Schal. In Gegenwart der Psychofrau werden Paula und Darren wieder zu Kindern, sie dreht an ihren pinken Haaren herum, er nuschelt in seine verklammerten Finger.

Die Beraterin lässt den Blick über sie wandern. »Wer ist der Klient?«, fragt sie.

Paula und Darren deuten rasch auf Jim, der seinerseits den Kopf senkt.

Die Beraterin lädt das Pärchen ein, sich in die Küche zu setzen, aber Darren sagt, sie würden lieber draußen warten.

Das Haus riecht sauber und steril, wie nach einer desinfizierten Zitrone, und der schmale Gang ist so dunkel, dass Jim sich, als er ihr folgt, an den Wänden entlangtasten muss. Sie deutet auf eine offene Tür und fordert Jim auf einzutreten. Das kleine Zimmer ist aufgeräumt und hell erleuchtet. Es gibt keine Stühle, keine Bilder, nur ein Bücherregal, auf dem ein Gipsbuddha sitzt.

»Bitte nehmen Sie Platz«, sagt die Frau.

Sie überkreuzt die Füße, senkt das Hinterteil ab und lässt

sich dann zu Boden plumpsen, dass Jim den Eindruck hat, er sähe einen Lift abwärts sausen. Sie prallt auf einem Ding auf, das sich als Sitzsack mit Polystyrolkugelfüllung herausstellt. »Soll ich Ihnen helfen?«, fragt sie mit einem Blick nach oben.

Vorsichtig versucht Jim, es ihr gleichzutun, auf den freien Sitzsack ihr gegenüber zielend, doch er hat ein Problem mit den Beinen. Wenn er sie so überkreuzt wie sie, kann er vielleicht nie wieder laufen, fürchtet er. Er schiebt seinen Gipsfuß weit nach vorn und beugt das andere Bein, das aber nachgibt, so dass auch er mit einem harten Plumps auf seinem Sitzsack landet. Seine Arme und Beine stehen von seinem Körper ab. Er ist nicht sicher, ob und wie er jemals wieder aufstehen wird.

»Wie kann ich Ihnen helfen, Jim?«, fragt die Beraterin.

Außer dass sie ihm einen Stuhl holen könnte, fällt ihm nichts ein. Sie hat grüne Socken an, aber nicht Eileen-grüne, sondern vernünftig grüne.

»Ihre Kollegin hat mir erzählt, dass Sie Opfer eines Gewaltverbrechens wurden. Wenn ich richtig informiert bin, wollen Sie gegen die Täterin keine Anzeige erstatten. Darüber müssen wir uns unterhalten.«

»Es war ein u-u-unglück…licher Z-z-zu…«

»Es gibt keine Zufälle. Alles geschieht aus einem bestimmten Grund, und dieser Grund steckt tief in uns. Unsere Aufgabe heute ist es, Jim, diesen Grund auszugraben. Ich weiß, dass Ihnen das Angst macht, aber ich bin hier, um Ihnen zu helfen. Sie müssen wissen, dass Sie nicht allein sind. Ich bin in dieser Sache ganz bei Ihnen.« Hier lächelt sie ein wenig und schließt halb die Augen. »Sie haben eine gute Aura. Wissen Sie das?«

Nein, gibt er zu. Das stechende Gefühl in seinem gesunden Fuß ist ihm viel gegenwärtiger.

»Warum stottern Sie?«

Jim wird rot, was sich anfühlt wie Verbrennungen am ganzen Rücken, im Gesicht, an den Armen. Sie wartet, dass er antwortet, aber das kann er nicht, und so hört man nichts außer ihrem Atem, der klingt, als schnappe sie regelmäßig kleine Mengen Luft.

Sie sagt: »Meiner Erfahrung nach hat Stottern immer einen Grund. Was empfinden Sie, was Sie nicht sagen können?«

Da gibt es viel, was Jim nicht sagen kann. Es ist ja nicht so, dass sie in Besley Hill nicht versucht hätten, ihm bei der Überwindung des Stotterns zu helfen. Er machte Konzentrationsübungen und bekam Hinweise, wie er die Worte bilden sollte. Er sprach in Spiegel hinein. Er visualisierte die Sätze. Er sagte »Grrr«, wenn er steckenblieb. Nichts half. Elektrokonvulsionstherapie verursachte kein Stottern, da waren sich die Ärzte einig. Jim war sicher, dass sie recht hatten; sie waren schließlich Fachleute. Aber kurz nach der letzten Sitzung erinnerte sich sein Mund nicht mehr, wie man Worte bildete.

Doch jetzt ist nicht der Moment, zurückzudenken. Die Beraterin redet immer noch. Sie deutet auf sich und hebt die Fäuste, als wolle sie auf ihn einboxen, was allerdings wenig überzeugend wirkt. »Stellen Sie sich vor, ich bin die Täterin. Was möchten Sie mir sagen? Sie brauchen mir nichts zu verbergen. Ich werde mit allem fertig.«

Er möchte sagen, es war ein unglücklicher Zufall. Er möchte sagen, hör mir zu, Eileen.

»Jim, ich bin eine Frau. Ich arbeite mit meinem Instinkt. Ich muss Sie nur ansehen und weiß, dass dieser Unfall sehr schlimm für Sie ist.«

Er nickt langsam. Er kann nicht lügen.

»Warum ist das so? Was glauben Sie?«

Jim versucht zu sagen, dass er es nicht weiß.

Die Beraterin kündigt an, dass sie jetzt ein bisschen von der üblichen Piste abweichen wird, und hofft, Jim werde sich darauf einlassen. »Die Täterin ist Ihnen über den Fuß gefahren. Sie hat Fahrerflucht begangen. Aber wie ich es verstanden habe, haben Sie ihr zugerufen, sie solle weiterfahren. Sie wollten ihre Hilfe nicht. Ist das richtig?«

Jim versucht, ja zu sagen, aber das Wort kommt nicht.

»Warum wollten Sie, dass sie weiterfährt? Warum wollten Sie zum Opfer werden? Sie hätten sie anschreien können. Sie hätten ihr sagen können, dass sie Sie verletzt hat. Was ist passiert, Jim? Warum konnten Sie das nicht sagen?«

Die Stille tönt in Jims Ohren wie Glas. Seine Gedanken rasen Jahre zurück, es ist, als würden Türen zu Dingen aufgerissen, die lange Zeit sicher weggeschlossen waren. Sein Hals ist wie zugeschnürt. Sein Puls flattert. Er versucht, an nichts zu denken, sich zu leeren. Draußen kann er Paula und Darren lachen hören. Er kann die feinen Töne der Windspiele hören. Verstohlen schiebt er die Hand in die Tasche und umklammert seinen Schlüsselring, um bei ihm Hilfe zu suchen.

Die Beraterin lächelt sanft. »Tut mir leid. Vielleicht gehen wir etwas zu schnell voran.«

Nun bittet sie Jim, sich vorzustellen, er sei ein Brief. Was möchte er gern mitteilen? Sie fordert ihn auf, sich als Pfeil vorzustellen. Was möchte er durchbohren? Er muss sich als Behälter vorstellen, als Baum mit Wurzeln, als Gummiball. Schließlich gibt es so viele Jims, die herumhüpfen, durcheinanderrasen und sich in seinem Kopf einnisten, dass er sehr müde wird. »Wir müssen alles ans Licht holen«, sagt die Beraterin mit unerschütterlicher Begeisterung. »Jetzt ist nicht der Moment, um sich zu fürchten.«

Er flüstert: »Hallo, Regal, hallo, Buddha.«

»Denken Sie an alles, was Sie in sich verbergen, Jim. Jetzt ist der Moment, um es herauszulassen.« Sie macht ein Zischgeräusch, als wäre sie angepiekt worden und verlöre rasch die

Luft. »Sie müssen die Vergangenheit in Besitz nehmen und dann loslassen.«

Jim kommt es vor, als würde er an Mund, Ohren und Augen gepackt und weit aufgezwängt. Der Unfall, die Klinik waren nichts dagegen. Er weiß nicht, wie er seine Einzelteile wieder zusammensetzen soll.

Sie sagt: »Sie brauchen kein Opfer zu sein, Jim. Sie können ein Handelnder werden.« Sie schüttelt sich, als wäre sie gerade aufgewacht. Sie lächelt. »Genug für heute. Unsere Einführungssitzung ist beendet.«

Jims Psychoberaterin stößt sich vom Sitzsack ab nach oben und schielt zu Jim hinunter. Er senkt das Gesicht, damit sie seinen Zustand nicht sieht.

»Sie sollten zur Engelsitzung kommen«, sagt sie. »Wissen Sie, dass Sie die Engel um die einfachsten Dinge bitten können? Einen Parkplatz zum Beispiel. Nichts ist zu klein.«

Jim versucht zu erklären, dass das sehr freundlich von ihr sei, er aber schon einen Parkplatz habe. Außerdem gebe es ein Problem mit der Gangschaltung, fügt er hinzu, so dass das Wohnmobil nicht fährt. Es sei ein Geschenk, sagt er, das er vor vielen Jahren von einer Arbeitgeberin bekommen habe, die es nicht mehr brauchte. Er habe früher Holz für sie aufgestapelt und ihre Sherryflaschen entsorgt. Sein Mund erbricht die Worte, die in ihm hochsteigen. Gut möglich, dass in der Hälfte seiner Sätze die Verben fehlen. Egal – alles ist besser, als von den Bildern zu sprechen, die in seinem Kopf auftauchen. Von den Dingen, die er, wie sie sagt, loslassen muss.

Die Beraterin nickt. Sei nur so eine Idee gewesen, sagt sie.

Sie fragt ihn, ob er mit ihren Diensten zufrieden gewesen sei, und Jim beteuert, er sei es. Wenn er das Gefühl habe, er hätte nicht erhalten, was er brauchte, dürfe er sich gern beschweren. Jim versichert ihr, das wolle er nicht. Vielleicht könne er auf ihrer Website eine Bewertung schreiben? Jim erklärt, er besitze keinen Laptop. Sie zieht aus einem Notizbuch ein Formular hervor und bittet ihn, ob er so gut sein möge, ihre Dienste auf einer Skala von eins bis zehn zu bewerten und ihr das Formular in dem voradressierten Umschlag zurückzuschicken. »Und jetzt ist es Zeit für Sie, nach Hause zu gehen«, sagt sie.

Jim sagt, das könne er nicht.

Sie lächelt, als würde sie verstehen. »Ich weiß, dass Sie das Gefühl haben, Sie kommen nicht zurecht. Sie glauben, Sie brauchen mich. Aber es wird Ihnen gutgehen, Jim. Ich gebe Ihnen die Erlaubnis dazu: Es darf Ihnen gutgehen.«

Jim erklärt, dass er genau genommen nicht aufstehen kann. Er hat kein Gefühl mehr in den Beinen. Es braucht die vereinten Kräfte von Paula und Darren, um ihn in die Senkrechte zu hieven; jeder nimmt Jim an einem Arm, dann reißen sie ihn ruckartig in die Höhe. Wieder in voller Größe, schaut er auf Paula, Darren und die Psychoberaterin herunter und fühlt sich, obwohl er sie um etliche Zentimeter überragt, schmerzhaft klein.

»Ja, wir haben sehr gut gearbeitet«, sagt die Beraterin. »Jim ist bereit, loszulassen. Er kann jetzt mit seinem Leben weitermachen.«

Über den schwarzen Umrissen der Heide steigt ein Schwarm Möwen auf und schießt wieder herab. Die Vögel sind so hell und zart, dass man sie leicht für Papierschnipsel halten könnte. Jim erwähnt Paula und Darren gegenüber nichts von der Engelsitzung oder von Parkplätzen. Auch die Fragen der Beraterin erwähnt er nicht. Er ist so aufgewühlt, dass er sich kaum erinnern kann, wie man einen Fuß vor den anderen setzt. Mehrmals gerät er ins Taumeln, und Darren muss ihn auffangen.

»Ganz ruhig, Jimbo«, sagt Paula. »Das war ein Wahnsinnstag.«

Als sie auf dem Rückweg zur High Street an den dunklen Häusern mit den Veranden und ausgebauten Dachgeschossen vorbeigehen, sagt sie: »Das war hier mal ein richtiges Dreckloch, zum Teil mit menschenunwürdigen Behausungen.«

Da erkennt er, dass sie in der Digby Road sind.

3
Zwei Stiche

»Ich bin nicht beleidigt, Byron«, sagte James mit einer Stimme, die hoch und kindlich klang. »Ich bin nur überrascht, dass ihr so plötzlich hingegangen seid. Ich dachte, wir hätten geplant, dass ich mitkomme.«

»Aber alles ist schneller gegangen, als du gesagt hast.«

Darüber ging James hinweg. Er trank seine Milch aus und wischte den Flaschenhals sauber. »Ich war schon mal dort, weißt du.«

»In der Digby Road?«

»Da gibt es einen Arzt. Meine Mutter ist mit mir hingegangen, als ich Läuse hatte. Der hat eine Privatpraxis. Meine Mutter wollte nicht, dass jemand davon erfährt.«

Es gab doch immer wieder Dinge an James Lowe, die Byron überraschten.

James fuhr fort: »Es ist schwierig für mich, Diana retten zu helfen, wenn ich nicht die ganze Lage überblicken kann. Ich hätte gern die Unterhaltung mitgehört, um meine Beobachtungen in mein ›Operation Perfekt‹-Notizbuch einzutragen.«

»Ich wusste nicht, dass du ein Notizbuch hast.«

»Da sind auch Diagramme drin. Ich wäre gern in das Hotelrestaurant mitgegangen. Krabbencocktail ist meine Lieblingsspeise. Durftest du wirklich Tomatensuppe bestellen, obwohl es noch gar nicht Mittag war? Hat sie dem kleinen Mädchen wirklich ein rotes Bonanzarad gekauft?« Ja, das Modell Tomahawk, wiederholte Byron. James Augen wurden kugelrund wie zwei blanke blaue Knöpfe. »Sie ist einmalig«, sagte er. »Tout va bien.«

Das stimmte. Die Rückkehr in die Digby Road und die anschließende Auslieferung so großzügiger Geschenke bildeten einen Wendepunkt. Byrons Mutter war wieder ganz wie früher. Sie wandte sich wieder allem zu, was sie so gut beherrschte, den Details, durch die sie sich von allen anderen abhob. Sie füllte Vasen mit Schnittblumen, sie jätete das Unkraut zwischen den Pflastersteinen, sie nähte Knöpfe wieder an und stopfte kleine Löcher. Sein Vater kam zu seinem Wochenendbesuch, und diesmal hüstelte sie weder, noch zupfte sie an der Serviette, als er sie fragte, wie sich der Jaguar fuhr.

»Grandios. Sie ist ein wunderbarer Wagen«, sagte Diana. Ihr Lächeln war mustergültig.

Zu Beginn der zweiten Juliwoche trafen sich die Schulmütter zum letzten Kaffee vor den Sommerferien. Byron war nur dabei, weil er einen Zahnarzttermin hatte. »Wir können nicht lange bleiben«, erklärte Diana. »Wir setzen uns ganz ans Ende.« Die neue Mutter fragte, ob sie sich keine Sorgen wegen Byrons Schulleistungen mache, wo er so viele Stunden versäumte. (»*Wie* heißt diese Frau?«, erkundigte sich Andrea.) Die Frauen unterhielten sich über Urlaubspläne. Deirdre hatte eine zweiwöchige Auslandsreise gebucht. Die neue Mutter wollte ihre Schwägerin in Tunbridge Wells besuchen. Als sie Diana fragten, antwortete sie, sie habe nichts vor. Ihr Mann würde seinen Jahresurlaub mit Arbeitskollegen in Schottland verbringen, aber sie würde im Sommer mit den Kindern zu Hause bleiben. Zu Hause sei es viel schöner als woanders, meinte Andrea Lowe. Da brauche man sich keine Sorgen über Dinge wie Wasserdesinfektionstabletten und Insektenstiche zu machen. Dann begann jemand vom Sparen zu reden. Apropos, meinte Andrea, sie habe Glück gehabt und ein Schnäppchen gemacht, ein herrliches neues Ledersofa in Niggerbraun.

Diana griff jäh nach ihrer Handtasche und stieß den Stuhl zurück. Byron dachte, sie würden jetzt gehen, konnte sich aber nicht erklären, warum schon jetzt, denn der Zahnarzttermin war erst in einer halben Stunde. Dann schien seine Mutter jemanden auf der anderen Seite des Cafés zu entdecken; sie winkte. Byron konnte die Frau erst nicht einordnen, aber als sie sich zwischen den Tischen und Stühlen durchschlängelte und rasch näher kam, erkannte er, dass es Beverley war.

Sie trug eine schwarze Schlaghose und ein gesmoktes Top aus einem dünnen Baumwollstoff, dazu einen breitkrempigen lila Hut. »Ich möchte nicht stören«, sagte Beverley und warf kurze Blicke auf die anderen Mütter. Sie nahm den Hut ab und drehte ihn in den Händen herum wie ein Rad. »Ich suche die Plüschtierabteilung. Aber ich verirre mich dauernd. Ich laufe schon ewig im Kreis.« Ihre Blicke flitzten so rasch über die Frauen, dass sie über ihre eigenen Worte stolperte.

Diana lächelte. »Ihr Lieben alle, das ist Beverley.«

»Hallo, hallo, hallo«, sagte Beverley und machte dazu hektische Winkbewegungen, als poliere sie ein unsichtbares Fenster. Die anderen Mütter setzten ein verkniffenes Lächeln auf, das schmerzhaft an ihren Mündern zu kleben schien.

»Ich unterbreche doch nichts Wichtiges, oder?«, sagte Beverley zu Diana.

»Nein«, sagte Andrea auf eine Art, dass man deutlich ein »Doch« durchhörte.

»Byron, biete Beverley deinen Stuhl an«, sagte Diana.

»Bitte nicht, keine Umstände. Ich will gar nicht bleiben.«

Aber Diana bestand darauf.

Byron trug seinen vergoldeten Stuhl neben seine Mutter, und Andrea rückte ihren eigenen einen guten Meter weiter, um Platz zu machen. Byron blieb hinter der Schulter seiner Mutter stehen. Es war ein Fehler, Beverley einen Stuhl anzubieten. Es war ein Fehler, sie den Winston-House-Müttern vorzustellen. James würde ihm sicher zustimmen.

Doch Beverley ließ sich auf seinem Stuhl nieder. Sie saß sehr angespannt da, so dass ihr Rücken die Lehne nicht berührte; offensichtlich wusste sie nicht, was sie mit ihrem Hut anfangen sollte. Erst drapierte sie ihn auf dem Schoß, dann hakte sie ihn an die Lehne, aber er rutschte zu Boden, wo sie ihn dann liegen ließ. »Ja«, sagte sie, als hätte ihr jemand eine Frage gestellt, obwohl niemand sie etwas gefragt hatte oder Anstalten dazu machte. »Jeanie ist ganz begeistert von dem Lämmchen, das Sie ihr gekauft haben.« Sie richtete das Wort immer noch ausschließlich an Diana. »Sie spielt die ganze Zeit damit. Aber raten Sie mal, was passiert ist?«

Diana schüttelt fast unmerklich den Kopf. »Ich weiß es nicht, Beverley.«

»Die kleine Gitarre ist zerbrochen. Ich habe Jeanie gesagt, sie soll aufpassen. Das ist ein Sammlerstück, habe ich gesagt. Aber sie ist so traurig. Knack, hat das Ding in ihren Fingern gemacht. Einfach so. Knack.« Sie nahm Andreas Plastiklöffel und brach ihn mittendurch.

Byron stand da, ohne sich zu rühren. Er hatte Angst, er würde, wenn er auch nur einen Muskel bewegte, Beverley wegschubsen. Er hätte sie so gern angeschrien, dass sie ja das Fahrrad nicht erwähnen sollte. Er hätte so gern die anderen Mütter angeschrien, sie sollten einfach weiter ihren Kaffee trinken. Sie verfolgten die Szene mit einem steinernen, wie eine Glasur auf ihren Gesichtern aufgetragenen Lächeln.

»Ich habe an der Tüte erkannt, dass Sie es hier gekauft haben, und da hab ich's ihr versprochen. Jeanie, hab ich gesagt, wenn du ein braves Mädchen bist und mit dem Geschrei aufhörst, dann holt dir Mummy ein neues. Es ist so nett, Ihnen wieder über den Weg zu laufen.« Sie warf Blicke zu den anderen Müttern, als werfe sie Netze aus. »Kommen Sie oft her?«

Die Mütter bejahten. Ständig, sagte Andrea. Beverley nickte.

»Möchten Sie etwas trinken?«, fragte Diana und bot ihr die in Leder gebundene Speisekarte an.

»Gibt's hier auch harte Sachen?« Das war eindeutig als Scherz gemeint, aber niemand lachte oder lächelte zumindest oder sagte, nein, gibt's hier nicht, wie wär's mit einem Kaffee? Beverleys Gesicht wurde so schnell rot, dass sie aussah, als würde sie sich gleich noch weiter verfärben, kräftig blau zum Beispiel.

»Ich will gar nicht bleiben«, sagte sie, fand aber den Absprung nicht. Dann: »Sie haben wohl alle Kinder wie Diana?«

Die Frauen griffen zu ihren Tassen und murmelten Dinge wie »Ja« und »Eines« oder »Zwei«.

»Die gehen wohl alle nach Winston House?« Sie strengte sich sichtlich an, freundlich zu sein.

»Ja, sicher«, sagten die Mütter, als gäbe es keine anderen Schulen.

»Das ist eine sehr schöne Schule«, sagte Beverley. »Wenn man sie sich leisten kann. Sehr schön.« Ihre Blicke flitzten umher, verschlangen die Kristallleuchten, die Kellnerinnen in ihren schwarz-weißen Uniformen, die gestärkten Tischtücher. »Schade, dass sie hier keine Rabattmarken ausgeben«, sagte sie. »Dann würde ich die ganze Zeit herkommen.«

Sie lachte. Aber ihr Lachen hatte etwas Aufsässiges, es schwang darin mit, dass sie weder sich selbst noch ihre Situation besonders lustig fand. Diana stimmte ein, doch ihr Lachen war großzügig und schloss alle ein, als wolle sie sagen: »Ist sie nicht wunderbar?«

»Aber man kann nicht immer alles haben, was man will«, sagte Beverley.

Andrea beugte sich zu Deirdre. Sie sprach hinter vorgehaltener Hand, doch Byron konnte sie hören und Beverley sicher auch. »Gehört sie zum Haus? Zum Personal?«

In der darauffolgenden Stille grub Beverley die Zähne in die Unterlippe, bis jede Farbe daraus entwich. Ihre Augen warfen Flammen.

»Beverley ist meine Freundin«, sagte Diana.

Die Bemerkung wirkte belebend auf Beverley. Zu Byrons Erleichterung sprang sie auf; leider hatte sie vergessen, dass ihr Hut auf dem Boden lag, und trat auf die Krempe. Die neue Mutter unterdrückte ein Lachen. Beverley klopfte sich den Hut auf dem Kopf zurecht, aber er wippte nicht mehr beschwingt, sondern hing nur noch herunter. Andrea sah die neue Mutter lächeln und ließ sich anstecken, Deirdre auch.

Beverley zwitscherte: »Tschüs dann. War nett, Sie kennenzulernen.«

Nur wenige antworteten.

»Es war schön, Sie wiederzusehen«, sagte Diana und schüttelte ihr die Hand.

Beverley wollte schon gehen, da fiel ihr anscheinend noch etwas ein. »Übrigens«, begann sie, »es gibt gute Nachrichten. Jeanie ist auf dem Weg der Besserung.«

Die Frauen starrten sie an wie ein geplatztes Wasserrohr, als müsse etwas gegen sie unternommen werden, aber nicht von ihnen, sondern von bezahlten Hilfskräften.

»Ja. Jeanie ist meine Tochter. Sie geht in die erste Klasse. Nicht in Winston House, sondern gleich in der nächsten Schule bei uns. Aber sie wurde bei einem Unfall verletzt. Wurde von einem Auto angefahren. Die Fahrerin hat damals nicht angehalten, aber ich trage ihr nichts nach. Sie ist dann doch noch zurückgekommen. Und Jeanie hat sich nichts gebrochen. Das ist die Hauptsache. Es war nichts außer einer Schnittwunde. Sie musste genäht werden. Mit zwei Stichen. Weiter war nichts.«

Ein fast mit Händen greifbares Unbehagen legte sich über den Tisch. Die Mütter rutschten auf den Stühlen herum, tauschten verstohlene Blicke aus, sahen auf die Uhr. Byron konnte kaum glauben, was er da hörte. Er hatte das Gefühl, ihm würde schlecht. Er sah Diana unauffällig an und musste den Blick sofort wieder abwenden, weil sie so vernichtet wirkte, wie leer. Wann würde Beverley endlich aufhören? Die Worte sprudelten aus ihr heraus. »Sie hinkt noch, aber es wird besser, jeden Tag. Pass auf, sage ich immer, aber sie hört nicht. Mit fünf ist man natürlich anders. Ich an ihrer Stelle würde mich hinlegen. Ich würde im Rollstuhl rumfahren, wie ich mich kenne. Aber Sie wissen ja, wie Kinder sind. Die sind nicht zu bremsen.« Sie sah auf ihre Uhr und sagte: »Was, schon so spät?« Es war eine billige Timex mit ausgefranstem Textilband. »Ich muss los. Bis bald, Diana.« Sie marschierte so angriffslustig durch das ganze Café, dass es fast zu einem Zusammenstoß kam, als eine Kellnerin mit einem Tablett auftauchte.

»Was für ein Original«, sagte Andrea schließlich. »Wo um aller Welt hast du denn die kennengelernt?«

Zum ersten Mal wandte sich Byron seiner Mutter voll zu. Sie saß aufrecht da, als spüre sie tief im Innersten einen starken Schmerz und hätte Angst, sich zu bewegen.

»In der Digby Road«, sagte sie leise.

Er konnte es nicht fassen, dass sie das in aller Öffentlichkeit sagte. Sie sah aus, als wäre sie drauf und dran, alles zu gestehen. Da fing Byron an, Laute von sich zu geben, keine richtigen Worte, sondern wahlloses Zeug, um die Stille auszufüllen. »Ujujui«, machte er und hüpfte von einem Fuß auf den anderen. »Mir tun die Zähne weh. Aua.«

Seine Mutter packte ihre Handtasche und stand auf. »Komm, Byron. Wir zahlen beim Hinausgehen. Und übrigens …« Wieder brach sie aus den Bahnen aus, die der Anstand diktierte, und drehte sich zu Andrea: »Dein Sofa. Es ist nicht *niggerbraun*.«

»Meine Liebe, das sagt man doch nur so. Das ist nicht beleidigend gemeint.«

»Es *ist* aber beleidigend. Sehr sogar. Du solltest vorsichtiger sein bei deiner Wortwahl.«

Diana nahm Byron an der Hand und führte ihn davon. Ihre Absätze klackten auf dem Marmorboden. Als er einen kurzen Blick zurück warf, sah er die leise Drohung in Andreas Gesicht und die schockierte Miene der anderen Mütter, denen der Mund offen stand. Er wünschte, er hätte Beverley keinen Stuhl hingestellt. Er wünschte, Diana hätte wegen Andreas Sofa den Mund gehalten. Er konnte sich der Angst nicht erwehren, dass Diana, wenn sie schon unbedingt ein paar Frauen verärgern musste, sich ausgerechnet die Schlimmsten dazu ausgesucht hatte.

Sie kämmten die ganze Geschenkeabteilung durch, aber von Beverley keine Spur. »Vielleicht ist sie direkt nach Hause gegangen«, sagte Byron. Seine Mutter suchte weiter. Sie ging die Treppe in die Spielzeugabteilung hoch und in die Damentoilette. Als feststand, dass Beverley weg war, stieß sie einen langen Seufzer aus.

»Zwei Stiche. Zwei Stiche, Byron.« Sie hielt zwei Finger hoch, als hätte sie vergessen, dass er zählen konnte. »Nicht einer, sondern zwei. Wir müssen wieder hin.«

»Ins Café?« Da hatte sie schon bessere Ideen gehabt.

»In die Digby Road.« Noch schlimmer.

»Aber warum?«, fragte er.

»Wir müssen nachsehen, dass mit dem armen Mädchen alles in Ordnung ist. Und zwar jetzt gleich.«

Er gab vor, dass er dringend aufs Klo musste, und anschließend, dass er einen Stein im Schuh hatte. Er sagte, sie würden zu spät zum Zahnarzt kommen, aber sie ließ sich nicht beirren; sie hatte seinen Termin anscheinend völlig vergessen. Bepackt mit einem Puzzle, einer Flasche Bell's Whisky für Walt und zwei Geschenkboxen für Beverley mit neuen blauen Lämmchen, fein herausgeputzt und mit diversen Holzblas- und Streichinstrumenten ausgerüstet, trafen sie in der Digby Road ein. Diesmal parkte seine Mutter direkt vor dem Haus. Ein junger Mann, der gerade vorbeikam, fragte sie, ob sie den Jaguar geputzt haben wolle. Er hatte weder einen Eimer noch einen Lappen dabei.

Aber sie rief: »Ja, danke, danke.« Es war, als schwebe sie über den Dingen. Sie lief den Gartenweg entlang, klack, klack, und hämmerte mit bloßen Händen an die Tür.

Als Beverley auftauchte, war Byron schockiert. Ihr Gesicht war stark gerötet und verschwollen, ihre Augen sahen aus wie winzige, entzündete Beulen. Sie schnäuzte sich wiederholt, kniff sich die Nase mit dem Taschentuch zusammen und entschuldigte sich für ihren Zustand. Sie sagte, es sei eine Sommergrippe, aber wo sie sich über die Nase und die Wangen gewischt hatte, zogen sich schräge schwarze Striche wie Tropfspuren über ihr Gesicht.

»Ich hätte nicht rüberkommen sollen. Ich hätte nicht hallo sagen sollen. Sie müssen mich ja für total bescheuert halten.«

Diana hielt ihr die neue Tüte mit Geschenken hin. Sie fragte, ob Jeanie zu Hause sei. Sie fragte, ob sie sie begrüßen dürfe.

Dass sie hatte genäht werden müssen, tue ihr furchtbar leid, sagte sie. Wenn sie das gewusst hätte …

Beverley unterbrach sie und nahm ihr die Tüte ab. »Das ist ja wahnsinnig lieb von Ihnen. Das wäre doch nicht nötig gewesen.« Sie spähte hinein und bekam große Augen.

Erst als Diana erklärte, sie habe einen Zettel mit ihrer Telefonnummer mit in die Tüte gesteckt, teilte Byron Beverleys Überraschung. Davon hatte er keine Ahnung gehabt. Diana hatte diese Entscheidung getroffen, ohne es ihm zu sagen, und Byron fragte sich, wann und wie sie den Zettel geschrieben hatte.

»Warum haben Sie mir das nicht gleich gesagt?«, fragte seine Mutter. »Als ich zum ersten Mal da war? Warum haben Sie nichts von den beiden Stichen erzählt?«

»Ich wollte Sie nicht beunruhigen. Sie waren so freundlich. Sie sind ganz anders als diese anderen Frauen.«

»Ich fühle mich furchtbar«, sagte seine Mutter.

»Jeanies Bein ist erst nach Ihrem Besuch schlimmer geworden. Ich bin mit ihr zum Arzt gegangen, und da hat er erst genäht. Er war sehr nett. Jeanie hat gar nicht geweint wegen der Nadel und so.«

»Gut. Da bin ich aber froh.« Seine Mutter sah ganz elend aus, man sah ihr an, dass sie gern wegwollte.

»Wenigstens eins ist gut.«

»Bitte?«

»Wenigstens sind Sie diesmal gleich gekommen.«

»Ja«, murmelte Diana.

»Das ist aber nicht böse gemeint«, schob Beverley hastig nach.

»Nein, nein, ich weiß«, erwiderte seine Mutter genauso hastig.

Beverley lächelte, und Diana entschuldigte sich noch einmal. Wenn sie irgendetwas für sie tun könne … »Sie haben ja jetzt meine Telefonnummer. Rufen Sie mich unbedingt an. Jederzeit.«

Zu ihrem Erstaunen antwortete Beverley mit einem merkwürdigen Laut, einem Mittelding zwischen Lachen und Aufschrei. »Autscho!«, rief sie. Byron wusste nicht, was das heißen sollte, bis er ihren flinken Augen bis zur Straße folgte. »Jetzt aber schnell«, sagte sie. »Der kleine Drecksack will Ihr Auto knacken.«

Sie fuhren davon, und diesmal redeten er und seine Mutter kein einziges Wort.

4
Der Weihnachtsmann

Der Anzug ist Mr Meades Idee. Er zieht ihn vorsichtig aus der Plastikhülle. Mrs Meade hat ihn im Internet bestellt. Das Plüschkostüm wurde inklusive weißem Bart, Plastikgürtel und Sack geliefert.

»Das ist doch nicht Ihr Ernst«, sagt Paula.

Mr Meade erwidert, das sei sein vollkommener Ernst. Der Arbeitsschutz sei ihm auf den Hacken. Wenn Jim seinen Job behalten wolle, müsse er auf einem Stuhl sitzen.

»Warum kann er keinen Rollstuhl kriegen?«, fragt Paula.

Mr Meade sagt, aus arbeitsschutzrechtlichen Gründen könne einer Reinigungskraft kein Rollstuhl genehmigt werden, weil dies weitere Probleme hinsichtlich des Arbeitsschutzes aufwerfen würde. Wenn Jim zum Beispiel einen Kunden überführe?

»Das ist doch ein Café«, sagt Paula. »Keine Rennbahn.«

Mr Meade räuspert sich. Er blickt Paula glühweinmild an. »Wenn Jim bleiben möchte, muss er auf einem Stuhl sitzen und das Kostüm tragen. Basta.«

Doch es treten weitere Komplikationen auf. Obwohl Mrs Meade das Prachtkostüm in Größe XL bestellt hat, endet der Hosensaum oberhalb der Knöchel und die kunstpelzbesetzten Ärmel hängen Jim zwischen Ellbogen und Handgelenken. Weitere Ärgernisse sind der blaue Gips am Fuß und Jims skeletthafte, durch die XL-Jacke noch betonte Magerkeit.

Als er aus der Personalumkleide humpelt, beglotzen ihn alle, als wäre er durch die Decke gebrochen.

»Er sieht grauenhaft aus«, sagt Paula. »Er sieht aus, als hätte er seit einem Jahr nichts gegessen.«

»Alle werden einen Schreck bekommen«, mischt sich Darren ein. Er hat den ganzen Tag im Café verbracht. Wenn Mr Meade nicht hinsieht, bringt Paula ihm heiße Getränke. »Die Kinder werden heulen, wenn sie ihn sehen.«

Paula rennt in den Laden hinunter. Sie kommt mit weißen Handschuhen zurück, dazu mit ein paar Kissen aus dem Bereich Schöner Wohnen. Mit abgewandtem Blick schiebt sie die Polsterung unter Jims Jacke und bindet sie mit weihnachtlichem Geschenkband fest.

»Vielleicht lässt sich mit Lametta noch was retten?«, schlägt Darren vor. »Um die rote Mütze rum oder so?«

Paula holt eine Lamettagirlande und drapiert sie sorgfältig um Jims Kopf. Dabei summt sie immer wieder kurz vor sich hin.

»Jetzt sieht er aus, als ob er eine Antenne aufhätte«, sagt Darren.

Jim wird neben die junge Blaskapelle am Fuß der Treppe platziert. Sein Stuhl ist mit Plastikefeu umwickelt, der funkelt. Vor ihm steht ein Sammeleimer, der seinen Gipsfuß kaschieren soll. Jims Aufgabe besteht darin, an die Kunden Flyer auszuteilen, mit denen für ermäßigte Geschenkideen aus der Abteilung Schöner Wohnen geworben wird, darunter ein Laubsauger »für den Mann in Ihrem Leben« und ein Fußmassagegerät für die Damenwelt. Mr Meade und Paula stehen mit verschränkten Armen da und begutachten das Arrangement. Eigentlich sieht Jim ganz süß aus, sagt Paula.

»Aber sorgen Sie dafür, dass er den Mund nicht aufmacht«, sagt die Marktleiterin, die gerade durch die automatischen Türen kommt. Mr Meade verspricht, dass Jim keinen Piep von sich geben wird.

»Wenn ich mitkriege, dass er mir die Kunden verschreckt …«, fährt die Marktleiterin fort, eine eckige Frau in schwarzem Anzug, deren Haare so straff zu einem Pferdeschwanz zurückgebunden sind, dass ihr Gesicht wirkt wie geliftet. »… wenn ich so etwas bemerke, dann ist er draußen. Klar?« Sie fährt mit dem Finger quer über ihren weißen Hals, als schnitte sie sich die Kehle durch.

Beide nicken heftig und machen sich wieder auf den Weg nach oben. Nur Jim sitzt reglos da.

Jedes Weihnachten hielt in Besley Hill ein Baum Einzug in den Fernsehraum. Die Schwestern stellten ihn ans Fenster und ordneten die Stühle kreisförmig darum an, damit alle Patienten ihn sehen konnten. Es kamen sogar Kinder aus der nahe gelegenen Schule zu Besuch. Die Bewohner durften die Kinder nicht berühren oder erschrecken. Die Kinder wiederum standen großäugig in ihrer Schuluniform da, die Hände fest umklammert, und zeigten ihr bestes Benehmen. Danach verteilten die Schwestern die Geschenke und forderten die Bewohner auf, sich zu bedanken, doch die Kinder verstanden das häufig falsch und riefen ihrerseits »Danke!«. In einem Jahr bekam Jim eine Dose Ananasstücke geschenkt. »Hast du ein Glück!«, sagte die Schwester. Sie erzählte den Kindern, dass Jim Obst liebe, und er sagte, ja, das stimme, aber die Worte wollten nicht schnell genug heraus, deshalb sprach die Schwester sie für ihn aus. Als es Zeit für den Aufbruch war, drängelten und rempelten die Kinder bei der Tür, als wäre sie zu schmal, und am Weihnachtsbaum war es plötzlich so leer, dass es aussah, als wären die Plünderer eingefallen. Mehrere Patienten weinten.

Jim sah an einem Fenster im oberen Stockwerk zu, wie die Kinder in ihren Bus stiegen. Als sich drei Jungs umdrehten und ihn bemerkten, winkte er und hielt seine Ananasdose hoch, damit sie sich an ihn erinnerten und sahen, dass ihm sein Weihnachtsgeschenk gefiel. Die Jungs zeigten ihm den Stinkefinger.

»Spacko!«, schrien sie. Und sie machten entsetzte Gesichter, als bekämen sie einen Stromschlag.

Das Repertoire der jungen Blechbläser besteht aus einem Medley, das, wie sich herausstellt, nur drei Lieder umfasst. Sie können *Jingle Bells*, *Away In A Manger* und *She'll be Coming Round The Mountain*. Letzteres ist eindeutig ihr Lieblingssong, und der picklige junge Mann mit dem Becken schreit jedes Mal »Yeah!«, wenn er die Metalldeckel beim Refrain zusammenschlägt. Eine große Frau in grünem Mantel tritt durch die Tür und geht an Jim vorbei. Plötzlich bleibt sie stehen und sieht ihn scharf an.

»Heilige Scheiße!«, sagt sie. »Bei welchem Kostümwettbewerb machst du denn mit?«

Jim will ihr einen Flyer anbieten, als Panik in ihm hochschwappt, weil er sie erkennt; die Panik schwappt ein zweites Mal hoch, als er sich bewusst wird, dass er in roten Plüsch und Kunstpelz gekleidet dasitzt.

Eileen knöpft die großen grünen Knöpfe ihres Mantels auf. Der Stoff schnellt zurück und gibt den Blick auf einen lila Rock frei, der in der Taille Falten wirft. »Na, wie geht's denn so, Jim? Immer noch hier?«

Er versucht zu nicken, als wäre es sein größter Wunsch auf Erden, hier zu sein. Eine vorbeigehende Kundin wirft Geld in seinen Eimer, und Jim versteckt seinen großen blauen Fuß hinter seinem Sportschuh.

Sie sagt: »Ich hatte schon gehofft, ich würde dich finden.«

»Mich?«

»Ich wollte mich entschuldigen. Wegen letzter Woche.«

Er kann sie nicht ansehen, so sehr zittert er.

»Ich habe dich nicht gesehen. Verdammt, du bist plötzlich aus dem Nichts aufgetaucht. Du kannst von Glück reden, dass ich dich nicht angefahren habe.«

Jim versucht zu tun, als wäre ihm kalt. Er versucht zu tun, als fröre er dermaßen, dass er nicht richtig hören kann. »Brrr«, sagt er und reibt sich die Hände, aber so verkrampft, dass er aussieht, als wüsche er sich die Hände mit unsichtbarer Seife.

»Alles in Ordnung?«, fragt sie.

Zum Glück stimmt die Kapelle eine lebhafte Version von *I Wish It Could Be Christmas Every Day* an, und sie versteht seine Antwort nicht. Das Stück gehört nicht zu den geprobten Nummern. Die Spieler sind sich weder über das Tempo noch über die Länge des Refrains einig, so dass eine Hälfte der Band ganz andere Töne spielt als die andere. Im Supermarkt späht die Marktleiterin zum Eingangsbereich herüber. Sie rückt ein Sprachrohr zurecht und spricht hinein. Jim macht mit den Fingern eine Bewegung quer über seinen Hals, aber der weiße Bart ist im Weg. »K-k-kann nicht r-r-reden.«

»Das überrascht mich nicht«, sagt Eileen. »Du bist ja in dieses bescheuerte Lametta gewickelt.« Sie wirft einen kurzen Blick zur Marktleiterin hinüber und holt sich einen Einkaufswagen. Er bewundert, wie sie ihn steuert, rasch und zielstrebig. Er bewundert, wie sie stehen bleibt, einen Weihnachtsstern im Topf inspiziert und danach einem kleinen Jungen im Buggy eine lustige Grimasse schneidet, dass er mit den Füßen strampelt und lacht.

Auf dem Rückweg lässt Eileen etwas in Jims Eimer fallen. Es ist einer seiner Flyer, auf den sie mit Großbuchstaben geschrieben hat: ICH WARTE NACH DER ARBEIT AUF DEM PARKPLATZ AUF DICH!!!

Die Großbuchstaben brüllen in seinem Kopf. Er betrachtet die vielen Ausrufezeichen und fragt sich, was sie zu bedeuten haben. Ob die Nachricht vielleicht ein Witz ist.

5

Der Nachmittagsbesuch

James war über die Nachricht von Jeanies beiden Stichen zutiefst beunruhigt. »Das ist nicht gut«, sagte er. »Das wirft kein gutes Licht auf deine Mutter.«

»Aber der Unfall war doch nicht ihre Schuld.«

»Trotzdem«, sagte James. »Wenn tatsächlich eine Wunde vorliegt, macht das die Sache komplizierter. Angenommen, Beverley geht zur Polizei?«

»Das wird sie nicht. Beverley mag meine Mutter. Meine Mutter war die Einzige, die nett zu ihr war.«

»Du musst alles genau verfolgen.«

»Aber wir werden Beverley nicht mehr wiedersehen.«

»Hm«, sagte James und zwirbelte an seinen Stirnfransen, um zu verdeutlichen, dass er nachdachte. »Wir müssen ein weiteres Treffen anberaumen.«

Am nächsten Morgen gingen Byron und seine Mutter durch die Wiese zum Haus hinauf, nachdem sie die Enten gefüttert hatten. Lucy schlief noch. Diana war über den Zaun geklettert, um Eier zu holen, und jeder von ihnen trug eins und stieg vorsichtig durch das Gras. Die Sonne war noch nicht ganz aufgegangen, und im schrägen, schwachen Licht schimmerte der Tau silbern über der Wiese, obwohl die Erde darunter hart und rissig war. Die Margeriten sammelten sich auf den unteren Hügelausläufern zu weißen Tümpeln, von jedem Baum entsprang, der Sonne abgewandt, ein Schatten wie ein schwarzes Rinnsal. Die Luft duftete frisch und grün wie Pfefferminze.

Sie redeten ein bisschen über die Sommerferien und wie sie sich darauf freuten. Seine Mutter schlug vor, er solle doch nach der Schule einen Freund einladen. »Es ist so schade, dass James nicht mehr zu Besuch kommt«, sagte sie. »Es ist fast ein Jahr her, seit er das letzte Mal da war.«

»Alle sind sehr beschäftigt. Wir müssen für die Stipendienprüfung lernen.« Er erwähnte nicht gern, dass James seit dem Vorfall am Teich nicht mehr kommen durfte.

»Freunde sind wichtig. Du musst deine Freundschaften pflegen. Ich hatte einmal viele Freunde, aber jetzt nicht mehr.«

»Doch. Du hast doch alle Mütter.«

Einen Moment lang schwieg sie. »Ja«, sagte sie dann. Doch dieses Ja war flach, als fülle sie es nicht von innen aus. Die höher steigende Sonne warf nun kräftigere Lichtbündel über die Heide, und das Lila, Rosa und Grün begannen zu leuchten, als wären sie von Lucy gemalt. »Wenn ich keine Freunde habe, dann bin ich selbst daran schuld«, sagte sie.

Sie gingen stumm weiter. Die Worte seiner Mutter machten ihn traurig. Es war wie die Entdeckung, dass er etwas Wichtiges verloren hatte, ohne zu merken, dass es ihm heruntergefallen war. Er dachte an James' nachdrückliche Forderung, dass es ein neues Treffen mit Beverley geben müsse. Ihm fiel auch wieder ein, was sein Freund über Magie gesagt hatte: Man konnte jemanden dazu bringen, etwas zu glauben, wenn man ihm nur einen Teil der Wahrheit zeigte und den Rest verbarg. Sein Puls schlug schneller. Er sagte: »Vielleicht könnte Beverley deine Freundin werden.«

Seine Mutter sah ihn ausdruckslos an. Sie hatte offensichtlich keine Ahnung, wen er meinte. Als er erklärte, er denke an die Frau aus der Digby Road, lachte sie.

»Also nein, das glaube ich nicht.«

»Warum nicht? Sie mag dich.«

»So einfach ist das nicht, Byron.«

»Ich begreife nicht, wieso das nicht so einfach sein sollte. Bei mir und James ist es jedenfalls so.«

Diana bückte sich, um einen Halm wilden Hafer zu pflücken, und fuhr mit dem Fingernagel an der Rispe entlang, dass eine fiedrige Spur von Samen hinter ihr herflog. Aber über Freunde sagte sie nichts mehr. Er hatte das Gefühl, als habe er sie noch nie so einsam erlebt. Er deutete auf die Orchideenblüte eines Knabenkrauts, dann auf einen Admiralfalter, aber sie sagte kein Wort dazu. Sie blickte nicht einmal auf.

Da wurde ihm erst richtig bewusst, wie unglücklich sie war. Nicht nur wegen des Unglücks in der Digby Road und Jeanies beiden Stichen. Da gab es noch einen anderen Kummer, der tiefer saß und mit anderen Dingen zu tun hatte. Er wusste, dass Erwachsene manchmal aus gutem Grund unglücklich waren; vor bestimmten Dingen gab es kein Ausweichen. Vor dem Tod, zum Beispiel. Der Schmerz der Trauer war unvermeidlich. Seine Mutter war nicht zur Beerdigung ihrer Mutter gefahren, aber sie hatte geweint, als sie von ihrem Tod erfahren hatte. Sie stand da, die Hände vors Gesicht geschlagen, und schüttelte sich vor Schluchzen. Und als sein Vater gesagt hatte: »Das genügt jetzt, Diana«, hatte sie die Hände fallen lassen. Ihr Blick, ihre rotgeränderten Augen, ihre schleimige Nase zeigten einen so ungefilterten Schmerz, dass Byron ganz unbehaglich wurde. Es war, als sähe er sie ohne Kleider.

So fühlte man sich also, wenn man die Eltern verlor. Es war natürlich, dass man dann unglücklich war. Aber er hatte noch nie entdeckt, dass seine Mutter auch auf eine Weise unglücklich war, wie er selbst manchmal. Weil etwas nicht stimmte, dem er gar keinen Namen geben konnte. Aber dem ließ sich leicht abhelfen.

In seinem Zimmer, wo er ungestört war, zog Byron James' Liste von Dianas Eigenschaften heraus, die sein Freund noch einmal für ihn abgeschrieben hatte. Er kopierte seine Handschrift, weil sie ordentlicher war als seine eigene und auch die seiner Mutter. Mit ausladenden Y- und G-Schleifen, wie sie für James typisch waren, begann er zu schreiben. Er erklärte, er sei Diana Hemmings, die freundliche Dame, die an jenem Unglücksmorgen in der Digby Road am Steuer ihres Jaguars gesessen habe. Er hoffe, er komme der lieben Beverley mit seiner Bitte nicht ungelegen, schrieb er, aber ob sie wohl so nett wäre, eine Einladung zum Tee in Cranham House anzunehmen? Er schrieb die Telefonnummer und die Adresse dazu und legte für den Bus ein neues Zwei-Pence-Stück aus seiner Sparbüchse bei. »Ich hoffe, das ist genug«, fügte er hinzu, dann strich er das kindliche »genug« durch und ersetzte es durch »ausreichend«, das ihm erwachsener vorkam. Er unterschrieb den Brief mit dem Namen seiner Mutter. Als Postskriptum schloss er eine Bemerkung über das milde Wetter an. Er hatte das Gefühl, dass er sich als Briefeschreiber genau deshalb auszeichnete, weil er klug auf solche Details achtete. In einem zweiten Postskriptum bat er Beverley, die Nachricht nach dem Lesen zu vernichten. »Dies ist eine Privatangelegenheit zwischen uns beiden«, schrieb er.

Natürlich kannte er die Adresse – wie könnte er sie vergessen. Er bat seine Mutter um eine Briefmarke, angeblich für seinen Entwurf eines neuen *Blue-Peter*-Abzeichens, und warf den Brief noch am selben Nachmittag ein.

Der Brief war eine Lüge, das war Byron klar, aber wenigstens eine freundliche Lüge, die nicht schaden konnte. Außerdem war seit den Ereignissen in der Digby Road seine Wahrnehmung der Wahrheit dehnbar geworden. Es war schwer, den genauen Punkt zu erfassen, an dem die eine Sicht der Dinge in eine andere Sicht derselben Dinge umschlug. Den Rest des Tages konnte er nicht mehr stillsitzen. Würde Beverley den Brief bekommen? Würde sie anrufen? Mehrmals fragte er seine Mutter, wie lange die Post brauchte, um wie viel Uhr genau die Post ausgetragen wurde. In der Nacht konnte er kaum schlafen. In der Schule sah er die ganze Zeit auf die Uhr im Klassenzimmer und wartete, dass sich die Zeiger bewegten. Er war zu nervös, um sich James anzuvertrauen. Am nächsten Nachmittag klingelte das Telefon.

»Cranham 0612«, sagte seine Mutter an dem Glastischchen.

Er bekam die ganze Unterhaltung nicht mit; anfangs klang seine Mutter verhalten. »Wie bitte?«, fragte sie. »Wer sind Sie?« Aber nach einer Weile hörte er sie rufen: »Ja, natürlich! Das wäre wunderbar.« Sie gab sogar ein höfliches kleines Lachen von sich. Als sie aufgelegt hatte, stand sie ein paar Augenblicke in der Eingangshalle, tief in Gedanken versunken.

»Jemand Interessantes?«, fragte er, wie zufällig die Treppe herunterschlendernd. Er folgte ihr in die Küche.

»Beverley kommt morgen. Zum Tee.«

Er wusste nicht, was er sagen sollte, und hätte am liebsten gelacht, doch damit hätte er sein Geheimnis verraten. Gezwungenermaßen gab er etwas anderes von sich, das mehr wie ein Husten klang. Er konnte es kaum erwarten, James alles zu erzählen.

»Hast du einen Brief geschrieben, Byron?«

»Ich?«

»Nur, weil Beverley eine Einladung erwähnt hat.«

Hitze flog ihm ins Gesicht. »Vielleicht dachte sie an den Tag, als wir ihr die Geschenke vorbeigebracht haben. Vielleicht hat sie was verwechselt, weil du ihr doch unsere Telefonnummer gegeben hast. Außerdem hast du ihr gesagt, dass sie jederzeit anrufen kann, erinnerst du dich nicht?«

Damit schien sie zufrieden. Sie tauchte mit dem Kopf durch die Schlinge ihrer Schürze und begann, Mehl, Eier und Zucker aus dem Schrank zusammenzusuchen. »Du hast recht«, sagte sie. »Wie dumm von mir. Eine Einladung zum Tee kann doch nicht schaden.«

James war da nicht so sicher. Das verwirrte Byron. James räumte zwar ein, dass Byrons Brief an Beverley ein schlauer Schachzug gewesen war, und er war froh, dass es zu einem neuen Treffen kommen würde. Doch er wünschte, Byron hätte einen neutralen Ort vorgeschlagen. »Wenn ihr euch zum Beispiel in der Stadt verabredet hättet, dann hätte ich wie zufällig dazustoßen können. Ich hätte reinkommen können, als hätte ich nie erwartet, euch dort zu finden, und sagen können: Ach, hallo! Und hätte mich zu euch setzen können.«

»Aber du könntest doch auch morgen zu mir zum Tee kommen.«

»Aufgrund von Umständen, die sich meinem Einfluss entziehen, ist mir das leider nicht möglich.«

Stattdessen rüstete James Byron mit einer ganzen Latte von Anweisungen aus. Er müsse sorgfältige Aufzeichnungen machen. Ob er ein leeres Notizheft habe? Als Byron zugab, er habe keines, zog James ein liniertes Heft aus seiner Schultasche. Er schraubte die Kappe seines Füllers ab und schrieb auf den Umschlag: »Operation Perfekt.« Die Aufzeichnungen sollten den Inhalt der Konversation und, höchst wichtig, alle Hinweise auf Jeanies Verletzung umfassen, aber auch die kleinsten und scheinbar unwichtigsten Details sollten mitnotiert werden. Byron müsse so akkurat wie möglich vorgehen und auch Datum und Uhrzeit vermerken. »Und hast du unsichtbare Tinte zu Hause? Das ist alles streng vertraulich.«

Byron sagte, er habe keine. Er sammle die Einwickelpapierchen von Bazooka-Kaugummi, um sich einen Röntgen-Ring zu machen, aber davon brauche man eine ganze Menge, sagte er. »Und ich darf keinen Kaugummi essen.«

»Das macht nichts«, sagte James. »In den Ferien werde ich dir einen Chiffriercode schicken.« Er betonte noch einmal, dass Jeanies Naht von großer Bedeutung sei; es sei wichtig, so viel wie möglich darüber herauszufinden. Aber er fand das ganze Unternehmen weniger angsteinflößend als aufregend. Auf der letzten Seite des Hefts notierte er gewissenhaft seine Telefonnummer und schärfte Byron ein, er solle ihn anrufen, sobald sich etwas Neues ergebe. Sie müssten über den Sommer in regelmäßigem Kontakt bleiben, sagte er.

Byron bemerkte, dass seine Mutter nervös wirkte, als sie ihn abholte. Die Jungen der höheren Jahrgangsstufen sangen und warfen ihre Mützen in die Luft, die Mütter machten Fotos, und auf ein paar Tapeziertischen war ein Picknick zur Feier der Schulabgänger angerichtet, aber Diana hatte es eilig, zum Auto zurückzukehren. Zu Hause flog sie durch das Haus, holte saubere Servietten und bereitete Sandwiches vor, die sie in Frischhaltefolie wickelte. Sie erwähnte, sie würde den Jaguar noch schnell waschen, bevor sie ihn in die Garage stellte, aber dann hatte sie so viel damit zu tun, die Stühle gerade zu rücken und ihre Erscheinung im Spiegel zu kontrollieren, dass sie den Wagen vergaß, und er blieb in der Auffahrt geparkt.

Ihre Gäste verspäteten sich eine halbe Stunde. Es stellte sich heraus, dass Beverley zu früh aus dem Bus gestiegen war und den Rest des Wegs durch die Felder laufen musste. Sie stand an der Haustür mit tortensteifen Haaren (möglicherweise hatte sie zu viel Haarspray benutzt), in einem bunten Minikleid, das mit großen tropischen Blüten bedruckt war. Sie hatte türkisen Lidschatten aufgetragen, sah damit aber nur aus, als hätte sie zwei dicke Ringe über den Augen. Wie sie unter dem Rand ihres lila Huts hervorspähte, wirkte ihr Gesicht oberlastig.

»Sehr nett von Ihnen, uns einzuladen«, war das Erste, was sie sagte. »Wir sind schon den ganzen Tag ganz aufgeregt. Wir haben von nichts anderem geredet.« Sie entschuldigte sich für den Zustand ihrer Strumpfhose, die überall Laufmaschen und Knötchen hatte. Es sei so nett von Diana, ihr etwas von ihrer kostbaren Zeit zu widmen. Sie versprach, dass sie nicht lang bleiben würden. Sie sah genauso nervös aus wie Diana, dachte Byron.

An Beverleys Seite hing ein Mädchen im karierten Schulkleid. Jeanie war noch kleiner als Lucy; die dünnen schwarzen Haare hingen bis zur Taille. Auf dem rechten Knie hatte sie ein großes quadratisches Pflaster, um die beiden Stiche zu schützen. Als Diana das verletzte Knie sah, zuckte sie zusammen.

»Du musst Jeanie sein«, sagte sie und bückte sich, um sie zu begrüßen. »Leider ist meine Tochter heute nicht zu Hause.«

Jeanie schob sich hinter ihre Mutter. Sie hatte etwas Schlüpfriges. »Mach dir keine Sorgen um dein Knie«, sagte Beverley. Sie redete mit einer lauten, fröhlichen Stimme, als würde sie von Leuten auf der anderen Seite der Heide beobachtet, die alles hören sollten. »Dir wird nichts mehr passieren. Du bist hier in Sicherheit.«

Diana wrang so heftig die Hände, dass es bedrohlich danach aussah, als könnte sie sie von innen nach außen stülpen. »Ist sie weit gelaufen? Braucht sie ein frisches Pflaster?«

Beverley versicherte ihr, das Pflaster sei sauber. In den letzten Tagen habe man Jeanies Hinken kaum noch bemerkt, sagte sie. »Dir geht es doch schon viel besser, nicht?«

Als Zeichen der Zustimmung machte Jeanie Mundbewegungen, als äße sie ein großes Karamellbonbon, das ihr an den Zähnen klebte.

Diana schlug den beiden vor, sich draußen auf die neuen Sonnenliegen zu setzen, während sie die Getränke holte. Danach würde sie ihnen gern den Garten zeigen. Aber Beverley fragte, ob sie vielleicht mit ins Haus kommen könnten. Ihre Tochter bekomme von der Sonne Kopfschmerzen, sagte sie. Sie konnte den Blick nicht stillhalten; er irrte über Dianas Schulter, flitzte den Gang hinauf und hinunter, erfasste die polierte Täfelung, die Blumenvasen, die Jugendstiltapeten, die dramatisch gerafften Vorhänge. »Schönes Haus.« Sie sagte es genauso, wie Lucy sagen würde: »Feine Vanillesauce. Leckere Kekse.«

»Nur herein«, sagte Diana. »Wir trinken Tee im Salon.«

»Schön«, sagte Beverley wieder und trat hinein. »Komm, Jeanie.«

»Ich sage Salon, aber der Raum ist nicht halb so großartig, wie er klingt.« Diana ging ihren Gästen voran den Gang entlang, ihre dünnen Absätze machten klick, klick, klick, während Beverleys Sandalen patsch, patsch, patsch folgten. »Der einzige Mensch, der den Raum als Salon bezeichnet, ist mein Mann, und der wohnt natürlich nicht hier. Vielmehr wohnt er schon hier, aber nur am Wochenende. Meine Mutter hätte gute Stube dazu gesagt, aber Seymour hat sie nie gemocht.« Sie redete viel zu viel, in zusammenhanglosen Sätzen. »Eigentlich passe ich nirgends so ganz dazu.«

Beverley sagte nichts. Sie lief Diana nur hinterher und schaute nach links und nach rechts. Diana bot ihr eine Auswahl von Getränken an, Tee, Kaffee oder etwas Stärkeres, und Beverley bestand darauf, dasselbe zu trinken wie Diana.

»Aber Sie sind doch mein Gast.«

Beverley zuckte mit den Achseln. Sie gab zu, dass sie zu

einem Snowball oder einem Softdrink wie Cherry-Cola nicht nein sagen würde.

»Ein Snowball?« Diana sah verlegen aus. »Ich fürchte, so etwas haben wir nicht. Wir haben auch keine Softdrinks. Mein Mann trinkt am Wochenende gern einen Gin Tonic. Ich habe immer Gordon's und Schweppes im Haus. In seinem Arbeitszimmer steht auch Whisky. Den kann ich Ihnen auch gern holen.« Sie bot Beverley außerdem eine von ihren Strumpfhosen an, die sie gegen die kaputte austauschen könne. »Darf es eine von Pretty Polly sein?«

Beverley sagte, Pretty Polly sei perfekt, ebenso ein Glas Fruchtsaftgetränk.

»Bitte leg dein Heft beiseite, Byron, und kümmere dich um Beverleys Hut.«

Diana schob vorsichtig die Tür zum Salon auf, als erwarte sie halb, dass ihr etwas entgegenspringen würde. »Aber wo ist denn Ihre Tochter geblieben?«

Richtig – auf dem kurzen Weg von der Eingangshalle zum Salon hatten sie sie schon verloren.

Beverley rannte zur Haustür zurück und rief nach ihrer Tochter, rief ihren Namen den Treppen und der Vertäfelung zu, dem Glastischchen, auf dem das Telefon stand, und Seymours Seestücken, als wäre Jeanie mit der Substanz des Hauses verschmolzen und könnte aus dem Nichts wieder hervortreten. Beverley sah tief beschämt aus. Die Suche begann ruhig. Diana rief nach Jeanie, Beverley tat dasselbe, obwohl nur Diana gezielt von Raum zu Raum eilte. Dann machte sich Diana plötzlich Sorgen. Sie lief in den Garten und rief auch dort. Als keine Antwort kam, bat sie Byron, Handtücher zu holen. Sie wollte zum Teich hinunterlaufen. Beverley beteuerte ständig, wie leid es ihr tue, dass sie solche Unannehmlichkeiten machten. Das Kind sei noch ihr Tod, sagte sie.

Diana hatte schon die Schuhe von sich geschleudert und hetzte über den Rasen. »Aber wie hätte sie über den Zaun klettern sollen?«, rief Byron, der ihr nachrannte. »Sie hat doch ein schlimmes Knie!« Die Haare seiner Mutter flogen wie goldene Luftschlangen hinter ihr her. Unten am Teich war von Jeanie keine Spur. »Sie muss irgendwo im Haus sein«, sagte Diana, als sie durch den Garten zurückkehrten.

In der Eingangshalle ging Byron an Beverley vorbei, die das Etikett im Mantel seiner Mutter studierte.

»Jaeger«, murmelte sie. »Schön.«

Er hatte sie wohl erschreckt, denn sie warf ihm einen messerscharfen Blick zu, der dann in ein weicheres Lächeln mündete.

Die Suche ging unten weiter. Beverley öffnete jede Tür und spähte hinein. Erst als Byron oben nachsah, bemerkte er, dass Lucys Tür nur angelehnt war, und blieb stehen. Er fand Jeanie wie eine Stoffpuppe zusammengerollt in Lucys Bett; in der halben Stunde, in der sie nach ihr gesucht, im Garten, auf der Wiese und unten am Teich nach ihr gerufen hatten, war sie offensichtlich eingeschlafen. Sie hatte die Arme über das Kissen geworfen, dass man an beiden Ellbogen dicke Schorfkrusten sehen konnte, die an plattgedrückte Kirschen erinnerten. Sie war direkt unter das oberste Leintuch geschlüpft.

»Alles in Ordnung!«, rief er den Frauen zu. »Ihr könnt euch beruhigen. Ich habe sie gefunden.«

Byron schlich zum Telefon auf dem Glastischchen und wählte mit zitternden Fingern James' Nummer. Er musste flüstern, weil er nicht um Erlaubnis gefragt hatte. »Mit wem spreche ich, bitte?«, fragte James' Mutter. Er brauchte drei Anläufe, um sich verständlich zu machen, dann musste er zwei weitere Minuten warten, bis sie James geholt hatte. Als Byron ihm die Suche nach Jeanie schilderte und berichtete, dass er sie schlafend gefunden hatte, fragte James: »Ist sie immer noch im Bett?«

»Korrekt. Ja.«

»Du musst wieder hinaufgehen. Du musst die Verletzung untersuchen, während sie schläft. Bonne chance, Byron. Du leistest sehr gute Arbeit. Und zeichne auf jeden Fall ein Diagramm.«

Byron kehrte auf Zehenspitzen in Lucys Zimmer zurück. Sachte hob er das Leintuch an der Ecke hoch. Jeanie atmete schwer durch den Mund, als hätte sie eine Erkältung. Sein Herz schlug ihm bis zum Hals, dass er immer wieder schlucken musste vor Furcht, sie zu wecken. Das Pflaster schien zäh festzukleben. Jeanie hatte dünne Beine, die vom Laufen schmutzig waren. Byron hielt den Finger über die Spitze ihres knochigen Knies. Auf dem Pflaster war kein Blutfleck. Es sah neu aus.

Er schob den Fingernagel unter die Ecke. Da fuhr Jeanie aus dem Schlaf hoch. Sie starrte ihn mit dunklen, aufgerissenen Augen an. Vor Schreck taumelte er rückwärts, mitten in Lucys Puppenhaus hinein, was Jeanie so lustig fand, dass sie Schluckauf bekam. Die Hickser rüttelten sie richtig durch. Einige ihrer Zähne sahen aus wie gesprungene braune Perlen. »Soll ich dich tragen?«, fragte Byron. Sie nickte und warf ihm die Arme entgegen, sagte aber immer noch nichts. Als er sie hochhob, war er erschüttert, wie leicht sie war. Sie war kaum vorhanden. Ihre Schulterblätter und Rippen traten spitz unter dem baumwollenen Schulkleidchen hervor. Er passte gut auf, dass er ihr verletztes Knie nicht berührte, und als sie sich an ihn klammerte, streckte sie ihr Bein achtsam vor, um das Pflaster zu schützen.

Unten äußerte sich Beverleys Nervosität in Form von Hunger. Sie saß im Salon, bediente sich an den Gurken-Sandwiches und plapperte ungezwungen. Als Byron mit Jeanie erschien, nickte sie ungeduldig und redete weiter. Sie fragte Diana, wo sie ihre Einrichtung kaufe, ob sie Porzellan- oder Plastikteller bevorzuge, wer ihr Friseur sei. Sie fragte nach der Marke des Plattenspielers. Ob Diana mit der Qualität zufrieden sei? Ob sie wisse, dass nicht alle Elektrogeräte in England hergestellt würden? Diana lächelte höflich und antwortete, nein, das wisse sie nicht. Die Zukunft liege im Import, sagte Beverley, wo jetzt die Wirtschaft so am Boden sei.

Sie äußerte sich zur Qualität von Dianas Vorhängen. Ihrer Teppiche. Des elektrischen Kaminfeuers. »Sie haben ein schönes Haus«, sagte sie und deutete mit ihrem Sandwich auf die neuen Glaslampen. »Aber ich könnte hier nicht wohnen. Ich hätte immer Angst vor Einbrechern. Sie haben so schöne Sachen. Ich bin eher ein Stadtmensch.«

Diana lächelte. Das sei sie eigentlich auch, sagte sie. »Aber mein Mann mag die Landluft. Und außerdem ...« – sie griff zu ihrem Glas und schüttelte die Eiswürfel – »... hat er eine Schrotflinte. Für Notfälle. Die hebt er unter dem Bett auf.«

Beverley sah beunruhigt aus. »Schießt er damit?«

»Nein. Er hält sie eigentlich nur in der Hand. Er hat auch eine extra Tweedjacke und einen Jagdhut. Jeden August fährt er mit seinen Arbeitskollegen nach Schottland zur Jagd, aber er findet es grauenhaft. Er wird von den Mücken fürchterlich zerstochen. Die lieben ihn anscheinend.«

Einen Moment lang sagte keine der Frauen ein Wort. Beverley zupfte die Kruste eines weiteren Sandwichs ab, und Diana betrachtete ihr Glas.

»Der klingt ja komplett Banane«, sagte Beverley dann.

Diana platzte mit einem unerwarteten Lachen heraus. Sie warf einen verstohlenen Blick zu Byron hinüber und verdeckte ihr Gesicht.

»Ich sollte nicht lachen, ich sollte nicht lachen«, sagte sie, immer weiter lachend.

»Aber das ist doch zum Lachen. Also, ich persönlich würde einem Einbrecher lieber eins auf die Rübe geben. Mit einem Holzhammer oder so.«

»Oh, ist das lustig«, sagte Diana und trocknete sich die Augen.

Byron griff zu seinem Notizbuch. Er vermerkte, dass sein Vater eine Schrotflinte hatte und Beverley möglicherweise einen Holzhammer. Er hätte gern eines der winzigen Sandwiches gegessen, die zu kaum daumengroßen Dreiecken geschnitten waren, aber Beverley glaubte anscheinend, dass alle für sie gedacht seien. Sie hatte inzwischen den Teller auf den Schoß genommen und knabberte jedes Sandwich zur Hälfte an, dann legte sie es weg und nahm sich ein neues. Auch als Jeanie sie am Arm zupfte und sagte, dass sie nach Hause wolle, aß Beverley ungerührt weiter. Byron zeichnete für James ein Diagramm von dem Bein des kleinen Mädchens mit der genauen Stelle, wo das Pflaster klebte. Er machte exakte Zeitangaben, aber als er das Gespräch aufzuschreiben begann, war er doch etwas enttäuscht. Für eine neue Freundschaft kamen ihm die Themen reichlich morbide vor, aber er musste zugeben, dass er seine Mutter noch nie so hatte lachen hören wie in dem Moment, als Beverley Seymour komplett Banane nannte. Aber dieses Detail schrieb er nicht auf.

Er notierte: *Beverley sagte drei Mal, dass DH Glück hat. Um 15:15 Uhr sagte sie: »Ich wünschte, ich hätte etwas aus meinem Leben gemacht, wie Sie.«*

Beverley sagte auch zu Diana, dass man in Zukunft in großen Maßstäben denken müsse, wenn man vorankommen wolle. Aber Byrons Hand ermüdete, deshalb zeichnete er stattdessen einen Raumplan.

Inzwischen fragte Beverley nach einem Aschenbecher und zog eine Schachtel Zigaretten aus der Tasche. Als Diana ein kleines lackiertes Tonschälchen neben Beverley stellte, drehte sie es um. »Sieht ausländisch aus«, sagte sie und untersuchte die raue Unterseite. »Interessant.«

Diana erklärte, dass es von der Familie ihres Mannes stamme. Er sei in Burma aufgewachsen, sagte sie, bevor die Lage dort entgleiste. Beverley sagte zwischen den Zähnen etwas über die alten Tage des Empire, was Diana aber nicht hörte, weil sie ihr schlankes, vergoldetes Feuerzeug holen ging. Als sie es Beverley hinhielt und anknipste, sog Beverley am Filter ihrer Zigarette und sagte mit einem Lächeln: »Sie würden nie erraten, was mein Dad gewesen ist!«

Bevor Diana antworten konnte, blies Beverley den Rauch aus, der sich nach oben kräuselte, und lachte. »Ein Pfarrer. Ich bin eine Pfarrerstochter, und schauen Sie, was aus mir geworden ist. Mit dreiundzwanzig schwanger. Sozialwohnung, nicht mal verheiratet.«

Am Ende des Nachmittags bot Diana an, sie in die Stadt zu fahren, aber Beverley lehnte ab. Als sie zur Haustür gingen, dankte Beverley Diana überschwänglich für die Getränke und die Sandwiches. Erst als Diana sagte: »Und was ist mit deinem Bein?«, stockte Jeanie und begann es zu schwingen wie ein Holzbein.

Beverley fingerte an ihrem Hut herum und bestand darauf, den Bus zu nehmen. Diana habe schon mehr als genug getan, sie wolle nicht noch mehr von ihrer kostbaren Zeit in Anspruch nehmen. Und als Diana erklärte, ihre Zeit sei nicht kostbar und jetzt in den Ferien habe sie keine Ahnung, was sie mit sich anfangen solle, lachte Beverley auf wie Seymour, als wolle sie das Lachen unterdrücken, schaffe es aber nicht. Na, wie wär's dann nächste Woche, sagte sie. Noch einmal dankte sie Diana für den Tee und die Pretty-Polly-Strumpfhose. Sie würde sie waschen und am Montag zurückbringen.

»Wiedersehen, Wiedersehen!«, rief Diana, winkte auf der Türschwelle und kehrte ins Haus zurück.

Sicher konnte Byron nicht sein, aber er glaubte, er habe Beverley innehalten sehen, als sie am Jaguar vorbeiging. Sie tastete mit ihren Blicken die Motorhaube, die Türen, die Räder ab, als habe sie etwas Interessantes entdeckt und präge es sich ins Gedächtnis ein.

Nach dem Besuch war Diana in heiterer Stimmung. Byron half ihr die Teller und Gläser abwaschen, und sie erzählte ihm, wie sehr sie den Nachmittag genossen habe. Mehr als erwartet, sagte sie.

»Ich kannte einmal eine Frau, die Flamenco tanzen konnte. Sie hatte das richtige Kleid dafür und alles. Du hättest sie sehen sollen. Sie hat die Arme so gehalten und mit den Füßen gestampft, es war wunderschön.« Seine Mutter hielt die Arme in einem Bogen über den Kopf. Sie trat ein paarmal energisch auf, dass ihre Absätze auf den Boden knallten. So hatte er sie noch nie tanzen sehen.

»Woher kanntest du diese Frau?«

»Ach«, sagte sie, ließ die Arme fallen und nahm ein Geschirrtuch in die Hand. »Das war früher. Ich weiß auch nicht, warum sie mir jetzt eingefallen ist.«

Sie räumte die abgetrockneten Teller in die Anrichte und schloss die Tür mit einem Klicken. Es klang, als wäre damit auch seine tanzende Mutter in den Schrank weggeschlossen. Vielleicht hatte ihr neues Glück etwas mit Beverleys Besuch zu tun. Seit James mit von der Partie war, hatte sich alles zum Besseren gewendet. Byrons Mutter ging Zeitungspapier holen, um im Garten ein Feuer anzuzünden.

»Du hast nicht zufällig mein Feuerzeug gesehen?«, fragte sie. »Ich weiß nicht, wo ich es hingelegt habe.«

6

Auf der Suche nach kleinen Dingen

Eileen wartet im Auto, das sie unter dem Schild *Parken verboten. Halten verboten* geparkt hat. Erst als Jim aus dem Personaleingang ins Freie getreten ist, erkennt er ihren Wagen. Panik prickelt in seinem Nacken und zittert abwärts bis in die Kniekehlen. Er versucht kehrtzumachen, aber die Tür ist schon hinter ihm ins Schloss gefallen.

Es gibt keinen anderen Ausweg, als zu tun, als wäre er jemand anders. Ein Mensch ohne Gipsfuß, zum Beispiel. Aber Eileen starrt direkt in seine Richtung und bricht in ein breites, glückliches Wiedererkennungslächeln aus. Sie winkt. Da ist eindeutig eine neue Taktik vonnöten. Er muss so tun, als wäre *sie* jemand anders, dem er noch nie begegnet ist.

Jim späht aufmerksam durch das Dunkel auf andere Dinge – auf die Schlange der ineinandergeschobenen Einkaufswagen, die Bushaltestelle, die Kasse. Er betrachtet all das so eingehend, als fände er es unglaublich spannend, so dass er daneben unmöglich noch andere Dinge wahrnehmen kann und seine Beobachtungen noch stundenlang wird fortsetzen müssen. Er summt vor sich hin, um dem Eindruck tiefer Versunkenheit noch mehr Authentizität zu verleihen. Doch die ganze Zeit, während er diese unglaublich interessanten unbelebten Gegenstände studiert, sieht er nichts anderes als Eileen.

Ihr Bild ist auf allem eingebrannt. Es gibt hier nichts außer ihr. Nichts außer ihrem grünen Mantel. Ihren Flammenhaaren. Ihrem strahlenden Lächeln. Es ist, als spräche sie zu ihm.

Jim findet eine extrem interessante Stelle auf dem Gehweg. Er bückt sich, um sie näher ins Auge zu fassen. Dann entdeckt er mit großem Getue eine weitere interessante Stelle ein paar Meter weiter. Wenn er so weitermacht, wenn er einer Spur interessanter Stellen folgen kann, dann sollte er es bis zur anderen Seite des Parkplatzes schaffen.

Schon ist er direkt neben ihrem Auto. Ohne hinzusehen, spürt er in seiner ganzen rechten Körperhälfte, dass sie ihn bemerkt hat und beobachtet. Ihm wird schwindlig von ihrer Nähe. Und dann, als er schon fast in Sicherheit ist, vergisst er, dass die extrem interessanten Stellen ausschließlich auf den Boden begrenzt sind, und hebt versehentlich den Kopf. Sein Blick prallt gegen Eileen.

Sie reißt schwungvoll die Autotür auf und klettert vom Beifahrersitz. »Hast du was verloren, Jim?«

»Ach, Eileen, hallo«, sagt er. »Ich hab gar nicht gesehen, dass du neben mir im Auto sitzt.«

Er kann sich nicht vorstellen, warum er das gesagt hat; schließlich ist jetzt klar, dass er sie von Anfang an erkannt hat. Er will zum Eingang des Supermarkts hinüberspurten, aber er kann nur humpeln. Dummerweise merkt auch Eileen, dass er nur humpeln kann. Sie sieht alles. Seinen Gipsfuß. Seinen Plastiksocken. »Jim«, schreit sie, »was ist denn passiert?«

»N-n-n...« Er kann es nicht sagen. Er bekommt das Wort nicht heraus, dabei ist es so klein. Sie steht da und wartet. Und die ganze Zeit, während er nach dem Wort tastet, den Mund zum Sprechen geöffnet, das Kinn in die Luft stoßend, fühlt er sich erbärmlich. Es ist, als wolle er sich Worte krallen, die sein Mund gar nicht bilden kann.

»Wie kommst du denn nach Hause?«, fragt sie. Wenigstens hat sie seinen Fuß nicht mit ihrem Ford in Zusammenhang gebracht. »Soll ich dich mitnehmen?«

»Mr – Mr – Mr Meade.«

Eileen nickt. Sie sagt nichts, Jim genauso wenig. Die Pause gewinnt zunehmend an Masse.

»Soll ich dir helfen?«, fragt Eileen schließlich. »Beim Suchen nach dem, was du verloren hast?« Sie stehen im grellen Licht der Parkplatz-Sicherheitsbeleuchtung, und Jim sieht, dass Eileens Augen die Farbe von Hyazinthen haben. Das Blau ist fast erschreckend. Wie kommt es, dass er es noch nie bemerkt hat?

»Ja«, sagt er. Es ist das falsche Wort. Er meint nein. Nein, auf keinen Fall sollst du mir helfen. Sein Blick zuckt vor ihren Augen zurück und richtet sich wieder auf den Boden. Dort unten ist es bestimmt sicherer.

Ach, wie klein ihre Füße sind! Sie trägt braune Schnürschuhe aus Lackleder, die vorn gerade zulaufen; sie glänzen unter der Straßenlaterne. Sie hat die Schnürsenkel zu Schleifen gebunden, die wie Blütenblätter aussehen.

»Wie groß ist es denn?«, fragt sie.

Er hat keine Ahnung, wovon sie redet. Er denkt an ihre winzigen Füße. Sie sind herzzerreißend schön.

»Entschuldigung?«

»Das Ding, wonach wir suchen.«

»Oh«, sagt er. »Klein.« Das ist das erste Wort, das ihm sein Kopf liefert, weil er immer noch mit ihren Schuhen beschäftigt ist. Er muss aufhören, sie anzustarren. Er muss hochsehen.

Eileen strahlt ihn mit einem breiten, offenen Lächeln an. Ihre Zähne sind genauso schön wie ihre Füße.

Dieses neue Wissen beunruhigt ihn so sehr, dass er versucht, seinen Blick auf einen anderen Teil ihrer Person zu richten. Etwas Neutrales im oberen Bereich. Er zuckt vor Entsetzen zusammen, als er merkt, dass sein Blick auf ihrer linken Brust gelandet ist. Zumindest auf deren Umrissen, ein festes, glattes Hügelchen unter ihrem grünen Mantel, der sich dort hochschiebt.

»Geht's dir auch bestimmt gut, Jim?«, fragt Eileen.

Zu seiner Erleichterung stürmt ein Mann mittleren Alters im Anzug mit seinem Einkaufswagen heran und prescht durch die Lücke zwischen ihnen. Er spricht in sein Handy. Jim und Eileen weichen hastig auseinander, als wären sie bei etwas Verbotenem ertappt worden.

»Entschuldigen Sie beide«, sagt der Mann. Er spricht zu ihnen, als wären sie zwei Gegenstände. Jims Puls beschleunigt vor Aufregung.

Der Mann scheint ziemlich lange zu brauchen, bis er mit seinem Einkaufswagen an ihnen vorbei ist. Sein Wagen quillt über von Flaschen und weihnachtlichen Lebensmitteln, ganz oben balanciert ein Strauß Lilien, in Plastikfolie verpackt. Der Wagen bleibt immer wieder in den Lücken zwischen den Gehwegplatten stecken. Da rutscht sein weihnachtlicher Geschenkstrauß herunter und landet nah bei Jim, doch der Mann geht weiter.

Als Jim die Lilien sieht, hämmert sein Herz in der Brust. Die Blütenhäubchen sind so weiß, so wächsern, dass sie glänzen. Er riecht ihren Duft. Er weiß nicht, ob er sehr glücklich oder sehr traurig ist. Vielleicht beides. Manchmal passieren solche Dinge, sie tauchen auf wie Zeichen aus einem anderen Lebensabschnitt, einem anderen Zusammenhang, als könnten einzelne Momente aus der Vergangenheit und der Gegenwart verschmelzen und bekämen dadurch besonderes Gewicht. Jim sieht eine Kirche voller Lilien aus einer Zeit, die lange zurückliegt, und er sieht auch den Mantel, den Eileen erst vor kurzem vom Stuhl gefegt hat. Und wegen der Blumen auf dem Boden verbinden sich diese zusammenhanglosen Erinnerungen und mischen sich neu. Ohne eine Sekunde nachzudenken, bückt er sich und hebt die Blumen auf.

»Da«, sagt er und gibt dem Mann seinen Strauß zurück. Er hätte ihn lieber Eileen geschenkt.

Als der Mann fort ist, scheint der wieder leere Raum zwischen Jim und Eileen so von Leben aufgeladen, dass Jim meint, er müsste ihn jeden Moment knistern hören.

»Ich hasse Blumen«, sagt Eileen schließlich. »Ich meine, ich mag sie nur, wenn sie in der Erde sind. Wenn sie wachsen. Ich begreife nicht, warum sich die Leute Schnittblumen schenken. Die sind doch am Sterben. Ich hätte lieber etwas Nützliches. Stifte oder so was.«

Jim versucht höflich zu nicken, um den Eindruck zu vermitteln, er finde das interessant, aber nicht allzu sehr. Er weiß nicht, wohin er blicken soll. Auf ihren Mund. Auf ihre Augen. Auf ihr Haar. Er fragt sich, ob sie lieber Kugelschreiber oder Ballpointminen mag.

Eileen zuckt mit den Achseln. »Aber mir schenkt ja sowieso niemand Blumen«, sagt sie. »Oder Stifte.«

»Nein.« Erst als er es ausgesprochen hat, merkt er, dass es nicht das Wort ist, das er meint.

»Ich habe eine zu große Klappe.«

»Ja.« Schon wieder das falsche Wort.

»Soll ich dich ganz bestimmt nicht mitnehmen? Wir könnten unterwegs was trinken gehen.«

»Danke«, sagt er. Und mit einem Donnerschlag wird ihm klar, was sie da gesagt hat. Sie hat ihn gefragt, ob er mit ihr etwas trinken gehen will.

Oder vielleicht hat er sie missverstanden, vielleicht hat sie etwas anderes gesagt, zum Beispiel, »ich muss unbedingt etwas trinken«, denn nun sind die Rollen vertauscht, nun beugt *Ei-*

leen den Kopf und sucht den Gehweg ab. Er fragt sich, ob auch sie etwas verloren hat, dann fällt ihm ein, dass er ja gar nichts verloren hat, sondern nur so tut. So stehen sie Seite an Seite, berühren sich beinahe, aber nicht ganz, und suchen beide nach Dingen, die es vielleicht gibt, vielleicht aber auch nicht.

»Wie groß ist deins?«, fragt er.

»Meins?«

»Hast du auch was verloren?«

»Oh«, sagt sie errötend. »Eigentlich schon. Meins ist auch sehr klein. Winzig. Wir finden es ganz bestimmt nicht.«

»Schade.«

»Wie bitte?« Plötzlich ist es Eileen, die anscheinend nicht weiß, wo sie hinsehen soll. Ihre blauen Augen irren überall herum. Klatschen ihm gegen den Mund. Die Haare. Die Jacke.

»Schade, wenn man was verliert.«

»O ja«, sagt sie. »Mist ist das.«

Er weiß nicht, ob ihre Worte tatsächlich bedeuten, was sie zu bedeuten vorgeben, oder ob sie eine neue Bedeutung angenommen haben. Schließlich reden sie über NICHTS. Und doch sind diese Worte, dieses Nichts, alles, was sie haben, und er wünschte, es gäbe ganze Wörterbücher voll davon.

»Mein Problem ist, dass ich dauernd was verliere«, sagt Eileen. »Meinen Geldbeutel. Meine Schlüssel. Weißt du, was ich wirklich hasse?«

»Nein« Er lächelt nur, weil auch sie lächelt. Es ist noch gar nicht lustig. Aber es wird bestimmt noch lustig.

»Wenn die Leute fragen: Wo hast du es denn verloren?« Eileens Lachen bricht aus ihr heraus, dass ihr die Schultern zucken und die Augen überlaufen. Sie tupft mit dem Finger an ihren Augen herum. »Saublöde Frage.« Sie trägt keinen Ehering. »Aber große Sachen habe ich auch schon verloren.«

Jim sagt: »Oh.« Ihm fällt nichts anderes ein.

»Ich meine keine Kleinigkeiten wie Autos und Geld.« Er muss geistig einen Spurt einlegen, um mit ihr mitzuhalten. Autos und Geld kommen ihm nicht sonderlich klein vor. Dann sagt sie plötzlich: »Ehrlich gesagt, manchmal weiß ich gar nicht, wie ich weitermachen soll. Weißt du, was ich meine?«

Er sagt, ja, das wisse er.

»Ich kann nicht aufstehen. Ich kann nicht reden. Ich kann mir nicht mal die Zähne putzen. Ich hoffe, es macht dir nichts aus, wenn ich das sage.«

»Nein.«

»Es ist ein schmaler Grat. Zwischen den Leuten in Besley Hill und den Leuten draußen.«

Wieder lacht sie, aber er weiß nicht mehr, ob Eileen Spaß macht. Sie wenden sich wieder dem Gehweg zu und starren auf die Platten. »Wir können genauso gut weitersuchen, was?«, sagt sie dann. »Was immer wir suchen. Richtig, Jim?« Die ganze Zeit laufen sie auf und ab, die Köpfe gesenkt. Jim spürt die Gegenwart der stämmigen Frau neben sich sehr deutlich. Er fragt sich, ob ihre Blicke sich auf dem Boden treffen, ob sein Sehstrahl und ihr Sehstrahl sich unten in einem gemeinsamen Punkt verbinden. Bei dem Gedanken gerät sein Puls in Galopp. Unter seinen großen Füßen und ihren kleinen schimmern die frostüberzogenen Platten wie mit Pailletten besetzt. Noch nie hat er einen Gehweg so schön gefunden.

Ein Aufschrei unterbricht sie, und Paula stampft auf sie zu; Darren muss laufen, um mit ihr Schritt zu halten.

»Ich glaub, ich seh nicht richtig«, brüllt Paula. »Hast du noch nicht genug Schaden angerichtet?«

Eileen dreht sich um. In ihrem stechpalmengrünen Mantel steht sie da wie eine Säule.

»Erst überfährst du ihn«, schreit Paula. »Dann verfolgst du ihn auch noch. Wegen dir ist er in Therapie.«

Eileen fällt die Kinnlade herunter. Jim hört fast das Knacken. Am meisten überrascht ihn jedoch, dass sie nicht zu fluchen anfängt. Sie starrt Jim an, als hätte er sich verwandelt, als hätten verschiedene Teile an ihm die Plätze getauscht. »Was heißt hier, ich überfahre ihn?«, sagt sie langsam. »Was heißt hier Therapie?«

»Du bist rückwärts über seinen Fuß gerollt. Er musste ins Krankenhaus. Du solltest dich was schämen. Du bist nicht fahrtauglich.«

Eileen antwortet nicht. Sie bleibt stumm und hört Paula zu, ohne zu widersprechen, sogar ohne zu blinzeln. Es ist, als sähe man einen Boxweltmeister im Fernsehen und warte darauf, dass er zu dem vernichtenden Schlag ausholt, und dann merke man, dass er nichts tun wird. Es ist, als sähe man plötzlich die andere Seite des Boxers, die verletzliche, menschliche Seite, die zu Hause im Sessel sitzen sollte, neben einem selbst. Kein angenehmer Anblick.

»Er sollte dich anzeigen«, schreit Paula. »Du gehörst hinter Gitter.«

Eileen wirft Jim einen verwirrten Blick zu, einen weichen, kindlichen Blick, den er nicht ertragen kann. Plötzlich wäre er am liebsten nicht da. Wäre am liebsten in seinem Wohnmobil. Aber bevor er einen Schritt machen kann, weicht Eileen vor ihm, Paula und Darren zurück und flieht mehr oder weniger zu ihrem Auto. Sie ruft nicht einmal einen Abschiedsgruß. Sie lässt den Motor an, und ihr Auto tuckert stotternd voran.

»Sie hat immer noch die Handbremse gezogen«, sagt Darren.

Als hätte sie das gehört, bleibt sie mit einem Ruck stehen und fährt dann ohne Mühe aus dem mit Reif überzogenen Parkplatz. Der Mond ist nicht rund, sondern ein Halbkreis, der ringsum einen gelbgrünen Lichtkranz ins Dunkel brennt. Die

Heide glitzert so starr, dass man ein feines Knistern zu hören glaubt.

Jim wird nicht mit Eileen mitfahren. Sie werden nichts trinken gehen. Er denkt kurz daran, wie still sie wurde, als sie davon sprach, was sie alles verloren hatte, wie sie wortlos schauend dastand, als Paula sie zur Schnecke machte. Es war, als wäre er Eileen in ganz anderen Kleidern begegnet, leichten Sommerkleidern.

Jim fragt sich, ob sie vielleicht wirklich etwas auf dem Gehweg verloren hat. Und dann kommt ihm der Gedanke, dass er, wenn es so wäre, gerne ewig danach suchen würde.

7
Freundschaft

»Du musst Beverley merken lassen, dass du weißt, dass sie das Feuerzeug deiner Mutter gestohlen hat«, sagte James am Telefon.

»Aber ich weiß es doch gar nicht«, sagte Byron. »Und warum ist das Feuerzeug so wichtig?«

»Weil es uns Auskunft darüber gibt, was für eine Person Beverley ist. Deshalb musst du tun, was ich sage. Du musst es darauf ankommen lassen. Wenn sie das Feuerzeug nicht gestohlen hat, wird sie nicht verstehen, wovon du redest, und du kannst einen Rückzieher machen. Du kannst sagen, oh, das war ein Irrtum. Aber wenn sie schuldig ist, wird sie Zeichen von Schuld erkennen lassen, und dann wissen wir die Wahrheit.« James diktierte die Zeichen von Schuld in alphabetischer Reihenfolge. Dazu gehörten: Dem Blick einer Person ausweichen oder nicht standhalten. Erröten. Nervöse Handbewegungen.

»Aber das macht sie doch sowieso schon alles«, sagte Byron.

James bestätigte, dass er sich über das erneute Treffen der beiden Frauen freue und dass weitere Treffen gefördert werden sollten, um den wahren Sachverhalt über Jeanies Knie auszukundschaften. Er fügte hinzu, dass es bei ihm an diesem Wochenende sehr ruhig zugehe. Seine Eltern seien im Rotary Club, bei einem Lunch mit Käse- und Weinverkostung.

In der folgenden Woche verbrachte Beverley jeden Nachmittag in Cranham House. Die Kinder fanden sie oft am Küchentisch, wo sie Dianas Zeitschriften durchblätterte. James mochte Beverley im Verdacht haben, dass sie das Feuerzeug gestohlen hatte, doch es war unübersehbar, wie glücklich die neue Freundschaft Diana machte. Mehr als einmal sagte sie, es könne ja nicht schaden. Als Byron nachfragte, was sie damit meine, zuckte sie mit den Achseln, als schüttle sie eine Strickjacke von den Schultern. Sie meine nur, dass Beverleys Besuche vor seinem Vater nicht erwähnt werden sollten, sagte sie.

Er wusste nicht, warum sein Vater etwas dagegen haben sollte. Das Lachen der Frauen drang von den Plastikliegen draußen oder, wenn es regnete, aus einem Zimmer im Haus bis zu ihm. Zwar hatte die Freundschaft an einem ungewöhnlichen Ort begonnen und sich rasant entwickelt, aber er begriff nicht, was daran falsch sein könnte, wenn man glücklich war. Er war stolz darauf, welche Rolle er und James dabei gespielt hatten, die Frauen zusammenzubringen. Wenn er manchmal mit James' Notizheft vorbeischlenderte, waren die Frauen so ins Gespräch vertieft, dass seine Mutter nicht einmal aufblickte. Beverley sagte häufig zu ihr, wie freundlich sie sei, wie schön, wie anders als alle anderen Winston-House-Mütter. Das traf ja auch alles zu, und dass Beverley zur Vertrauten seiner Mutter wurde, ergab sich wie von selbst. Byron vergaß nie, sich nach Jeanie zu erkundigen, aber Beverley brachte sie nie mehr mit. Walt könne auf sie aufpassen, sagte sie. Die Kniewunde sei fast verheilt, der Faden würde bald gezogen. »Alles ist gut ausgegangen. Und hatte letzten Endes sein Gutes«, sagte sie und lächelte Diana an.

Inzwischen hielt Beverley seine Mutter gewaltig auf Trab – sie holte Getränke, hörte Beverleys Geschichten zu, bot ihr kleine Platten mit Canapés an, ganz davon zu schweigen, was nach dem Aufbruch des Gasts alles zu tun war: Staubsaugen, Lüften, Kissen aufschütteln, Aschenbecher wegräumen und die leeren Eierlikörflaschen entsorgen, die sie nun immer bereit hielt. Und so hatte sie gar keine Zeit mehr, an die Radkappe zu denken. Jedes Mal, wenn Beverley zu Besuch kam, war Diana hinterher so damit beschäftigt, sämtliche Indizien zu beseitigen, dass sie jene anderen Indizien ganz vergaß. Auch das war vielleicht gut für sie.

Wenn Seymour vormittags anrief, wiederholte sie das Übliche, dass niemand da sei, dass sie ihm natürlich ihre volle Aufmerksamkeit zuwende. Abends sagte sie, der Tag sei gewesen wie immer. Die Ferien verliefen angenehm.

Seit James und Byron nicht mehr in der Schule waren, schrieben sie einander und telefonierten häufig. Diana stellte deshalb keine Fragen, schließlich wusste sie, dass sie Freunde waren. Sie wusste auch, dass Byron gern Briefe schrieb. Er saß jeden Morgen auf der Stufe vor der Haustür und wartete auf den Postboten. Wenn James' Brief ankam, rannte er damit sofort in sein Zimmer. Er las jeden Brief mehrmals und bewahrte alle in seiner Crackerdose auf, zusammen mit den Briefen von der Queen und Mr Roy Castle. Unterdessen füllte er Seite um Seite das Operation-Perfekt-Notizheft. Einmal trug er ein, dass die Frauen zweiunddreißig Mal gelacht hatten und seine Mutter Zigaretten aus ihrer Handtasche genommen hatte. *Meine Mutter hat sie mit Streichhölzern angezündet*, las er am Telefon vor. *Und mein Vater mag es nicht, wenn Frauen rauchen.* (Wann erwähnst du endlich das Feuerzeug?, zischte James.) Ein anderes Mal vermerkte Byron, dass seine Mutter einen Teller mit buntem Partygebäck hingestellt habe. *Beverley hat alles alleine aufgegessen, ohne zu teilen. Sie isst kein Obst. Sie trinkt keinen Tee. Gestern hat sie das ganze Sunquick ausgetrunken und wir hatten keins zum Frühstück.* James wiederholte: »Du musst Beverley wegen des Feuerzeugs zur Rede stellen.«

Es zeigte sich deutlich, dass Beverley Diana mochte. Sie redete wie ein Wasserfall. Sie fragte sie nach den anderen Winston-House-Müttern aus, von denen sie sich während des unglücklichen Treffens im Café ein scharfsinniges Bild gemacht hatte. Wenn Diana antwortete und sich über Andreas konservative politische Ansichten und Deirdres schwierige Ehe ausließ, hing Beverley lächelnd an ihren Lippen, als wäre sie einem Film oder einem Buch entsprungen. Wenn Diana sich eine Haarsträhne um den Finger drehte, fuhr auch Beverley mit der Hand zu ihrem schwarzen Haar hoch und tat dasselbe. Sie erzählte Diana, wie sehr sie als Teenager die kirchliche Schule gehasst habe, die sie hatte besuchen müssen, wie sie durch sämtliche Prüfungen gerasselt sei. Sie beschrieb, wie ihr Vater sie einmal in ihrem Zimmer mit einem Jungen gefunden und ihn aus dem Fenster geworfen habe. Sie erzählte, dass sie mit sechzehn ausreißen und in einer Bar habe arbeiten wollen, es dann aber doch nicht dazu gekommen sei. Sie redete von Männern und wie sie einen immer im Stich ließen.

»Aber Walt sieht mir nach einem netten Mann aus«, sagte Diana.

»Ach, Walt.« Beverley rollte mit den Augen. »Ich bin nicht wie du, Diana. Nicht so ein Hingucker.«

Diana machte ihr Komplimente über ihre schwarzen Haare, ihre Wangenknochen, ihren Teint, aber Beverley lachte, als wüssten sie es beide besser.

»Ich muss nehmen, was ich kriege. Aber eines Tages. Da wirst du Augen machen, Di. Eines Tages wird alles anders.«

Byron wünschte nur, sie würde den Namen seiner Mutter nicht abkürzen. Es war für ihn, als würde sie mittendurch gesägt.

Wenn sich die Frauen nicht sonnten oder im Salon unterhielten, setzten sie sich ins Schlafzimmer seiner Mutter. Es war schwieriger, Ausreden zu erfinden, um ihnen dorthin zu folgen, und manchmal hatte Byron den Verdacht, dass Beverley bewusst dorthin wollte, um ihn aus dem Weg zu schaffen. Er musste vor dem Zimmer sitzen oder so tun, als bräuchte er etwas. Beverley saß am Frisiertisch vor dem Spiegel, während Diana ihr Locken in die Haare drehte und die Nägel manikürte. Einmal umrandete sie Beverleys Augen mit flüssigem schwarzen Eyeliner und pinselte ihr verschiedene Gold- und Grüntöne auf die Lider, dass Beverley aussah wie eine Königin. Sie starrte in den Spiegel »Du machst das ja wie ein Profi«, sagte sie, während Diana die Pinsel sauberwischte und sagte, das habe sie so nebenbei gelernt. Dann meinte sie, Rot sei nicht Beverleys Farbe, und was sie von Pink für die Lippen halte, und Beverley sagte: »Ich habe unmöglich ausgesehen, stimmt's? An dem Tag, als ich dir im Kaufhaus über den Weg gelaufen bin. Kein Wunder, haben diese Frauen gelacht.«

Diana schüttelte den Kopf. Niemand habe gelacht, sagte sie, aber Beverley sah sie mit einem schneidenden Blick an. »Doch, Diana. Die haben mich behandelt wie ein Stück Dreck. So eine Demütigung vergisst man nicht so leicht.«

Bis zur Wochenmitte wurde klar, dass Lucy Beverley nicht leiden konnte, was möglicherweise auf Gegenseitigkeit beruhte. Beverley sagte zu den Kindern, was sie für ein Glück hätten, in einem so großen, schönen Haus wie Cranham House aufzuwachsen. Sie sollten dafür dankbar sein, Jeanie würde ihren rechten Arm dafür geben, um in einer solchen Umgebung zu leben. Lucy sagte sehr wenig, stand nur mit finsterem Blick neben ihrer Mutter. »Pass auf«, warnte Beverley. »Wenn der Wind umschlägt, bleibt dir dein Gesicht kleben.« Manchmal vergaß Byron, dass auch Beverley eine Mutter war.

(»Mein Gesicht bleibt nicht kleben, oder?«, hörte er Lucy später im Bad fragen. Beverley habe nur einen Witz gemacht, sagte Diana.)

Er hörte auch ihre Bemerkung, Diana sei zu nett und lasse sich von den Kindern auf der Nase herumtanzen. Sie war überrascht, dass Diana kein Personal hatte. Einen Gärtner. Eine Köchin. Solche Leute. Und dann ging fast ein Riss durch die Luft, bevor sie nachschob: »Oder vielleicht einen Chauffeur. Denn so passieren Unfälle, weißt du. Wenn die Leute überlastet sind.«

Die Frauen saßen im Salon und redeten vom Arbeiten.

»Ich wollte immer eine von diesen Avon-Damen sein«, sagte Beverley. »Ich wollte auch so einen roten Koffer haben mit den ganzen Pinseln und Töpfchen. Und diese tolle rote Uniform. Es lag an meinen Händen. Meine Hände waren nicht geeignet.«

»Du hast sehr hübsche Hände, Beverley.« Das stimmte nicht so ganz, aber so war seine Mutter eben. Sie sah in den anderen immer das Gute, manchmal sogar, wenn es gar nicht da war.

»Es hat nichts mit dem Aussehen meiner Hände zu tun«, erwiderte Beverley leicht ungeduldig. »Es liegt an meiner Arthritis. Manchmal kann ich die Finger nicht bewegen, so weh tun sie. Oder sie werden steif. In einer solchen Haltung.« Sie streckte die Hände aus und krümmte die Finger wie Krallen, und Byron musste woanders hinsehen. Er konnte verstehen, warum sie sie niemandem zeigen wollte. »Aber du hättest eine Avon-Dame sein können, Diana. Du hättest in dieser roten Uniform umwerfend ausgesehen. Du hättest sogar Abteilungsleiterin werden können, wenn du gewollt hättest. Du wärst dafür perfekt geeignet.«

Diana zuckte mit den Achseln und lächelte. »Ich kann nicht arbeiten.«

»Was hast du denn für Beschwerden?«

»Nicht, weil ich Beschwerden hätte. Sondern wegen Seymour. Er ist der Ansicht, dass Frauen zu Hause bei den Kindern bleiben sollten. Ich hatte eine Arbeit, bevor ich ihn kennenlernte, aber das könnte ich jetzt nicht mehr machen.«

»Was für eine Arbeit?«

»Ach …« Diana lachte und griff nach ihrem Glas.

Beverley machte ein Gesicht, als würde sie sich nicht von einem Mann vorschreiben lassen, ob sie arbeiten durfte oder nicht. Sie bekam einen seltsamen Blick, und Byron hätte nicht sagen können, ob darin Mitgefühl für seine Mutter und Verachtung für seinen Vater lag oder Verachtung für sie beide und Mitgefühl nur für sich selbst. Er versuchte, Beverleys Gesichtsausdruck zu skizzieren, um ihn James zu zeigen, aber Zeichnen war nicht seine Stärke, und es kam dabei etwas heraus, was mehr wie ein kleines Tier aussah. Er musste Ohren und einen Schnurrbart dazumalen und James gegenüber behaupten, er habe eine streunende Katze beobachtet.

James war am Telefon ebenfalls der Meinung, dass Diana eine Avon-Dame hätte werden können, wenn sie gewollt hätte. Er fragte, ob es weitere Gespräche über die beiden Stiche an Jeanies Knie gegeben habe, und Byron verneinte. Er hielt immer noch alles fest, mit Datum, Uhrzeit und genauer Ortsangabe; es war wie im Geschichtsunterricht in der Schule.

»Aber Geschichte ist nicht wahr«, sagte James. »Wenn du genauer darüber nachdenkst, kommst du drauf, dass sie nur etwas ist, was uns jemand erzählt hat.«

Byron wandte ein, wenn etwas in ihrem Geschichtsbuch abgedruckt war, müsse es doch wahr sein. Wieder war James anderer Meinung: »Angenommen, die Leute, die unser Geschichtsbuch geschrieben haben, haben nicht das ganze Bild erfasst? Angenommen, sie haben gelogen?«

»Warum sollten sie uns anlügen?«

»Um alles verständlicher zu machen. Damit es aussieht, als führte eins zum anderen.«

»Willst du behaupten, Geschichte ist dasselbe wie die Dame im Zirkus, der die Füße abgesägt werden?«

James bekam einen solchen Lachanfall, dass Byron befürchtete, das Telefon sei ihm aus der Hand gerutscht. Byron flüsterte immer wieder James' Namen. Nach einer Weile fragte James, ob er das verschwundene Feuerzeug schon erwähnt habe, und Byron sagte, er arbeite daran, wisse aber nicht, wie er das Gespräch darauf bringen solle. James seufzte leise zum Zeichen, dass er gleich seinen scharfen Verstand bemühen würde. »Hast du einen Stift bei der Hand?« Er diktierte Byron Wort für Wort, was er sagen sollte.

Die Gelegenheit kam schließlich am Freitagnachmittag. Die Frauen sonnten sich auf den Liegen. Diana hatte Getränke, Spieße mit Cocktailwürstchen und Selleriestücke mit Frischkäsefüllung auf den Tisch gestellt. Sie trug einen blauen Badeanzug, Beverley hatte ihr Kleid hochgeschlagen und die Ärmel aufgerollt, um ihr knochiges Fleisch der Sonne auszusetzen; sie war so weiß, dass sie richtig leuchtete. »Ich würde gern reisen«, sagte Diana. »Es gibt so viel, was ich gern sehen würde. Die Wüste zum Beispiel. Die habe ich einmal im Film gesehen. Ich würde gern richtige Hitze auf meiner Haut und richtigen Durst spüren.«

»Aber Hitze haben wir doch in England auch.« Beverley wedelte mit der Hand. »Warum willst du dazu in die Wüste?«

»Da ist es noch mal anders. Ich meine richtige Hitze. Gluthitze.«

»Du könntest auch nach Spanien«, schlug Beverley vor. »Das könntest du dir leisten. Ich kenne eine, die ist nach Spanien gefahren und mit einer tollen Bräune zurückgekommen. Du musst Tabletten nehmen, bevor du fährst, weil das Trinkwasser verschmutzt ist und es keine Toiletten gibt, nur Löcher. Aber meine Freundin hat einen Plüschesel mitgebracht. Der hatte einen von diesen Hüten auf. Wie heißen die gleich wieder? Diese spanischen Dinger?«

Diana lächelte, sichtlich überfragt.

»Es gibt ein lustiges Wort dafür«, sagte Beverley.

»Meinen Sie Sombrero?«, fragte Byron.

Beverley redete weiter, als hätte er nichts gesagt.

»Der war so groß wie ein Kind. Der Esel, nicht der Hut. Sie hat ihn im Wohnzimmer. Ich hätte auch gern einen Esel mit Sombrero.«

Seine Mutter biss sich auf die Lippe. Ihre Augen funkelten. Byron wusste, dass sie nachdachte. Er wusste, dass sie schon überlegte, wie sie für Beverley einen solchen Esel auftreiben könnte.

»Aber dein Mann lässt dich ja sowieso nicht«, sagte Beverley. »Er lässt dich nicht in die Wüste fahren. Und nach Spanien auch nicht. Du weißt, was er sagen würde.« Sie blähte den Brustkorb auf und zog das Kinn in Richtung Hals. Das war keine sehr gute Nachahmung seines Vaters – sie war ihm ja nie begegnet –, aber die Art, wie sie so aufrecht und steif dasaß, hatte doch etwas von Seymour. »Ich mische mich nicht unter die Spaghettifresser«, blaffte sie. »Und esse das Zeug von denen.« Das war genau, was sein Vater sagen würde.

Diana lächelte. »Du bist furchtbar.«

»Aber ich mag dich.«

»Wie bitte?«

»Das ist aus dem Fernsehen. ›Du bist furchtbar, aber ich mag dich.‹ Schaust du nicht fern?«

»Manchmal schaue ich mir auf BBC1 die Nachrichten an.«

»Meine Güte. Du bist so stinkvornehm, dass du echt keine Ahnung hast, Di.« Beverley lachte, aber ihre Stimme hatte eine gewisse Schärfe wie damals, als sie bei Dianas erstem Besuch in der Digby Road zu Walt gesagt hatte, er habe Jeanies Verletzung vergessen.

»Ich bin gar nicht stinkvornehm«, sagte Diana leise. »Du solltest die Leute nicht nach ihrem Äußeren beurteilen. Und bitte nenn mich nicht Di. Meine Mutter hat mich immer so genannt, und das mag ich nicht.«

Beverley rollte mit den Augen. »Ooooh!«, sang sie gedehnt. »Jetzt hast du mir's aber gegeben.« Sie hielt inne, wog offensichtlich ab, ob sie aussprechen sollte, was sie dachte. Dann lachte sie und ließ alle Zurückhaltung sausen: »Du bist so stinkvornehm, dass du gedacht hast, du brauchst für mein kleines Mädchen nicht anhalten. Du hast einen ganzen Monat lang gedacht, du kommst damit davon.«

Diana setzte sich abrupt auf. Einen Moment lang wich keine der Frauen von der Stelle. Diana erwiderte Beverleys Blick lange genug, um klarzustellen, dass sie genau verstanden hatte, was Beverley damit sagen wollte. Beverley starrte zurück, als habe sie keine Absicht, auch nur ein Wort zurückzunehmen. Es lag fast etwas Gewalttätiges in der Luft. Und dann ließ Diana den Kopf hängen. Es war, als müsste Byron zusehen, wie sie zu Boden ging, obwohl sie das natürlich nicht tat; sie saß immer noch neben Beverley auf der neuen Plastiksonnenliege. Beverley wandte die Augen nicht von Diana, ohne etwas zu sagen oder zu tun; sie fixierte Diana nur mit diesem unversöhnlichen Blick.

Byron sagte hastig: »Ich frage mich, wo dein Feuerzeug ist?« Er dachte nicht groß nach. Er wollte einfach, dass Beverley seine Mutter in Ruhe ließ.

»Wie bitte?«, fragte Diana.

»Soll ich es dir holen? Dein Feuerzeug? Oder ist es immer noch – verschwunden?«

»Aber wir rauchen doch gar nicht«, sagte Beverley. Er konnte sie kaum ansehen. »Wozu brauchen wir da ein Feuerzeug?«

Erst im Verlauf des Gesprächs erkannte Byron, dass James nicht festgelegt hatte, was die anderen sagen sollten. Byron hatte keine andere Wahl, als weiterzumachen und auf das Beste zu hoffen.

Er sagte: »Ich habe das Feuerzeug eine ganze Woche lang nicht gesehen.«

»Es ist bestimmt irgendwo«, sagte Diana abwesend. »Ist in eine Sessellehne gerutscht oder so.«

»Ich habe das ganze Haus abgesucht, es ist nirgends. Ich frage mich …« – hier sprach er speziell Beverleys Zehen an – »… ob es jemand gestohlen hat?«

»Gestohlen?«, wiederholte Diana.

»Es versehentlich in die Handtasche gesteckt hat?«

Es entstand eine Pause. Die Sonne prügelte auf Byrons Kopf ein.

Beverley fragte langsam: »Redet er mit mir?«

Ohne sie anzusehen, wusste Byron, dass sie ihren Blick in ihn bohrte.

Seine Mutter jaulte fast auf. »Natürlich nicht!« Sie sprang von der Liege und begann, ihr Handtuch glattzustreichen, obwohl kein Fältchen zu sehen war; weich und blau lag es unter ihr. »Byron, geh ins Haus. Mach für Beverley noch einen Krug Sunquick.«

Er hatte das Gefühl, dass seine Sandalensohlen an die Terrasse geschweißt waren. Er konnte sich nicht von der Stelle rühren.

»Ich würde nie etwas von dir stehlen, Diana«, sagte Beverley rasch. »Ich kann mir nicht vorstellen, warum er so etwas sagt.«

Seine Mutter sagte die ganze Zeit: »Ich weiß, ich weiß, ich weiß«, und: »Das sagt er doch gar nicht, das sagt er doch gar nicht.«

»Vielleicht sollte ich gehen?«

»Auf keinen Fall sollst du gehen.«

»Mich hat noch nie jemand beschuldigt, dass ich etwas gestohlen hätte.«

»Das hat er doch auch nicht gemeint. Und das Feuerzeug ist sowieso nichts wert. Es war ganz billig.«

»Nur weil ich in der Digby Road wohne, heißt das nicht, dass ich stehle. Ich hatte nicht einmal meine Handtasche bei mir, als du dein Feuerzeug verloren hast. Ich hatte sie in der Eingangshalle liegen lassen.«

Seine Mutter lief hektisch auf der Terrasse herum, hob Schüsseln auf und stellte sie wieder ab, rückte Plastikstühle gerade, rupfte Unkraut zwischen den Platten aus. Wenn jemand »Zeichen von Schuld« zeigte, dann sie.

»Es war ein Irrtum, ein Versehen«, faselte Byron kläglich, aber es war schon zu spät.

»Ich muss mal für kleine Mädchen«, sagte Beverley und nahm ihren Hut.

Als sie ging, wandte sich Diana an Byron. Sie war so schockiert, dass ihr Gesicht ganz spitz wirkte. Sie sagte nichts, sondern schüttelte nur den Kopf, als erkenne sie ihn nicht wieder.

Die Terrasse begann zu kippen, seine Augen füllten sich mit Tränen. Im ganzen Garten zerflossen die Obstbäume und Blumen, alle Umrisse veränderten sich. Sogar die Heide ergoss sich in den Himmel. Dann erschien Beverley lachend an der Terrassentür. »Ich hab's gefunden!« Sie hielt das Feuerzeug zwischen den Fingern; es glänzte in der Sonne. »Du hattest recht, Diana. Es ist die Sofalehne runtergerutscht.«

Sie schob sich zwischen Byron und Diana und nahm die

Sonnencreme vom Tisch. Sie spritzte sich einen knopfgroßen Klacks in die Hand und bot Diana an, ihr die Schultern einzucremen. Sie machte eine Bemerkung über ihre Figur, was für ein Glück Diana habe, und erwähnte das Feuerzeug oder die Ereignisse in der Digby Road mit keinem Wort mehr. »Du hast so eine schöne weiche Haut! Aber du musst aufpassen, du wirst schon ganz rot. Du bekommst einen Sonnenbrand. Wenn ich jemals nach Spanien fahre, besorg ich dir einen von diesen lustigen großen spanischen Hüten.«

Diesmal verbesserte Byron sie nicht.

Am Wochenende wurde es noch schlimmer. Seymour war in einer seltsamen Stimmung. Ständig zog er Schubladen auf, spähte in Schränke, durchsuchte Papiere. Als Diana ihn fragte, ob er etwas verloren habe, starrte er sie zornig an und sagte, sie wisse doch, wonach er suche.

»Nein«, stammelte sie, »ich habe keine Ahnung.«

Er erwähnte das Wort Geschenke, und Byron sackte das Herz in die Hose.

»Geschenke?«

»Da ist ein leerer Abschnitt. Im Scheckheft. Hast du wieder Geschenke gekauft?«

Diana stieß ein brüchiges Lachen aus. Ach ja, ein Versehen, sagte sie. Ihre Finger flogen wie erschrockene Vögel zu ihren Zähnen. Das sei Lucys Geburtstagsgeschenk gewesen. Bis zu ihrem Geburtstag würde es noch im Geschäft bleiben. Sie habe wohl vor lauter Aufregung wieder einmal vergessen, den Abschnitt auszufüllen.

Dann fiel ihr ein, dass sie ja nicht Nägel kauen sollte, und sie umklammerte die eine Hand mit der anderen. Seymour musterte sie, als hätte er sie noch nie im Leben gesehen. Sie versprach, in Zukunft sorgsamer mit dem Scheckheft umzugehen.

»Sorgsamer?«, wiederholte er.

»Du weißt schon, was ich meine«, sagte sie.

Er sagte, nein, er habe keine Ahnung.

Diana wies darauf hin, dass die Kinder zuhörten, und da nickte er, sie nickte ebenfalls, und beide gingen getrennte Wege.

Wenigstens konnte nichts passieren, solange Diana im Garten und sein Vater in seinem Arbeitszimmer waren. Byron und Lucy spielten im Salon Brettspiele, und er ließ sie gewinnen, weil er sich freute, wenn sie glücklich war.

Am Sonntagvormittag verschlimmerte sich die Lage noch weiter.

Sein Vater kam aus seinem Zimmer und winkte Byron zu sich. Nach dem Mittagessen würde er gern von Mann zu Mann mit ihm reden, sagte er, und dabei entströmte seinem Mund ein trauriger, säuerlicher Geruch. Byron hatte entsetzliche Angst, dass sein Vater die Kerbe an der Radkappe entdeckt hatte; er brachte seinen Sonntagsbraten kaum herunter. Anscheinend war er nicht der Einzige, dem der Appetit vergangen war. Seine Mutter rührte ihren Teller kaum an. Sein Vater räusperte sich ständig. Nur Lucy verlangte eine zweite Portion Kartoffeln und Bratensauce.

Sein Vater begann das Gespräch von Mann zu Mann mit der Frage, ob Byron gern ein Karamellbonbon möge. Erst überlegte Byron, ob sein Vater ihn vielleicht auf die Probe stellte, und sagte, er habe keinen Hunger, aber als sein Vater den Deckel hob und sagte, »greif zu, eins kann ja nicht schaden«, ängstigte sich Byron, ob es nicht falsch wäre, das Bonbon abzulehnen, und nahm sich eins. Sein Vater fragte, wie er mit der Prüfungsvorbereitung vorankomme, wie sein Jahreszeugnis im Vergleich zu James Lowes Zeugnis aussehe. Alles laufe gut, versuchte Byron zu sagen, ohne dass ihm Karamellbonbonsaft aus dem Mund floss – schließlich redete man nicht mit vollem Mund. Sein Vater zog den Stöpsel aus der Karaffe und goss sich ein Glas Whisky ein.

»Ich frage mich, wie es zu Hause so geht?«, sagte er und musterte sein Glas, als läse er die Frage darin ab.

Byron sagte, es gehe prima. Er fügte hinzu, dass seine Mutter sehr vorsichtig fahre, woran sich eine Stille anschloss, die dunkel war wie Wasser, und er wünschte sich, er hätte nichts gesagt. Er wünschte, er könnte die Worte wieder hinunterschlucken, zusammen mit dem Karamellbonbon.

»Sie ist wohl beschäftigt?«, fragte sein Vater. Über seinem Hemdkragen war seine Haut so fleckig geworden, dass sie aussah wie verschattet.

»Beschäftigt?«, wiederholte Byron.

»Mit Hausarbeit?«

»Sehr beschäftigt.« Byron wusste nicht, warum die Augen seines Vaters feucht waren und rotgeädert, als hätte sich ein Netz darüber gelegt. Allein hinzusehen tat schon weh.

»Sieht sie Freunde?«

»Sie hat keine Freunde.«

»Niemand kommt zu Besuch?«

Byrons Puls raste. »Nein.«

Er wartete auf den nächsten Satz, aber der kam nicht. Nach Byrons Antwort blickte sein Vater wieder auf sein Glas. Ein paar Augenblicke lang war nichts zu hören als das ständige Ticken der Uhr. Byron hatte seinem Vater noch nie so ins Gesicht gelogen. Er fragte sich, wann sein Vater ihn durchschauen würde, aber der durchschaute ihn nicht, sondern starrte nur weiter in seinen Whisky, ohne die Wahrheit zu erahnen. Da merkte Byron, dass er keine Angst vor seinem Vater hatte. Sie waren beide Männer. Es war nicht zu spät, ihn um Hilfe zu bitten. Es war nicht zu spät für ein Geständnis, was mit der Radkappe passiert war. Schließlich war Byron bei der Sache mit Beverley und dem Feuerzeug ganz schön ins Schwimmen gekommen.

Seymours Whisky machte plötzlich einen Satz, schwappte über den Glasrand und spritzte auf seine Papiere. Seymour sagte: »Deine Mutter ist eine sehr schöne Frau.«

»Ja?«

»Da überrascht es nicht, wenn Leute zu Besuch kommen wollen.«

»Vor kurzem ist etwas passiert. Es hat mit der Zeit zu tun …«

»Wenn ein anderer Mann sie anschaut, ist ja nichts Schlimmes dabei. Ich habe großes Glück gehabt. Ich habe Glück gehabt, dass sie sich für mich entschieden hat.«

Sein Vater sah Byron mit seinen wunden Augen an, und Byron musste so tun, als hätte er ein Problem mit dem Karamellbonbon. »Was hast du gerade gesagt?«, fragte sein Vater.

Ach nichts, sagte Byron.

»Schön. Es tut gut, sich mal zu unterhalten. Von Mann zu Mann.«

Byron stimmte ihm zu.

Seymour goss sich einen weiteren Whisky ein. Als er das Kristallglas zu seinem geöffneten Mund führte, streute es regenbogenfarbene Glanzlichter aus. Die bernsteinfarbene Flüssigkeit verschwand in einem Zug. Er tupfte sich das Kinn ab. »Mein eigener Vater hat das nie gemacht. Geredet, meine ich. Von Mann zu Mann. Und dann sind meine Eltern natürlich gestorben, bevor ich deine Mutter kennengelernt habe.« Die Worte flossen ineinander, dass sie schwer zu verstehen waren, aber Seymour stolperte immer weiter voran. »Als ich sechs war, ist mein Vater mit mir zu einem See gefahren. Er hat mich reingeworfen. Wer überleben will, schwimmt, hat er gesagt. Ich hatte Angst vor Krokodilen. Ich mag Wasser immer noch nicht.«

Byron erinnerte sich, was sein Vater für ein Gesicht gemacht hatte, als er von dem Vorfall mit der Brücke und Andrea Lowes Beschwerde erfuhr. Seine Haut war so grau und hart geworden, dass Byron Angst hatte, es würde Prügel setzen. Als hätte Seymour seine Gedanken gelesen, sagte er: »Vielleicht habe ich damals zu heftig reagiert. Wegen des Teichs. Aber du siehst, es war nicht einfach mit meinem Vater. Gar nicht einfach.« Ihm schienen die Worte auszugehen.

Als Byron den Türgriff herunterdrückte, hörte er das Klicken des Stöpsels auf der Karaffe. Sein Vater rief ihm nach: »Du wirst es mir also erzählen? Wenn deine Mutter neue Freunde hat?«

Byron versprach es und schloss die Tür.

8
Näher rücken

Den ganzen Vormittag sitzt Jim auf seinem Weihnachts-
mannstuhl und hofft, dass Eileen kommt, und den ganzen
Vormittag kommt sie nicht. Manchmal spielt ihm sein Kopf
einen Streich. Er sieht eine kräftige Gestalt in grünem Mantel
vom Parkplatz herbeilaufen und gibt sich kurz der Phantasie
hin, sie sei es. Er geht so weit, dass er sich das Gespräch mit
ihr vorstellt. Es ähnelt den meisten Gesprächen, die er neben
den Automatiktüren zum Supermarkt so mitbekommt. Der
einzige Unterschied zwischen den wirklichen Gesprächen und
dem Gespräch in seinem Kopf besteht darin, dass Eileen ihn
am Ende immer einlädt, mit ihr etwas trinken zu gehen, und
dass er ohne Wenn und Aber annimmt.

Die Mäntel, die an ihm vorbeiziehen, sind allerdings nie
stechpalmengrün. Die Frauen sind nie laut. Sie sind schlank,
ordentlich und alle gleich. Aber beim Sichten all dieser Nicht-
Eileens begreift er erst, wie Eileen wirklich ist. Und wenn er
sich die Illusion erlaubt, sie wäre hier, muss er sich auch einge-
stehen, dass sie doch nicht hier ist. So vermisst er sie sozusagen
doppelt.

Er stellt sich vor, wie er ihr in einer Mondnacht das Licht
über der Heide zeigt. Die Schönheit eines frühen Morgens. Einen in der Luft flatternden Zaunkönig, leicht wie ein Gedanke.

Auf der Heide steht ein Apfelbaum, dessen Früchte sich immer noch an seine laublosen Zweige klammern wie bereifte Weihnachtskugeln – auch die würde er ihr gern zeigen. Er würde ihr gern den winterlichen Sonnenuntergang zeigen, die elektrisch rosa leuchtenden Wolkenbäuche, die letzten roten Lichtspritzer auf ihren Wangen, ihrem Mund, ihrem Haar.

Aber sie wird ihn niemals anziehend finden. Als er auf der Herrentoilette in den Spiegel sieht, findet er wirre, immer mehr ins Silberne gehende Haare und zwei tiefliegende Augen. Er versucht zu lächeln, da schießen kreuz und quer Falten über sein Gesicht. Er versucht, nicht zu lächeln, da hängt ihm die Haut herunter. Er hat die Liebe ein für alle Mal hinter sich. Vor langer Zeit hatte es Angebote gegeben, die aber zu nichts führten. Er erinnert sich an eine Schwester, die ihm gesagt hatte, er habe einen hübschen Mund. Da war er jung und sie auch. Auch einige Patientinnen hatten ihn angesehen. Sie sahen ihm bei der Gartenarbeit zu und winkten. Sogar außerhalb von Besley Hill hatte es Begegnungen gegeben. Die Frau zum Beispiel, für die er Laub zusammenrechte, eine sehr ansehnliche Dame mittleren Alters, lud ihn mehrmals ein, mittags mit ihr Kaninchenpastete zu essen. Damals war er in den Dreißigern. Er mochte sie. Aber es war, als hätte er sich als glänzende neue Tasse ausgegeben, obwohl er wusste, dass er einen Haarriss hatte. Es hatte keinen Sinn, zu jemandem eine nähere Beziehung einzugehen, weil er damals schon mit den Ritualen angefangen hatte. Außerdem wusste er, was passierte, wenn er jemanden liebte. Er wusste, was passierte, wenn er sich einmischte.

In der Mittagspause zieht sich Jim wieder die Café-Uniform an und geht in den Supermarkt. Unversehens steht er im Gang mit den Schreibwaren, wo er sämtliche Stifte anstarrt. Filzstifte, Ballpoint, Gel, versenkbar, Jumbo-Textmarker. Stifte in allen Farben. Es gibt sogar einen Korrekturstift. Wenn er diese glänzenden, nützlichen Schreibgeräte ansieht, begreift er Eileens Standpunkt. Warum schenkt man jemandem etwas Sterbendes? Er stellt eine Auswahl zusammen und bezahlt an der Kasse. Die Kassiererin sieht ihn nicht an, doch sie erkennt seinen orangefarbenen Hut und das T-Shirt und fragt, wie es oben läuft. Im Laden ist es ruhig, sagt sie. Rezession, Krise. Wer will schon quer über die ganze Heide zu einem Supermarkt fahren, selbst wenn alles frisch renoviert ist? »Wir können von Glück sagen, wenn wir nächstes Jahr unsere Jobs noch haben.«

Er denkt an die akkuraten Schleifen von Eileens Schuhbändern und hat Schmetterlinge im Bauch.

»Warum willst du ihre Adresse denn wissen?«, hakt Paula nach, als er fragt, ob jemand weiß, wo sie wohnt. »Warum willst du ihre Telefonnummer?«

Jim bemüht sich, gleichgültig zu tun, als läge ihm gar nichts daran. »Ich hoffe, du zeigst sie an«, sagt Moira, das kleinere Mädchen. Sie schreibt ihm Eileens Adresse und Nummer auf.

Paula fügt hinzu, dass sie ständig SMS von diesen Rechtsberatungen bekommt, die keine Gebühren erheben. »Ich kenne eine Frau, die hat sich in einem Möbelgeschäft eine Platzwunde am Kopf geholt. Sie hat ein Schlafsofa und kostenlose Essensgutscheine bekommen. Sie hat ein ganzes Jahr von Köttbullar gelebt.«

»Habt ihr nichts zu tun?«, ruft Mr Meade von der Theke.

Mr Meade ist nämlich nahe am Platzen. Die Personalabteilung hat die Verkaufszahlen vor Jahresende geprüft und ihm eine dringliche E-Mail geschrieben. Der Umsatz ist erheblich gesunken. Die Geschäftsführer der Filialen wurden aufgefordert, sich den Samstag frei zu nehmen für eine Schulung an einem nahe gelegenen Kompetenzzentrum. Sie werden den Tag mit Schauspielern verbringen und sich mit Effizienz am Arbeitsplatz und Teamstärkung beschäftigen. Es wird Präsentationen und Rollenspiele geben. »Ist denen nicht klar, dass wir die Woche vor Weihnachten haben? Ist denen nicht klar, dass wir zu tun haben? Die können uns doch nicht einfach von einem Tag zum anderen irgendwo hinbeordern! Wir wissen vor Arbeit nicht, wo uns der Kopf steht!«, sagt Mr Meade.

Jim, Paula und Moira lassen den Blick über das leere Café schweifen. Nur ein Gast sitzt da. »Hallöchen!«, ruft Darren. Er streckt die Daumen hoch, falls sie vergessen haben, wer er ist.

Alle sind überrascht, als Mr Meade am Montag voller Begeisterung vom Kompetenzzentrum zurückkehrt. Er fragt die Kunden und Mitarbeiter, wie es ihnen gehe. Wenn sie »gut« oder »geht schon« antworten, trällert er: »Fein, fein. Hervorragend. Gut gemacht!« Es ginge um Affirmation, sagt er. Um die Macht des Jetzt. Das sei der neue Anfang.

»Wahrscheinlich steht er kurz vor dem Rauswurf«, bemerkt Paula zu Moira.

Mr Meade lacht herzlich, als hätte sie etwas umwerfend Komisches gesagt.

Der Grund, warum das Café so schlecht besucht sei, sagt Mr Meade, liege im fehlenden Selbstvertrauen. Das Café glaube nicht an sich selbst. Es benehme sich nicht wie ein erfolgreiches Café. Paula verschränkt die Arme und verlagert die Hüfte.

»Heißt das, wir können die orangefarbenen Hüte wegschmeißen?«, fragt sie. »Heißt das, Jim braucht sich nicht mehr mit dieser Verkleidung zum Trottel zu machen?«

»Aber nein!«, ruft Mr Meade. Er lacht gutgelaunt. »Die orangefarbenen Hüte funktionieren. Sie geben uns ein Gefühl von Zusammengehörigkeit. Und Jims Weihnachtsmannkostüm ist eine wunderbare Geste des Wohlwollens. Wir brauchen noch mehr solche Dinge.«

»Noch mehr orangefarbene Hüte?«, fragt Paula zweifelnd.

»Mehr Joie de vivre«, sagt Mr Meade.

»Mehr was de was?«, fragt Moira.

»Ihr könntet Freigetränke ausgeben und so«, sagt Darren, der immer wieder vergisst, dass er nur ein Gast ist.

»Dann hätten wir den Arbeitsschutz am Hals«, sagt Mr Meade ernst. Es ist klar, dass er einen anderen Trumpf im Ärmel hat. »Was wir tun werden, liebes Team, ist näher rücken.«

»Näher rücken?«, wiederholt Paula ausdruckslos.

Vor Aufregung wiegt sich Mr Meade von einem Bein aufs andere. Er breitet die Arme aus und wedelt mit den Fingern, winkt sein Personal zu sich. Paula trödelt herbei, Darren folgt ihr. Moira dreht an ihren Haaren herum und nähert sich in einzelnen kleinen Schritten mit Pausen dazwischen. Jim hinkt heran, aber eher so, als würde er Wasser treten.

»Näher! Noch näher!«, lacht Mr Meade. »Ich beiße nicht!«

Moira und Paula schlurfen vorwärts. Jim fragt sich, ob es jemandem auffallen würde, wenn er einfach verschwände. Nicht plötzlich. Sondern wenn er sich allmählich rückwärts davonschöbe.

Mr Meade streckt seine Arme noch weiter zur Seite, bis er die Schultern der anderen berührt. Ringsherum steht sein Grüppchen Mitarbeiter, steif wie Bretter. »Zusammenrücken!«, ruft Mr Meade. »Du auch, Jim! Schulterschluss!« Er winkt sie noch näher, mit kleinen Handbewegungen, wie er es manchmal bei Kundinnen macht, die ihren Range Rover in den Parkplatz manövrieren.

Paula fragt: »Was ist mit Darren?«

»Was soll mit ihm sein?«, fragt Mr Meade.

»Soll er mitmachen?«

Mr Meade überblickt seine drei Mitarbeiter, von denen die eine sich ihre gespaltenen Haarspitzen abreißt, die zweite wie eine Gewitterwolke dreinschaut und der dritte unmerklich zurückzuweichen scheint. Mr Meades Gesicht lässt Kompromissbereitschaft erkennen. »Mitmachen, Darren!«, ruft er.

Darren flitzt eifrig auf sie zu und schlingt den Arm um Paulas Taille. Sein anderer Arm auf der Seite, wo Mr Meade steht, fährt vage durch die Luft, als gehörte er zu niemandem.

»Macht Platz für Jim!«, sagt Mr Meade.

Paula streckt die Hand aus, holt Jim in die Gruppe herein. Er hat keine Wahl mehr. Plötzlich wird ihm heiß, die klaustrophobische Enge überwältigt ihn. Er fragt sich, ob er anfangen wird zu schreien. Paulas linke Hand liegt auf seiner rechten Schulter wie ein winziger Vogel. Mr Meade lässt seine rechte Hand auf Jims linke Schulter fallen.

»Zusammenrücken, zusammenrücken!«, singt Mr Meade. Ein überwältigender Geruch von Weichspüler liegt in der Luft. Für einen Duft, der frisch wie ein Sommermorgen sein soll, hat er etwas überraschend Unangenehmes. »Noch näher! Noch näher!«

Stumm rückt die Gruppe immer näher zusammen. Die widerstrebenden Füße schaben leise über das Linoleum. Dann stehen alle so dicht beieinander, dass vor Jim die Gesichter verschwimmen. Die Nähe erdrückt ihn schier, dieses Gefühl, dass ihn alle einsaugen wie ein Staubsauger. Er überragt die Gruppe wie ein Turm. »Leg den Arm um mich, Jim!«, ordnet Mr Meade an.

Jim hebt die Hand auf Mr Meades Schulter. Dort bleibt sie liegen, die Armmuskeln schmerzen von oben bis unten. »Fühlt sich das nicht gut an?«, fragt Mr Meade.

Niemand antwortet.

»Bei der Schulung waren wir natürlich um die zwanzig«, sagt Mr Meade. »Geschäftsleitung und Personal. Und die Schauspieler waren natürlich Profis. Das war ein bisschen anders.«

»Sind wir jetzt fertig?«, fragt Paula.

Mr Meade lacht wieder. »Fertig? Das ist nur Phase eins. Jetzt möchte ich Folgendes von euch, liebes Team: Denkt an die Person, die neben euch steht.«

»Was – an Darren?«, fragt Paula.

»Und auch an Jim«, sagt Mr Meade. »Denkt über diese Person etwas Positives. Denkt, was ihr über diese Person wirklich gern sagen würdet.«

Eine verstopfte Stille stellt sich ein. »Und wenn wir es nicht können?«, fragt Moira schließlich. Ihre Hand liegt auf Mr Meades Schulter.

Aber von Mr Meade kommt keine Antwort. Er schließt die Augen, seine Lippen zucken, als brüte er in seinem Mund Worte aus und bereite sich darauf vor, sie in die Freiheit zu entlassen. Jim schließt auch die Augen, aber der Raum beginnt so rasant zu kippeln, dass er sie wieder aufmacht. Darren hat sein Gesicht zusammengeknüllt wie ein Stück Papier.

»Ich hab so was schon mal gemacht«, sagt Paula.

»Können wir jetzt aufhören?«, fragt Moira.

»Auf keinen Fall!«, sagt Mr Meade. »Wir müssen es sagen.«

»Sagen, was wir denken?«, wiederholt Moira. Sie wirkt schwer angeschlagen.

Aber Mr Meade lacht, als wäre es ein Riesenspaß. »Ich fange an, damit ihr auf den Trichter kommt.« Als Erstes wendet er sich an Paula. »Paula, ich bewundere Sie. Sie sind eine sehr starke junge Dame. Beim Vorstellungsgespräch hatte ich meine Bedenken, wegen des Nasenrings und der Nieten in den Ohren. Ich hatte mir Sorgen gemacht, es könnte Probleme mit dem Arbeitsschutz geben. Aber durch Sie habe ich gelernt, keine Vorurteile zu haben.«

Paula wird so pink wie ihre Haare. Mr Meade fährt fort: »Jim, Sie kommen nie zu spät. Sie sind ein sehr zuverlässiger Mitarbeiter. Moira, Sie bringen kreativen Schwung mit in die

Arbeit, und ich hoffe, Ihr Ausschlag wird bald abheilen. Und Darren, Sie sind mir richtig sympathisch geworden.«

»Oh, das freut mich«, säuselt Paula. »Ich kannte mal eine Frau, die hat allen ihren Freunden geschrieben, dass sie sie liebhat. Und ratet mal, was am nächsten Tag passiert ist?«

»Keine Ahnung«, sagt Darren. Er ist der Einzige, der immer noch die Augen zu hat.

»Sie hatte einen Herzinfarkt.«

»Zurück zum Zusammenrücken«, sagt Mr Meade. »Wer möchte als Nächstes?«

Es herrscht ein unangenehmes Schweigen, als wären die vier eigentlich gar nicht da. Moira ist von einer besonders interessanten Haarsträhne gefesselt. Paula bläst durch die Lippen, obwohl sie gar keinen Kaugummi im Mund hat. Darren ist vielleicht eingeschlafen. Jim gibt mehrmals ein leises Ploppen von sich. Mr Meade seufzt, ein wenig enttäuscht, aber noch nicht entmutigt.

»Jetzt legt doch mal los, ihr Lieben«, sagt er lachend. »Jemand muss doch etwas Positives zu sagen haben.«

Eine Stimme bahnt sich vorsichtig einen Weg durch die Stille. »Jim, du bist ein guter Kerl. Du besprühst alle Tische und lässt nie einen aus. Mr Meade, Sie haben ein paar schrullige Ideen, aber Sie wollen die Welt verbessern, und mir gefällt Ihr Auto. Moira, du hast einen hübschen Busen.«

»Danke, Darren«, sagt Mr Meade, aber Darren ist noch nicht fertig.

»Aber Paula – oh, Paula! Ich liebe es, wie du beim Nachdenken an deinen Fingern knabberst. Ich liebe es, dass deine Haut wie Honig ist. Ich liebe die kleine weiche Stelle hinter deinen Ohren. Wenn du redest, möchte ich einfach nur dasitzen und dich für immer ansehen. Du trägst wirklich hübsche Röcke. Du hast Augen wie Weihnachtsnüsse.«

Eine Weile sagt keiner ein Wort. Aber diesmal ist die Stille anders als am Anfang. Es ist eine kindliche Stille, bei der die Sprachlosigkeit mit Staunen zu tun hat und nicht mit Urteilen.

»Gut, dass diese Eileen nicht da ist«, sagt Paula. »Da gibt es einige Dinge, die ich der gern sagen würde.« Die allgemeine Stille schlägt in ein allgemeines Lachen um.

»Jim?«, sagt Mr Meade. »Du bist dran?«

Aber Jim ist wie gelähmt. Er denkt an nichts anderes als an eine Frau mit flammenden Haaren, klitzekleinen Füßen und einem Mantel, der Falten wirft vor Anstrengung, sie zu umhüllen. Die Wahrheit stürmt auf Jim ein, vehement und rasend schnell wie ein Unfall. Die Psychoberaterin hatte doch recht. Er muss Farbe bekennen. Er muss seine Vergangenheit in Besitz nehmen, was immer das heißt. Und noch etwas erkennt er so deutlich, als würde es ihm zugebrüllt: Das Einzige, was groß genug ist, um sein Chaos zu beherbergen, ist Eileen. Sie ist seine letzte und einzige Chance.

»Entschuldigung?«, ruft eine Stimme aus dem Café.

Der Haufen weicht mit einem Sprung auseinander wie ein vielköpfiges Tier mit ebenso vielen orangefarbenen Hüten. Eine Kundin verfolgt die Szene mit ängstlichem Blick.

Sie fragt: »Ist es zu spät, um das Spezial-Weihnachtssandwich zu bestellen?«

9
Eine Überraschung

In der zweiten Woche der Sommerferien verbrachte Beverley jeden Tag in Cranham House. Sie war von morgens bis abends da. Manchmal konnte Byron die Frauen noch auf der Terrasse reden hören, wenn er ins Bett ging. Ihre Stimmen erfüllten die Abendluft wie der schwere, süße Duft der Levkojen, die nur in der Nacht ihr Parfüm verströmen, und des weißen Ziertabaks. »Genau! Du hast ganz recht!«, fuhr seine Mutter immer wieder auf, wenn Beverley jemanden nachahmte oder eine Geschichte erzählte. Eines Morgens zog er den Vorhang seines Zimmers auf und sah sie schon mit ihrem lila Hut in der Sonne liegen, ein Glas mit einem Drink neben sich. Lediglich die Tatsache, dass Jeanie und ein Paar weißer Plastikstiefel hinzugekommen waren, ließ darauf schließen, dass Beverley nicht die ganze Nacht hier verbracht hatte. Jeanie balancierte auf dem Gartentisch. Von der Naht auf ihrem Knie war nichts mehr zu sehen. Sie brauchte kein Pflaster mehr. Trotzdem zog Byron es vor, Jeanie aus dem Weg zu gehen.

Lucy weigerte sich rundheraus, mit ihr zu spielen. Die riecht, sagte sie. Außerdem hatte sie ihren Sindy-Puppen die Köpfe abgerissen. Byron versuchte, sie wieder auf den Rumpf zu drücken, aber es war fummelig, die hohlen Hälse über die Plastikknubbel am oberen Ende des Rückgrats hinweg zum

Einschnappen zu bringen. Er räumte die zerlegten Teile in eine Schuhschachtel mit Deckel. Die vielen lächelnden Gesichter ohne Körper machten ihn ganz kribbelig. Byron fuhr fort, seine Beobachtungen bei den Treffen zwischen Beverley und seiner Mutter in dem Notizheft festzuhalten. James schickte ihm einen Chiffriercode, bei dem bestimmte Buchstaben des Alphabets zu vertauschen und neue Codenamen für Beverley und Diana einzusetzen waren (»Mrs X« und »Mrs Y«), aber das war kompliziert, und Byron machte oft Fehler.

Die beiden Frauen hörten Musik. Sie machten in der Küche die Terrassentüren auf und stellten den Plattenspieler auf den Tisch, damit sie auf der Terrasse tanzen konnten. Seymours Plattenauswahl war ernüchternd (»In welchem Jahrhundert ist der denn geboren?«, fragte Beverley), und sie brachte eine Kiste mit ihren eigenen Platten mit. Sie hörten die *Carpenters* und *Bread*. Am liebsten legten sie zwei Singles von Harry Nilsson und Donny Osmond auf. Byron stand am Salonfenster und sah zu. Beverleys Bewegungen waren ruckartig und umfassten oft ein Schütteln der Haare, Diana dagegen glitt auf der Terrasse herum wie von einer Strömung getragen. Als Diana ihrer Freundin anbot, ihr einen Schritt zu zeigen, bewegten sie sich Arm in Arm. Diana reckte den Hals und hielt die Arme in der Luft, während Beverley ihre Füße studierte, so dass Diana größer wirkte, obwohl beide Frauen gleich groß waren. Er hörte seine Mutter anbieten, Beverley alles beizubringen, was sie wisse, aber als Beverley fragte, was das denn genau sei, machte seine Mutter einen Rückzieher und sagte, ach, eigentlich nichts. Wenn *Puppy in Love* oder ein Song von Gilbert O'Sullivan kam, klammerte sich Beverley an Diana, und sie drehten sich in einem langsamen Shuffle auf der Stelle im Kreis. Danach kehrte Beverley zu ihrem Glas zurück und sah unter ihrem Schlapphut zu Diana auf.

»Du hast solches Glück, Diana«, sagte sie ständig. »Du bist schön zur Welt gekommen.«

Beverley behauptete, dass die Zukunft schon im eigenen Namen läge. Das sei die Eintrittskarte zum Erfolg. Wie konnte ein Mädchen jemand werden, wenn es Beverley hieß? Hätte sie nur einen mondänen Namen bekommen wie Diana, Byron oder Seymour! Dann wäre alles anders gelaufen.

In dieser Woche begann Beverley, sich von Diana Kleider zu leihen. Es fing klein an, mit einem Paar Spitzenhandschuhen, um ihre Hände vor der Sonne zu schützen. Dann wurden die Kleidungsstücke größer. Als sie sich zum Beispiel einmal vorn mit ihrem gelben Getränk bekleckerte, lief Diana ihr eine Bluse und einen Bleistiftrock holen. Beverley fragte, ob sie dazu ein paar Stöckelschuhe leihen könnte, weil sie zu einem solchen Rock schlecht Sandalen tragen konnte. So gekleidet ging sie nach Hause. Am nächsten Tag berichtete Byron in seinem Notizbuch, dass sie die Sachen nicht zurückgebracht hatte.

»Diese Klamotten sind von gestern«, sagte Beverley. »Du solltest dir etwas Modischeres zulegen.«

Unter uns gesagt, schrieb Byron, *ich glaube, sie hat die Sachen gestohlen. Ich glaube jetzt auch, dass sie das Feuerzeug die ganze Zeit in ihrer Handtasche hatte.*

Die Einkaufstour war Beverleys Idee. Diana fuhr mit ihr in die Stadt, und sie parkten in der Nähe des Kaufhauses. Sie probierten beide dieselben Kleider an, während Jeanie am Geländer schaukelte und Lucy ein finsteres Gesicht machte. Dann holten sie vom Getränkemarkt noch mehr Eierlikör und eine Flasche Cherry-Cola für die Kinder. Als Lucy sagte, sie dürften keine Getränke mit Zucker trinken, wegen der Zähne, lachte Beverley herzhaft. »Ihr müsst alle mehr leben«, sagte sie. Die beiden Frauen stolzierten mit ihren Kaftankleidern auf der Terrasse herum wie zwei ungleiche Hälften: Diana, blond, schlank und anmutig, Beverley, schwarzhaarig, schmächtig und viel starrer und unbeweglicher.

Als Byron nach dem Essen Limonade für seine Mutter und Beverley brachte, unterbrach er ein Gespräch. Er merkte, wie wichtig es war, weil seine Mutter und Beverley die Köpfe so dicht zusammensteckten, dass Dianas blondes Haar aus Beverleys schwarzem Scheitel zu wachsen schien. Beverley lackierte Diana die Fingernägel. Sie blickten nicht einmal auf, als Byron auf Zehenspitzen über den Teppich ging. Vorsichtig nahm er die Gläser vom Tablett und stellte sie auf Untersetzer. Und da hörte er seine Mutter sagen: »Natürlich war ich nicht in ihn verliebt. Ich habe es mir nur eingebildet.«

Genauso leise, wie er in das Zimmer hereingekommen war, schlich er wieder hinaus. Er konnte sich nicht vorstellen, wovon seine Mutter redete. Es widerstrebte ihm, mehr davon zu hören, gleichzeitig war er nicht in der Lage, sich von der Tür wegzubewegen. Dann stieß Jeanie im Garten ein wildes Gelächter aus, und er ging in die Knie und drückte sich im Flur an die Wand, die an den Salon angrenzte, um sich zu verbergen, weil er nicht schon wieder mit Jeanie spielen wollte. Jetzt, wo ihr Bein heilte, versteckte sie sich gern im Gebüsch und stürzte sich auf ihn, wenn er es am wenigsten erwartete. Es war grauenhaft. Wenn er ein Auge an den Spalt zwischen Tür und Rahmen drückte, konnte er die beiden Frauen wie in einen breiten Lichtstrahl eingeschlossen sehen. Er griff nach seinem Notizheft, doch beim Öffnen knarzte die Bindung, und seine Mutter sah hoch. »Ich habe etwas gehört.«

Das sei nichts gewesen, sagte Beverley. Sie wollte weiterlackieren und legte ihre Hand auf Dianas Hand. Byron wusste nicht, warum, aber je länger ihre Hand dort lag, desto dringender wünschte er sich, sie solle sie wegnehmen. Sein Wunsch war sehr stark.

Seine Mutter begann zu reden, mit leiser Stimme, so dass er nur Satzfetzen auffing, Worte, die zuerst keinen Sinn ergaben. Er musste das Ohr an den Spalt pressen. Sie sagte: »… ein alter Freund. Wir sind uns über den Weg … ich dachte mir nichts Böses … Und eines Tages … da hat eins das andere ergeben.«

Byrons Stift stockte über der Seite. Er wusste nicht, was er da schrieb. Als er das Auge wieder dem Lichtstrahl zuwandte, hatte sich seine Mutter im Sessel zurückgelehnt und leerte ihr Glas. »Es erleichtert mich sehr, darüber zu reden«, murmelte sie.

Beverley stimmte ihr zu, natürlich sei es eine Erleichterung. Sie bat um Dianas andere Hand, damit sie die Nägel fertig lackieren konnte. Sie redete davon, wie einsam es in Cranham House sein müsse, und die ganze Zeit betrachtete Diana ihre eigene Hand in der von Beverley und stimmte ihr zu, ja, das sei es. So einsam, dass sie es manchmal kaum ertragen könne. »Aber die Person, an die ich denke, habe ich kennengelernt, bevor wir hierhergezogen sind. Eigentlich gleich, nachdem Seymour und ich geheiratet haben.«

Beverleys Augenbrauen schossen in die Höhe und blieben dort. Sie tauchte den Pinsel in den Lack. Byron hätte nicht sagen können, wie, aber einfach dadurch, dass sie nichts sagte, lockte sie die Worte aus seiner Mutter heraus.

»Seymour hat es herausgefunden. Er ist ein kluger Mann und durchschaut mich wie Glas. Wenn ich zu lügen versuche, weil ich heimlich etwas kaufen möchte, ein kleines Geschenk oder so, dann passt er auf wie ein Schießhund. Doch Ted war für mich damals keine Lüge.«

»Ted?«

»Ich hatte das Gefühl, er war nur ein junger Freund.«

»Wenn Ted nur ein junger Freund war, verstehe ich nicht, was das Problem war.«

»Hm«, machte Diana nur. Damit deutete sie an, dass es doch ein Problem gab, und zwar ein beträchtliches, auch wenn Beverley es nicht sehen konnte. »Danach hat Seymour das Haus hier gekauft. Er sagte, die Landluft wäre gut für mich. Ich verdanke ihm alles. Das darfst du nicht vergessen.«

Als Beverley mit Dianas Nägeln fertig war, steckte sie ihr eine Zigarette zwischen die Finger und ließ das wiedergefundene Feuerzeug vor ihr aufflammen. Diana zog in langen, tiefen Zügen an der Zigarette und blies den Rauch über Beverleys Kopf, wo er sich ausbreitete wie milchige Finger und verschwand.

»Seymour braucht mich, weißt du«, sagte sie leise. »Manchmal macht es mir richtig Angst, wie sehr er mich braucht.«

Byron konnte sich kaum rühren. Er war noch nie auf die Idee gekommen, dass seine Mutter noch jemand anderen geliebt haben könnte als seinen Vater, dass es einmal einen jungen Mann namens Ted gegeben haben könnte. Ihm wurde heiß im Gesicht, der Kopf drehte sich ihm, fieberhaft ging er in Gedanken alles durch, woran er sich erinnern konnte, wendete die Dinge um wie Steine und versuchte, ihre Unterseite zu sehen und einen Sinn zu entdecken. Er dachte an den Mann mit der Vorliebe für Champagner, den sie einmal erwähnt hatte, und an ihren ungeklärten Besuch in der Digby Road. Hatte sie vielleicht das gemeint? Dann redete sie weiter, und er musste seine feuchten Hände zu einer Kugel zusammenklammern, damit er sich konzentrieren konnte. »Als ich Seymour kennengelernt habe, hatte ich genug. Genug von diesen Männern, die einen lieben und dann verschwinden. Das Theater war voll davon. Oder auch die Männer, die am Bühneneingang warten und Briefe schreiben und einen zum Essen ausführen. Die haben alle eine Frau zu Hause, eine Familie, und würden nie …« Sie ließ den Satz in der Schwebe, als hätte sie Angst davor, ihn zu beenden, oder wüsste nicht recht, wie sie ihn beenden sollte. »Seymour war hartnäckig. Und von der alten Schule. Das hat mir gefallen. Er hat mir Rosen gebracht. Er hat mich an meinen freien Nachmittagen ins Kino eingeladen. Zwei Monate später haben wir geheiratet. Es war eine kleine Hochzeit, aber er wollte kein Trara. Und meine Freunde waren nicht die Sorte Leute, die man einlädt. Wir wollten meine Vergangenheit nicht mitnehmen.«

Beverley prustete, als hätte sie sich verschluckt. »Moment mal. Was war dein Job genau?«

Aber Diana sagte nichts. Sie drückte ihre Zigarette aus und nahm sich gleich die nächste. Sie lachte, aber diesmal war ihr Lachen hart, als betrachtete sie sich von außen und die Person, die sie sah, gefiele ihr nicht. Sie zog noch einmal an der Zigarette und gähnte einen blauen Rauchring hervor. »Sagen wir einfach, ich bin nach meiner Mutter gekommen.«

Zum ersten Mal konnte Byron nichts in sein Notizheft schreiben. Er konnte James nicht anrufen. Er wollte nichts zu tun haben mit diesen Dingen und ihrer Bedeutung. Er rannte kreuz und quer über den Rasen und versuchte, seine Gedanken hinter sich zu lassen, und als Jeanie lachend rief, er solle auf sie warten, rannte er nur noch schneller. Sein Atem stach ihm in der Kehle, seine Beine fühlten sich an, als hätten sie keine Knochen mehr, aber er rannte weiter. Er kroch unter die Beerensträucher, und der Duft war so intensiv, die Himbeeren so rot, die Stacheln so spitz, dass ihm schwindlig wurde. Ganz lange kauerte er dort. Später hörte er seine Mutter vom Haus nach ihm rufen, aber er rührte sich immer noch nicht vom Fleck. Er wollte nichts von Ted wissen, von seinem Vater, von diesem Job, den seine Mutter nicht erwähnen konnte, und wusste nicht, wie er das Wissen, das er bereits hatte, wieder loswerden könnte. Wenn James ihn nur nicht aufgefordert hätte, Notizen zu machen. Er blieb in seinem Versteck, bis er Beverley und Jeanie die Auffahrt entlangschlendern sah, zum Abschied winkend. Sie gingen nicht Hand in Hand, sondern Beverley stolzierte unter ihrem lila Hut voran, während Jeanie in großen Kreisen um sie herumlief. Einmal sah er Beverley stehen bleiben und schreien, konnte aber nicht hören, was sie rief. Das Haus leuchtete grellweiß in der Spätnachmittagssonne, und dahinter schnitten die scharfen Umrisse der Heidehügel in den Himmel.

Am nächsten Morgen rief James gleich in aller Frühe an. Er war sehr aufgeregt, weil er gerade einen neuen Operation-Perfekt-Ordner anlegte. Er erklärte, er habe Byrons Karte von der Digby Road noch einmal neu gezeichnet, weil der Maßstab nicht stimme, und Byron hatte die ganze Zeit, während sein Freund redete, das Gefühl, er stünde außen am Fenster und sähe zu James hinein, der ihn nicht hören konnte.

»Was ist gestern passiert?«, fragte James. »Hast du alles aufgeschrieben?«

Byron sagte, dass nichts passiert sei.

»Hast du einen Schnupfen oder so?«, fragte James.

Byron schnäuzte sich und antwortete, genau, er habe eine blöde Erkältung.

Am Wochenende regnete es. Der Regen knickte den Ziertabak, den Rittersporn und die Levkojen um. Diana und Seymour saßen in verschiedenen Räumen des Hauses und sahen aus dem Fenster. Manchmal gingen sie aneinander vorbei, und einer machte eine Bemerkung, die der andere nur halb zu hören schien. Dann bemerkte Seymour einen seltsamen Geruch im Haus, einen süßlichen. Diana behauptete, das müsse ihr neues

Parfüm sein. Warum er es auch in seinem Arbeitszimmer riechen könne, fragte er. Wo sei sein Briefbeschwerer? Und da er schon dabei sei, was alles fehlte, warum gebe es einen neuen leeren Abschnitt im Scheckheft?

Diana leerte ihr Glas, als schlucke sie Medizin. Sie habe den Briefbeschwerer wohl beim Staubwischen woanders hingelegt. Sie würde später danach suchen. Dann setzte sie sich, um das Abendessen auszuteilen. Sie sah erschöpft aus.

»Was hast du denn da an?«, fragte Seymour.

»Das Kleid?« Diana klang überrascht, als hätte sie einen Augenblick zuvor etwas ganz anderes getragen, ein Cocktailkleid zum Beispiel oder ein Kostüm von Jaeger. »Ach, das ist ein Kaftankleid.«

»Das ist doch ein Hippiefetzen.«

»Das ist jetzt in Mode, Darling.«

»Aber du siehst aus wie ein Hippie. Wie eine Feministin.«

»Noch Gemüse?« Sie löffelte auf jeden Teller noch drei zusätzliche gekochte Möhren und einen goldenen Buttertümpel. Seymours Stimme donnerte durch die Stille wie ein Bulldozer.

»Zieh's aus.«

»Wie bitte?«

»Geh nach oben. Zieh das Ding aus.«

Byron starrte auf seinen Teller. Er hätte gern gegessen, als wäre alles normal, aber seine Mutter machte kleine Schluckgeräusche, und sein Vater schnaufte wie ein Bär. Es war schwierig, Appetit auf gebutterte Möhren zu haben, wenn nebenbei lauter solche Dinge abliefen.

»Beverley hat auch einen Kaftan«, sagte Lucy. »Genau denselben.«

Seymour erbleichte. Mit einem Mal erschien in seinem Gesicht wieder der kleine Junge, und einen Augenblick lang sah er so aus, als hätte er keine Ahnung, was er machen sollte.

»Beverley? Wer ist Beverley?«

»Mummys Freundin«, sagte Lucy und lud sich einen großen Bissen auf die Gabel.

»Eine Winston-House-Mutter?«

»Jeanie geht nicht nach Winston House. Die wohnen in der Digby Road. Sie will auf meinem Hüpfball hüpfen, aber ich lasse sie nicht, weil sie gefährlich ist. Sie hat schwarze Stellen im Mund, da und da und da.« Lucy zeigte auf ihren aufgerissenen Mund, wo sich auch ziemlich viel Möhre befand, so dass schwer zu sagen war, worauf sie genau deutete.

Sein Vater wandte sich an Byron. Byron brauchte den Blick gar nicht zu heben, um es zu wissen. »Diese Frau kommt zu Besuch? Stimmt das? Bringt sie noch jemanden mit?« In Byrons Kopf begann es zu pochen.

»Lass die Kinder in Ruhe.« Diana warf die Gabel mit einem Klirren hin und stieß ihren Teller weg. »Du lieber Himmel, Seymour, ich habe doch nur einen Kaftan an, verdammt! Ich ziehe mich nach dem Essen um.«

So hatte sie noch nie geflucht. Seymour schob seinen Stuhl zurück und stand auf. Er ging zu Diana und blieb hinter ihr stehen, so dass er aussah wie eine schwarze Säule hinter einem kleinen bunten Brunnen. Er umklammerte den Rand ihrer Stuhllehne. Seine Finger lagen nicht auf ihrer Haut, trotzdem hatte man den Eindruck, als fasse er sie an, und es ließ sich schwer sagen, ob er sie kitzelte oder ihr weh tat. Die Kinder rührten sich nicht. Er sagte leise: »Du wirst dieses Kleid nicht mehr tragen. Du wirst diese Frau nicht mehr sehen.« Seymour ließ den Stuhl nicht los, und Dianas Hände machten auf dem Tischtuch leise Geräusche wie ein Vogel, der in einem Käfig flattert.

So abrupt, wie er aufgestanden war, verließ Seymour den Raum. Diana klopfte sich mit den Handrücken den Hals ab, als drücke sie alles wieder an den richtigen Ort zurück, die Adern, die Haut und die Muskeln. Byron hätte gern gesagt, wie gut ihm ihr neues Kleid gefalle, aber sie forderte die Kinder auf, hinauszulaufen und zu spielen.

An diesem Abend versuchte Byron, in seinen Jahrbüchern zu lesen. Er konnte das Bild von seinem Vater nicht vertreiben, von seinen Fingern, die den Stuhl seiner Mutter umklammerten. So viel war geschehen, und zum ersten Mal hatte er keine Ahnung, wie er James etwas davon mitteilen könnte. Schließlich fiel er in einen leichten Schlaf und träumte von Leuten mit Köpfen, die zu groß für ihren Körper waren und die mit ihren leisen, aber durchdringenden Stimmen etwas wie wortlose Schreie von sich gaben.

Byron wachte auf und merkte, dass die Stimmen seinen Eltern gehörten. Als er den Treppenabsatz überquerte, wurden die Stimmen lauter. Er schob die Tür zu ihrem Schlafzimmer einen Spalt auf und blieb wie angewurzelt stehen. Er konnte nicht glauben, was er da sah. Er konnte den Torso seines Vaters sehen, fast blau war er, und darunter das Profil seiner Mutter. Sein Vater stieß immer wieder in ihren Körper hinein, sie schlug mit dem Arm auf dem Kissen um sich. Byron schloss ohne jedes Klicken die Tür.

Er wusste gar nicht, dass er hinausging, bis er draußen war. Der Mond war blass, der Himmel sah aus, als hätte er blaue Flecken. Nichts schien Byron von der Heide zu trennen, die Nacht löschte alle Einzelheiten im Vordergrund und in der Nähe aus. Er ging durch den Garten und öffnete das Lattentor zur Wiese. Er wollte etwas werfen, wollte Steine werfen und tat es, zielte direkt auf den Mond, aber die Steine plumpsten nur um seine Füße herum, streiften das Dunkel nicht einmal. Natürlich hatte James recht mit den Apollo-Landungen. Wie konnte ein Mensch dort hinaufgelangen? Wie konnte Byron so dumm sein und der NASA und ihren Fotos glauben? Er kletterte über den Zaun und ging zum Teich hinunter.

Dort saß er auf einem Stein. Die Luft war lebendig von winzigen Lauten überall, von leisem Knacken, Scharren, Trappeln. Byron wusste nicht mehr, was er denken sollte. Er wusste nicht, ob seine Mutter gut oder schlecht war, ob sein Vater gut oder schlecht war. Er wusste nicht mehr, ob Beverley gut oder schlecht war – ob sie das Feuerzeug, den Briefbeschwerer, die Kleider gestohlen hatte oder ob es eine andere Erklärung gab. Die Nacht schien unendlich langsam. Er hielt den Blick auf den Horizont gerichtet und wartete auf den ersten Schimmer der Morgenröte im Osten, auf den ersten flammenden Sonnenstrahl, aber sie wollten nicht kommen. Die Nacht ging endlos weiter. Langsam kehrte Byron zum Haus zurück.

Er fragte sich, ob seine Mutter auf ihn warten würde, ob sie sich Sorgen machte, aber das Einzige, was er hörte, waren die Uhren seines Vaters, die gegen die Stille anschlugen. Im Haus war die Zeit etwas völlig anderes, als wäre sie bedeutender als die Stille, dabei stimmte das gar nicht. Es war ja alles nur erfunden. Er schrieb einen Brief an James: *Jeanies Bein ist jetzt ganz geheilt. Tout va bien. Mit freundlichen Grüßen, Byron Hemmings.* Das war das Ende der Operation Perfekt, dachte er. Das Ende von vielem.

Nach diesem Wochenende sah Byron das Kaftankleid nie wieder. Vielleicht wurde es dem Feuer übergeben wie das pfefferminzgrüne Kleid samt passender Strickjacke und Schuhen; er fragte nicht. Er räumte seine Taschenlampe, sein Vergrößerungsglas, seine Sammelkarten, seine Jahrbücher weg. Sie schienen jemand anderem zu gehören. Und er war nicht der Einzige, der verändert erschien. Nach dem Wochenende war auch seine Mutter viel zurückhaltender. Sie stellte für Beverley die Sonnenliegen auf die Terrasse, lächelte aber weniger und holte den Plattenspieler nicht. Sie bot keine Getränke an.

»Du brauchst es mir nur zu sagen, wenn ich im Weg bin«, sagte Beverley.

»Du bist überhaupt nicht im Weg.«

»Ich weiß, dass du diese ganzen anderen Mütter hast.«

»Ich habe niemanden.«

»Oder vielleicht hast du andere, mit denen du lieber tanzt?«

»Mir ist nicht immer nach tanzen«, sagte Diana.

Da lachte Beverley und rollte mit den Augen, als hätte sie schon ganz andere Dinge gehört.

Der 2. August war Lucys sechster Geburtstag. Byron wurde von der Stimme seiner Mutter geweckt, ihr Blumenduft kitzelte ihn aus dem Schlaf. Sie habe eine Idee für eine Überraschung, flüsterte sie. Es würde ein wunderbarer Tag werden. Sie müssten sich aber schnell anziehen. Als sie nach unten gingen, lachte sie unaufhörlich. Sie trug ein Sommerkleid, rot wie ein Mohnfeld, und hatte schon Handtücher und ein Picknick eingepackt.

Die Fahrt dauerte mehrere Stunden, aber seine Mutter summte fast den ganzen Weg. Vom Rücksitz des Jaguars aus bewunderte er die schwungvollen Wellen ihres Haars, ihre weiche Haut und den Perlmuttglanz ihrer Fingernägel, die genau in der richtigen Position auf dem Lenkrad lagen. Es kam ihm vor, als ob sie zum ersten Mal seit Wochen kein ängstliches Gesicht mehr beim Fahren machte. Als Lucy auf die Toilette musste, hielten sie bei einem kleinen Café an der Straße an, und sie durften sich ein Eis aussuchen. Der Verkäufer fragte, ob sie Schokoraspeln oder Sauce haben wollten, und seine Mutter sagte zu beidem ja.

»Die sehen aus wie brave Kinder«, sagte er. Und sie bestätigte lachend, ja, das seien sie.

Sie setzten sich an einen Metalltisch in der Sonne, um ihr Eis zu essen, weil Diana keine Eisflecken im Wagen haben wollte, und während sie aßen, schloss sie die Augen und neigte ihr Gesicht der Wärme zu. Als Lucy flüsterte, sie schläft ja, schlug ihre Mutter ein Auge auf und lachte. »Ich höre jedes Wort.« Schon hatte die Hitze ihre Stirn und ihre Schulterblätter rosa getönt, es war, als hätte sie überall kleine Fingerabdrücke.

Als sie am Strand ankamen, brannte die Sonne nur so herunter. Familien hatten auf dem Sand mit Windschutzplanen und Liegestühlen ihre Lager aufgeschlagen. Das Meer war wie zerknittertes Silber, und Byron sah zu, wie die Sonnenstrahlen auf den schaukelnden Wellen Funken schlugen. Die Kinder zogen ihre Sandalen aus, und der Sand brannte unter ihren Zehen. Diana zeigte ihnen, wie man Burgen baute und die Beine im Sand vergrub. Sie hatten vom Eis noch süße Schmierer auf der Haut, dass der Sand an ihren Knien klebte und scheuerte, als ihre Mutter ihn wegrieb. Später besuchten sie den Pier, und ihre Mutter zeigte ihnen die Spielautomaten, die Stände, an denen Zuckerwatte angeboten wurde, die Autoscooter. Sie kaufte beiden eine Zuckerstange.

Im Spiegelkabinett jagte ihre Mutter sie von einem Spiegel zum anderen. »Schaut mich mal an!«, rief sie lachend. Die Seligkeit seiner Mutter lag an diesem Tag irgendwie in der Luft als etwas Süßes, das die Kinder auf der Zunge schmecken und hinunterschlucken konnten. Byron und Lucy schoben sich an ihre Seite, hielten sie an der Hand und fanden sich verkürzt, verdickt oder verlängert im Spiegel wieder. Die Kinder waren von der Hitze rot und klebrig, ihre Kleider zerknittert, ihre Haare zerzaust. Nur ihre Mutter in der Mitte sah mit ihrem mohnroten Kleid und ihrem wippenden Haar wunderschön aus.

Sie zeigte ihnen eine Bank, auf die sie sich setzen sollten, um ihre Sandwiches zu essen. Währenddessen schlenderte sie zum Rand des Piers und schaute übers Meer. Sie schirmte die Augen mit der Hand von der Sonne ab. Als ein flanierender Gentleman stehen blieb und sie mit einem »Hallo« ansprach, lachte sie. »Fort mit Ihnen! Ich habe Kinder.«

Vor dem Theater am Ende des Piers hingen Zettel: *Parkett ausverkauft. Galerie ausverkauft.* Diana leckte an der Spitze ihres Taschentuchs und wischte ihnen die Gesichter sauber, bevor sie die Glastüren aufschob und die Kinder hineinführte. Sie legte den Finger auf die Lippen und ermahnte sie eindringlich, still zu sein.

Das Foyer war leer, aber hinter dem Samtvorhang hörten sie Gelächter und Applaus. Diana fragte die Frau in Livree am Kartenschalter, ob es noch Plätze gebe, und die Dame sagte, es gebe eine Loge, wenn sie die wollten. Während Diana das Geld aus ihrem Geldbeutel abzählte, sagte sie zu der Dame, sie habe schon jahrelang keine Show mehr gesehen. Sie fragte sie, ob sie von dem *Weißen Supremo,* von *Pamela, der Dame mit dem Bart* und einer Tanzgruppe namens *Sally Girls* gehört habe, aber die Kartenverkäuferin schüttelte den Kopf. »Hier treten alle auf«, sagte sie; und wieder lachte Diana und nahm die Kinder an den Händen. Ein junger Mann mit Schirmmütze und einer Taschenlampe führte sie die abgedunkelte Treppe hinauf und einen Gang entlang. Diana bat um zwei Programme und gab sie den Kindern.

Brüllendes Gelächter schlug ihnen entgegen, als sie in ihre Loge traten. Die Bühne war strahlend hell erleuchtet, wie eine Quelle gelben Lichts. Byron konnte nicht erkennen, was die Leute auf der Bühne sagten oder warum genau die Menge lachte, weil er erst gar nicht zuhörte, sondern nur zusah. Er dachte, das Publikum lache über ihn, weil sie zu spät gekommen waren, aber als er sich auf seinen Samtsitz setzte, bemerkte er, dass die Leute auf einen Mann auf der Bühne deuteten und sich vor Lachen die Bäuche hielten.

Der Mann jonglierte mit Tellern. Er rannte zwischen ihnen hin und her und ließ Porzellan auf Eisenstangen kreisen, die aussahen wie Blumenstängel. Und während die Teller immer rundherum kreiselten, warfen sie das Licht zurück. Jedes Mal, wenn ein Teller langsamer wurde, kurz davor war, stehen zu bleiben, herabzufallen und in Stücke zu zerspringen, schien sich der Jongleur im letzten Moment an ihn zu erinnern und rannte zu ihm. Diana hielt beim Zusehen die Finger vor die Augen, als wolle sie sich verstecken. Der Hintergrund war mit einer Seeterrasse bemalt. Der Künstler hatte sogar eingefangen, wie der Mond übers Wasser schien, in einem Silberpfad, der dem Horizont entgegenlief. Am Ende der Nummer machte der Jongleur eine schwungvolle Verbeugung, bei der er sich aus der Hüfte heraus tief nach unten fallen ließ. Er blies Luftküsschen ins Publikum, und Byron war sicher, dass eines davon direkt auf seiner Mutter landete.

Als sich der Vorhang wieder hob, war der mondhelle See verschwunden und durch einen gemalten Palmenstrand ersetzt. Es traten echte Frauen auf mit Grasröcken und Blüten im Haar. Ein Mann sang von der Sonne, und die Frauen tanzten um ihn herum, Ananas und Weinkrüge in den Händen, doch sie blieben nie stehen, um zu essen oder zu trinken. Dann fiel der Vorhang, und wieder wurde die Szenerie im Handumdrehen weggeschafft.

Es gab noch mehr Nummern, jede mit einer neuen Kulisse im Hintergrund. Ein Zauberer trat auf, der immer wieder Fehler machte, ein Geiger im Glitzeranzug, dieselbe Tanztruppe, diesmal in Pailletten und Federn. Byron hatte so etwas noch nie gesehen, nicht einmal im Zirkus. Diana klatschte nach jeder Nummer und saß dann ganz still da, als hätte sie Angst, das

Ganze könnte verschwinden, wenn sie zu tief Luft holte. Als ein Mann im Frack die Hammondorgel spielte und hinter ihm eine kleine Damengruppe in weißen Kleidern tanzte, glänzte Dianas Gesicht von Tränen. Erst als ein zweiter Zauberer auftrat, der einen roten Fez aufhatte und einen viel zu großen Anzug trug, begann sie zu lachen. Als sie einmal damit anfing, konnte sie nicht mehr aufhören. »Ach, ist das lustig«, kreischte sie. Sie musste sich den Bauch halten, so heftig lachte sie.

Als sie den Pier und das Meer verließen, war es schon Spätnachmittag. Lucy war so müde, dass Diana sie durch das Drehkreuz zurück zum Auto trug.

Byron sah zu, wie das Meer hinter ihnen immer blasser wurde, bis es nur noch eine Silberborte am Horizont war. Seine Schwester schlief augenblicklich ein. Diesmal sang seine Mutter nicht, sondern fuhr schweigend. Nur einmal hob sie die Augen und suchte im Rückspiegel nach seinem Blick. »Das war ein glücklicher Tag«, sagte sie lächelnd.

Ja, sagte er, das stimmt. Sie konnte sich so gut Überraschungen ausdenken.

Wie sich herausstellte, wartete eine weitere Überraschung auf sie, als sie mit klebriger und nach so viel Sonnentanken kribbelnder Haut zu Hause ankamen. Hinter dem Haus warteten auf den Sonnenliegen Beverley und Jeanie auf sie. Jeanie lag ausgestreckt da und schlief, aber sobald Beverley sie in die Küche kommen sah, sprang sie auf und deutete auf ihre Uhr. Diana schloss die Terrassentüren auf, schlug die Türflügel an die Außenmauer zurück und hakte sie ein. Sie fragte, ob alles in Ordnung sei, aber Beverley war wütend. Sie sagte, Diana habe sie enttäuscht. Sie habe ihren Besuch vergessen.

»Mir war nicht klar, dass die Besuche eine tägliche Angelegenheit sind.« Diana erklärte, sie seien nur ans Meer gefahren, zu einer Show, aber damit machte sie nur alles schlimmer.

Beverley blieb der Mund offen stehen. Anscheinend konnte sie nicht fassen, was sie hörte.

»Es gab einen sehr guten Orgelspieler«, sagte Byron. Er erbot sich, die Programme zu holen, um Beverley die Bilder zu zeigen, aber sie schüttelte nur kurz den Kopf und kniff den Mund so fest zusammen, dass es aussah, als hätte sie eine Reihe Stecknadeln darin.

»Beverley, es gibt keinen Grund, verärgert zu sein«, sagte Diana.

»Ich wäre auch gern ans Meer gefahren. Ich hätte auch gern eine Vorführung gesehen. Wir verhungern hier. Für mich war es ein schlimmer Tag. Meine Arthritis tobt. Und gerade die Orgel höre ich so gern. Das ist mein Lieblingsinstrument.«

Diana stürzte in die Küche, um Beverley ihr gelbes Getränk zu holen, und begann, einen Laib Brot aufzuschneiden, um Sandwiches zu machen, aber Beverley wühlte ihre Handtasche durch. Sie zog immer wieder etwas heraus, ihren Geldbeutel, ihren kleinen Taschenkalender, ihr Taschentuch, und warf es wieder hinein, weil sie das Gesuchte nicht finden konnte. »Ich hab dir ja gesagt, dass es so kommen würde«, sagte sie, am Rand der Tränen. »Ich hab dir ja gesagt, dass du uns bald satt haben würdest.«

»Ich habe euch nicht satt, Beverley.«

»Du glaubst, du kannst mich zum Tee einladen, und dann fällt dir was Besseres ein und du fährst einfach weg und vergisst mich völlig.« Was sie sonst noch sagen wollte, brachte sie nicht mehr heraus, so sehr weinte sie.

Diana hielt ihr ein Taschentuch hin. Dann nahm sie ihre Hand. Dann drückte sie sie an sich. »Bitte wein nicht, Beverley. Du bist meine Freundin. Selbstverständlich bist du das. Aber ich kann nicht die ganze Zeit nur für dich da sein. Ich habe auch die Kinder …«

Da riss sich Beverley mit erhobenem Arm los, als wollte sie zu einem Schlag ausholen. Aber ein schrilles Gelächter, das aus der Küche kam, ließ sie stocken. Jeanie flog auf Lucys Hüpfball der offenen Terrassentür entgegen. Sie prallte auf der Schwelle auf, bekam zu viel Schwung, flog in hohem Bogen über die Gummigriffe und knallte auf die Terrassenplatten. Dort blieb sie ganz still liegen, mit gespreizten Beinen, die Hände links und rechts an den Kopf gepresst. Sie rührte sich nicht.

Mit einem Aufschrei rannte Beverley zu ihr. »Da hast du's!«, kreischte sie. »Da hast du's.« Tröstlich klang das nicht. Sie rüttelte grob an ihrer Tochter, als schliefe sie, zog sie an den Armen. »Kannst du laufen? Ist die Naht aufgegangen?«

»Sie hat doch gar keine Naht«, sagte Diana, aber auch sie sah entsetzt aus. »Und warum war sie auf dem Hüpfball, wenn ihr Bein so schlimm ist?«

Da hatte sie das Falsche gesagt, auch wenn es die Wahrheit war. Beverley hob das Kind auf und wankte durch die Terrassentür in die Küche. Diana lief ihr mit ihrer Handtasche nach, aber Beverley stolperte und wankte weiter, als hätte sie vergessen, wie man stehen bleibt.

»Entschuldige, es tut mir leid!«, rief Diana. »Ich habe es nicht so gemeint.«

Aber Beverley schrie nur zurück: »Das ist jetzt zu spät.«

»Lass mich helfen. Ich fahre euch nach Hause.« Diana redete mit ihrer flattrigen Seymour-Stimme, und eine Schrecksekunde lang fürchtete Byron, dass sein Vater direkt hinter ihnen stand.

Beverley blieb abrupt stehen und fuhr herum. Sie war puterrot im Gesicht. Jeanie lag in ihren Armen, leicht wie ein Stück Stoff; Beverley krallte ständig die Finger zusammen und streckte sie wieder aus, als wäre es zu schmerzhaft, sie als Hände zu benutzen. An Jeanies Knie war kein Blut, Byron sah ganz genau hin. Doch Jeanie war blass und hatte die Augen nur halb offen, auch das sah er. »Glaubst du, ich bin hier, um Almosen von dir zu kriegen?«, zischte Beverley. »Ich bin genauso viel wert wie du, Diana. Vergiss nicht, dass meine Mutter eine Pfarrersfrau war. Keine billige Revuetänzerin. Wir fahren mit dem Bus.«

Jetzt geriet Diana ins Wanken. Sie brachte kaum einen Ton hervor, stammelte nur ein paar Worte vom Wagen und der Bushaltestelle, mehr nicht.

Zu Byrons Erstaunen lachte Beverley. »Wie bitte? Und mit ansehen, wie du von einer Seite zur anderen schwenkst? Du hast ja so viel Angst vor dem Auto, dass du nicht sicher fahren kannst. Dein Führerschein sollte einkassiert werden.«

Sie marschierte davon zur Auffahrt, Jeanie in den Armen. Diana sah ihr auf der Türschwelle nach und fuhr sich immer wieder durch die Haare. »Das ist gar nicht gut«, sagte sie leise. Sie kehrte in die Küche zurück.

Byron hörte sie abspülen und den Sand aus den Strandhandtüchern schütteln. Er blieb an der Tür stehen und sah, wie Beverleys Umrisse auf dem weiten Weg zur Landstraße immer kleiner und undeutlicher wurden, bis nichts mehr da war als der Garten, dahinter die Heide und dann die Emaille des Sommerhimmels.

Wie Beverley interessierte sich auch James sehr für die Show. Vielleicht war er enttäuscht, dass die Operation Perfekt zu Ende war, und verlagerte deshalb seine ganze Energie auf den Überraschungsbesuch am Pier. Er fragte Byron über die verschiedenen Nummern aus, was die Künstler getragen hatten, wie lange die Vorführungen dauerten, was sie genau gemacht hatten. Er bat ihn, den gemalten Hintergrund zu beschreiben, das Orchester, den Vorhang, der zwischen den einzelnen

Szenen fiel. Der Bericht über den Orgelspieler und die Tänzerinnen in Weiß versetzte ihn regelrecht in Trance. »Hat deine Mutter wirklich geweint?«, fragte er mehrmals.

Aus der Digby Road kam vier Tage lang keine Nachricht. In dieser Zeit sprach Diana wenig. Sie arbeitete viel im Garten, knipste die verwelkten Rosenblüten ab und schnitt die Wicken zurück. Ohne Beverley schien die Zeit wieder ein gähnendes Loch. Lucy und Byron spielten in der Nähe ihrer Mutter und setzten sich zum Essen unter die Obstbäume. Byron zeigte seiner Schwester, wie man aus zerdrückten Blütenblättern Parfüm machte. Als Seymour zu Besuch kam, hatte Diana ihren Bleistiftrock angezogen und sich das Haar in Form geföhnt. Er redete von seiner bevorstehenden Reise nach Schottland, und sie machte eine Liste der Dinge, die er brauchte. Sie aßen Geburtstagskuchen mit Lucy, und er fuhr Sonntag früh wieder zurück.

Am Nachmittag rief Beverley an. Das Gespräch war kurz, Diana sagte kaum ein Wort und kehrte milchweiß vom Telefon zurück. Sie setzte sich auf einen Küchenstuhl, schlug die Hände vors Gesicht und war lange zu keiner Erklärung fähig.

Es ist etwas Entsetzliches eingetreten, schrieb Byron diesen Abend an James. *Jeanie, das kleine Mädchen, KANN NICHT MEHR LAUFEN. Bitte antworte sofort. Die Situation ist SEHR ERNST. DIE OPERATION PERFEKT IST NICHT BEENDET. Das ist ein NOTFALL.*

10
Heide

Jim steht in einer Telefonzelle und erklärt Eileen, dass er ihre Nummer von den Mädchen in der Küche bekommen hat. Ob er sie nach der Arbeit sehen könnte? Es sei ein Notfall. Er verspricht, sie nicht lange in Anspruch zu nehmen, doch er müsse ihr etwas Wichtiges erzählen. Die Verbindung ist schlecht. Erst weiß sie anscheinend nicht, wer er ist oder wovon er redet. Sie sagt, wenn er ihr Küchengeräte oder eine Hausratsversicherung andrehen wolle, könnte er sich gleich verpissen. »Eileen, i-ich bin's«, stammelt er.

»Jim?« Sie bricht in ein Lachen aus, als hätte sie gerade etwas Beglückendes gesehen. Er fragt ein zweites Mal, ob sie sich mit ihm treffen will.

Sie sagt, sie könne so schnell kommen, wie er möge. Auch sie müsse ihn sehen, sagt sie.

Den Rest des Nachmittags ist Jim wie gelähmt vor Angst. Er vergisst immer wieder, die Kunden anzulächeln. Er teilt keine Flyer mehr aus. Vielleicht sollte er Eileen noch einmal anrufen? Vielleicht sollte er vorschützen, ihm sei eingefallen, dass er schon etwas anderes vorhabe? Er weiß nicht einmal, was er ihr genau erzählen will.

Es ist insofern ein Notfall, als er zu nichts mehr in der Lage sein wird, wenn sie schließlich da ist. Wie kann er alles aussprechen, was ihm im Kopf herumgeht? Der ist voll von Bildern, Erinnerungen und Dingen, die in dem Sekundenbruchteil passieren, bevor die Worte kommen. In den ganzen Jahren in Besley Hill ist es ihm trotz aller Unterstützung durch die Schwestern, Sozialarbeiter und Ärzte nie gelungen, das zu erklären. Seine Vergangenheit ist wie die Klänge, die von den Hügeln herüberwehen: Sie ist aus Luft gemacht. Wie kann er sie jemals in Worte fassen?

In der letzten Gruppensitzung in Besley Hill versprach die Sozialarbeiterin den Patienten, dies sei kein Ende, sondern ein neuer Anfang. Auch einige vom Personal seien nun arbeitslos, sagte sie lachend, und weil sie gar nicht mehr aufhören konnte zu lachen, wurde deutlich, dass sie dazugehörte. Jetzt fange für sie alle eine seltsame, neue Zeit an. Sie wollte, dass sich jeder vorstellte, was er gern wäre. Jemand sagte Cheryl Cole, mehrere Patienten weinten, ein anderer sagte, Astronaut, und da lachten sie. Danach sagte die Sozialarbeiterin zu Jim, dass Mr Meade bereit sei, ihn auf Probe zu nehmen. Sie erklärte ihm, was das bedeutete und dass er es schaffen könne, ganz bestimmt. Er hätte ihr gern gesagt, er wünsche sich, er könne ein Freund für jemanden sein, aber da telefonierte sie schon wieder mit ihrem Handy und machte seine Papiere fertig.

Es ist Eileens Idee, in die Heide zu fahren. Sie spürt seine Beklommenheit und meint, dass Raum und Weite guttun könnten. Für sie sei es immer leichter gewesen, im Dunkeln zu reden. Sie fährt konstant sechzig Stundenkilometer, er sitzt auf dem Beifahrersitz und hält seine Hände im Schoß umklammert. Der Sitzgurt schneidet ihm in den Hals. Er kann kaum atmen. Sie entfernen sich von der Stadt, fahren an den neuen Drive-ins der Fastfoodketten vorbei, an der Baustelle, wo es bald ein neues Einkaufszentrum geben wird. Die mit Flutlicht

angestrahlten Infotafeln versprechen 1430 kostenlose Park-
plätze, zwanzig gastronomische Einrichtungen, alle großen
Marken und stressfreies Shoppen auf drei Ebenen. Eileen sagt,
dass bald nicht mehr viel Heide übrig sein werde, aber Jim antwortet nicht. Er erinnert sich, wie er einmal an der Absperrung
eines Abbruchgeländes gestanden hat. Er beobachtete die Pla-
nierraupen, die Kräne, die Bagger, eine ganze Armee war da
für den Abriss von ein paar Ziegeln und Mauern aufgeboten.
Er konnte nicht fassen, wie schnell sie in sich zusammenfielen.

Als sie den Weiderost erreichen, gibt es nur noch Land-
schaft, und zu beiden Seiten des Wagens ergießt sich Dunkelheit in die Weite. Die Lichter von Häusern sprenkeln die
Hügelflanken; vor ihnen liegt nichts als Nacht. Als Eileen parkt
und fragt, ob er lieber sitzen bleiben und reden möchte, sagt er,
er würde gern aussteigen. Seit über einer Woche war er nicht
mehr in der Heide. Er hat sie so vermisst, wie andere Leute,
stellt er sich zumindest vor, ihre Familie vermissen.

»Ich richte mich ganz nach dir«, sagt Eileen.

Das Fehlen von Geräuschen hier oben, von den Wind-
stößen abgesehen, ist atemberaubend. Eine ganze Weile sagt
keiner der beiden ein Wort. Sie schieben sich langsam voran,
stemmen sich gegen den Wind, der sie anspringt und mit
der Wut des Meeres durch die langen Gräser pfeift. Über den
Himmel sind viele Sterne wie Glutfunken verstreut, aber den
Mond kann Jim nicht finden. Am westlichen Hügelgrat ist der
Horizont mit orangefarbenem Licht gerändert. Das ist nur die
Straßenbeleuchtung, aber man könnte denken, irgendwo in
der Ferne lodere ein Feuer. Es ist manchmal verwirrend, etwas
anzusehen und zu wissen, dass es etwas anderes sein könnte,
wenn man die Perspektive wechselt. Die Wahrheit ist ungenau,
erinnert er sich plötzlich. Und dann schüttelt er den Kopf, um
nicht mehr daran denken zu müssen.

»Kalt?«, fragt Eileen.

»Ein bisschen.«

»Brauchst du meinen Arm?«

»Es passt schon.«

»Fuß in Ordnung?«

»Ja, Eileen.«

»Bist du sicher, dass wir hier rumlaufen sollten?«

Er macht kurze Schritte, um auf der sicheren Seite zu bleiben. Er ist so aufgewühlt, dass er kaum schlucken kann. Er muss flach atmen, wie es die Schwestern ihm gezeigt haben. Er muss seinen Kopf leermachen und sich die Zahlen Zwei und Eins vorstellen. Kurz wünscht er sich das Wegsacken herbei, das aus der Nadel des Anästhesisten vor der Behandlung in seine Adern träufelte, auch wenn sie in Besley Hill schon vor vielen Jahren damit aufgehört haben.

Es sieht so aus, als sei Jim nicht der Einzige, der eigenartig atmet. Eileens Atem kommt rau und rasch, als zerre sie ihn mühsam aus den Lungen. Als sie schließlich fragt, worum es bei dem Notfallanruf gegangen sei, kann er nur den Kopf schütteln.

Ein Nachtvogel fliegt mit dem Wind, so schnell, so dunkel, dass er aussieht, als würde er herumgeschleudert, als spiele die Heide mit ihm und der Vogel fliege gar nicht.

»Wenn du nicht reden willst, dann ist das auch in Ordnung, Jim. Dann rede ich. Versuch, mich zu bremsen. Ich könnte ein bisschen von deiner Schweigsamkeit brauchen.« Sie lacht und sagt dann: »Warum hast du mich nicht zurückgerufen? Ich habe im Supermarkt angerufen. Ich habe dir Nachrichten ausrichten lassen. Hast du sie nicht bekommen?«

Wieder schüttelt er den Kopf.

Sie wirkt aufgeregt. »War ich das?« Sie bleibt stehen und deutet auf seinen Fuß. Sie steht da, ohne zu wanken.

Er versucht, »Unfall« zu sagen, kommt dem Wort aber nicht einmal in die Nähe.

»Scheiße«, sagt sie.

»Bitte reg dich nicht auf.«

»Warum hast du mir das nicht gesagt? Du könntest mich anzeigen, wenn du wolltest. Die Leute gehen doch dauernd vor Gericht. Kinder verklagen ihre eigenen Eltern. Nicht dass ich viel zu geben hätte, außer du willst mein Auto und einen Fernseher, der im Eimer ist?«

Sie sieht ihn an, wartet auf eine Antwort, und die ganze Zeit öffnet und schließt er unter ihren Blicken den Mund und macht kleine, beruhigende Geräusche, die aber so angespannt sind, dass es schmerzt.

»Du brauchst mir auch nicht sofort zu antworten«, sagt Eileen. »Wir können über andere Dinge reden.«

Der Wind weht so stark, dass die Bäume ihre Äste schwingen wie Röcke. Er nennt ihr ihre Namen. Eileen schlägt den Kragen über die Ohren, und manchmal muss er schreien. »Das ist eine Esche. Die Rinde ist silbern. Die Knospen sind schwarz. Man kann eine Esche immer daran erkennen, dass die Zweige senkrecht nach oben zeigen. Manchmal hängen die alten Fruchtstände herunter.«

Das alles kommt fast ohne Stottern heraus.

Als er Eileen einen kurzen Seitenblick zuwirft, lächelt sie breit, aber über ihre Mundwinkel breiten sich zwei rote Flecken aus wie Erdbeeren. Sie lacht, als hätte er ihr ein Geschenk gemacht. »So viel hab ich über Bäume nie gewusst.« Dann sagt sie nichts mehr. Sie wirft ihm nur noch verstohlene Blicke zu, bei denen sie immer mehr errötet. Erst als sie wieder zurück beim Auto sind, sagt sie: »Mit dir stimmt doch alles, Jim. Warum haben die dich so lange in Besley Hill behalten?«

Er beginnt so stark zu zittern, dass er zu stürzen droht. Das ist die Frage, an deren Beantwortung ihm am meisten liegt. Sie umfasst alles, was er Eileen über sich sagen möchte. Er sieht sich als jungen Mann, wie er den Polizisten anschreit, wie er gegen Wände hämmert. Er sieht sich in Kleidern, die nicht ihm gehören. Den Blick aus vergitterten Fenstern. Den Blick auf die Heide. Den Himmel.

»Ich habe einen Fehler gemacht.«

»Wir alle machen Fehler.«

Er redet weiter. »Wir waren einmal zu zweit. Vor vielen Jahren. Ich und ein Freund. Etwas ist passiert. Etwas Schlimmes. Das war meine Schuld. Es war alles meine Schuld.« Mehr schafft er nicht.

Als feststeht, dass er ausgeredet hat und nichts mehr sagen kann, verschränkt Eileen die Arme unter der Brust, die sie damit zugleich in die Höhe hebt, und stößt einen langen Seufzer aus. »Das tut mir leid. Das mit dir und deinem Freund. Siehst du ihn jetzt noch?«

»Nein.«

»Hat er dich in Besley Hill besucht?«

»Nein.«

Es ist so schwer, diese Dinge auszusprechen, diese Bruchstücke der Wahrheit, dass er einfach nicht mehr kann. Er weiß nicht mehr, was Himmel ist, was Erde. Er erinnert sich, wie er sich nach Briefen gesehnt hat, wie er gewartet und gewartet hat, sicher, dass er einen bekommen würde. Gelegentlich bekamen Patienten eine Weihnachtskarte, vielleicht etwas zum Geburtstag; für Jim gab es nichts. Als Eileen seinen Schmerz bemerkt, fasst sie ihn am Ärmel. Sie lacht, diesmal ganz sanft, als versuche sie ihm zu zeigen, wie er in ihr Lachen einstimmen kann. »Lass mal gut sein. Wenn wir nicht aufpassen, bist du gleich wieder in der Klinik. Und ich bin wieder daran schuld.«

Es hat keinen Zweck. Jim dreht sich der Kopf. Er weiß nicht, ob er über ihre Worte nachdenkt, über Besley Hill oder über etwas anderes, was lange her ist. Er sagt: »Es war ein Unfall. Ich verzeihe dir. Wir müssen verzeihen.«

Zumindest möchte er das sagen. Die Worte kleben an seinem Mund. Es kommen nur Geräusche heraus, die keine richtige Sprache ergeben.

»Schon gut, Jim. Ist ja gut, mein Lieber. Jetzt fahren wir dich nach Hause.«

Er hofft, er betet, dass sie ihn verstanden hat.

11
Beverleys Orgel

»Ich begreife die Situation, Byron. Aber wir dürfen nicht in Panik verfallen. Wir müssen logisch denken«, sagte James mit atemloser Stimme ins Telefon. Er hatte angerufen, sobald er Byrons Brief gelesen hatte. »Wir müssen die Fakten auflisten und herausfinden, was zu tun ist.«

Die Fakten waren simpel: Jeanie war seit fünf Tagen nicht gelaufen – seit Lucys Geburtstagsausflug zum Strand. Beverley zufolge konnte sie ihr Bein überhaupt nicht belasten. Erst hatte Walt versucht, sie mit Süßigkeiten zum Laufen zu bringen; Beverley hatte geweint. Sie waren mit ihr in die Klinik gefahren. Walt hatte die Ärzte um Hilfe angefleht. Beverley hatte die Schwestern angeschrien. Nichts half. Es gab kein offensichtliches Anzeichen einer Verletzung, und doch schien das Kind gelähmt. Wenn Jeanie zu stehen versuchte, fiel sie entweder zu Boden oder schrie. Jetzt weigerte sie sich rundheraus, sich zu bewegen. Sie hatte eine Bandage vom Knöchel bis zum Oberschenkel. Einige Tage lang weigerte sie sich sogar, die Hände zu heben und selbständig zu essen.

Diana reagierte als Erstes betäubt, doch dann brach sie in hektische Aktivität aus. Am Montag hatte sie die Kinder ins Auto gepackt. Sie parkte vor dem Haus in der Digby Road und rannte mit einer Tasche voller Zeitschriften und Comic-

288

hefte, die sie unterwegs gekauft hatte, hinein. Zum ersten Mal schien nun von den beiden Frauen Diana die Schmächtigere, Kleinere. Sie hatte ihre Nägel abgekaut und lief hin und her, während Beverley sie mit verschränkten Armen beobachtete. Diana schlug einen Mann vor, dessen Name in ihrem Notizbuch stand, aber als Beverley hörte, dass er Psychologe war, ging sie an die Decke. »Glaubst du, wir denken uns das aus?«, schrie sie. »Glaubst du, wir sind bekloppt, nur weil wir in der Digby Road leben? Was wir brauchen, ist sachgerechte *Hilfe*!«

Beverley hatte gesagt, sie könne Jeanie leichter bewegen, wenn sie etwas mit Rädern hätte; ihre Hände machten Probleme. Diana war nach Hause gerast und hatte Lucys alten Buggy geholt. Wieder hatten die Kinder ihrer Mutter vom Auto aus zugesehen, als sie vorführte, wie der Buggy aufzuklappen und festzustellen war; gleichzeitig versprach sie, Beverley überall hinzufahren. Beverley zuckte mit den Achseln. Die Leute seien sehr hilfsbereit, wenn man mit einem kranken Kind kam. Sie halfen beim Einsteigen in den Bus und ließen einen in den Geschäften in der Schlange nach vorn. Sie blieb reserviert.

Diana hatte den ganzen Abend medizinische Fachbücher aus der Bibliothek gewälzt. Am nächsten Morgen hatte Beverley mit der Nachricht angerufen, die Ärzte hätten Jeanie eine Schiene zum Umschnallen gegeben.

Auf alle diese Fakten antwortete James mit einem Satz. »Die Situation ist sehr ernst.«

»Das weiß ich auch«, flüsterte Byron. Er konnte seine Mutter oben herumlaufen hören, sie konnte nicht mehr stillsitzen, und er hatte sie nicht um Erlaubnis gefragt, ob er telefonieren durfte.

James gab einen gequälten Seufzer von sich. »Ich wünschte, es gäbe eine Möglichkeit, dass ich den neuen Sachverhalt selbst in Augenschein nehmen könnte.«

Den Rest der Woche saß Jeanie auf einer Decke im Schatten der Obstbäume von Cranham House. Um sie herum lagen Lucys Ausmalbücher und Puppen; Byron konnte kaum hinsehen. Jedes Mal, wenn er an ihr vorbeimusste, machte er einen größeren Bogen. Lucy hatte sich ein Taschentuch ums Knie gebunden. Sie wollte ihren Buggy wiederhaben, sagte sie. Sie brauche ihn. Sie weinte sogar.

»Die Sache ist die, Diana«, sagte Beverley auf der Terrasse. »Du hast meine Tochter angefahren und bist auf und davon. Du hast dich einen Monat lang nicht zu deiner Tat bekannt. Und jetzt ist meine Tochter gelähmt. Damit haben wir es zu tun.« Das war das erste Mal, dass Beverley Diana drohte, auch wenn sie die Drohung nicht direkt aussprach. Sie redete leise, fast verlegen, und drehte dabei an den Knöpfen ihrer Bluse herum, dass ihre Worte eher nach einer Entschuldigung klangen. »Vielleicht müssen wir die Polizei einschalten. Anwälte. Du verstehst.«

»Anwälte?« Dianas Stimme schraubte sich in die Höhe.

»Ich meine nicht, dass ich dir damit eins auswischen will. Du bist meine beste Freundin. Ich meine nur, dass ich nachdenken muss. Dass ich zweckmäßig handeln muss.«

»Natürlich musst du das«, sagte Diana tapfer.

»Du bist meine beste Freundin, aber Jeanie ist meine Tochter. Du würdest genauso handeln. Du bist auch eine Mutter. Du würdest deine Kinder über mich stellen.«

»Aber müssen wir wirklich die Polizei einschalten? Und Anwälte?«

»Ich denke an Seymour. Wenn du es ihm erzählst, will er wahrscheinlich so vorgehen, dass alles seine Ordnung hat.«

Diana zögerte, als wüsste sie nicht, ob sie aussprechen sollte, was sie dachte. »Ich bin nicht der Meinung, dass wir es Seymour sagen müssen«, sagte sie schließlich.

In einer letzten sklavischen Anstrengung, der Wahrheit aus dem Weg zu gehen, schien sich Diana kurze Zeit zu noch mehr Perfektion aufzuschwingen. Sie erschien noch schlanker, noch gepflegter, noch schneller. Sie bohnerte den Küchenboden jedes Mal, wenn die Kinder darüberliefen, und sei es nur, um sich ein Glas Sunquick zu holen. Aber solcher Perfektionismus erfordert unablässige Wachsamkeit, und die Mühe begann, ihren Tribut zu fordern. Häufig hörte sie zu, als käme das Gesagte gar nicht bei ihr an oder als höre sie etwas anderes als alle anderen. Sie begann Listen zu machen. Diese Listen tauchten überall auf, nicht nur in ihrem Notizheft. Dort herausgerissene Seiten lagen auf den Arbeitsflächen in der Küche. Im Bad. Neben ihrer Nachttischlampe. Und es waren nicht nur die üblichen Listen mit Lebensmitteln, die gekauft werden mussten, oder Telefonaten, die zu führen waren, sondern sie enthielten ganz Grundlegendes. Zwischen *Wäsche waschen* und *neuer blauer Knopf für Lucys Strickjacke* standen auch Dinge wie *Mittagessen kochen* und *Zähne putzen*.

Aber auch wenn Byrons Mutter jeden Tag alles richtig machte, wenn sie den Kindern ein gesundes Frühstück auf den Tisch stellte und ihre Kleider wusch, schwang immer auch der Moment im Jaguar mit, als sie sich falsch verhalten hatte. Es war, als hätte sie ganz am Anfang ein Kind angefahren und nicht angehalten. Noch bevor sie fahren gelernt, noch bevor sie Seymour getroffen hatte. Als wäre der Unfall immer in ihrem Leben gewesen und als könnte sie diesen Fehler niemals wiedergutmachen, was auch immer sie unternahm. Außerdem hatte Beverley inzwischen ihre eigene Dynamik entwickelt. Die beiden Frauen kreisten auf getrennten Umlaufbahnen.

»Ich begreife es nicht«, sagte Diana einmal. Sie starrte auf den Boden, als suche sie nach konkreten Anhaltspunkten, die ihr helfen könnten. »Sie hatte eine Platzwunde am Knie. Als wir zum ersten Mal in die Digby Road gefahren sind, sagten sie, die Wunde wäre klein gewesen. Nichts von Bedeutung, haben sie gesagt. Wie kommt es, dass sie jetzt nicht mehr laufen kann? Was kann dazu geführt haben?«

»Ich weiß nicht«, sagte Byron. »Vielleicht bildet sie sich alles nur ein.«

»Aber das ist keine Einbildung!« Diana schrie fast. Das Lodern in ihren Augen verdrängte die Farbe. »Sie kann nicht laufen. Die Ärzte machen eine Untersuchung nach der anderen, niemand kann ihr helfen. Ich wünschte, es wäre nur Einbildung. Aber sie ist gelähmt, Byron! Und ich weiß nicht, was ich tun soll!«

Manchmal brachte er kleine Geschenke aus der Wiese mit, eine Feder, einen Stein, etwas, was sie früher zum Lächeln gebracht hätte. Er ließ sie als Überraschung liegen, wo sie darauf stoßen würde. Und manchmal waren, wenn er nachsah, die kleinen Geschenke verschwunden, manchmal fand er sie zum Beispiel in ihrer Manteltasche. Da hatte er das Gefühl, er bringe ihr Glück, ohne dass einer von ihnen darüber reden musste.

Am Ende der zweiten Augustwoche kam es dann zum Eklat. Es hatte den ganzen Tag geregnet, und Beverley war gereizt. Sie saß da, starrte aus den Fenstern auf die schmutzigen Regenvorhänge über der Terrasse und dem oberen Rasen und knetete seufzend an ihren Fingergelenken herum. Sie hatte sichtlich Schmerzen. Vorhin hatte sie bereits Lucy angefahren, weil sie Jeanie eine Puppe weggerissen hatte.

»Ich werde ein paar Dinge brauchen, Diana«, sagte sie plötzlich. »Jetzt, wo Jeanie gelähmt ist.«

Diana runzelte die Stirn und sog scharf den Atem ein.

»Du brauchst nicht gleich so gestresst zu schauen. Ich denke nur praktisch«, sagte Beverley.

Diana nickte. Sie hob die Brust; man sah deutlich, dass sie nicht bis in den Bauch hinunter atmete. »An was für Dinge dachtest du denn?«

Beverley stöberte in ihrer Handtasche und zog eine Liste heraus. Byron schielte seiner Mutter über die Schulter und entdeckte eine unheimliche Ähnlichkeit mit James' Listen, nur dass Beverleys Handschrift enger und nicht so gestochen scharf war und der Zettel, achtlos abgerissen von einem *Liebe ist*-Notizblock, am oberen Rand fransig. Aufgelistet waren Kleinigkeiten. Pflaster. Kopfschmerztabletten. Teebeutel. Zusätzliche Gummiunterlage für Notfälle.

»Die anderen Sachen, an die ich außerdem denke, sind noch praktischer.«

»Was meinst mit den anderen Sachen?«, fragte Diana.

Beverleys Blick wanderte über Dianas Küchenschränke. »Sachen, die das Leben erleichtern. Wie zum Beispiel – ich weiß auch nicht – deine Gefriertruhe.«

»Du willst meine Gefriertruhe?«

»Deine will ich nicht, Diana. Die brauchst du ja selber. Aber ich hätte auch gern eine. Heutzutage hat jeder eine. Jetzt, wo mir durch Jeanies Krankheit die Hände gebunden sind, muss ich an allen Ecken und Enden sparen. Schließlich braucht sie bei den einfachsten Dingen meine Hilfe. Sie kann sich nicht einmal alleine anziehen. Und ich muss auch an meine Arthritis denken. Du weißt, wie schwer es mir an manchen Tagen fällt, die Finger zu bewegen.« Sie streckte wieder die Hände aus, als müsste Diana wieder daran erinnert werden, was damit los war, und danach zu schließen, wie Diana sie mit offenem Mund anstarrte, hatte Beverley womöglich nicht unrecht.

»Ich sehe immer noch nicht, wie eine Gefriertruhe Jeanie helfen kann«, sagte Byron.

»Ich könnte natürlich auch ein Auto verlangen, aber das

merkt dein Vater vielleicht.« Die Härte in Beverleys Stimme strafte ihr Lächeln Lügen. Es war, als unterhielte man sich mit einer freundlichen Frau und entdeckte plötzlich direkt hinter ihr eine unfreundliche.

»Ein Auto?«, sagte Diana. »Ich begreife nicht. Du willst ein Auto?«

»Nein, nein. Ich brauche kein Auto. Ich kann gar nicht fahren. Walt hat es nur erwähnt, als Idee. Wie ich neulich zu meiner Nachbarin sagte, was spricht gegen den Bus? Hunderte behinderter Menschen fahren mit dem Bus.«

»Aber ich fahre dich doch.« Diana sprach wieder mit einer Sorgfalt, als wäre die Sprache, in der sie sich unterhielten, nicht ihre Muttersprache. »Das ist kein Problem.«

»Für Jeanie schon. Wenn sie in deinem Auto sitzt, kommen Erinnerungen zurück. Sie hat dann Albträume. Deswegen bin ich so fertig. Was ich gern hätte …« Sie machte eine Pause. »Nein, nein«, sagte sie dann. »Das kann ich nicht sagen.«

»Warum versuchst du's nicht?«, sagte Diana schwach.

»Was ich wirklich gern hätte, ist eine Orgel.«

Byron schluckte. Plötzlich trat ihm ein Bild vor Augen: ein blutverschmiertes Herz in Beverleys Händen. Als hätte sie seine Gedanken gelesen, lächelte sie. »Ein Heim braucht Musik.«

Diesmal brach Diana die Stille. »Also keine Gefriertruhe?«

»Nein.«

»Und auch kein Auto?«

»Nein, nein.«

»Aber eine Orgel?«

»Eine Wurlitzer. Wie die, als du ohne mich zum Pier gefahren bist. Die haben jetzt eine im Kaufhaus, sie steht im Schaufenster.«

Diana war sprachlos. »Aber – wie? Ich meine, die kleinen Dinge kann ich ohne weiteres besorgen, aber …« Hier gingen ihr einfach die Worte aus. Sie saß schweigend da, am Boden zerstört. »Was soll ich Seymour sagen? Übrigens habe ich gar nicht gewusst, dass du Orgel spielen kannst.«

»Kann ich auch nicht«, sagte Beverley. »Aber ich habe das Gefühl, ich würde es schnell lernen. Wenn ich es mir fest vornehme. Und bei Seymour musst du wohl wieder den Trick mit dem leeren Scheckabschnitt bemühen. Das hat doch früher schon geklappt, Di. Du bist doch ein alter Fuchs.«

Die Heimorgel wurde gleich nach dem Wochenende in die Digby Road geliefert. Diana war auf schnellstem Weg zum Kaufhaus gefahren und hatte einen Scheck ausgeschrieben. Wenn man Beverley glauben wollte, hatte sich die Hälfte der Anwohner versammelt, um zuzusehen, wie die vier Möbelpacker die Orgel aus dem Laster hoben und sie umsichtig durch ihr Gartentor und den Gartenweg entlangmanövrierten. Die meisten der Nachbarn hatten noch nie einen Möbelwagen gesehen, sagte sie, geschweige denn eine Wurlitzerorgel. Das Tor musste ausgehängt werden, damit die Männer in den Vorgarten kamen. Und wie durch ein Wunder, sagte Beverley, quietsche es nicht mehr, seit die Kerle es wieder eingehängt hatten.

Die Orgel wurde im Wohnzimmer aufgestellt, gegenüber den neuen Schwingtüren zur Küche. Mitgeliefert wurde eine Klavierbank mit gepolstertem Ledersitz, den man hochklappen konnte, um darunter Noten zu verstauen. Als Beverley die Orgel an der Steckdose anschloss, gab sie ein leises Schnurren von sich, und wie ein aufflammendes Blitzlicht leuchteten über den Tasten zwei Reihen grüner und roter Lichter auf.

Die nächsten paar Tage stellte Beverley ihre Besuche in Cranham House völlig ein. Diana begann, sich wieder Sorgen zu machen. Sie fuhr zweimal am Haus in der Digby Road vorbei, parkte aber nicht, um hineinzugehen. Es gebe keinerlei Lebenszeichen, berichtete sie, und die Wäscheleine sei leer. Schließlich rief Beverley am Donnerstag von einer öffentlichen Telefonzelle aus an. Mit Jeanies Bein sei es besonders schlimm gewesen, sagte sie zu Diana; deswegen hätten sie sie nicht besucht. Byron saß seiner Mutter zu Füßen und konnte jedes Wort mithören.

»Jeanie hatte solche Schmerzen, dass ich das Haus nicht verlassen konnte«, sagte Beverley. »Aber es gibt auch gute Nachrichten.«

»Ja?« Diana presste den Hörer fest ans Ohr. Sie drückte sogar die Daumen.

»Meine Orgel.« Beverleys Stimme klang durch die schlechte Verbindung etwas verzerrt.

»Wie bitte?«, sagte Diana.

»Meine Wurlitzer. Die war ein Volltreffer. Ich fühle mich beim Spielen wie ein Fisch im Wasser.«

»Oh! Das ist ja wunderbar.« In Dianas Augen stiegen Tränen auf, aber sie sprach mit einem Lächeln in der Stimme.

»Ja, Walt kann's kaum glauben. Ich sitze Tag und Nacht davor. Ich kann schon fünf Stücke auswendig. Walt sagt, ich bin ein Naturtalent.«

Sie sagte, sie wolle am nächsten Tag vorbeikommen.

Die Pläne für Beverleys musikalische Darbietung wurden noch am selben Abend geschmiedet, sie waren ganz allein James' Idee. Er sagte, ihm habe der ganze Ablauf mit einem Mal vor Augen gestanden, er könne das Ereignis vom Beginn bis zum Ende vor sich sehen. Er redete so laut und schnell, dass Byron den Hörer ein Stück vom Ohr weghalten musste. Es würde ein Konzert in Cranham House stattfinden, genau wie bei der Show am Pier, und Beverley würde auf ihrer neuen

Orgel spielen. Es würde Eintrittskarten geben, um Geld für Jeanie zu sammeln, dazu würden Erfrischungen gereicht, und alle Winston-House-Mütter würden eingeladen. James würde seine Mutter begleiten, und so könnte er sich endlich selbst ein Bild von Jeanies Zustand machen. Diana würde eine Rede halten, Beverley vorstellen und den beiden Jungen für ihre Hilfe danken.

»Aber ich glaube nicht, dass was draus wird«, argumentierte Byron. »Eine Orgel ist sehr schwer. Die sind kaum zu tragen. Man braucht eine Umzugsfirma. Und die anderen Mütter waren zu Beverley gar nicht nett.«

Aber James blieb eisern. Er redete so schnell, redete Byron einfach nieder. Er würde die Rede für Diana ausarbeiten. Er hatte sie sogar schon geschrieben. Es würde auf der Terrasse ein Buffet mit Häppchen geben, alle Mütter würden etwas mitbringen. Die Küche würde als Bühne dienen, Byron würde die Vorhänge auf- und zuziehen, James würde den Gästen ihre Sitze zuweisen. Vielleicht sollten sie Lucy erlauben, beim Verteilen der Programme zu helfen? James würde mit seiner schönen Handschrift die Einladungskarten schreiben. Er redete ohne Punkt und Komma.

»Aber meine Mutter kann kein Häppchenbuffet machen. Beverley kann kein Konzert geben. Sie lernt das Orgelspielen doch erst!«

James hörte nicht zu. Ja, wiederholte er; das sei die beste Idee, die er jemals gehabt habe. Eine ganz spezielle James-Lowe-Eigenkreation. Byron müsse mit Beverley darüber reden, sobald sie komme.

»Vertrau mir«, sagte James.

12
Parfüm und Deo

Das Treffen in der Stadt war Eileens Idee. Als sie Jim gestern Abend nach dem Heidespaziergang bei seinem Wohnmobil absetzte, schlug sie vor, dass sie sich doch wieder verabreden könnten. Sie erwähnte einen Pub in der Nähe des Schnäppchenladens. »Nur, wenn du willst«, sagte sie. »Vielleicht bist du beschäftigt.«

Er sagte, er wolle sehr gern.

Nach der Schicht geht Jim direkt in die Stadt. Er ist zu früh dran und sieht sich im Schnäppchenladen die Angebote heruntergesetzter Weihnachtspralinen an. Er studiert auch das Regal mit den Deodorants und kommt auf den Gedanken, dass er gern gut riechen würde. Aber er kann nicht sagen, welches Deo das beste ist. Schließlich zieht er eines heraus, auf dem ein grüner Löwe abgebildet ist.

Er würde gern wissen, wie ein grüner Löwe riecht.

Die Verkäuferin sagt, sie tippe die beiden Artikel jetzt ein, und so geht Jim am Ende mit einer Plastiktüte hinaus, die sowohl die Pralinen als auch das Deo enthält.

Letzteres ist ein Fehlkauf. Das merkt er gleich, als er es beim Warten auf Eileen ausprobiert. Er hebt sein Hemd an, wie er es bei anderen Männern gesehen hat, nicht bei Patienten, sondern bei Mr Meade und Darren. Er hält die Dose an die Achsel und zuckt unter einem eiskalten Sprühstrahl zusammen. Jetzt, wo er weiß, wie grüne Löwen riechen, wünscht er sich, er hätte etwas anderes genommen. Es gab zum Beispiel noch ein Deo mit der Abbildung eines Bergs. Er wünscht, er hätte sich für das Bergdeo entschieden.

Da es immer noch früh ist, humpelt er, so schnell er kann, die Straße auf und ab und hofft, dass sich der Geruch so verliert oder wenigstens abschwächt. Aber es ist, als folge ihm ein besonders penetrant riechender Schatten. Kaum bleibt er stehen, schon hat ihn der Schatten wieder eingeholt. Er versucht, sein Tempo zu steigern. Ihm wird bewusst, dass seine Arme auf und ab rudern wie Motorkolben. Er läuft so schnell, dass ihm die Leute aus dem Weg springen.

Als er stehen bleibt, kommt es ihm vor, als wäre der Geruch noch schärfer geworden. Er fragt sich, ob er nicht zu seinem Wohnmobil zurückkehren sollte, ob er sich noch waschen und umziehen kann, aber dann käme er zu spät zu seiner Verabredung mit Eileen. Er läuft von neuem los. Doch der Geruch hat sich anscheinend zu einem lebendigen Wesen zusammengeballt. Ihm sind Tatzen gewachsen. Und es stampft hinter ihm her, etwas Grünes, das immer schneller wird. Er rennt. Der Löwe auch.

»He!« Der Löwe kann sogar reden. »He!«, ruft er. »Warte!«

Erst als Jim einen raschen Seitenblick in ein Schaufenster wirft und hinter seinem eigenen Spiegelbild das seines Verfolgers sieht, merkt er, dass es Eileen ist. Jim hält so abrupt an, dass sie gegen ihn prallt. Sie landet leicht zerknautscht an seiner Brust, und einen Augenblick lang wünscht er, er könnte die Arme um sie schließen und sie festhalten. Dann wird ihm klar, dass sie zwar kein grüner Löwe ist, er selbst aber nach einem solchen riecht. Er macht einen Satz rückwärts.

»Verdammt! Bin ich dir auf den Fuß getreten?« Eileen spricht in Ausrufezeichen. Als ihr sein Geruch in die Nase weht, holt sie tief Luft und macht ein Geräusch, als würde sie gleich umkippen. »Holla!«, quiekt sie.

Das zweite Treffen ist das reine Grauen. Er hätte nie einwilligen sollen. Er wäre jetzt gern in seinem Wohnwagen. Schnell drückt er ihr die Tüte mit den Pralinen in die Hand und merkt zu spät, dass das grässliche Deo auch noch drin ist. Er sagt, es sei schön, sie zu sehen, aber jetzt müsse er ganz schnell los. Eileen hört ihm zu und wendet ihm das Gesicht entgegen, in dem nackte Verwirrung aufbricht. Was er da sieht, sind seine eigenen Gefühle, die die Welt ihm manchmal einjagt. Er fühlt sich, als würden ihm mehrere Hautschichten abgezogen.

»Es ist wegen mir. Stimmt's?«, fragt sie plötzlich. Sie sieht ihn voller Panik an. »Ich rieche grauenhaft. Verdammte Hacke.«

»N-n-n...«, versucht er zu sagen. Aber das Wort versteckt sich.

»Ich hab in dem Laden da hinten diesen Duft ausprobiert. Ich war zu früh dran, hatte nichts Besseres zu tun. Auf der Flasche stand *Heidehauch*. Ich dachte, das könnte dir gefallen, ich probier's mal. Hab mir die Handgelenke und den Hals eingesprüht, immer kräftig drauf. Und jetzt stink ich wie ein Kloreiniger.« Sie hebt die Tüte. »Aber danke für die Pralinen. Oder willst du sie zurückhaben? Für jemand anderen?«

Jim schüttelt nur den Kopf. Endlich würgt er hervor: »Du riechst gut«, obwohl es ihm jetzt, wo er dicht neben ihr steht, tatsächlich fast den Atem verschlägt. Er weiß nicht, ob es sein Deodorant ist oder ihr Parfüm oder ob sich die beiden schon zu etwas noch Toxischerem verbunden haben, jedenfalls ist das Ergebnis verheerend. Seine Augen fangen an zu tränen.

»Willst du immer noch ein Bier?«, fragt sie verlegen, und er antwortet genauso verlegen, ja, gern.

Und so laufen sie zum Pub, Jim und Eileen, verfolgt von zwei Düften, Deo und Parfüm, nicht weniger widerwärtig als Weihnachten in Gesellschaft unangenehmer Verwandter.

Nur dass Jim natürlich keine Verwandten hat, mit denen er Weihnachten verbringen könnte.

Sie reden über vieles. Über seine Pflanzungen, über Neuigkeiten aus dem Supermarkt-Café. Als er das Zusammenrücken beschreibt, lacht sie hellauf, und als er sie lachen hört, sieht auch er die komische Seite und hat keine Angst mehr. Ihm kommt der Gedanke, wie gern er das in seinem Leben hätte, ihr Lachen, ihren anderen Blick auf die Dinge. Ob es wohl das ist, was die Menschen bei einem Partner oder Freund suchen: den fehlenden Teil ihrer selbst? Sie reden darüber, was sich gerade bei Eileen tut – sie sucht einen neuen Job, arbeitet einige Stunden in einem karitativen Laden in der High Street. Sie fragt wieder nach Besley Hill, stellt das Fragen aber ein, als sie spürt, dass er nicht antworten kann. Er hat eine Liste mit interessanten Themen, über die man sprechen kann, wenn das Gespräch versiegt, merkt aber jetzt, dass man dort schlecht nachsehen kann, wenn der Mensch, dessen Interesse man wecken möchte, einem gegenübersitzt. Er wünschte, er hätte früher daran gedacht. Er fragt sich, ob das ein Date ist oder nur ein freundschaftliches Treffen.

»Hm«, sagt Eileen. Sie trommelt mit den Fingern auf dem Tisch.

Jim fragt gehetzt: »Magst du beschreiben, wie du wohnst?« Er fragt: »Hast du einen Hund?« Er fragt: »Was ist dein Lieblingsessen?« Er fragt: »Was würdest du gern sein?«

Es ist, als presche sein Mund ohne Rücksicht auf den Rest seiner Person voran, entschlossen, das ganze Gerede möglichst schnell hinter sich zu bringen.

Nach dem Treffen, das vielleicht ein Date war, vielleicht aber auch nur etwas Freundschaftliches, schiebt er die Tür seines Wohnmobils auf und denkt, jetzt haben sie einen Abend mit Gerede über die unbedeutendsten Kleinigkeiten verplempert. Sie hat ihm erzählt, dass sie keinen Schnee mag, Frost aber schon. Sie findet, Frost hebe die einzelnen Dinge hervor, mache sie zu etwas Besonderem. »Schnee dagegen schmiert alles zu. Und bei Frost fallen auch die Busse nicht aus.«

Von jetzt an wird er Frost immer mögen.

Dass Eileen Frost lieber mag als Schnee, ist natürlich nichts von Gewicht, aber genau aus solchen unbedeutenden Kleinigkeiten, erkennt er, setzen sich letzten Endes die großen Dinge zusammen. Außerdem treten die großen Dinge des Lebens nicht als solche auf. Sie kommen in leisen, ganz gewöhnlichen Momenten – ein Anruf, ein Brief –, kommen, wenn wir nicht hinsehen, kommen ohne Hinweis, ohne Vorwarnung, und deswegen strecken sie uns zu Boden. Und es kann ein ganzes Leben dauern, ein sehr langes Leben, bis man das Missverhältnis der Dinge akzeptiert – dass Unbedeutendes und Bedeutendes ganz dicht beieinanderliegen und miteinander verschmelzen können.

Mehrere Stunden nach ihrem Treffen, als er gerade die Tür des Wohnmobils mit Isolierband verklebt, tritt ihm ein weiteres Bild von Eileen vor Augen. Sie haben in ihrem Auto gesessen, und er wollte gerade aussteigen, als sie sagte: »Du hast mich vorhin einige Dinge gefragt, die damit zu tun haben, wer ich bin. Ich habe nicht geantwortet. Wenn's dich immer noch interessiert, erzähl ich dir was.« Sie erzählte ihm von ihrer Wohnung am Stadtrand. Sie sagte, sie habe keinen Hund, hätte aber gern einen. Sie redete ein bisschen von ihren Eltern; ihr Vater war in den siebziger Jahren beim Militär, ihre Mutter ein Mädchen aus besseren Kreisen. Sie trennten sich, als Eileen dreizehn war. Sie selbst sei in den letzten Jahren viel gereist, nicht immer dorthin, wo es schön sei. Es sei ihr schwer gefallen, an einem Ort zu bleiben. Dann lächelte sie ihn vom Fahrersitz aus an, und irgendwie kam es ihm vor, als hätten ihre Augen einen Tränenschleier. »Ich habe in meinem Leben viel gemacht. Du hast keine Ahnung, wie viel Murks dabei war. Aber wenn ich mir wünschen könnte, was ich gern sein würde, dann würde ich mir wünschen, ein anständiger Mensch zu sein. Das ist das Einzige, was zählt.«

Jim hält einen Streifen Isolierband über die Oberkante der Tür. Er schneidet ihn mit der Schere, damit er genau passt. Dann zieht er zwei weitere Streifen von der Rolle und drückt sie an die Längsseiten. Anschließend führt er konzentriert und zügig die Rituale durch, und als die Uhr in der Stadt elf schlägt, liegt er schon in seinem Klappbett.

13

Ein Gänseei und der Verlust der Zeit

James hatte recht mit dem Konzert. Als Byron die Idee vorschlug, machte Beverley große Augen. »Was? Nur ich?« Das kam heraus wie Gesang. »Und vor allen Müttern?«

»Ich verstehe nicht, was du meinst. Was für eine Art von Konzert?«, fragte Diana misstrauisch.

Byron wiederholte Wort für Wort, was James gesagt hatte. Er erklärte, dass sie alle Mütter nach Cranham House einladen würden; es gäbe Programme und Eintrittskarten, um Geld für Jeanie zu sammeln, und ein Häppchenbüfett. Er führte ihr vor, wie die Jungen die Terrassentüren zurückschlagen und für das Publikum die Stühle aus dem Esszimmer im Halbkreis auf die Terrasse stellen würden, und während er redete, ließ ihn Beverley nicht aus den Augen, nickte unablässig und murmelte »Hm, hm«, als griffe sie nach den Enden seiner Sätze und sammle sie in der Hand. Seine Mutter hörte schweigend zu. Den Kopf schüttelte sie erst, als er geendet hatte, doch Beverley fuhr dazwischen und rief atemlos: »Ach, ich kann doch nicht – oder doch? Glaubst du, ich könnte, Di?«

Da blieb seiner Mutter keine andere Wahl als zu beteuern, natürlich könne sie.

»Ich brauche ein Auftrittskleid und noch mehr Noten, aber ich glaube, er hat recht. Das wird Jeanie wirklich weiterhelfen.«

»Wie kann ihr das mit ihrem Bein weiterhelfen?«, brummte seine Mutter. »Das begreife ich nicht.« Aber Beverley war schon unterwegs in die Eingangshalle, um ihre Handtasche und Jeanies Buggy samt Decke zu holen. Sie müsse gleich nach Hause und anfangen zu üben, sagte sie.

Seymours Besuch fand an diesem Wochenende nicht statt. Er habe vor seiner Jagdreise nach Schottland noch einige Arbeiten abzuschließen. Diana sagte ihm am Telefon, dass sie ihn vermisse. Sie versprach, seine Sachen, die er auf dem Land trug, zu waschen, aber mit so vagen Worten, dass es klang, als denke sie an etwas anderes.

Am Sonntagmorgen wachte Byron früh auf und ging in das Zimmer seiner Mutter. Er fand es leer. Er sah in der Küche nach, im Bad, in Lucys Zimmer und im Salon, aber nirgends war eine Spur von ihr. Da wusste er, wo er suchen musste.

Sie kauerte tief zwischen den Gräsern am Teich, ihr Glas zwischen den Händen. Das Wasser war dunkel und unbewegt, an vielen Stellen bedeckt von weichen, grünen Teppichen aus Entengrütze. Trotz der Augusthitze schäumten die Hecken noch über von weißen Blüten und rosa Hundsrosen mit ihren herzförmigen Blütenblättern. Byron trat sachte auf, weil er seine Mutter nicht erschrecken wollte. Er hockte sich neben sie.

Sie sah nicht hoch, schien aber zu wissen, dass er da war. »Ich warte, dass die Gans ihr Ei legt«, erklärte sie. »Da ist Geduld angesagt.«

Über der Heide schoben sich Wolken wie Granitfelsen zusammen. Gut möglich, dass es bald regnen würde. »Meinst du nicht, wir sollten reingehen und frühstücken?«, fragte Byron. »Beverley wird vielleicht bald da sein.«

Seine Mutter starrte auf den Teich, als hätte Byron nichts gesagt. Nach einer Weile antwortete sie: »Beverley ist bestimmt am Üben. Ich bezweifle, dass sie heute kommt. Die Gans wird auch nicht mehr lange brauchen. Sie ist schon seit Morgengrauen im Nest. Und wenn ich mir ihr Ei nicht hole, dann holen es die Krähen.«

Sie deutete mit dem Glas auf den Zaun. Richtig. Dort saßen sie schon, ringsum aufgereiht, glatt und samtschwarz vor dem Hintergrund der Heide. »Die sehen aus wie Henker. Warten auf das Ende.« Sie lachte.

»Das finde ich nicht«, sagte er.

Die Gans plusterte ihre weißen Daunen auf. Sie saß ganz still auf ihrem Nesselbett, den Hals leicht erhoben; nur ab und zu blinzelte sie mit ihren blauen Augen, die von einem Ring im selben Orange wie der Schnabel umrandet waren. Von den Eschen weiter hinten kamen hohles Krächzen und Blättergeraschel; die Krähen waren überall und warteten auf das Ei. Byron begriff, warum seine Mutter es retten wollte. Der Ganter pickte am Rand des Ufers herum.

Diana trank noch einen Schluck. »Glaubst du, dass Jeanie jemals wieder laufen kann?«, fragte sie plötzlich.

»Klar. Du nicht?«

»Ich sehe nicht, wo das enden wird. Weißt du, dass es schon fast drei Monate her ist, seit alles anfing? Es kommt mir vor wie Jahre. Aber Beverley ist glücklich. Dieses Konzert war eine gute Idee von dir.« Sie drehte sich wieder um und starrte auf den Teich.

Byron fiel auf, dass sie im Lauf der Sommerferien zu einer anderen Person geworden war. Sie war nicht mehr wie eine Mutter. Jedenfalls nicht wie eine, die einen daran erinnerte, sich die Zähne zu putzen und sich hinter den Ohren zu waschen. Sie war nun eher wie eine Freundin oder eine Schwester seiner Mutter, wenn sie so jemanden gehabt hätte. Sie war in diese andere Person hinübergedriftet, die Verständnis dafür hatte, dass es nicht immer angenehm oder spannend war, sich dauernd die Zähne zu putzen und sich hinter den Ohren zu waschen, und die auch mal ein Auge zudrückte, wenn man es bleiben ließ. Es war ein Geschenk, eine solche Mutter zu haben. Er hatte großes Glück. Aber es war auch beunruhigend. Er fühlte sich ein wenig dem Wind ausgesetzt, als wäre eine Mauer zusammengebrochen, die den Lauf der Dinge sicherte. Und manchmal hätte er seine Mutter am liebsten gefragt, ob sie selbst daran gedacht habe, sich die Zähne zu putzen und sich hinter den Ohren zu waschen.

Ein leichter Wind kam auf. Die Bauchfedern des Ganters umflatterten seine Beine wie weiche Rüschen. Byron spürte die ersten Regentropfen.

»Ich habe nachgedacht«, sagte seine Mutter. Dann verstummte sie wieder, als wäre ihr die Energie ausgegangen.

»Ja?«, sagte er. »Worüber denn?«

»Über das, was du einmal gesagt hast. Über die Zeit.«

»Ich glaube, es fängt gleich an zu schütten.«

»Du hast gesagt, wir sollten an der Zeit nicht herumdrehen. Das steht uns nicht zu, hast du gesagt. Du hattest recht. Den Göttern ins Handwerk zu pfuschen heißt, mit dem Feuer zu spielen.«

»Ich kann mich nicht erinnern, dass ich die Götter erwähnt hätte«, sagte Byron, aber sie schien einem ganz eigenen Gedankengang zu folgen.

»Wer sagt, dass die Zeit real ist, nur weil wir Uhren haben, um sie zu messen? Wer weiß, ob alles mit der gleichen Geschwindigkeit vorwärts läuft? Vielleicht geht alles rückwärts oder zur Seite. Auch darüber hast du einmal etwas gesagt.«

»Ach du liebe Zeit«, sagte er. »Habe ich wirklich?« Die Regentropfen drückten kleine Dellen in das Teichwasser. Der Regen war überraschend weich und warm und duftete nach Gras.

»Wir könnten die Sache ja selbst in die Hand nehmen. Wir könnten die Uhren verstellen. Wir könnten sie dazu bringen, so zu laufen, wie es uns passt.«

Byron entfuhr ein Auflachen, das ihn unangenehm an seinen Vater erinnerte. »Das glaube ich nicht.«

»Worauf ich hinauswill: Warum machen wir uns zu Sklaven willkürlicher Regeln? Wir stehen um halb sieben auf. Wir gehen um neun in die Schule. Wir essen um eins zu Mittag. Aber warum?«

»Wenn wir das nicht täten, gäbe es Chaos. Manche Leute würden zur Arbeit gehen, manche zum Essen und manche ins Bett. Niemand hätte die leiseste Ahnung, was gerade richtig ist und was nicht.«

Diana sog die Unterlippe auf der linken Seite ein und überlegte. Dann sagte sie: »Ich glaube langsam, dass Chaos leider unterbewertet wird.«

Sie öffnete das Armband ihrer Uhr, zog sie über das Handgelenk und wog sie in der Handfläche. Bevor er sie daran hindern konnte, hatte sie die Hand schon erhoben und wieder geöffnet. Das Silberband der Uhr verdrehte sich in der Luft, durchbohrte mit einem Plumps die dunkle Haut des Wassers und schickte einen Korb von Wellenkreisen ans Ufer. Der Ganter sah auf, aber die Gans regte sich nicht. »Da.« Diana lachte. »Tschüs, Zeit.«

»Ich hoffe, Vater merkt das nicht«, sagte Byron. »Er hat dir die Uhr geschenkt. Die war wahrscheinlich teuer.«

»Schon passiert«, sagte sie leise in ihr Glas, als läge die Person, mit der sie sprach, irgendwo dort unten.

Sie wurden unterbrochen, als die Gans ihr Hinterteil hob und den Hals nach vorn beugte. Ihre Flügel hoben sich und fielen herunter, immer wieder, wie wenn Byron seine Schultern und seine Finger anspannen würde. Dann erschien plötzlich im Weiß der Federn ein weicher rosa Muskelmund, der sich dehnte und wieder zusammenzog. Es war, als zwinkere er ihnen zu, dann war er wieder verschwunden.

Seine Mutter setzte sich auf. »Es kommt.« Sie holte tief Luft.

Die Krähen wussten auch, dass es kam. Sie flogen von den Eschen und segelten herbei, mit schräggestellten Flügeln, die an Handschuhe erinnerten.

Da war es, das Gänseei: ein winziges weißes Auge blinzelte in der Mitte des rosa Gänsemuskels. Es verschwand, und plötzlich war es wieder da, diesmal so groß und leuchtend weiß wie ein neuer Pingpongball. Stumm sahen sie zu, wie die Gans ihre Schwanzfedern in die Höhe hob, drückte und zitterte, bis das Ei aus ihr herausschoss und auf das Nesselbett fiel. Es war in Farbe und Form einfach vollkommen. Diana stand langsam auf und nahm einen Stock; sie stupste die Gans an, bis sie sich auf die Füße erhob. Sie machte den Schnabel auf und zischte, watschelte aber davon. Sie schien zu erschöpft, um sich zu wehren.

»Schnell!«, rief Byron, denn als der Ganter die Gans zischen hörte, schwamm er übers Wasser auf sie zu, und auch die Krähen hüpften näher. Seine Mutter bückte sich, hob das Ei auf und gab es an Byron weiter. Es war so warm und schwer, dass er das Gefühl hatte, er hielte etwas Lebendiges. Er brauchte beide Hände dazu. Die Gans trollte sich zum Wassersaum hinunter, immer noch zischend. Die Federn an Brust und Bauch waren schmutzig, wo sie sich gegen den Boden gepresst hatte, um das Ei voranzuschieben.

»Ich habe ein furchtbar schlechtes Gewissen«, sagte Diana. »Sie will es zurückhaben. Sie trauert.«

»Wenn du es nicht genommen hättest, hätten die Krähen es sich geholt. Und das ist ein richtig tolles Gänseei. Du hattest recht, die Geduld hat sich gelohnt.« Der Regen hing in der Luft und in winzigen Perlen im Haar seiner Mutter. Die Blätter und Gräser knisterten unter dem Fliegengewicht der Tropfen. Byron sagte: »Wir sollten jetzt reingehen.«

Als sie zum Haus zurückkehrten, stolperte Diana einmal, und er musste die Hand ausstrecken und sie stützen. Sie trug das Gänseei wie ein Geschenk und sah es beim Gehen unablässig an. Am Rand des Gartens geriet sie noch einmal ins Wanken. Er hielt ihr leeres Glas und das Ei, während sie das Lattentor öffnete.

Hinten auf den Bäumen stießen die Krähen ihr schnarrendes Gekrächz aus, das die nasse Morgenluft zerstückelte. Byron wünschte, seine Mutter hätte sie nicht Henker genannt. Er wünschte, sie hätte nicht gesagt, dass sie auf das Ende warteten.

»Lass nichts fallen«, sagte sie.

Er versprach, gut aufzupassen.

Das Gänseei wurde nie verwendet. Seine Mutter legte es in eine Schale und stellte es auf die Fensterbank. Byron sah die Krähen draußen auf zu dünnen Zweigen mit den Flügeln schlagen, um das Gleichgewicht zu halten. Er klatschte in die Hände, um sie zu erschrecken, und rannte hinaus, um sie wegzuscheuchen. »Schschsch! Schschsch!«, machte er. Aber sobald er ihnen den Rücken zudrehte, segelten sie wieder herab und saßen wartend in den Baumwipfeln.

Mit der Zeit war es dasselbe, dachte er, und mit dem Kummer auch. Beide warteten, bis sie zuschlagen konnten. Und egal, wie heftig man mit den Armen wedelte und herumbrüllte, sie wussten, dass sie den längeren Atem hatten. Sie wussten, dass sie einen am Ende kriegten.

Als Seymour kam, um seine Sachen und sein Gewehr zu holen, blieb er nur ein paar Stunden. Er sagte wenig. (»Weil er nervös ist«, erklärte Diana.) Er durchsuchte mehrere Räume.

Er blätterte die Seiten von Dianas Kalender durch. Als er fragte, warum der Rasen so wuchere, antwortete sie, es hätte Probleme mit dem Rasenmäher gegeben, was möglicherweise stimmte; es ließ sich immer schwer beurteilen, was wirklich war und was nur eingebildet. Seymour sagte, es sei falsch, sich nach außen nicht tipptopp zu präsentieren, und sie entschuldigte sich und versprach, dass sie bis zu seiner Rückkehr alles in Ordnung bringen würde.

»Einen wunderbaren Urlaub wünsch ich dir«, sagte sie. »Ruf uns an, sobald du kannst.« Er fragte nach seiner Sonnencreme und dem Mückenmittel, und sie schlug sich mit der Hand gegen die Stirn. Das habe sie ganz vergessen, sagte sie. Als sie ihn küsste, küsste sie in die Luft.

Danach wurden die Pläne für Beverleys Konzert konkreter. Sie übte jeden Tag, hatte nun zehn Stücke. James berichtete Byron eifrig, er habe seine Mutter zur Unterstützung engagiert. Andrea Lowe startete einen Rundruf bei den Müttern und forderte jede auf, zum Konzert zu kommen und einen Teller Häppchen mitzubringen. James erzählte auch, er habe die Eintrittskarten gemacht, die an der Tür verkauft würden, und die Programme. Er habe einen Sitzplan entworfen und schreibe gerade seine Rede für Diana um. Er rief jeden Abend an.

Und als Byron gelegentlich fragte: »Bist du sicher, dass das eine gute Idee ist?«, oder wenn er sagte: »Meine Mutter ist manchmal traurig«, und selbst wenn er Bedenken anmeldete: »Angenommen, Beverley erzählt allen, was meine Mutter gemacht hat?«, dann redete James einfach über ihn hinweg. Das Wichtigste sei, sagte er, dass er sich endlich vom Sachverhalt überzeugen könne.

14
Ausgehen

Jim und Eileen treffen sich jeden Abend. Er legt sein Weihnachtsmannkostüm zusammen und schiebt es in die Plastikhülle, dann verlässt er das Haus über die Personaltreppe und geht zum Parkplatz, wo Eileen auf ihn wartet. Sie fahren in die Stadt, und dort machen sie, was alle machen, das Übliche eben. Sie gehen ins Kino, in den Pub, und wenn der Himmel klar ist, fahren sie zu einem kurzen Spaziergang auf die Heide. Eines Abends essen sie Pasta bei dem kleinen Italiener. Eileen fragt ihn, wie sein Tag war, und er erzählt ihr, dass Mr Meade Darren einen Job angeboten hat. Er erzählt ihr von dem kleinen Jungen, der ihm seine Wunschliste gegeben hat, und Eileen lacht und seufzt, als wäre das alles sehr interessant. Im Gegenzug fragt er, wie ihr Tag war, wie es in ihrer Wohnung war, wie es mit der Jobsuche lief. Er ist immer um neun zu Hause.

Wenn sie ihn am Ende der Sackgasse absetzt, sagt sie: »Ich würde schon noch einen Tee bei dir trinken, wenn du mir einen anbietest«, aber er weiß nicht, warum sie das sagt, weil er ihr ja keinen anbietet. »Bis dann!«, sagt Eileen und winkt, wenn er die Beifahrertür schließt.

»Pass auf dich auf«, sagt er zu ihr. Sie lacht und verspricht es ihm.

Und obwohl er nach diesen Treffen nicht macht, was alle

anderen machen – er steigt ein und aus, Hallo, Kaktus, er verklebt die Türen und Fenster mit Isolierband –, belasten ihn die Rituale nicht. Sie sind eben etwas, was er erledigt, bevor er sich anderen Dingen zuwendet, nämlich seinen Gedanken an Eileen. Sein Herz macht einen Sprung, wenn er sich ihr Bild vorstellt. Er lacht über ihre Witze, nachdem der Abend längst vorbei ist. Er kann sie riechen. Er kann sie hören. Er fühlt sich jetzt größer als die Rituale, sie sind nur noch ein Teil von ihm, wie sein Bein zum Beispiel, und nehmen nicht mehr seine ganze Person ein. Vielleicht wird er eines Tages sogar damit aufhören.

Eines Nachmittags fängt ihn Paula auf dem Weg zur Toilette ab. Sie fragt ihn, wie es so geht, und er kann ihr nicht in die Augen sehen, versichert ihr aber, es gehe ihm gut. Sie sagt, er sehe gut aus. Ihr gefällt seine Frisur, und er sagt, ach das, weil er seine Haare eigentlich nur über den Kopf gekämmt hat, mehr von links nach rechts. Er hat gesehen, dass Darren das so macht. Vielleicht gefällt es Paula deshalb.

»Ich hab da so eine Idee«, sagt sie. Sie erklärt ihm, sie sei ein Bauchmensch und keine Intellektuelle. Eigentlich sagt sie, keine Interlektuelle, aber Jim versteht schon, was sie meint. »Darren hat eine Tante. Sie ist nett. Die würde dir gefallen. Sie lebt allein. Wir haben gedacht, wir könnten mal zusammen in den Pub gehen.«

»Mit dieser Tante?«

»Darren und ich würden auch mitkommen.«

Jim wringt die Hände. Er versucht zu erklären, dass er wahnsinnig gern mit Paula und Darren in den Pub gehen würde, sich aber schon mit jemandem trifft. Paula setzt ein drollig beeindrucktes Gesicht auf. Er sprudelt hervor, dass er Eileen trifft. Er kann sich nicht bremsen, er sehnt sich so danach, es jemandem zu erzählen, aber sie sieht ihn entgeistert an.

15
Das Konzert

Es war ein schöner Tag für ein Konzert. Am Abend zuvor hatte
der Wetterbericht Regen vorausgesagt, aber als Byron im Morgengrauen aufwachte, sah es überhaupt nicht danach aus. Der
Himmel war blau, über der Heide lag ein weiches, rosenfar-
benes Licht. Die Wiese war dicht getupft mit bunten Blumen-
inseln in Kontrastfarben: Es gab lila Disteln, roten und weißen
Klee, orangefarbenen Hornklee und gelbe Büschel Labkraut.
Leider stand auch auf dem oberen Rasen das Gras hoch und
war von Gänseblümchen gesprenkelt. Die Rosen auf der Pergola wucherten in alle Richtungen und schwenkten dornige
Zweige über den Weg. Byron sagte sich zur Beruhigung, dass
James sicher recht habe und das Konzert eine gute Idee sei.
Seine Mutter schlief noch. Es schien ratsam, sie so lange wie
möglich schlafen zu lassen.

Er wusste nicht so recht, wie man ein Haus putzte, aber wenn
er sich umsah, erkannte er, dass vor Ankunft der Gäste etwas
getan werden musste. Er wusste nicht, wo schmutzige Handtücher und Teller hingehörten, und verstaute sie kurzerhand
in den Küchenschubladen, wo niemand sie bemerken würde.
Er holte den Mopp und einen Eimer Wasser und machte sich
über den Küchenboden her. Er wusste nicht, warum alles voll
Wasser war. Er versuchte sich zu erinnern, wie Diana vorging,

aber ihm kam nur das Bild das Unglückstags, als sie hastig die verschüttete Milch und die Scherben des Krugs aufgewischt und sich in die Hand geschnitten hatte. Sie hatte recht. Auch er hatte den Eindruck, dass seit dem Vormittag Anfang Juni, als alles angefangen hatte, sehr viel Zeit vergangen war.

Die Anlieferung von Beverleys Orgel bereitete beträchtliche Probleme. Der Laster blieb auf einem der steilen, schmalen Landsträßchen stecken, die zum Haus führten, und der Fahrer musste in die Stadt zurückkehren und von einer Telefonzelle aus anrufen, um sie um Hilfe zu bitten.

»Ich will mit deiner Mutter reden«, sagte er.

Byron erwiderte, das komme gerade sehr ungelegen.

»Was mir passiert ist, kommt auch verdammt ungelegen«, schnauzte ihn der Fahrer an.

Vier Männer trugen die Orgel zur Rückseite des Hauses und wuchteten sie durch die Terrassentüren. Ihre Gesichter waren rot und schweißnass von der Anstrengung. Byron wusste nicht, ob er ihnen etwas geben sollte; ihm fiel aber nur Obst ein. Sie fragten, ob er das Alphabet könne, und er bejahte, aber als sie ihn fragten, was auf »s« folge, kam er durcheinander und sagte »r«. Ihm fiel auf, wie sich die Männer in der Küche umsahen, und er wusste nicht, ob sie das taten, weil der Anblick so schön oder so schlimm war.

»Sieht die Küche wie eine Küche aus?«, fragte er Lucy, als er ihr Peter-Rabbit-Schälchen gefunden und abgespült hatte.

Sie kam gar nicht dazu, zu antworten, weil Byron bewusst wurde, wie sie aussah. Ihre Haare waren verfilzt, sie trug zwei ungleiche Socken, und ihr Kleid hatte einen Riss von der Tasche bis zum Saum.

»Lucy, wann hast du das letzte Mal gebadet?«

»Ich weiß nicht, Byron. Mir hat niemand ein Bad eingelaufen.«

Es kam ihm vor, als gebe es sehr viel zu organisieren. Die Schachteln mit den Frühstücksflocken waren alle leer, und so machte er Lucy ein Zuckerbrot. Anschließend hakte er die Terrassentüren an die Mauer, trug die Esszimmerstühle und die Küchenhocker hinaus und stellte sie in einem Halbkreis vor der Küche auf. Die Orgel stand in der Küche dicht vor der Tür, in einem Bogen von Sonnenlicht. Lucy rutschte von der Frühstückstheke herunter und legte die Finger auf den glänzenden Holzdeckel.

»Ich würde auch gern Orgel spielen«, murmelte sie.

Byron hob sie auf seine Arme und trug sie nach oben. Und während er ihre Haare mit Seife wusch, fragte er sie, ob sie eine Ahnung vom Nähen habe, denn es kam ihm so vor, als habe er nicht genügend Knöpfe am Hemd.

Als Andrea Lowe schließlich mit einem hochgewachsenen jungen Mann im Anzug erschien, dachte Byron einen Moment, alles wäre schiefgegangen und sie hätte James zu Hause gelassen.

»Hallo«, begrüßte ihn eine raue und zugleich kieksende Stimme.

Byron war schockiert. Der letzte Schultag lag erst sechs Wochen zurück, aber seitdem hatte sich James in jemand anderen verwandelt. Er war größer geworden. Sein weiches, goldenes Haar war komplett verschwunden, war kurzen mausbraunen Stoppeln gewichen. Wo einmal die langen Stirnfransen gehangen hatten, lief ein bleicher, von Pickeln starrender Hautstreifen über die Stirn. Über der Oberlippe zeichneten sich die feinen Pinselstriche eines Bärtchens ab. James und Byron gaben sich die Hand, und Byron trat ein paar Schritte zurück, denn ihm war, als begegnete er jemandem, den er nicht kannte.

»Alles bereit?«, fragte James. Er wollte sich immer noch

die Haare aus der Stirn wischen, und wenn er merkte, dass sie nicht mehr da waren, rieb er sich stattdessen über die Stirn.

»Alles bereit«, sagte Byron.

»Aber wo ist deine Mutter?«, fragte Mrs Lowe. Sie ließ den Blick über das Haus schweifen, als hätte es jedes Mal, wenn sie wieder hinsah, die Form verändert.

Byron sagte, seine Mutter hole gerade die Künstlerin und ihre Tochter ab. Er verschwieg, dass sie mangels einer Armbanduhr zu spät dran war.

»Das mit dem Kind ist ja so eine Tragödie«, sagte Mrs Lowe. »James hat mir die ganze Geschichte erzählt.«

Zu Byrons Überraschung trafen die geladenen Gäste in voller Zahl ein. Nicht nur das, sie hatten sich für den Anlass sichtlich fein gemacht. Die neue Mutter kam mit einer Föhnwelle, Deirdre Watkins hatte sich sogar eine Dauerwelle machen lassen. Sie fasste sich an die dichten Löckchen, als könnten sie auseinanderfallen, und drückte sie immer wieder mit den Fingern zusammen.

»Bei Charles dem Ersten hättest du damit natürlich Furore gemacht«, sagte Andrea Lowe.

Da trat eine Pause ein, in der keiner wusste, was er sagen sollte. Andrea nahm Deirdres Arm, um ihr zu zeigen, dass das nur ein Witz war und nicht böse gemeint. Die Frauen lachten schallend. »Du darfst mich gar nicht beachten«, sagte Andrea.

Sie hatten alle Tupperbehälter mit Salat und Kuchen mitgebracht. Es gab Krautsalat, russischen Salat, pikante Nierchen, Käsestangen, gefüllte Trauben, Oliven, Pilze und Backpflaumen. Außerdem zogen sie Flaschen aus ihren Handtaschen, deren Inhalt sie in Gläser füllten und herumreichten. In einer Atmosphäre aufgeregter Begeisterung packten die Frauen das Essen auf dem Gartentisch aus. Alle fanden es eine tolle Idee, sich wieder zu treffen – wie großzügig von Diana, das Konzert vorzuschlagen. Sie redeten, als hätten sie einander Jahre nicht sehen dürfen. Sie erzählten von den Sommerferien, den Kindern, dem Fehlen der Alltagsroutine. Während Deckel sich knackend von Schüsseln lösten und Papierteller verteilt wurden, fragten die Frauen untereinander herum, was sie von Jeanies furchtbarer Verletzung gehört hätten. Sie fragten auch Byron, was er von dem armen Mädchen mit der Schiene wisse. Es sei entsetzlich, fanden alle, dass einem Kind so etwas zustoßen könne, und alles wegen eines kleinen Unfalls. Niemand schien von Dianas Rolle dabei zu wissen. Niemand erwähnte die Digby Road, aber es war nur eine Frage der Zeit, bis sie es herausbekämen, da war sich Byron sicher. Er konnte vor lauter Sorge kaum einen Finger rühren.

Als seine Mutter mit der Künstlerin und Jeanie auf der Auffahrt vorfuhr, begann Byron zu klatschen und löste damit eine kleine Runde Applaus aus, weil er nicht wusste, was er sonst tun sollte. Beverley und ihre Tochter saßen im Fond des Wagens, beide hatten Sonnenbrillen auf. Beverley trug ein neues schwarzes Maxikleid mit einem paillettenbesetzten Häschen, das um ihre Brüste herumsprang. »Ich bin ja so nervös«, sagte sie immer wieder. Sie hob Jeanie von der Rückbank in den Buggy, und als sie sich zum Haus aufmachte, traten die Frauen zu einer Gasse auseinander. Byron fragte Jeanie, wie es ihrem Bein gehe; Jeanie nickte nur, was wohl hieß, dass alles beim Alten war.

»Sie wird vielleicht nie wieder laufen können«, sagte Beverley. Mehrere Mütter bekundeten ihr Mitgefühl und boten ihre Hilfe beim Schieben des Buggys an.

»Meine Hände machen nicht mit«, sagte Beverley. »Ich bekomme fürchterliche Schmerzen in den Händen. Obwohl meine Schmerzen nichts sind gegen ihre. Ich mache mir vor allem um ihre Zukunft Sorgen. Wenn ich mir vorstelle, was das arme Kind alles brauchen wird.«

Byron hatte erwartet, dass Beverley in Gegenwart der Frauen nervös und verlegen wäre, vor allem nach der vormittäglichen Kaffeerunde damals, als sich die Mütter offen über sie lustig gemacht hatten, aber das Gegenteil trat ein. Beverley war ganz in ihrem Element. Sie schüttelte jeder Mutter einzeln die Hand und sagte, wie schön es sei, sie zu sehen. Sie prägte sich sorgfältig sämtliche Namen ein, wiederholte jeden Namen, wenn sich eine Mutter vorstellte.

»Andrea, wie nett. Deirdre, wie schön. Entschuldigung«, sagte sie zu der neuen Mutter, »ich habe Ihren Namen nicht verstanden.«

Wer dagegen fehl am Platz wirkte, war Diana. Jetzt, wo Byron sie neben den anderen Winston-House-Müttern sah, merkte er, wie weit sie von ihnen abgedriftet war. Ihr blaues Baumwollkleid hing ihr von den Schultern, als gehöre es ihr nicht, ihr Haar fiel so spannungslos herunter, dass es farblos wirkte. Sie schien alles vergessen zu haben, was man bei derlei Anlässen sagte. Eine der Mütter erwähnte die Olympischen Spiele, eine andere meinte, Olga Korbut sei doch herzig, aber seine Mutter biss sich nur auf die Lippe. Dann kündigte James an, er habe ein paar einleitende Worte vorbereitet, und forderte damit sozusagen zum Veranstaltungsbeginn auf. Doch Beverley beharrte darauf, die Rede zu halten sei Dianas Sache.

»Ach, bitte nicht«, murmelte Diana. »Das kann ich doch gar nicht.«

Sie versuchte, sich ins Publikum zu setzen, aber auch die anderen Mütter ließen nicht locker. Nur ein paar Worte, tönte Andrea. James lief zu ihr und bot ihr seine vorbereitete Rede an.

»Oh«, sagte sie. »Du meine Güte.«

Sie nahm ihren Platz auf der Terrasse ein und starrte auf die Sätze. Der Zettel hüpfte in ihren Händen.

Es folgten Ausführungen zur Wohltätigkeit, zur Musik und

zur Zukunft. Was immer sie sagte, man konnte es kaum hören. Oft musste sie mitten im Satz abbrechen und von vorn
anfangen. Sie zupfte an ihrem Handgelenk herum, dann fuhr
sie sich mit den Fingern durch die Haare. Es war, als könnte sie gar nicht richtig lesen. Irgendwann hielt es Byron nicht
länger aus, klatschte und leitete damit neuen Applaus ein. Zum
Glück dachte Lucy, die die ganze Zeit von ihrem Esszimmer-
stuhl aus Jeanie finster angestarrt hatte, das Konzert sei vorbei,
sprang auf und rief: »Hurra! Hurra! Können wir jetzt Kuchen
essen?« Das war für Lucy sehr beschämend, nicht zuletzt, weil
ihre Haare irgendwie komisch aussahen, seit er sie gewaschen
hatte; sie hingen ihr wie flache Bänder vom Kopf. Doch wenigstens hatte sie das Eis gebrochen, und die Mütter hörten
auf, Diana anzugaffen.

Dass Diana in aller Öffentlichkeit so neben sich stand, war
also der erste Schock des Nachmittags. Der zweite Schock war
eher eine Überraschung: Beverley konnte spielen. Sie konnte
wirklich spielen. Was ihr an Talent fehlen mochte, hatte sie
durch Fleiß mehr als wettgemacht. Sobald Diana zu einem
Hocker ins Publikum geschlichen war, wartete Beverley auf
weiteren Applaus und dann auf sein Verstummen. Als es ganz
still war, ging sie zielstrebig zu ihrem Platz in der Bühnenmitte.
Unter einen Arm hatte sie die Noten geklemmt, mit dem anderen hob sie den Saum ihres Maxikleids. Sie setzte sich auf die
Orgelbank. Dann schloss sie die Augen, hob die Hände über
die Tastatur und begann.

Beverleys Finger liefen über die Tasten, und die bunten
Lämpchen flackerten vor ihr auf wie eine Serie winziger Feuer-
werke. Die Frauen richteten sich kerzengerade auf. Sie nick-
ten und wechselten beifällig Blicke. Auf ein klassisches Stück
ließ Beverley eine bekannte Filmmelodie folgen, dann spielte
sie ein kurzes Stück von Bach, anschließend ein Carpenters-

Medley. Byron zog nach jeder Nummer die Vorhänge zu, damit sie sich wieder sammeln und die neuen Noten aufschlagen konnte, während James draußen mit den Häppchen-Platten zwischen den Müttern die Runde machte. Es wurde lebhaft geplaudert und sogar gelacht. Anfangs trat Byron in den Hintergrund, während er darauf wartete, dass sich Beverley auf das nächste Stück vorbereitete; er tat einfach, als wäre er nicht vorhanden. Sie war offenkundig nervös. Sobald die Vorhänge geschlossen wurden, holte sie tief Luft, strich sich die Haare glatt und flüsterte sich ermutigende Worte zu. Aber als ihr Selbstvertrauen wuchs, als der Applaus immer lebhafter und begeisterter wurde, schrumpfte die Distanz, und Beverley ließ sich immer mehr vom Publikum mittragen. Als Byron nach dem Ende des sechsten Stücks den Vorhang geschlossen hatte, sah sie ihn an und lächelte. Sie bat ihn, ob er ihr einen Krug Sunquick machen könne. Und als er ihr ein Glas vollschenkte, sagte sie: »Was für eine nette Gruppe von Frauen.«

Byron blinzelte durch den Vorhangspalt und sah, wie James Jeanie einen Teller mit bunten Keksen hinhielt. Sie saß mitten in der ersten Reihe, das Bein fest in die Lederschiene geschnallt. James starrte konzentriert darauf.

»Ich bin bereit für mein letztes Stück, Byron«, rief Beverley.

Mit ein paar Hüstlern gebot er Schweigen und zog die Vorhänge auf.

Beverley wartete. Und dann, anstatt zu spielen, schwang sie sich auf der Bank herum zum Publikum und setzte zu einer Rede an.

Als Erstes wolle sie zum Ausdruck bringen, wie sehr sie den Frauen zu Dank verpflichtet sei. Ihre Unterstützung bedeute ihr ungeheuer viel. Beverleys Stimme war dünn und hoch, und Byron musste sich die Nägel in die Handfläche graben, um nicht zu schreien. Es sei für sie ein harter Sommer gewesen, und sie wisse nicht, wie sie ohne Dianas Freundlichkeit überlebt hätte. »Di war die ganze Zeit für mich da. Sie hat keine Mühen gescheut, um mir zu helfen. Denn ich muss zugeben, es gab schon Zeiten, als ich …« Hier brach sie ab und lächelte nur noch tapfer. »Aber jetzt ist nicht der Moment, um den Kopf hängen zu lassen. Dies ist ein fröhlicher Anlass. Deshalb habe ich als mein letztes Stück einen der Lieblingssongs von Di und mir ausgesucht. Es ist ein Song von Donny Osmond. Ich weiß nicht, ob Sie den vielleicht kennen?«

Die neue Mutter rief nach vorn: »Sind Sie nicht ein bisschen alt für Donny? Wie wär's mit Wayne?« Aber Beverley gab zurück: »Ach, Di steht auf die Jungen. Was, Di?«

Die Mütter tranken aus ihren Fläschchen. Alle lachten, auch Beverley.

»Das Lied ist für euch«, sagte sie. »Egal, auf wen ihr steht.« Sie hob die Hände über die Orgel und forderte die Mütter zum Mitsingen auf, wenn sie Lust hätten. »Und warum kommst du nicht nach vorn, Di, und tanzt für uns?«

Diana zuckte zusammen, wie von einem Stein getroffen. »Das könnte ich nicht. Das kann ich nicht.«

Beverley hielt inne. Sie warf dem Publikum einen vertraulichen Blick zu. »Sie ist bescheiden, das gehört zum guten Ton. Aber ich habe sie schon tanzen sehen, und Sie können mir glauben, dass sie es wunderbar macht. Das Tanzen wurde ihr in die Wiege gelegt. Stimmt's, Di? Da kann ein Mann schon schwach werden.«

»Bitte nicht«, bat Diana.

Aber Beverley ließ ihr Nein nicht gelten. Sie ging zu Dianas Stuhl und bot ihr den Arm an. Als Diana aufgestanden war, ließ Beverley sie los und animierte die anderen zum Klatschen. Allerdings musste Diana sich schon auf sie gestützt haben, weil sie ein wenig nach vorn taumelte.

»Immer mit der Ruhe!«, sagte Beverley lachend. »Vielleicht sollten wir dieses Glas abstellen, Di?«

Die Frauen lachten wieder, aber Diana bestand darauf, das Glas in der Hand zu behalten.

Es war, als würde vor aller Augen ein angekettetes Tier hervorgezerrt und mit einem Stock auf die Bühne getrieben. Es hätte nie passieren dürfen. Noch während Beverley sie nach vorn führte, versuchte es Diana mit Einwänden, behauptete, sie könnte gar nicht tanzen, aber inzwischen hatten die Mütter angebissen und bestanden darauf. Diana stolperte mehrmals, als sie an den Stühlen vorbei nach vorne ging. Byron versuchte, James' Aufmerksamkeit auf sich zu ziehen. Er machte hektische Handbewegungen und schüttelte den Kopf. Er formulierte lautlos die Worte: »Stopp! Stopp!«, aber James hatte nur Augen für Diana. Er sah sie an, so rot im Gesicht, dass er wie verbrannt aussah, und ohne sich zu rühren. Es war, als hätte er noch nie etwas so Schönes gesehen. Er wartete auf ihren Tanz.

Diana stellte sich vorn auf die Terrasse, blass und winzig in ihrem blauen Kleid. Irgendwie nahm sie zu wenig Raum ein. Sie hielt immer noch ihr Glas in der Hand, hatte aber vergessen, ihre Schuhe wieder anzuziehen. Hinter ihr saß Beverley, die schwarzen Haare auftoupiert, die Hände über den Tasten schwebend. Byron konnte nicht hinsehen. Die Musik begann.

Es war Beverleys bestes Stück. Sie schmückte die Melodie mit Verzierungen aus, schlug einen Akkord an, der so traurig war, dass sie fast aufhören musste, spielte dann aber den Refrain mit solchem Feuer, dass mehrere Mütter einstimmten. Inzwischen trieb Diana die Terrasse auf und ab wie ein Lumpen auf dem Wasser. Sie hob die Hände, flatterte mit den Fingern, ständig stolpernd, dass sich kaum erkennen ließ, was Tanzschritte waren und was Patzer. Es war ungemein privat, intim, nicht zum Zusehen bestimmt. Man hatte das Gefühl, einen Blick in ihr

Innerstes zu tun, auf ihre furchtbare Zerbrechlichkeit. Es ging weit über alles Erträgliche hinaus. Sobald die Musik aufhörte, konnte sie sich so weit zusammennehmen, dass sie stehen blieb und eine kleine Verbeugung machte, bevor sie sich zu Beverley drehte und die Hände hob, um ihr kurz zu applaudieren. Beverley knickste rasch und lief zu Diana, um sie zu umarmen.

Der Unfall wurde mit keinem Wort erwähnt, ebenso wenig die Digby Road. Beverley hielt Diana einfach fest an sich gedrückt und führte sie in einer gemeinsamen Verbeugung hin und her. Das sah aus wie eine neue Nummer, bei der ein Bauchredner und eine Puppe auftraten.

Diana entzog sich ihr mit einer Entschuldigung. Sie brauche ein Glas Wasser, sagte sie, aber Andrea Lowe hörte sie und erbot sich, es für sie aus der Küche zu holen. Ein paar Minuten später tauchte Andrea wieder auf und lachte gutgelaunt.

»Ich habe in meinem Leben schon viele lustige Dinge erlebt, Diana, aber jetzt habe ich zum ersten Mal eine Küchenschublade aufgezogen und darin ein Paar Socken gefunden.«

Byron konnte kaum atmen. Beverley unterhielt sich angeregt mit den Müttern, während Diana abseits dasaß, die Hände im Schoß. Einige Mütter fragten sie, ob sie etwas brauche, ob alles in Ordnung sei, aber sie sah sie an, als verstünde sie nicht. Als Byron und James die Stühle ins Esszimmer zurücktrugen, nutzte er die Gelegenheit, James nach seiner Meinung zu fragen, nachdem er nun Jeanies Verletzung selbst gesehen habe. James hörte nicht zu. Er konnte nur davon reden, wie erfolgreich das Konzert gewesen sei. Und dass er keine Ahnung gehabt habe, dass Diana so tanzen könne.

Draußen saß Beverley neben Jeanie, umringt von den Müttern. Sie gab ihre Ansichten über Politik zum Besten, über den Zustand des Landes, über die Aussichten der Streiks. Sie fragte die anderen, was sie von Margaret Thatcher hielten, und als mehrere Frauen die Hände wie Trichter an den Mund hielten und skandierten, »Milchdiebin«, denn die Politikerin hatte die Gratismilch an den Grundschulen abgeschafft, schüttelte Beverley den Kopf. »Merkt euch meine Worte! Diese Frau ist die Zukunft«, sagte sie. Byron hatte Beverley noch nie so selbstsicher, so lebhaft gesehen. Sie erzählte von ihrem Vater, dem Pfarrer, und wie sie in einem schönen Pfarrhaus auf dem Land aufgewachsen war, das, wenn sie es sich recht überlegte, viele Ähnlichkeiten mit Cranham House hatte. Man tauschte Telefonnummern aus, man schlug Besuche vor. Und als eine der Mütter, vielleicht die neue, Beverley anbot, sie mitzunehmen und mit Jeanies Buggy zu helfen, nahm Beverley gerne an – das sei furchtbar nett, wenn sie die Zeit erübrigen könne.

»Ich hab solche Probleme mit den Händen. Es ist ein Wunder, dass ich überhaupt spielen kann. Aber schaut euch mal die arme Di an. Die ist fix und fertig.«

Alle waren sich einig, dass das Konzert ein Riesenerfolg gewesen sei. »Tschüs! Tschüs, Di!«, riefen die Mütter, als sie ihre leeren Tupperdosen einsammelten und zu ihren Autos gingen. Sobald sie weg waren, goss sich Diana ein Glas Wasser ein und entschwebte nach oben. Als Byron eine halbe Stunde später nachsah, schlief sie bereits. Er hatte eine weitere unruhige Nacht. Er brachte Lucy ins Bett und schloss die Türen ab. Es gab so viele Dinge, die verborgen werden mussten: die Radkappe, die Scheckzahlung für Beverleys Orgel, Jeanies Verletzung und jetzt auch noch die Konzertveranstaltung in Cranham House. Byron sah nicht, wie alles weitergehen könnte.

An diesem Abend um neun begann das Telefon zu klingeln, aber seine Mutter wachte nicht auf. Am nächsten Morgen klingelte das Telefon in aller Frühe wieder. Byron hob ab, er erwartete seinen Vater.

»Ich bin's«, sagte James. Er klang, als wäre er von weit her gerannt.

Byron sagte Hallo und fragte nach seinem Befinden, aber James ging nicht darauf ein. »Geh dein Notizheft holen«, forderte er Byron auf.

»Warum? Was gibt's?«

»Das ist ein Notfall.«

Als Byron das Heft durchblätterte, begannen seine Hände zu zittern. James' Stimme hatte einen Unterton, der ihn erschreckte. Mehrmals rutschten seine Finger ab, und er musste wieder von vorn anfangen. »Beeil dich«, sagte James.

»Ich verstehe nicht. Wonach soll ich denn suchen?«

»Nach dem Diagramm. Das du von Jeanie mit dem Pflaster gezeichnet hast. Hast du's gefunden?«

»Fast.« Byron schlug die Seite auf.

»Beschreibe es mir.«

»Es ist nicht sehr gut …«

»Beschreibe mir einfach, was du siehst.«

Byron redete langsam. Er beschrieb das blaue Sommerkleid mit den kurzen Ärmeln. Die heruntergerutschten Socken – Jeanie hatte keine Sockenhalter. Die Haare, die zu zwei schwarzen Zöpfen geflochten waren. »Allerdings sind die in der Zeichnung nicht sehr gut zu erkennen. Sie sehen mehr aus wie Kringel …«

James unterbrach ihn scharf. »Komm zum Pflaster.«

»Es klebt auf ihrem rechten Knie. Ein großes Quadrat. Das habe ich sorgfältig gezeichnet.« Da trat eine Stille ein, als wäre James vom Boden verschluckt worden. Byron überlief eine Gänsehaut, ihm wurde eiskalt vor Panik. »Was ist los, James? Was ist passiert?«

»Das ist nicht ihr verletztes Bein, Byron. Die Schiene ist an ihrem linken Bein.«

16
Worte wie Hunde

»Den Fuß bitte heben«, sagt die Schwester. Sie versichert Jim, dass es nicht weh tun wird. Eileen steht neben ihm. Die Schwester schneidet den Gips mit einer Schere auf. Der Fuß drinnen sieht überraschend weich und gepflegt aus. Die Haut über dem Knöchel ist hell und trocken geworden, die Zehen durch die Quetschung moosgrün verschattet. Die Nägel haben ein wenig von ihrem Rosa verloren.

Der Fuß wird von einem Arzt sorgfältig untersucht. An den Bändern ist kein Schaden festzustellen. Eileen stellt dem Arzt praktische Fragen, ob Jim Schmerztabletten braucht und Krankengymnastik, die die weitere Heilung unterstützt. Es ist für Jim so neu, dass jemand sich solche Gedanken um ihn macht, dass er Eileen immer wieder ansehen muss. Dann macht sie einen Witz über ihre eigene Rossnatur, und alle lachen, auch der Arzt. Jim ist nie auf die Idee gekommen, dass Ärzte gern Witze hören. Eileens blaue Augen funkeln, ihre Zähne schimmern, sogar ihr Haar scheint zu wippen. Jim merkt, dass er womöglich dabei ist, sich zu verlieben, und dieses Gefühl ist so beglückend, dass auch er lacht. Er braucht nicht einmal darüber nachzudenken.

Danach ersetzt die Schwester den Gips durch eine Bandage und einen schützenden weichen Plastikstiefel. So gut wie neu, sagt sie.

Jim lädt Eileen zur Feier des Ereignisses in den Pub ein. Ohne den Gips fühlt sich der Fuß an wie Luft. Er muss immer wieder stehen bleiben, um nachzusehen, ob er noch da ist. Als er die Getränke bezahlt, drängt es ihn, dem Barmann zu erzählen, dass er mit Eileen hier ist, dass sie mit ihm ein Bier trinken gehen wollte und das jeden Abend will. Er hätte den Barmann gern gefragt, ob er eine Frau hat und wie es ist, sich zu verlieben. Ein Mann am Tresen verfüttert Kartoffelchips an seinen Hund. Der Hund sitzt neben dem Mann auf dem Hocker und hat ein gepunktetes Halstuch um. Jim fragt sich, ob der Mann in seinen Hund verliebt ist. Er sieht, dass es viele Arten des Liebens gibt.

Jim bringt Eileen ihr Bier. »Möchtest du Chips?«, fragt er.

»Danke, gern.«

Der Raum beginnt sich zu drehen. Jim erinnert sich vage an einen Hund, doch sobald er ein Bild vor Augen hat, das der Wortfindung vorausgeht, verändert es die Form. Ihm wird vor Verwirrung schwindlig. Plötzlich weiß er nicht mehr, was Worte bedeuten. Er erkennt keinen Sinn mehr darin, sie scheinen die Dinge entzweizuspalten, noch während er sie denkt. Wenn er fragt: »Noch mehr Chips?«, sagt er dann eigentlich etwas anderes, wie zum Beispiel »Ich liebe dich, Eileen«? Und wenn sie antwortet, »danke, gern«, antwortet sie dann etwas anderes, wie »Ja, Jim. Ich liebe dich auch«?

Der Teppich rutscht ihm unter den Füßen weg. Nichts ist, was es scheint. Jemand kann einem anderen Menschen Chips anbieten und meinen, »ich liebe dich«. Genauso gut kann der andere sagen: »Ich liebe dich«, wenn er wahrscheinlich nur meint, dass er Chips will.

Sein Mund macht dicht, als wäre er mit Wolle ausgestopft.

»Möchtest du ein Glas Wasser?«, fragt Eileen. »Du siehst aus, als wär dir schwummrig.«

»Mir geht's gut.«

»Ein bisschen grün um die Nase. Vielleicht sollten wir lieber gehen?«

»Möchtest du denn?«

»Ich denke nur an dich. Ich fühl mich wohl hier.«

»Ich auch«, sagt er.

Sie leeren schweigend ihre Gläser. Er weiß nicht, wie sie an diesen Punkt gekommen sind. Noch vor einem Moment haben sie womöglich gesagt, dass sie einander lieben, und jetzt sieht es aus, als wollten sie lieber allein sein. Ihm wird bewusst, wie vorsichtig man mit Worten sein muss.

Rasch stößt er hervor: »Du hast mal was gesagt. Über das Verlieren.«

»Oh«, sagt sie. Und eine Weile später: »Ja.«

»Magst du mir erzählen, was du verloren hast?«

»Hm«, sagt sie, »wo soll ich da anfangen? Ehemänner zum Beispiel.«

Wenigstens wechseln sie jetzt wieder Worte, auch wenn er keine Ahnung hat, wovon sie redet. Sie verschränkt die Arme.

»Gleich zwei«, fährt sie fort. »Der Erste war im Telefonmarketing. Wir waren dreizehn Jahre zusammen. Dann hat er eines Tages eine Frau angerufen, ist ins Plaudern gekommen, hat ihr ein Timeshare-Apartment verkauft, und das war's dann. Sie sind an die Costa del Sol durchgebrannt. Danach bin ich lange allein geblieben. Ich wollte nicht mehr verletzt werden. Vor ein paar Jahren bin ich eingeknickt. Habe wieder geheiratet. Nach sechs Monaten war er weg. Anscheinend ist es unmöglich, mit mir zu leben. Ich knirsche nachts mit den Zähnen. Schnarche. Er ist in das Gästezimmer gezogen, aber ich schlafwandle auch.«

»Das ist aber schade.«

»Dass ich schlafwandle?«

»Dass er dich verlassen hat.«

»*C'est la vie.* Meine Tochter.«

Eileens Gesicht wirkt auf einmal zusammengestaucht, als hätte jemand ihren Kopf mit einem Gewicht beschwert und ihr befohlen, sich nicht zu rühren. Als er nichts sagt, sieht sie ihn bohrend an. Ob er gehört habe, was sie gerade gesagt hat? Als er bejaht, legt er seine Hand auf den Tisch neben die ihre, wie es die Sozialarbeiterin getan hatte, als sie mit ihm über das Normalsein sprach. Und über das Schließen von Freundschaften.

Sie sagt: »Rea hat eines Tages das Haus verlassen. Da war sie gerade siebzehn geworden. Ich hatte ihr zum Geburtstag ein Bettelarmband gekauft, so ein silbernes, mit Glücksanhängern dran. Sie sagte, sie will noch zum Laden an der Ecke. Wir hatten uns gestritten, über irgendwelchen Blödsinn. Übers Abwaschen. Sie ist nie wiedergekommen.« Eileen greift zu ihrem Bier, trinkt und wischt sich langsam den Mund ab.

Jim begreift nicht. Er sieht nicht, wie die Bilder, die er von Eileens Tochter, einem Laden an der Ecke und einem Armband im Kopf hat, zu dieser anderen Tatsache passen könnten, der Tatsache, dass sie nie wiedergekommen ist. Eileen nimmt ihren Bierdeckel und legt ihn genau an die Tischkante. Dann zieht sie ihn wieder weg und richtet ihn aufs Neue aus, immer wieder, dabei redet sie ununterbrochen. Sie erzählt Jim, dass sie ihre Tochter seit diesem Tag nicht mehr gesehen habe. Sie habe nach ihr gesucht, sie aber nie gefunden. Manchmal bekomme sie so eine Ahnung, auch mitten in der Nacht, glaube zu wissen, wo Rea sei. Dann steige sie ins Auto und fahre hin, aber sie täusche sich immer. Sie finde sie nie. Eileen nimmt den Bierdeckel, den sie so säuberlich an die Tischkante gelegt hat, und reißt ihn in winzige Fetzen.

»Ich will ja nur wissen, dass sie in Sicherheit ist, aber diese Gewissheit kann ich nicht haben, Jim.«

Eileen klammert sich an den Tisch. Sie entschuldigt sich, aber sie würde gleich weinen. Er fragt, ob er ihr etwas holen kann, ein Glas Wasser oder was Stärkeres, aber sie lehnt beides ab. Sie will einfach, dass er bei ihr sitzen bleibt.

Erst erträgt er es nicht, hinzusehen. Er hört das scharfe Einatmen, das dem Kummer vorausgeht, und würde am liebsten aufspringen. Er hat in Besley Hill Leute weinen sehen. Manchmal lagen sie einfach auf dem Boden wie kleine Kinder, und man musste um sie herumlaufen. Aber den Ansturm von Eileens Schmerz mitzuerleben ist etwas anderes. Jim windet sich auf seinem Stuhl, sucht nach dem Barmann und dem Mann mit dem Hund, aber beide sind verschwunden. Er wünscht, er könnte Eileen etwas geben, aber er hat nichts, nicht einmal ein sauberes Taschentuch. Er kann nur dasitzen. Sie breitet die Arme aus und umfasst beide Tischkanten, stellt die Füße weit auseinander, wie um sich gegen etwas ganz Schlimmes zu wappnen. Dann fließen die Tränen über und strömen ihr die Wangen herunter, und sie versucht gar nicht, sie aufzuhalten, sondern sitzt einfach da, erträgt ihre Traurigkeit und wartet, dass sie vorbeigeht. Wenn Jim sie ansieht, spürt er seine eigenen Augen brennen, obwohl er seit vielen Jahren nicht mehr geweint hat.

Als es vorbei ist, wischt sie sich das Gesicht ab. Sie lächelt. »Kann ich dir ein Bild von ihr zeigen?«

Eileen kramt sehr geschäftig in ihrer Kordeltasche herum. Sie knallt ein Lederportemonnaie auf den Tisch, die Autoschlüssel, die Hausschlüssel, eine Haarbürste. »Da!« Mit zitternden Fingern schlägt sie eine blaue Plastikhülle mit einer Monatskarte für den Bus hinter der transparenten Einstecklasche auf. Die Fahrkarte ist längst verfallen, aber das verblassende Bild zeigt ein verhärmtes blasses Gesicht, Rehaugen und eine dicke rote Haarmähne. Sie ist unverkennbar ein Teil von

Eileen, allerdings ein zerbrechlicher, jugendlicher Teil. Der Teil, den er manchmal erahnt und nie gesehen hat. »Da hast du's. Wir alle bauen Mist«, sagt sie.

Eileen greift nach seiner Hand, aber er kann nicht. Er kann die ihre nicht umfassen. Sie zieht ihre Hand dahin zurück, wo sie gewesen ist. »Was ist mit deinem Freund passiert? Von dem du mir erzählt hast? Was hast du denn so Schreckliches gemacht, Jim?«

Er öffnet den Mund, aber er bringt nichts heraus.

»Ich habe alle Zeit, die du brauchst«, sagt Eileen. »Ich kann warten.«

17
Außen vor

Jetzt, wo sich sein Verdacht, was Jeanies Bein anging, bestätigt hatte, ließ James nicht mehr locker. Er fragte, wann Byron Beverley zur Rede stellen würde. Er schrieb sogar das Drehbuch. Warum öffnete Byron nicht wenigstens die Schnallen der Schiene, während Jeanie schlief? Wollte er seine Mutter nicht retten? Dauernd rief James an.

Aber Diana war jetzt in anderen Sphären. In den letzten Tagen der Sommerferien, nachdem sie die Armbanduhr weggeworfen hatte und James' verheerendes Konzert über die Bühne gegangen war, kehrte sie sich von der Zeit vollends ab. Sie schien immer mehr an Substanz zu verlieren. Sie verbrachte lange Phasen damit, nichts zu tun. Byron versuchte, ihr von der Schiene zu berichten, ihr zu erklären, dass Jeanie sich ursprünglich am anderen Bein verletzt hatte, aber sie sah ihn an, als wäre er ein herzloses Wesen. »Sie kann trotzdem nicht laufen«, sagte sie.

Es war, wie in einem kleinen Boot zu sitzen, das sich unbemerkt von seinem Liegeplatz losgemacht hatte. In ganz Cranham House waren die Uhren nun entweder verstummt, oder sie zeigten eine ganz eigene Zeit an. Byron ging in die Küche, wo es vielleicht zehn vor acht war, nur um im Salon festzustellen, dass es halb zwölf war. Sie gingen zu Bett, wenn der

Himmel dunkel wurde, und aßen, wenn seine Mutter gerade daran dachte. Auch die Vorstellung einer bestimmten Abfolge der Mahlzeiten – Frühstück, Mittagessen, Abendessen – war ihr fremd geworden oder schien ihr zumindest nicht mehr von Bedeutung. Jeden Morgen liefen silberne Schneckenspuren kreuz und quer durch die Eingangshalle. Spinnweben hingen herum wie weiche Wolken, die Fensterbretter waren von Schimmelflecken gesprenkelt – die Heide hielt Einzug ins Haus.

»Es war schon immer klar, dass es passieren würde«, sagte sie. »Das ist mein Schicksal.«

»Was ist dein Schicksal?«

Sie zuckte nur mit den Achseln, als kenne sie ein Geheimnis, für das er zu jung war. »Der Unfall hat einfach auf mich gewartet.«

»Aber es war ein unglücklicher Zufall«, erinnerte er sie. »Ein Missgeschick.«

Sie lachte auf, was mehr wie ein luftiges Schnauben klang. »Das war von Anfang an meine Bestimmung, der ich entgegengesteuert bin. Die ganzen Jahre, in denen ich versucht habe, alles richtig zu machen – die waren völlig umsonst. Du kannst rennen, so viel du willst, den Göttern entkommst du nicht.«

Die Götter, wollte er fragen, wer war denn das genau? Seine Mutter war, soweit er wusste, nie ein religiöser Mensch gewesen. Er hatte sie nie eine Kirche betreten oder auch nur beten sehen. Und doch wandte sie sich immer öfter an diese Götter. Sie zündete abends in den Fenstern kleine Kerzen an. Wenn ihr ein Fluch entfahren war, sah sie nach oben in die Luft über ihrem Kopf und bat um Verzeihung.

»Es klingt merkwürdig, aber irgendwie ist es eine Erleichterung«, sagte sie. Diesmal aßen sie Hamburger in der neuen

Wimpy-Bar in der Stadt, weil sie Hunger hatten. Lucy zeichnete ein Bild von Mummys in rosa Kleidern und beförderte ihre Saure-Gurken-Scheiben in den Aschenbecher. Zum Glück schien das Gespräch zwischen Diana und Byron über ihren Horizont zu gehen.

»Was ist eine Erleichterung?«, fragte er.

»Der Unfall. Der endgültige Zerfall von allem. Davor habe ich mich seit Jahren gefürchtet. Wenigstens das hat sich erledigt.«

»Ich glaube nicht, dass du reden solltest, als wäre alles vorbei.«

Sie schloss die Lippen um den Strohhalm, und als sie ihr Wasser ausgetrunken hatte, sagte sie: »Wir wissen nicht, was wir mit der Traurigkeit anfangen sollen. Das ist das Problem. Wir wollen sie aus dem Weg schaffen und können es nicht.«

Die lange Anstrengung, eine perfekte Frau zu sein, wuchs Diana schließlich über den Kopf. Sie brauchte ihre ganze Energie, um mit Seymour und Beverley zu reden. Ohne deren Gegenwart schien sie durchsichtig zu werden. Es war, als würden die Samenschirmchen von einer Pusteblume weggeblasen und man müsste zusehen, wie sie wegflogen. Diana wurde zu dem nackten Wesen, das sie in Wirklichkeit war.

Gleich nach dem Gespräch in der Wimpy-Bar schleppte Diana die Möbel ihrer Mutter aus der Garage. Byron sah ihr zu, wie sie damit quer über den Rasen zur Wiese ging, und nahm an, sie wolle die Sachen verbrennen wie ihre Kleider. Aber zu seiner Überraschung fand er sie ein paar Stunden später am Teich sitzen, im Sessel ihrer Mutter, das kleine Holztischchen mit mehreren Zeitschriften zu ihren Füßen. Sie hatte sogar die Stehlampe mit dem Quastenschirm aufgestellt, auch wenn sie nicht eingesteckt war. Es war wie ein Wohnzimmer mit Blumen als Teppich, mit der Eschenreihe als ferner Wand, mit zitternden Gräsern und Holunderbeeren als Tapete. Als Zimmerdecke spannte sich der wolkenlose Himmel darüber.

Als sie Byron sah, winkte sie. »Hie-ier!« Sie hatte einen Krug mit einem Getränk, das aussah wie Limonade, mit hinausgenommen, bunte Gläser, eine Runde Gurkensandwiches und sogar kleine Papierschirmchen als Deko. Es war wie in alten Zeiten, von der Wiese abgesehen.

»Möchtest du dich zu mir setzen?« Sie deutete auf einen niedrigen Polsterpuff. Als Byron sich daraufhockte, gab er ein leises Knatschen von sich.

»Kommt Beverley heute nicht?«, fragte er. »Mit Jeanie?«

Der Blick seiner Mutter blieb in den Bäumen hängen. »Vielleicht nicht.« Sie lehnte sich zurück, schmiegte sich zwischen die Sessellohren und spreizte die Finger, als wäre ihr Nagellack noch feucht und müsste trocknen. »Meine Mutter hat immer in diesem Sessel gesessen. Es war ihr Lieblingsplatz. Manchmal hat sie gesungen. Sie hatte eine wunderschöne Stimme.«

Byron schluckte schwer. Er hatte sie noch nie von ihrer Mutter sprechen hören. Weil er Angst hatte, dass eine Frage seine Mutter wieder zum Verstummen bringen könnte, fragte er nur ganz leise. Er wollte so gern mehr über ihre Vergangenheit erfahren.

»Hat deine Mutter auch draußen gesessen?«

Diana lachte. »Nein. Sie saß im Haus. Jahrelang. Sie ist nie ausgegangen.«

»War mit ihr – nicht alles in Ordnung?« Byron wusste selbst nicht genau, was er damit meinte, doch es drängte ihn zu dieser Frage.

»Sie war unglücklich. Wenn du das meinst. Aber das ist eben der Preis, den man zahlen muss.«

»Der Preis, den man wofür zahlen muss?«

Sie sah ihn kurz an und wandte den Blick dann wieder den Bäumen zu. Eine leichte Brise strich durch sie hindurch und hob die Blätter, dass sie wie Wasser rauschten. Der Himmel war von einem so tiefen Blau, dass er aussah wie funkelnagelneu. »Für einen Fehler«, sagte sie. »Auge um Auge. Zahn um Zahn. Alles rächt sich irgendwann.«

»Das verstehe ich nicht. Warum Auge um Auge? Was hat sie denn für einen Fehler gemacht?«

Sie schloss die Augen, als dämmere sie weg. »Mich«, sagte sie leise. Und dann saß sie so still da, dass er sie kurz antippen musste, um sich zu vergewissern, dass sie nicht plötzlich gestorben war oder so.

Er hätte so gern weitergefragt. Er wollte wissen, warum die Mutter seiner Mutter ihr Leben im Haus verbracht hatte und was Diana meinte, als sie sich als den Fehler ihrer Mutter bezeichnete, aber sie hatte ganz leise zu summen begonnen, wie nur für sich selbst und sonst niemanden, und wirkte dabei so eins mit sich und der Welt, dass er es nicht übers Herz brachte, sie zu stören. Er nahm sich ein paar von ihren winzigen Sandwiches und goss sich ein bisschen Limonade ein. Sie war so süß, dass es an den Zähnen zog.

In der Heide unterhalb der Hügel blühten überall noch dicke Mohnbüschel, dass es aussah, als würde die Erde bluten. Er wollte dieses Bild nicht mit dem Mohn verbinden, aber das musste er jetzt, er konnte ihn nicht mehr anders sehen.

»Ich könnte hier draußen schlafen.« Die Stimme seiner Mutter überraschte ihn.

»Ich glaube, das hast du gerade.«

»Nein, ich meine, ich könnte ein Bett und eine Decke heraustragen. Ich könnte unter den Sternen schlafen.«

»Das wäre aber gefährlich«, sagte er. »Die Füchse könnten über dich herfallen. Oder die Schlangen.«

Sie lachte. »Ach, ich glaube nicht, dass die mich wollen.« Sie nahm eines ihrer Sandwiches zwischen Daumen und Zeigefinger und schälte die Rinde ab. »Ich glaube, dass ich in Wahrheit kein sehr häuslicher Mensch bin. Vielleicht gehöre ich nach draußen. Vielleicht ist das mein ganzes Problem.«

Byron ließ den Blick über die wogenden Wiesen schweifen, über die rosa Lichtnelken zwischen den Gräsern, die Wicken, die hohen Stängel Labkraut, die Skabiosen und die tiefeingeschnittenen lila Blütenblätter des Wiesenstorchschnabels. Unter dem Himmelsblau lag dunkelgrün der Teich, mit Samtbändern aus Entengrütze überzogen. Ein kleines rosa Blütenblatt hatte sich im Haar seiner Mutter verhakt, und plötzlich sah er seine Mutter, von Wiesenblumen bedeckt. Ein erschreckendes Bild. Ein schönes Bild. »Trotzdem glaube ich«, sagte er, »du solltest Vater nicht erzählen, wenn er anruft, dass du draußen schlafen möchtest.«

»Wahrscheinlich hast du recht.« Sie nickte, und zu seiner großen Überraschung zwinkerte sie ihm zu, als hätten sie über einen ganz privaten Witz gelacht oder ein Geheimnis miteinander geteilt, was doch nicht stimmte, weil er keine Ahnung davon hatte.

»*Que sera, sera, whatever will be, will be*«, sang sie. »*When I was just a little girl, I asked my mother, what will I be? Will I be pretty, will I be rich …*«

Leise erhob er sich von dem Polsterpuff und kehrte zum Haus zurück. Bei jedem Schritt scheuchte er Grashüpfer auf, die vor ihm hochsprangen wie Silvesterknaller. Als er stehen blieb und zurückblickte, konnte er seine Mutter immer noch unten am Teich sehen. Eine Wolke von Mücken umschwebte ihren Kopf.

In der Küche goss Byron Milch in Gläser und bot Lucy an, was von den Keksen übrig war. Er dachte an seine Mutter draußen, die vielleicht schlief oder sang oder ein bisschen von beidem, und ihm war zum Heulen, obwohl er gar nicht wusste, warum. Sie war ihm nicht unglücklich vorgekommen. Er fragte sich, ob sie wirklich die ganze Nacht allein dort draußen schlafen würde. Vielleicht sollte er ihr Decken bringen? Ein Kissen?

Aber sie hatte recht, das konnte er sehen. Sie war kein häuslicher Mensch. Wenn er sich jetzt ein Bild von ihr vorstellte, waren die juwelenbesetzten Schubladen völlig verschwunden, und sie war von keiner Wand umschlossen, saß nicht einmal in einem Auto. Er hatte das Gefühl, er hätte sie verloren, ohne sie gehen zu sehen. Sie schien in etwas verstrickt, das er nicht kannte, nicht begriff. Aber er konnte sie nicht herausziehen. Vielleicht war es gut für sie, kein häuslicher Mensch zu sein? Vielleicht begannen damit alle Schwierigkeiten? Die Menschen versuchten, sich zwischen Wänden und Fenstern unter Kontrolle zu bekommen, sie suchten nach allem möglichen Klimbim, um sich zwischen den Wänden und Fenstern einzurichten, dabei hätten sie es vielleicht nötig, frei von diesen Zwängen zu sein. Er fragte sich wieder, wie sich ein Mensch als Fehler bezeichnen konnte.

»Wo ist Mummy?«, fragte Lucy.

»Sie ist draußen. Sie ist spazieren gegangen, Lucy.«

Wieder klingelte das Telefon, und ob es nun James war oder sein Vater, er vermochte keinem der beiden mehr zu antworten. Stattdessen jagte er Lucy die Treppe hinauf, um einen Spaß daraus zu machen, ließ ihr ein Bad einlaufen und holte ihr den Badeschaum. Danach wickelte er sie in ein Handtuch und rieb sie trocken, wie es seine Mutter getan hätte. Er fuhr mit dem Handtuch sogar in die winzigen Zwischenräume zwischen ihren Zehen. »Das kitzelt«, sagte sie, ohne zu lachen. Sie sah traurig aus.

»Mummy wird bald wieder da sein«, sagte er.

»Früher hat sie immer Abendessen gekocht und uns Geschichten vorgelesen und hübsch ausgesehen. Und noch was: Sie riecht.«

»Wonach denn?« Er hatte nicht bemerkt, dass seine Mutter roch.

»Nach stinkigem Rosenkohl.«

Er lachte. »Du weißt doch gar nicht, wie stinkiger Rosenkohl riecht.«

»Doch. Der riecht wie sie.«

»Na, ich weiß nicht«, sagte er. »Sie hat doch gar keinen Rosenkohl gegessen. Es ist doch Sommer.«

Im Bett kuschelte sich Lucy unter seine Achsel. Sie zog die Beine an und schob sie unter sich wie ein kleines Rehkitz. »Früher war sie eine richtige Mummy. Sie hat uns die Hand gehalten und nette Dinge gesagt.«

»Mummy ist bald wieder da«, wiederholte er. »Und ich könnte dir doch auch eine Geschichte vorlesen?«

»Machst du auch die lustigen Stimmen?«

»Ich werde sehr lustige Stimmen machen.«

Nachdem er Lucy vorgelesen hatte, hielt er ihre Hand, die klein und warm in der seinen lag.

»Mummy singt auch.« Lucy klappte ein Lid hoch und schnell wieder herunter.

Er sang das Lied, das er seine Mutter auf der Wiese hatte singen hören, obwohl er weder die Worte noch die Melodie kannte. Er hatte das Gefühl, wenn er ein Echo ihres Liedes ausschickte, würfe er damit auch ein Seil nach ihr aus, zu ihrem Sessel inmitten der Blumen. Lucy lag da, ohne sich zu rühren, den Kopf ins Kissen vergraben. Das Licht ließ nach. Draußen trieben über den Himmel Wolkenbänke, die in der Farbe von Dosenpfirsichen leuchteten.

Er fand seine Mutter am Teich, in ihrem Sessel zusammengerollt. Er führte sie ins Haus zurück, Stück für Stück, genauso, wie er Lucy zum Einschlafen gebracht hatte. Er musste sehr sanft zu ihr sein. Gehorsam stieg Diana die Treppe hoch und schlüpfte unter die Decke. Sie hatte immer noch die Schuhe und den Rock an, aber dieses Mal machte das nichts aus.

»Ist alles gut«, sagte er sachte, aber das hätte es nicht gebraucht. Sie schlief schon tief und fest.

18
Tschüs, Eileen

Jim hat sich den ganzen Tag auf seine Verabredung gefreut. Seit der ersten Erfahrung mit dem Deodorant hat er um jeden Duft einen Bogen gemacht, aber er hat sich gewaschen und gekämmt. Als Paula ihn dabei ertappte, wie er nach der Arbeit in einem Autofenster sein Spiegelbild ansah, fragte sie: »Hast du noch was Besonderes vor, Jim?« Darren streckte die Daumen hoch und zwinkerte ihm so übertrieben zu, dass es richtig weh tat. Aber sie lachten nicht über ihn. Sie gaben Jim das Gefühl, dass er zu ihnen gehörte, und deshalb zwinkerte er ebenfalls und streckte die Daumen hoch.

»Ich treffe mich mit Eileen«, sagte er. »Ich habe ein Geschenk für sie.«

Paula verdrehte die Augen, aber zu seiner Überraschung polterte sie nicht los. »Na ja«, sagte sie nur, »die Menschen sind eben verschieden.«

»Tut dir jedenfalls gut, Kumpel«, sagte Darren lachend.

Auf dem Gehweg drängen sich viele Leute, die ihre letzten Weihnachtseinkäufe machen. Einige Läden beginnen schon mit dem Winterschlussverkauf. In einem Süßwarenladen dekoriert eine junge Verkäuferin das Schaufenster mit Ostereiern. Jim sieht zu, wie sie die Schachteln der Größe nach anordnet. Es gefällt ihm, wie sie die kleinsten Eier verstreut, so dass sie oben auf den Schachteln balancieren, und um alles herum fünf gelbe, flaumige Küken verteilt. Vielleicht ist die Verkäuferin ihm ein bisschen ähnlich. Vielleicht ist er gar nicht so komisch.

Eileens Stifte sind sicher in seiner Jackentasche verstaut. Moira hat ihm geholfen, sie in Geschenkpapier einzuwickeln und das Bündel mit Metallband zu verschnüren. In einer Extratüte trägt er die Zutaten für sein Weihnachtsessen und noch ein paar Rollen Isolierband. Es wäre schön, wenn er das Isolierband und sein Weihnachtsessen nicht mit zu seiner Verabredung nehmen müsste. Es wäre schön, wenn er nur an eine Sache auf einmal denken müsste. Aber er sieht, dass es zum Normalsein auch gehört, mehrere Dinge gleichzeitig im Kopf zu haben, auch wenn sie nicht gut zueinander passen.

Der Pub ist an diesem Heiligabend gerammelt voll. Manchen Leuten ist anzusehen, dass sie schon den ganzen Nachmittag hier sind. Sie tragen Papierkronen und Weihnachtsmannmützen. Sie schreien herum, damit man sie hört. An der Bar blinken Lichter, auf dem Tresen sind Teller mit Weihnachtsgebäck verteilt, von dem sich jeder nehmen darf. Dort steht auch eine Gruppe von Geschäftsleuten in Anzügen, und einer der Männer fragt, ob es Côtes du Rhône in der Flasche gibt. Das Mädchen an der Bar fragt, ob das Rotwein oder Weißwein ist, andere Sorten hätten sie nicht. Jim schlängelt sich mit einem Tablett, auf dem zwei Getränke stehen, durch die Menge, doch heute tun ihm die Finger weh, und als er den Tisch erreicht, schwimmt das Tablett in Bier. Der Teppich unter seinen Füßen fühlt sich schwammig an.

»Ich – ich hol noch was«, sagt er.

Eileen lacht. »Ach, vergiss es«, sagt sie, hebt beide Gläser vom Tablett und wischt sie unten ab. Sie trägt ihren grünen Wintermantel, hat sich dazu aber eine bunte Glasbrosche angesteckt. Jim fällt auf, dass an ihrem Gesicht irgendetwas komisch ist, dann merkt er, dass sie Lippenstift trägt. Sie hat auch etwas Neues mit ihrem Haar gemacht. Es ist ziemlich glatt und um das Gesicht angefeuchtet. Eileen bemerkt die Richtung seines Blicks, hebt die Hände und drückt sich links und rechts das Haar an ihren Kopf. Vielleicht ist das Neue, dass sie ihre Haare gebürstet hat.

Eileen fragt nach seinen Weihnachtsplänen. Er zeigt ihr in seiner Einkaufstüte den Truthahn in Rahmsauce, die Kartoffeln und den Rosenkohl, beides küchenfertig, und den mikrowellentauglichen Christmaspudding für eine Person.

»Sieht so aus, als hättest du alles, was du brauchst«, sagt sie.

Das streitet er ab. Er hat schon mal keine Mikrowelle. »U-und ich habe noch nie ein Weihnachtsessen gek-kocht.«

Er braucht sehr lange für diesen letzten Satz. Zum Teil, weil er nervös ist, zum Teil, weil er so laut reden muss. Am Tisch direkt hinter Eileen hören ihn drei junge Frauen, drehen sich nach ihm um und starren ihn an. Das findet er seltsam, umso mehr, weil sie anscheinend ihre Kleider vergessen haben. Sie tragen Unterwäsche oder Kleidungsstücke, die einmal als Unterwäsche gegolten hätten: winzige Tops mit Spaghettiträgern, die viel weiches, weißes Fleisch und tintenblaue, verschlungene Tattoos enthüllen. Wenn hier jemand Grund zum Starren hätte, dann ganz sicher er.

»Ich hasse Weihnachten«, sagt Eileen. »Alle bilden sich ein, dass man fröhlich sein muss. Als ob das Glück aus einer verdammten Geschenkeschachtel springt.« Ihr Gesicht ist rot vor Hitze. »Einmal«, erzählt sie, »bin ich den ganzen Tag im Bett geblieben. Das war eins meiner besten Weihnachten. Ein anderes Mal bin ich ans Meer gefahren. Ich hatte die fixe Idee, dass Rea dort wäre. Ich bin in einem Bed & Breakfast abgestiegen.«

»Das war bestimmt schön«, sagt Jim.

»Nein. Im Zimmer nebenan hat jemand eine Überdosis genommen. Der ist weggefahren, um sich an Weihnachten umzubringen. Siehst du, was ich meine? Das ist doch alles großer Mist. Für viele Leute. Die Vermieterin und ich haben Stunden gebraucht, um alles wieder sauberzumachen.«

Jim erklärt, dies sei sein erstes Weihnachten im Wohnmobil. Er freue sich darauf, sagt er. Eileen zuckt mit den Achseln und trinkt, sie murmelt, dass die Menschen eben verschieden seien. »Ich habe nachgedacht«, sagt sie. Sie dreht ihr Glas auf dem Tisch herum, immer um die eigene Achse.

»W-worüber hast du denn n-nachgedacht?«

Als die jungen Frauen ihn wieder stottern hören, grinsen sie sich einander zu, sind aber so nett, sich dabei die Hand vorzuhalten.

»Du kannst ruhig nein dazu sagen«, sagt Eileen.

»Ich g-glaub nicht, dass j-j-jemand n-n-nein zu dir sagt, Ei-ei-ei… Eileen.« Die Worte brauchen ewig, bis sie ihm über die Lippen kommen. Es ist, als würde er eine Handvoll Konsonanten und Vokale erbrechen. Aber Eileen unterbricht ihn nicht. Sie sieht zu, sie wartet, als hätte sie nichts anderes zu tun, als Jim zuzuhören, und das macht für ihn die blöden Wörter irgendwie noch schwieriger. Er weiß nicht, warum er sich überhaupt damit abgibt. Es ist noch nicht mal witzig. Doch als er fertig ist, wirft sie den Kopf zurück und lacht so laut, dass man meinen könnte, er hätte ihr einen Witz erzählt, einen richtigen von der Sorte, wie die Schwestern sie aus den Weihnachtscrackern zogen. Er sieht die sahnigen Röllchen in Eileens Nacken. Sogar die jungen Frauen am Tisch hinter ihr lächeln.

Eileen nimmt einen großen Zug Bier. Sie wischt sich den Mund mit dem Handrücken ab. »Ich bin ganz verlegen«, sagt sie und fährt mit den Fingern durch die geglätteten Haare. Als sie die Hände wieder auf die Hüften legt, steht an der Seite eine Strähne heraus wie ein orangefarbener Flügel. »Mann, ist das schwierig.«

Die Mädchen haben Eileens Haar bemerkt. Sie stoßen einander an.

»W-w-was ist schwierig?«

Die Mädchen wiederholen, was er gesagt hat. »W-w-w-w«, machen sie, und das fühlt sich in ihren Mündern sichtlich so komisch an, dass sie in Gelächter ausbrechen.

Eileen sagt: »Ich fahre weg.«

Er versucht, einen Schluck Bier zu trinken, aber ihm schwappt eine Ladung in den Schoß.

»Hörst du mir zu?«, fragt Eileen. »Ich fahre weg.«

»Weg?« Erst als er das Wort wiederholt, erkennt er es und merkt, was es bedeutet. Eileen wird weg sein, nicht hier. »W-w-w-w?« Er ist so vernichtet, schon jetzt so einsam, dass er das Wort nicht herausbekommt. Er kann nicht fragen: »Warum?« Er schlägt die Hände über den Mund, um zu zeigen, dass er fix und fertig ist.

»Ich fahre im neuen Jahr. Wohin, weiß ich noch nicht. Ich werde – ich möchte wieder reisen.« Jetzt bekommt Eileen die Worte kaum heraus, dabei stottert sie doch gar nicht. »Aber – Jim. Aber – Mann, warum ist das so schwer? Ich möchte, dass du mitkommst.«

»Ich?«

»Ich weiß, dass ich schwierig bin. Ich weiß, dass ich dir über den Fuß gefahren bin und alles, das war kein guter Anfang. Aber wir haben einiges durchgemacht, Jim. Wir haben beide einiges durchgemacht und stehen immer noch aufrecht. Also: warum nicht? Solange wir noch können? Warum fahren wir nicht weg und geben einander eine Chance? Bei dem neuen Versuch können wir uns gegenseitig helfen.«

Jim ist so verwirrt, dass er wegblicken muss, um noch einmal abzuspulen, was sie gesagt hat. Sie will mit ihm wegfahren. Einer der Geschäftsleute an der Bar starrt herüber. Er gehört zu der Gruppe, die den Côtes du Rhône wollte. Als er Jims Blick begegnet, murmelt er etwas zu seinen Freunden und löst sich von ihnen. Er kommt direkt auf Jim und Eileen zu. Er deutet auf Jim. »Wir kennen uns doch«, sagt sein Mund ohne Ton.

»Oh«, macht Eileen, die die Anwesenheit des Fremden spürt. Sie lächelt kurz, wie ein kleines Mädchen. Herzzerreißend, wie der Geschäftsmann im Anzug sie so plötzlich einschüchtert.

»Hi, wie geht's? Ich bin zu Weihnachten bei den alten Herrschaften«, sagt der Mann. Er hat die laute, selbstbewusste Stimme eines Winston-House-Schülers, eines Oxford-Manns, eines Manns, der seinem Vater in die City gefolgt ist. Von Eileen nimmt er keine Notiz. »Aber ich halte es zu Hause nicht länger als fünf Minuten aus.«

Bevor er weiterreden kann, springt Jim stolpernd auf. Er reißt seine Jacke vom Stuhl, aber der Ärmel hat sich verfangen, und er muss so kräftig daran ziehen, dass der Stuhl umfällt.

»Was ist denn los?«, fragt Eileen. »Wo willst du hin?«

Wie kann er mit Eileen neu anfangen? Was ist mit den Ritualen? Sie sagt, dass sie schwierig ist. Dass sie schnarcht, schlafwandelt. Aber daran ist er gewöhnt. Er hat jahrelang mit Leuten, die das auch tun, in Schlafsälen geschlafen. Aber sie hat keine Ahnung, wer *er* ist. Was er in der Vergangenheit gemacht hat und was er alles machen muss, um es wieder hinzubiegen. Sie will, dass Jim ihr hilft? Sie hat ja keine Ahnung. Schau doch mal die Mädchen an, wie sie ihn beobachten, wie sie darauf lauern, dass er versucht, seine Gefühle zu äußern, wie sie darauf warten, dass sie wieder lachen können.

Er sieht nur Eileens Knöpfe und ihr wildes rotes Haar. Trotz Bürsten hat es sich wie eine Wolke um ihren weißen Scheitel herum erhoben. Er will ihr sagen, dass er sie liebt. »Tschüs«, sagt er.

Eileen fällt das Gesicht herunter, sie stöhnt auf. Sie senkt den Kopf. Sogar der Geschäftsmann sieht aus, als wäre ihm nicht ganz wohl in seiner Haut. »Entschuldigt, Leute. Mein Fehler.« Da macht er schon ein paar Schritte rückwärts.

Als Jim zur Tür drängt, hat er noch nicht einmal seinen Mantel an, der hat sich um seine Arme verheddert. Er muss andere Gäste beiseite stoßen, und die rufen ihm Dinge zu wie »Na, wo brennt's denn?« oder »Pass auf mein Glas auf, du Wichser«, aber er bleibt nicht stehen, er walzt einfach weiter, vorbei an den Männern mit den lustigen Kronen und an den Mädchen in Unterwäsche. Erst als er schon die halbe Straße hinuntergelaufen ist, merkt er, dass seine Hände leer sind. Er hat immer noch Eileens Geschenk in der Tasche, und die Tüte mit dem Weihnachtsessen hat er unter dem Tisch stehen lassen.

Es ist zu spät, um umzukehren und sie zu holen.

19
Jeanie und der Schmetterling

Es war zu spät, um umzukehren. Der Sommer hatte eine eigene Dynamik bekommen. Byron wusste nicht, wie lange das noch gutgehen konnte. Die Hitze, die langen Tage, die Schuld seiner Mutter, Jeanies Bein und Beverleys Besuche.

Jeanie saß auf ihrer Wolldecke unter den Obstbäumen. Die Beine hatte sie gerade von sich gestreckt, das Bein mit der Schiene und das andere, normale, mit weißer Socke und Sandale. Neben sich hatte sie die Sindy-Puppen oder zumindest einen Haufen mit Sindy-Torsos und einen zweiten mit Sindy-Köpfen, die Ausmalbücher und die Stifte. Sie hatte ihr Glas Sunquick und einen Keks, außerdem ein paar Stücke gesunden Apfel. Jedes Mal, wenn Byron vorbeiging, sang sie leise. Aus dem Haus konnte er Beverley ihr neues Stück auf der Orgel üben hören, und er wusste, dass seine Mutter unten am Teich im Sessel ruhte. Es war eine schwierige Nacht gewesen. Jedes Mal, wenn er aufgewacht war, hatte er sie unten Musik auf dem Plattenspieler abspielen hören. Wahrscheinlich war sie wieder nicht ins Bett gegangen. Lucy war im Haus. Sie weigerte sich, aus ihrem Zimmer zu kommen.

Ein blassgelber Schmetterling landete auf Byrons Füßen. Er versuchte, ihn zu berühren, aber da schaukelte er schon weiter, zu einer weißen Blütenglocke hinauf, blieb auf einem Blütenblatt sitzen und fächelte mit den Flügeln. Hab keine Angst, flüsterte Byron dem Schmetterling zu. Kurz dachte er, der Schmetterling habe ihn gehört, weil er ganz still sitzen blieb, als Byron seinen Finger nach ihm ausstreckte. Doch dann flatterte er wieder hoch und landete auf einer Butterblume. Byron folgte ihm eine Weile kreuz und quer durch den Garten, bis Beverley auf ihrer Orgel einen Bassakkord anschlug und der Schmetterling wie ein kleines Blatt in den Himmel flog. Byron versuchte, ihn im Blick zu behalten, und kniff die Augen immer fester zusammen, bis der Schmetterling so klein wurde, dass er praktisch nicht mehr da war. Byron sah sich um und merkte, dass er direkt an den Rand von Jeanies Decke geraten war.

»Tut mir leid«, sagte er schnell.

Sie starrte mit runden, erschrockenen Augen zu ihm hoch.

Zum Zeichen seiner Harmlosigkeit kniete sich Byron auf den Deckenrand. Seit er Jeanie damals schlafend in Lucys Bett gefunden hatte, war er nicht mehr mit ihr allein gewesen. Er wusste nicht, was er sagen sollte. Er betrachtete das abgeschürfte Leder ihrer Schiene, die Riemen und die Schnallen. Das sah schmerzhaft aus. Jeanie schniefte leise, und er sah, dass sie weinte. Er fragte sie, ob er mit den Puppen spielen sollte. Sie nickte.

Byron setzte den Köpfen Hüte auf und zog die Rümpfe an. Er sagte, es sei so schade, dass sie alle kaputt seien. Wieder nickte sie. »Möchtest du sie wieder repariert haben?«

Sie nickte weder, noch sagte sie etwas, aber sie lächelte.

Byron suchte einen Kopf und einen Rumpf. Er drückte den Kopf fest auf den Körper, und eine Weile dachte er, das wird nie was, bis der Kopf plötzlich wieder dort einschnappte, wo er hingehörte.

»Da«, sagte er. »Wir haben sie wieder heil gemacht.«

Es stimmte nicht ganz, dass Jeanie daran beteiligt gewesen

war, aber seine Worte brachten sie wieder zum Lächeln, als hätte sie unter anderen Umständen beim Reparieren mitgeholfen. Jeanie nahm die Puppe in die Hände. Sie berührte ihren Kopf. Berührte ihre Arme, ihre Beine. Behutsam strich sie ihr über die Haare.

»Oh, was ist denn mit diesen armen Mädchen passiert?«, fragte Byron plötzlich und griff nach einem weiteren Rumpf und einem Kopf. Sie waren mit Filzstift-Punkten übersät.

Jeanie schrie leise auf und duckte sich mit einer so nervösen und ruckartigen Bewegung, dass auch Byron zusammenzuckte. Es war, als erwartete sie eine Ohrfeige.

»Keine Angst. Ich tu dir nichts«, sagte er leise. »Ich würde dir nie was tun, Jeanie.«

Sie lächelte beklommen. Er fragte sie, ob die Puppen Masern hätten. Sie nickte.

»Aha«, sagte er. »Die Armen.«

Sie nickte.

»Gefällt es ihnen, dass sie Masern haben?«

Jeanie schüttelte langsam den Kopf, ohne den Blick von seinen Augen zu wenden.

»Möchten sie denn gern wieder gesund werden?«

Als sie wieder nickte, begann sein Herz so heftig zu schlagen, dass er es bis in die Finger spürte, aber er atmete langsam. Es sei schade, sagte er, dass diese Mädchen die Masern gekriegt hätten. »Brauchen sie Hilfe, um gesund zu werden?«, fragte er sanft.

Jeanie zeigte keine Reaktion. Sie sah ihn nur mit ihren großen, ängstlichen Augen an.

Er nahm einen roten Stift. Er malte drei Punkte auf seine Hand. Er sagte nichts dazu, zum Teil, weil er keine Ahnung hatte, was er tat, sondern einfach drauflosmalte, zum Teil aber auch, weil er spürte, dass er und Jeanie an einem wortlosen Ort besser aufgehoben waren. Jeanie blieb ganz ruhig sitzen und sah ihm zu, wie er seine Faust bemalte, beobachtete die rote Filzstiftspitze und die Punkte, die aussahen wie kleine Beeren.

»Willst du auch mal?«, fragte er. Er gab ihr den Stift. Bot ihr seine Hand an.

Jeanie streckte ihre dünnen Finger aus, und er legte seine pummelige Hand in die ihre. Ihre Hand fühlte sich kalt an, wie Stein. Sie malte einen Kreis auf seine Hand und füllte ihn ganz mit Farbe aus. Dann malte sie einen zweiten Kreis. Sie drückte nicht auf. Sie malte langsam und sorgfältig.

»Du kannst auch Punkte auf mein Bein malen, wenn du willst«, sagte er.

Sie nickte und malte noch ein paar Punkte auf sein Knie, dann auf seinen Oberschenkel, dann sein ganzes Bein entlang bis zu seinem Fuß. Über ihnen rauschte die warme Brise durch die Blätter des Obstbaums.

»Möchtest du auch welche haben, Jeanie?«, fragte er.

Jeanie sah zum Haus hinauf, wo ihre Mutter Orgel spielte. Sie sah verwirrt oder traurig aus, Byron hätte es nicht genau sagen können. Sie schüttelte den Kopf.

»Niemand wird böse sein«, sagte er. »Und ich helf dir später, die Punkte wieder abzuwaschen.« Er streckte ihr seine gepunkteten Arme und Beine hin. »Schau mal!« Er lachte. »Du kannst auch Masern haben wie ich.«

Jeanie gab ihm ihre Hand. Wieder war es, als ob er Stein berührte. Er malte ihr vier kleine Punkte auf die Fingerknöchel, ganz sanft, weil er Angst hatte, ihr weh zu tun. Als er fertig war, hob sie die Hand dicht vor ihr Gesicht. Sorgfältig untersuchte sie sein Werk.

»Gefallen sie dir?«, fragte er.

Sie nickte.

»Willst du noch mehr?«

Sie starrte ihn an, mit einem seltsam fragenden Blick. Sie deutete auf ihre Beine.

»Auf dieses Bein?«, fragte er.

Sie schüttelte den Kopf und deutete auf das geschiente. Er warf einen kurzen Blick zum Haus, dann zum Teich. Beverley spielte ein neues Stück. Sie brach immer wieder ab und kehrte zum Anfang zurück, um es richtig einzuüben. Von seiner Mutter war nichts zu sehen.

Mit zitternden Händen öffnete er die Schnallen. Er klappte das Leder zurück. Die Haut von Jeanies Bein war weich und weiß und roch ein wenig nach Salz, aber nicht unangenehm. Er wollte sie nicht aufregen. Weder von einem Pflaster noch von einer Narbe war eine Spur zu sehen, auf keinem der beiden Knie.

»Armes, armes Bein«, sagte er.

Sie nickte.

»Arme Jeanie.«

Er zeichnete ihr einen Punkt aufs Knie, einen ganz schwachen, ganz kleinen, nur einen winzigen Fleck. Sie wich nicht zurück. Sie beobachtete ihn sehr aufmerksam.

»Möchtest du noch einen?«

Sie deutete auf ihren Knöchel, dann auf ihr Schienbein, dann auf ihren Oberschenkel. Er malte ihr noch sechs Punkte. Die ganze Zeit streckte sie den Kopf vor und betrachtete seine Arbeit sehr konzentriert. Ihre Köpfe stießen fast zusammen. Er sah, dass sie keine Lügen über ihre Beine erzählte. Sie wartete einfach darauf, dass sie wieder bereit wären, sich zu bewegen.

»Jetzt sind wir gleich«, sagte er.

Ein gelbes Blatt flatterte durch das Sonnenlicht. Es landete auf der Decke, und Byron sah, dass es der Schmetterling mit den gelben Flügeln war. Er wusste nicht, ob dies ein Zeichen sein könnte, aber mit seiner Wiederkehr fügte der Schmetterling zwei Momente zusammen, die sonst unverbunden geblieben wären. Beverleys Stück steigerte sich dem Ende zu. Sie schlug den Refrain mit immer lauteren Akkorden an. Byron dachte sogar, er höre seine Mutter vom Teich rufen. Er hatte das Gefühl, dass etwas näher kam, ein weiterer Wendepunkt, und dass er schnell entgleiten könnte, wenn Byron nicht gleich zupackte.

»Der Schmetterling sucht eine Blume«, flüsterte er. Er streckte seine Finger aus wie fünf Blütenblätter, und Jeanie machte es ihm nach. »Er glaubt, unsere Masern sind Blüten.«

Ganz vorsichtig legte er die hohlen Handflächen um den Schmetterling und hob ihn auf. Er spürte, wie die papierblassen Flügel gegen seine Haut schlugen. Er forderte Jeanie auf, ganz still zu sitzen, und setzte ihr den Schmetterling auf die Hände. Dort saß er, auf ihrer Handfläche, und irgendwie wusste auch der Schmetterling, dass er stillhalten musste. Er schlug nicht mit den Flügeln und bekam auch keine Angst. Jeanie rührte sich nicht, sie hielt sogar den Atem an.

»Jeanie!«, rief Beverley von der Terrasse.

»Byron!«, rief seine Mutter, die sich durch den Garten näherte.

Der Schmetterling krabbelte auf Jeanies Fingerspitzen zu. »O nein!«, sagte Byron fast tonlos, »er könnte herunterfallen! Was sollen wir machen, Jeanie?«

Lautlos und ganz, ganz langsam begann sie, die Knie anzuziehen, als Blütenbrücke für den Schmetterling. Während er über ihre Fingernägel auf ihre Beine krabbelte, zog sie sie noch weiter an. Die Frauen riefen, liefen auf sie zu, aber Byron sagte zu Jeanie: »Höher, Jeanie, noch höher!« Der Schmetterling trippelte auf seinen zarten Beinchen ihre kleinen, weißen, aufragenden Knie hinauf und hinunter, und da lachte Jeanie endlich.

Dritter Teil

Besley Hill

1
Regentanz

Der Neumond Anfang September brachte einen Wetterwechsel. Die Hitze legte sich. Die Tage waren warm, aber nicht mehr glutheiß. In der Morgenluft lag schon etwas Frostiges, dass die Fenster beschlugen. Die Blätter der Clematis waren am Vertrocknen, hingen braun und verdreht an den Ranken. Die Margeriten waren fast abgeblüht. Die Morgensonne lugte über die Hecken, als wüsste sie schon, dass sie es nicht ganz bis zum Zenit schaffen würde.

Der Neumond brachte auch bei seiner Mutter eine Veränderung. Sie war wieder glücklicher. Sie schickte Beverley weiter kleine Geschenke und rief wegen Jeanie an, aber sie fuhr nicht mehr in die Digby Road, und Beverley kam auch nicht mehr zu Besuch. James hatte die Nachricht von Jeanies Heilung schweigend aufgenommen. Er hatte Byron informiert, dass er das letzte Ferienwochenende am Meer verbringen würde. Byron schlug vor, dass sie ja vielleicht eine Show besuchen könnten? James hatte verlegen gesagt, es wäre kein Ausflug dieser Art.

Beverley reagierte ganz anders. Sie kam zu dem Schluss, es müsse ein Wunder sein. Dass ein Kind gesund wurde, wenn alle Ärzte aufgegeben hatten. Sie hatte Byron wortreich gedankt. Sich immer wieder entschuldigt wegen der Aufregung, die sie verursacht hatte. Die Dinge seien entgleist, wiederholte sie ein ums andere Mal. Sie habe nur Dianas Freundin sein wollen, habe ihr nie Böses gewollt. Alle machen Fehler, rief sie weinend. Sie habe nicht im Traum daran gedacht, dass Jeanies lahmes Bein reine Einbildung sein könnte. Sie versprach, die Plüschtiere, den Buggy, das Kaftankleid, die geliehenen Kleider zurückzubringen. Es flossen viele Tränen. Aber Diana hatte sie beruhigt. Es sei ein seltsamer Sommer gewesen, sagte sie. Vielleicht hatte die Hitze sie alle geschafft? Diana schien so erleichtert, dass die Sache ein Ende hatte, dass kein Raum für Vorwürfe oder auch nur Verständnis blieb. Bei ihrem letzten Anruf hatte Beverley ihr anvertraut, dass Walt sie gefragt hatte, ob sie ihn heiraten wolle. Sie dächten daran, in den Norden zu ziehen, und würden wie eine richtige Familie leben. Sie habe auch eine Idee für ein kleines Importgeschäft. Es war die Rede von Chancen, die man ergreifen müsse, und vom Denken in großen Maßstäben, aber bei den drohenden Streiks schien es ziemlich unwahrscheinlich, dass ihre Geschäftsidee einschlagen würde. Sie versprach, ihre Orgel abzuholen, aber es kam dann doch nie dazu.

Inzwischen zog Diana ihre Bleistiftröcke wieder hervor, die zusammengeknüllt zwischen den Schuhen lagen, und bügelte sie. Sie saßen in der Taille ein bisschen locker, zwangen sie aber wieder zu diesem straffen Gang mit den verkürzten Schritten. Sie hörte auf, stundenlang am Teich zu sitzen, und schlief nicht mehr unter den Sternen. Sie holte ihr Notizheft wieder hervor und buk kleine Schmetterlingskuchen mit Biskuitflügeln. Byron half ihr, die alten Möbel ihrer Mutter in die Garage zurückzutragen und abzudecken. Diana stellte die Uhren wieder. Sie begann, aufzuräumen und das Haus zu putzen. Als Seymour zu seinem ersten Besuch nach dem Jagdurlaub kam, widersprach sie ihm nicht. Sie wusch seine Wäsche, und beim Abendessen unterhielten sie sich über seine Reise und das Wetter. Lucy spielte auf ihrer elektrischen Orgel den Flohwalzer bis zum Abwinken. Seymour betonte mehrmals, er fände die Wurlitzer als Geburtstagsgeschenk für ein kleines Mädchen denn doch extravagant, aber Diana versicherte ihm, dass keine der anderen Familien ein solches Instrument habe, und da lächelte er mit seinem umgestülpten Lächeln.

Für die Kinder fing die Schule wieder an. Seit Jeanie nicht mehr gelähmt war, kam James selten darauf zu sprechen, was passiert war und was die Jungen zu Dianas Rettung geplant hatten. Ein-, zweimal spielte er auf »die Sache im Sommer« an, aber verächtlich, als hätten sie sich kindisch verhalten. Er händigte Byron den Operation-Perfekt-Ordner aus. Er redete nicht mehr über Zaubertricks, noch fragte er nach Sammelkarten. Vielleicht war er von Byron enttäuscht; das ließ sich schwer sagen.

Übrigens war es nicht nur James, der verändert schien. Das Aufrücken in die Abschlussklasse machte aus den Jungs junge Männer. Manche waren eine Handbreit und mehr in die Höhe geschossen. Ihre Stimmen rumpelten und kieksten im Wechsel. Murmelgroße Pickel blühten in ihren Gesichtern. Ihre Körper rochen anders, bewegten sich anders, schwollen an und dehnten sich aus. Das war verwirrend und aufregend zugleich, als würde in Körperpartien, von denen sie bis dahin selbst nichts geahnt hatten, eine Heizung anspringen. Samuel Watkins bekam sogar ein Schnurrbärtchen.

Mitte September saßen Byron und seine Mutter eines Nachts draußen, unter einem klaren, von Sternen berstenden Himmel. Er zeigte ihr den Großen Wagen und das Siebengestirn, und sie sah staunend hoch, das Glas im Schoß, den Nacken zurückgelegt. Er deutete auf die Flügel des Adlers, Aquila, auf den Schwan, Cygnus, und den Steinbock, Capricornus. »Ja.

Ja«, sagte sie. Offensichtlich hörte sie ihm zu. Sie nickte mehrmals zum Himmel und richtete dann den Blick auf ihn.

»Die spielen mit uns, stimmt's?«, fragte sie.

»Wer?«

»Die Götter. Wir glauben, dass wir verstehen, wir haben die Wissenschaft erfunden, aber im Grunde haben wir keine Ahnung. Vielleicht sind die klügsten Leute nicht diejenigen, die sich für klug halten. Klug ist vielleicht, wer akzeptiert, dass er nichts weiß.«

Darauf fiel ihm nichts ein, was er dem hätte entgegensetzen können. Als hätte sie seine Gedanken gelesen, griff sie nach seiner Hand und zog seinen Arm unter den ihren. »Aber du bist klug. Wirklich klug. Und du wirst ein guter Mensch sein. Nur das zählt.«

Sie deutete auf einen weißlichen Lichtschleier über ihren Köpfen. »Und jetzt sag mir, was das ist.«

Er erklärte ihr, das sei die Milchstraße. Und dann schoss aus dem Nichts, wie von einem unsichtbaren Arm geschleudert, ein Stern durchs Dunkel und verlosch. »Hast du das gesehen?« Er packte sie so fest am Arm, dass sie fast ihr Getränk verschüttete.

»Was denn? Was denn?« Offensichtlich war ihr die Sternschnuppe entgangen, aber als er davon erzählte, saß sie ganz still da, beobachtete den Himmel und wartete. »Ich weiß, dass ich gleich eine sehen werde«, sagte sie. »Ich spür's einfach.« Er lachte auf, aber sie hielt die Hand hoch, als wolle sie ihn zum Schweigen bringen. »Sei ruhig, sonst muss ich dich ansehen. Aber das darf ich nicht, weil ich mich konzentrieren muss.« Sie saß so aufrecht und erwartungsvoll da, dass sie aussah wie Lucy.

Als sie endlich etwas entdeckte, sprang sie mit aufgerissenen Augen auf und tippte ins Dunkel. »Schau mal! Schau!«, rief sie. »Siehst du?«

»Na, das ist aber mal ein Prachtexemplar«, sagte er.

Es war ein Flugzeug. Er konnte sogar den Kondensstreifen erkennen, der, vom Mond beschienen, durch den Himmel leuchtete wie ein aus Silberfäden gesticktes Band. Er wartete, dass auch sie es bemerkte, aber ihr fiel nichts auf; lachend drückte sie seine Hand und sagte: »Ich habe mir etwas für dich gewünscht, Byron. Jetzt, wo ich eine Sternschnuppe gesehen habe, wird alles gut.« Und er musste nicken. Er wandte den Blick ab. Wie konnte sie so naiv sein? So dumm? Er folgte ihr zum Haus zurück, aber sie rutschte in ihrem Schuh herum, und er musste die Hand ausstrecken, um sie zu stützen.

»Ich habe ganz vergessen, wie man in Stöckelschuhen geht«, sagte sie und lachte.

Die Sternschnuppe gab seiner Mutter noch mehr Auftrieb. Am nächsten Tag arbeitete sie, während die Kinder in der Schule waren, im Garten. Sie grub die Rosenbeete um, und als die Sonne vom Himmel zu rutschen begann, half Byron ihr, das erste gefallene Laub in die Schubkarre zu schaufeln und zu verbrennen. Sie sammelten herabgefallene Äpfel auf und gossen die Blumenbeete am Haus, die nach Regen dürsteten. Dann erzählte seine Mutter von Halloween; sie habe in einer Zeitschrift gelesen, dass in Amerika aus Kürbissen Gesichter geschnitzt wurden. Das würde sie auch gern machen, sagte sie. Sie blieben stehen und betrachteten die Wolkenbank, die wie rosa leuchtende, hoch aufgetürmte Zuckerwatte über der Heide hing. Diana meinte, es sei ein wirklich schöner Tag gewesen. Die Leute sähen sich den Himmel zu wenig an.

Brauchte man etwa nur zu glauben, dass die Dinge so waren, wie man sie sich wünschte – war es vielleicht so einfach? Genügte das schon? Wenn Byron in diesem Sommer etwas gelernt hatte, dann das: Ein und dasselbe konnte mehrere Bedeutungen haben, sogar gegensätzliche. Nicht alles hatte ein

Etikett. Oder wenn es eines hatte, musste man bereit sein, es von Zeit zu Zeit neu zu begutachten und vielleicht ein anderes danebenzukleben. Die Wahrheit galt nie ewig und traf den Kern immer nur mehr oder weniger – mehr konnte sich ein menschliches Wesen wohl nicht erhoffen. Sie kehrten ins Haus zurück.

Es war fast Zeit fürs Abendessen, als Diana verkündete, dass sie draußen eine Strickjacke habe liegen lassen. Sie rief ihnen zu, sie gehe sie holen und sei in ein paar Minuten wieder da.

Byron spielte mit Lucy ein Brettspiel. Als er merkte, dass es dunkel wurde, stand er auf, um das Licht anzuschalten. Er machte Sandwiches, weil Lucy Hunger hatte, und schnitt sie zu Dreiecken. Als er wieder aus dem Fenster sah, war das Licht grün.

Er sagte zu Lucy, er müsse etwas aus dem Garten holen, und stellte die Männchen für eine neue Runde auf das Spielbrett. »Du würfelst zuerst«, sagte er zu ihr. »Und pass genau auf beim Zählen. Ich komme zurück, wenn ich dran bin.« Als er die Haustür aufmachte, erschrak er.

Die Wolke über der Heide war kohlschwarz. Da war ein Gewitter im Anzug, keine Frage. Er rief auf der Türschwelle nach seiner Mutter, aber sie antwortete nicht. Er sah bei den Rosenbeeten und den Staudenrabatten nach, aber dort war sie auch nicht. Eine plötzliche Bö riss an den Bäumen, die Wolken jagten dahin, die Hügel leuchteten hier und da in einem silbernen Lichtstrahl auf, um gleich wieder in den Schatten zu tauchen. Das Laub an den Zweigen begann zu zittern, sich zu schütteln. Byron sprintete durch den Garten und durchs Zauntor, gleichzeitig fielen die ersten Tropfen.

Sie waren größer, als er erwartet hatte. Der Regen trieb in dichten Vorhängen von den oberen Hügeln herunter. Seine Mutter konnte unmöglich am Teich sein. Er wollte wieder zum Haus zurücklaufen, versuchte, sich vor dem Regen zu verstecken, grub die Hände in die Achselhöhlen und zog den Kopf ein, aber in kürzester Zeit lief ihm das Wasser die Haare herunter und in den Kragen. Er war überrascht, wie schnell »trocken« in »klatschnass« umschlagen konnte. Byron machte kehrt und sauste durch den Garten zum Zauntor.

Der Regen prasselte wie Pfefferkörner aufs Dach. Die Möbel seiner Mutter waren immer noch unter den Abdecktüchern, Diana selbst war nirgends zu sehen. Er fragte sich kurz, ob sie vielleicht im Jaguar saß und auf dem Sitz eingeschlafen war, aber die Türen waren verschlossen und der Wagen war leer. Sie musste ins Haus zurückgekehrt sein. Vielleicht trocknete sie sich das Haar und unterhielt sich mit Lucy, während er die Garagentür schloss.

Lucy wartete auf der Türschwelle auf ihn. »Wo warst du, Byron? Ich habe gewartet und gewartet. Warum bist du so lang weg gewaren?« Sie sah verängstigt aus, und da merkte er, dass auch er Angst hatte. Der ganze Boden der Eingangshalle war regennass. Erst als er sich umdrehte und die Pfützen hinter sich sah, merkte er, dass sie von ihm stammten.

»Wo ist Mummy?«, fragte er.

»Ich dachte, sie ist bei dir.«

Byron rekapitulierte das Geschehen und versuchte zu berechnen, wie lange seine Mutter schon weg war. Er bückte sich, um seine Schulschuhe auszuziehen, und stellte fest, dass sie ganz weich und glitschig waren. Er schaffte es nicht, die Schnürsenkel mit den Fingern zu lösen, und musste die Schuhe am Ende zugeknotet herunterzerren. Er begann das Haus zu durchsuchen, erst gemächlich, dann immer schneller, bis er von Zimmer zu Zimmer rannte und die Türen aufriss. An den offenen Fenstern blähten sich die Vorhänge wie Segel, dahinter bogen sich die Zweige der Bäume hilflos nach oben und unten.

Er schloss die Fenster, und der Regen schoss in breiten Bächen die Scheiben herunter und trommelte aufs Dach. Er hörte, wie der Wind überall im Haus Türen aufdrückte und zuschlug.

»Wo ist Mummy? Was machst du denn?«, rief Lucy. Sie tappte hinter ihm her wie ein Schatten.

Er sah im Zimmer seiner Mutter nach, im Bad, im Arbeitszimmer seines Vaters, in der Küche, aber nirgendwo war die kleinste Spur von ihr.

»Warum rennen wir überallhin?«, heulte Lucy.

»Alles in Ordnung«, sagte er immer wieder, »alles okay«, als er zur Haustür zurücklief. Die Brust begann ihm zu schmerzen. Er griff nach dem Regenschirm und dem Regenmantel seiner Mutter.

»Alles okay, Luce«, sagte er. »In einer Minute bin ich mit Mummy zurück.«

»Aber mir ist kalt, Byron. Ich will meine Decke.« Lucy klammerte sich so fest an ihn, dass er sich loswinden musste.

Als er sie in den Salon führte und ihre Decke holen ging, traf es ihn wie ein Schlag. Was machte er da? Er sollte sich nicht mit einer lächerlichen Decke abgeben. Er musste hinaus. Er begriff nicht mehr, warum er überhaupt ins Haus zurückgekehrt war. »Setz dich bitte hin und warte«, sagte er und zog Lucy an der Hand zu einem Sessel. Dann versuchte er wegzurennen, aber er kam noch einmal zurück, um ihr ein Küsschen zu geben, weil sie wieder weinte. »Bleib einfach sitzen, Luce«, sagte er. Dann schmiss er plötzlich alles auf den Teppich, Mantel, Schirm und Decke, und ergriff die Flucht.

Er glaubte, das alles hätte nur Minuten gedauert, aber der niedrige Himmel draußen hatte sich noch weiter verfinstert. Der Regen pladderte senkrecht herunter, hart wie Nägel. Er schlug auf die Blätter. Er machte das Gras platt. Er bombardierte das Haus, als wollte er es zum Einsturz bringen, er schoss aus den Regenrinnen auf die Terrasse. Der Lärm war ohrenbetäubend.

Beim Rennen rief Byron immer wieder nach seiner Mutter, aber der Regen prasselte so laut, dass seine Rufe darin untergingen. Byron war immer noch im Garten, vom Teich war nichts zu sehen. Mit vorgebeugten Schultern riss er das Lattentor auf und lief hinaus, ohne es wieder zu schließen. Er ruderte auf den Teich zu, von Rennen konnte keine Rede mehr sein. Er rutschte und schlitterte, mit ausgebreiteten Armen um sein Gleichgewicht kämpfend; er konnte kaum den Kopf aufrecht halten. Der Boden war vom Regen getränkt, das Wasser stand schon im Gras und platschte ihm bei jedem Tritt bis ins Gesicht.

Nun kam der Teich in Sicht, und was Byron sah, nahm ihm den Atem. Er schlug mit den Armen wie mit Windmühlenflügeln gegen den Regen an, um ihn wegzuschleudern.

»Mummy! Mummy!«, schrie er, aber sie hörte ihn nicht.

Da war sie, mitten im Teich. Ihre Haare, ihre Kleider, ihre Haut waren so nass, dass sie glänzte. Aber das Unglaubliche war, dass sie nicht etwa auf dem kleinen Grashügel im Teich stand, sondern zwischen Insel und Ufer. Wie konnte das sein? Byron rieb sich die Augen: Wo sie mit dem Glas in der Hand balancierte, war kein fester Boden mehr, sondern nur noch Wasser. Mit ausgestreckten Armen bewegte sie sich langsam voran wie in einem Tanz. Ab und zu bog sie sich und schwankte, aber sie behielt das Gleichgewicht, und mit geradem Rücken, hochgerecktem Kinn und ausgebreiteten Armen schritt sie durch die harten, silbernen Regenfäden.

»Hie-ier!«, schrie er. »«Hie-ier!« Er war immer noch oben auf der Wiese.

Sie musste ihn gehört haben, weil sie plötzlich stehen blieb und winkte. Er sog scharf die Luft ein, weil er fürchtete, sie würde stürzen, aber das tat sie nicht. Sie blieb aufrecht und balancierte auf dem Wasser.

Seine Mutter rief ihm etwas zu, was er nicht verstand, dann hielt sie die Hand hoch, nicht die mit dem Glas, sondern die andere, und er sah, dass sie etwas Weißes, Schweres trug. Es war ein Gänseei. Sie lachte. Sie war glücklich, dass sie es erbeutet hatte.

Er hatte seine Mutter gefunden, und die Erleichterung darüber dehnte seine Brust so gewaltig, dass es schmerzte. Er wusste nicht mehr, was Tränen waren und was Regen. Er zog sein Taschentuch heraus und schnäuzte sich. Es triefte vor Nässe, dennoch steckte er die Nase tief hinein, denn sie sollte nicht wissen, dass er geweint hatte. Als er es wieder zusammenfaltete und in die Tasche schob, sah er auf. In diesem Moment schien seiner Mutter etwas in die Kniekehlen zu fahren. Er dachte, sie knicke ein, um ihn zum Lachen zu bringen. Dann sackte sie mit einem Ruck nach unten, ihre Hände flogen hoch und ließen Glas und Ei fallen. Ihr Oberkörper wurde von einer Bewegung erfasst, die sich den einen Arm entlangschlängelte, ihren Rumpf durchlief und an der anderen Schulter wieder austrat wie eine Welle.

Sie schrie ihm noch etwas zu, dann war es, als klappe sie zusammen, und sie verschwand im Wasser.

Byron stand einen Moment da und wartete, dass sie wieder auftauchte. Er konnte sich nicht rühren. Und als sie nicht mehr erschien, als nur noch der Regen auf den Teich hämmerte, kam er in Bewegung, erst langsam und dann schneller, immer schneller. Er wusste, dass er gar nicht hinunterwollte an den Wassersaum, dennoch schlitterte er immer weiter durch den Schlamm, in dem seine Schuhe keinen Halt mehr fanden. Selbst beim Vorwärtsstürzen wusste er, dass er nicht sehen wollte, was dort auf ihn wartete.

Am nächsten Morgen stiegen weiche Nebelfahnen von den Hügeln auf, als wären auf der ganzen Heide kleine Feuer entfacht worden. Durch die Luft ging ein Gluckern und Tröpfeln, obwohl kein Regen mehr fiel, da war nur noch die Erinnerung an ihn. Ein fadenscheiniger Mond hing am Himmel wie eine gespenstische Sonne, und überall schwärmten winzige Mücken durch die Luft, oder waren es Samen? Was auch immer, es war ein wunderschöner Neubeginn.

Byron ging die Wiese hinunter, wo überschwemmte Flächen wie riesige Silberteller lagen. Er kletterte über den Zaun und saß am Rand des Teichs. Er starrte auf das Spiegelbild des Himmels, gleichsam eine andere Welt oder eine andere Wahrheit, korallenfarben und kopfüber von oben nach unten gekehrt. Sein Vater war bereits nach Hause gekommen und sprach in seinem Arbeitszimmer mit der Polizei. Andrea Lowe setzte Teewasser für Besucher auf.

Ein Schwarm Möwen flog nach Osten, die Vögel hoben und senkten sich, als könnten sie den Himmel mit ihren Flügeln rein wischen.

2
Rituale

Ein Wolkengebirge erhebt sich in den Nachthimmel, so massiv, dass es eine Art zweiten Horizont bildet. Jim blickt kurz aus der offenen Tür seines Wohnwagens. Die Kirchturmuhr schlägt neunmal über die Hügel. Aber es ist dunkel. Also muss es Nacht sein. Die Rituale haben ihn wieder eingeholt, es ist schlimmer denn je. Er kann gar nicht mehr damit aufhören.

Für Jim ist es vorbei. Es gibt kein Entkommen. Die Rituale nehmen den ganzen Tag ein. Aber sie machen es nicht besser. Er fühlt sich wie gegen die Stangen eines Käfigs gepresst. Er weiß, dass die Rituale nicht helfen, er weiß, dass sie noch nie geholfen haben, trotzdem muss er sie durchführen. Seit seiner Flucht vor Eileen hat er weder geschlafen noch gegessen.

Allein schon beim Gedanken an sie muss er die Tür zuschieben und sich ins Innere seines Wohnwagens verkriechen. Sie war seine einzige Hoffnung. Sie hatte ihn um Hilfe gebeten. Wie konnte er sie so im Stich lassen?

Weihnachten ist gekommen und gegangen. Aus Tagen wurden Nächte; er hat den Überblick verloren, wie viele schon vergangen sind. Zwei, vielleicht drei? Er hat keine Ahnung. Er hat Regen und Wind gehört, hat registriert, dass es hell im Wagen wurde, wenn die Sonne hereinschien, aber erst wenn die Sonnenflecke wieder verschwunden sind, fällt ihm auf, dass sie wohl da waren. Sein Blick fällt auf sein Spiegelbild im Fenster, er fährt auf, weil er glaubt, dass jemand hereinstarrt, jemand, der ihm Böses will. Sein Gesicht schwimmt matt und blass auf dem schwarzen Glasrechteck. Sein Kinn ist stoppelig. Er hat tiefe Ringe unter den dunklen, hervorquellenden Augen. Wäre er ein Fremder und würde sich auf der Straße begegnen, würde er einen Bogen um sich machen. Er würde so tun, als hätte er sich nicht gesehen.

Wie konnte es so weit kommen? Als er vor vielen Jahren mit den Ritualen anfing, waren sie kein Aufwand. Sie waren seine Freunde. Er konnte sagen »Hallo, Herd« und hatte das schöne Gefühl, er teile mit seinem möblierten Zimmer ein Geheimnis. Alles ließ sich damit auf einfache Weise regeln. Auch als es zum Zwang wurde, jedes Mal, wenn er den Raum betrat, seinen Herd zu begrüßen, dauerte das doch nur einen kurzen Moment, und dann konnte er sich anderen Dingen zuwenden. Auch in der Öffentlichkeit konnte er, wenn er ein bisschen Angst bekam oder erschrak, schnell Hallo sagen und so tun, als wäre es ein Scherz. »Hallo, Teetasse!« Dann lachte er, und die Leute dachten vielleicht, er hätte großen Durst oder sei einfach gut gelaunt, hielten ihn aber keinesfalls für plemplem. Er konnte die Worte auch mit einem Hüsteln kaschieren.

Mit der Zeit veränderten sich die Rituale. Als ihn schlimme Gedanken oder Worte zu bedrängen begannen, bekam er Zweifel. Er begriff, dass er keinen Schutz vor solchen Gedanken oder Worten erwarten konnte, nur weil er Hallo sagte und dann zu etwas anderem überging. Er musste sich mehr anstrengen, damit er wirklich abgesichert war, sonst wäre der Schutz nicht stark genug. Das war nur logisch.

Er weiß nicht mehr, wie er auf die Zahl einundzwanzig kam. Diese Idee präsentierte sich ihm einmal als Regel und setzte sich fest. Es gab eine Zeit, als er wie versteinert vor Entsetzen war, wenn die Uhr keine Zwei oder Eins anzeigte. Er musste die Rituale so lange fortsetzen, bis die Zeiger eine dieser Zahlen erreichten. Seine Lieblingsuhrzeit war zwei Minuten nach eins. Oder eine Minute nach zwei. Manchmal stellte er den Wecker, damit er aufwachen und diese Lieblingsuhrzeit betrachten konnte.

Hallo, Seife. Hallo, Steckdose. Hallo, Teebeutel.

Er dachte, er wäre geheilt. Er dachte, er könnte normal sein. Aber die Sozialarbeiterin hat sich geirrt, und die Psychoberaterin auch. Für Jim ist es zu spät.

Für ihn existiert nichts mehr außer den Ritualen.

3
Ein Ende

Nach der Nachricht von Dianas Tod blieb James der Schule fern. Die Beerdigung fand an einem Montag Anfang Oktober statt, auf den Tag genau vier Monate nach dem Unfall in der Digby Road. In dieser kurzen Zeitspanne hatte sich so viel Einschneidendes ereignet, dass die Zeit wieder einmal ihr Gesicht gewechselt hatte. Sie war nicht linear vorangeschritten, von einem Moment zum nächsten. Ihr fehlte jedes Gleichmaß, jeder Sinn. Sie war ein wild zerklüftetes Loch, in das die Dinge wahllos hineinstürzten und verändert zurückblieben.

Über der Heide dehnte sich ein sanfter Oktoberhimmel mit lila Wolkenblüten, gelegentlich durchbrochen von einem Lichtkegel oder der Flugbahn eines herabschießenden Vogels. Ein Himmel, den seine Mutter geliebt hätte – ihn zu betrachten tat Byron weh, weil er sie dabei vor sich sah, wie sie hinaufdeutete und ihn zum Schauen aufforderte. Manchmal hatte er das Gefühl, er biete ihr perfekte Gelegenheiten für eine Rückkehr, und dass sie sie nicht ergriff, machte ihre Abwesenheit noch unverständlicher. Sie würde bestimmt bald wiederkommen. Er musste ihr nur den richtigen Anreiz bieten.

Und so suchte er weiter. Schließlich hing ihr Mantel noch am Haken. Ihre Schuhe standen neben der Tür. Ihr Verschwinden war so plötzlich, dass ihm jede Glaubhaftigkeit fehlte. Byron wartete jeden Morgen am Teich. Er hatte sogar ihren Sessel über den Zaun gehievt. Er saß am Ufer, wo sie gesessen hatte; das Polster bewahrte noch ihre Form, ihren Duft. Er konnte nicht begreifen, wie es möglich war, dass im Moment, wenn sich ein Junge die Nase putzte, etwas so Großes wie das Leben einer Mutter enden konnte.

Alle Mütter waren zur Beerdigung gekommen, und die meisten Väter auch. Manche brachten ihre Söhne mit, aber die kleinen Mädchen waren nicht dabei. Die Frauen hatten die Kirche mit Calla-Lilien geschmückt und für den Empfang einen ganzen Yorker Schinken zubereitet. Es würde festlich aufgetischt werden. Die Vorbereitung verschlang so viel Energie wie eine Hochzeit, nur dass kein Fotograf beauftragt wurde und die Gäste nur Schwarz trugen. Als Getränke würden Tee und Orangenlimonade gereicht, doch für Notfälle hielt Andrea Lowe einen Flachmann mit Kognak bereit. Man konnte von niemandem erwarten, den Vormittag ohne ein bisschen Unterstützung zu überstehen.

Am Alkohol habe es gelegen, hörte Byron die Leute tuscheln. Gegen Ende zu sei die arme Diana selten nüchtern gewesen. Beverleys Konzert wurde nicht ausdrücklich erwähnt, aber es war klar, dass man an solche Dinge dachte. Trotzdem sei es eine Tragödie. So jung zu sterben und zwei Kinder und einen Mann zurückzulassen. Dann kam das Ergebnis der Autopsie, und alle waren schockiert. Dianas Magen enthielt Wasser und die Reste eines Apfels. In ihrem Blut wurden Antidepressiva gefunden. Ihre Lungen waren aufgeschwemmt von Wasser und Einsamkeit, ebenso ihre Leber, ihre Milz, ihre Blase und die winzigen Hohlräume in ihren Knochen. Aber von Alkohol keine Spur.

»Ich habe sie nur einmal so etwas trinken sehen«, hatte Byron dem Polizisten gesagt, der zur Befragung der Familie gekommen war. »Sie hat in einem Restaurant ein Glas Champagner bestellt. Sie hat nur ein paar Schluck davon getrunken und den Rest stehen lassen. Was ihr wirklich schmeckte, war Wasser. Sie hat es die ganze Zeit getrunken, mit Eis. Ich weiß nicht, ob Sie das auch aufschreiben müssen, aber ich habe im Restaurant Tomatensuppe gegessen. Ich durfte auch noch einen Krabbencocktail bestellen. Dabei war es noch nicht einmal Mittag.«

So viel hatte er seit dem Unglück nicht mehr über seine Mutter gesprochen. Der Raum stand still, als hielte die Luft selbst den Atem an und warte darauf, dass er fortfuhr. Sein Blick fiel auf die Gesichter der Erwachsenen und das Notizheft des Polizisten, und plötzlich klaffte die Lücke, die seine Mutter war, zu seinen Füßen auf. Die Tränen brachen unkontrollierbar aus ihm hervor, er weinte so lange, dass er aufzuhören vergaß. Sein Vater räusperte sich. Der Polizist machte Andrea Lowe ein Zeichen, sie solle etwas unternehmen, und sie holte Kekse. Es sei ein Unfall gewesen, sagte der Polizist zu Andrea. Er dämpfte nicht einmal die Stimme, als mache die Trauer die Hinterbliebenen taub. Ein tragisches Unglück.

Befragt wurde auch ein Arzt, der in der Digby Road eine Privatpraxis hatte. Er bestätigte, dass er Mrs Diana Hemmings mehrere Jahre mit Antidepressiva versorgt hatte. Sie sei eine sehr liebenswürdige Dame gewesen, sagte er. Sie habe ihn aufgesucht, als sie merkte, dass sie mit ihrer neuen Umgebung nicht zurechtkam. Er drückte sein trauriges Bedauern aus und sandte der Familie eine Beileidskarte.

Natürlich kursierten weitere Geschichten, warum Diana gestorben war; die gängigste Version lautete, sie sei mit Absicht ertrunken. Wie sollte man sich sonst die Steine in ihren Taschen erklären? Graue, blaue, wie Pfefferminzbonbons gestreifte? Byron bekam die Geschichten mit. Er erkannte an der Art, wie die Leute in seine Richtung blickten und dann verstummten und unsichtbare Falten auf ihren Ärmeln glattstrichen, dass sie über seine Mutter redeten. Aber sie hatten keine Ahnung. Sie waren nicht dabei gewesen. Sie hatten nicht gesehen, was er an jenem Abend am Teich gesehen hatte, als es dämmerte und der Regen fiel. Sie hatte auf dem Wasser gestanden und sich gewiegt, als sei die Luft von Musik erfüllt, und dann hatte sie die Arme erhoben und war zusammengebrochen. Sie war nicht zur Erde zurückgekehrt, sondern zum Wasser.

Die Stadtkirche war so voll, dass die letzten Trauergäste stehen mussten. Obwohl die Herbstsonne schien, trugen die meisten Leute Wintermäntel, Handschuhe und Hüte. In der Luft hing ein üppiger, süßer Geruch, ob schwer von Trauer oder Glück, hätte Byron nicht sagen können. Er saß in der vordersten Bank neben Andrea Lowe. Bei seiner Ankunft war ihm aufgefallen, wie ihn die Trauergäste ansahen und auseinanderwichen. Sie versicherten ihm mit gedämpfter Stimme, wie leid es ihnen tue, dass er seine Mutter verloren hatte, und an der Art, wie sie auf ihre Füße hinunterblickten, erkannte er, dass sein Verlust ihn wichtig machte. Und seltsam – da empfand er Stolz. James saß mit Mr Lowe weiter hinten, und obwohl sich Byron mehrmals umdrehte und ihm zulächelte, um zu zeigen, wie tapfer er war, hielt James den Kopf gebeugt. Die Jungen waren sich seit Beverleys Konzert nicht mehr begegnet.

Das Erscheinen der Sargträger ging manchen über die Kräfte. Beverley rang mit einem Aufschrei nach Luft, Walt musste ihr hinaushelfen. Die beiden wankten den Gang entlang wie ein zerbrochener Krebs und stolperten gegen die Blumenarrangements, so dass an ihren schwarzen Ärmeln eine gelbliche Blütenstaubspur hängen blieb. Die Trauergäste standen reglos da, sangen leise und richteten die Augen auf den Sarg, während Beverley draußen in der Herbstsonne schrie. Byron fragte sich, ob er nicht auch schreien sollte, weil Diana schließlich seine Mutter war und nicht Beverleys, und vielleicht würde es ihn erleichtern, einen solchen Lärm zu machen, aber dann sah er, wie steif sein Vater neben dem Sarg stand, und er reckte sich ebenfalls in die Höhe. Er hörte ihn lauter singen als alle anderen, als wiese er ihnen den Weg nach vorn.

Beim Empfang in Cranham House kam die Sonne heraus. Beverley und Walt entschuldigten sich und gingen nach Hause. Es war die Art von Festlichkeit, die Diana gefallen hätte, nur war sie nicht da. Sie hatten sie in ein so tiefes Loch hinabgelassen, dass es Byron beim Hinunterschauen schwindlig wurde, dann hatten sie Erde darauf geworfen und Diana Lieblingsrosen, als könne sie das bemerken, und waren davongeeilt.

»Du musst essen«, sagte Andrea Lowe. Die neue Mutter holte ihm eine Scheibe Rosinenkuchen und eine Serviette. Er wollte den Kuchen nicht, plötzlich dachte er, er würde nie wieder etwas essen wollen, es war, als hätte sich alles, was in ihm war, verflüchtigt, aber es wäre unhöflich gewesen, den Kuchen abzulehnen, deshalb aß er ihn auf einen Bissen, fast ohne zu atmen, er stopfte ihn sich einfach in den Mund. Als die neue Mutter fragte: »Geht's jetzt besser?«, sagte er aus Höflichkeit ja. Er fragte sogar, ob er noch eine Scheibe haben könne.

»Die armen Kinder. Die armen Kinder«, schluchzte Deirdre Watkins. Sie klammerte sich an Andrea Lowe und schwankte wie ein Strauch im Wind.

»Es war sehr schlimm für James«, sagte Andrea und senkte die Stimme. »Die Nächte waren nicht gut. Mein Mann und ich haben beschlossen …« Sie setzte ein verschwörerisches Gesicht auf und warf einen Blick zur Seite, der auf Byron landete und ihm das Gefühl gab, er sei hier unerwünscht. »Wir haben beschlossen, gewisse Schritte zu unternehmen.« Byron stellte seinen Kuchenteller ab und schlich davon.

Er fand James unten am Teich. Auf Seymours Anweisung war er trockengelegt worden. Ein Bauer in der Nähe hatte die Gänse genommen, und die Enten waren ihnen entweder gefolgt oder davongeflogen. Es versetzte Byron immer noch einen Schock, wie flach das Gelände aussah, wie unerheblich ohne das Wasser und die Vögel. Der grüne Dschungel von Nesseln, Minze und Wiesenkerbel hörte abrupt auf, wo vorher das Wasser angefangen hatte. Der nackte schwarze Schlamm glänzte in der Sonne, nur die Steine und Äste lagen noch darauf, die Byron einmal so sorgfältig platziert hatte, um eine Brücke zu bauen. Die Grasinsel in der Mitte war nicht mehr als ein Erdbuckel. Es war schwer zu begreifen, wie seine Mutter hier das Gleichgewicht hatte verlieren und in etwas so Unbedeutendem hatte ertrinken können.

James musste über den Zaun geklettert und zum Ufer hinuntergerutscht sein, seine Anzughose war völlig verdreckt. Er stand mitten im Schlammbett und zerrte, grunzend vor Anstrengung, an einem der größten Äste. Er hielt das Ende mit beiden Händen gepackt und stemmte sich dagegen, aber der Ast war fast genauso groß wie er, und er konnte ihn nicht vom Fleck bewegen. Seine Schuhe und auch die Ärmel seiner Anzugjacke waren schlammverschmiert. Neben ihm hing eine Mückensäule.

»Was machst du denn da?«, rief Byron.

James blickte nicht auf. Er zerrte immer weiter, ohne Ergebnis.

Byron kletterte über den Zaun und stieg vorsichtig zum Ufer hinunter. Er blieb am Rand stehen, weil er seine Beerdigungsschuhe nicht ruinieren wollte. Er rief James noch einmal, und diesmal hielt er inne. James versuchte, sein Gesicht hinter der Armbeuge verschwinden zu lassen, konnte aber nicht verbergen, wie verstört er war. Sein Gesicht war so rot und verschwollen, dass es aussah wie verstümmelt.

»Der ist zu groß für dich«, rief Byron.

Aus James' Brust kam ein kratzendes Geräusch, als wäre der Schmerz in ihm mehr, als er ertragen konnte. »Warum hat sie das getan? Warum? Das will mir nicht aus dem Kopf ...« Er wandte sich wieder dem Ast zu und ruckelte ächzend daran herum, aber seine Hände waren so schlammig, dass sie immer wieder abrutschten, und zweimal hätte er den Ast fast fallen lassen.

Byron begriff nicht. »Sie ist nicht mit Absicht gestürzt. Es war ein Unfall.« James schluchzte so heftig, dass ihm Fäden aus dem Mund troffen.

»Warum – warum – warum wollte sie denn über den Teich?«, wimmerte er.

»Sie hat ein Ei geholt. Sie wollte nicht, dass die Krähen es kriegen. Sie ist ausgerutscht.«

James schüttelte ungestüm den Kopf. Die Bewegung lief durch seinen ganzen Körper; er stolperte beinahe unter dem Gewicht des Asts, verlor beinahe die Balance. »Es war wegen mir.«

»Wegen dir? Wieso?«

»Wusste sie nicht, dass unsere Brücke gefährlich war?«

Byron sah seine Mutter wieder vom Teich winken. Ihm das Gänseei zeigen. Sie ging nicht auf dem Wasser, natürlich nicht. Trotz der Hitze kribbelte seine Haut vor Kälte.

»Ich hätte die Belastbarkeit prüfen sollen«, schluchzte James. »Ich habe gesagt, ich würde ihr helfen, und habe alles falsch gemacht. Ich bin an allem schuld.«

»Das stimmt nicht. Die zwei Sekunden waren schuld. Die haben alles ins Rollen gebracht.«

Zu Byrons Schrecken lösten seine Worte bei James ein neues Geheul aus. Er hatte seinen Freund noch nie so gesehen, so verzweifelt, so wütend, so außer sich. Er zog immer noch an dem Ast, aber mit so kleinen, kraftlosen Bewegungen, als gäbe er sich fast besiegt. »Warum hast du auf mich gehört, Byron? Ich habe mich immer geirrt. Siehst du das nicht? Sogar bei den zwei Sekunden habe ich mich geirrt.«

Byron wusste nicht, warum, aber plötzlich fiel es ihm wahnsinnig schwer, genug Luft in die Lungen zu saugen. »Du hast es doch in der Zeitung gelesen.«

»Nachdem deine Mutter …« James brachte es nicht über die Lippen. Er nahm einen zweiten Anlauf. »Nachdem sie …« Das konnte er genauso wenig sagen. Er zerrte noch einmal heftiger an dem Ast, auf den er eine Riesenwut zu haben schien. »Ich habe weiter recherchiert. Die beiden Sekunden wurden nicht im Juni zugefügt. Eine wurde am Anfang des Jahres eingeschoben, die andere kommt am Jahresende dazu.« Beim Schluchzen bleckte er die Zähne. »Jedenfalls gab es gar keine Extrasekunden, als du sie gesehen hast.«

Das war für Byron wie ein körperlicher Schlag. Er umklammerte seinen Bauch. Er stolperte. Vor ihm blitzte seine Hand auf, die er seiner Mutter vors Gesicht streckte, als er ihr die Sekundenzeiger seiner Uhr zu zeigen versuchte. Er sah den Wagen nach links schlingern.

Da schallten vom Rasen her laute Stimmen durch die Luft. Gestalten in Schwarz liefen suchend durch den Garten, riefen nach James. Nach Byron riefen sie nicht. Und als Byron die Stimmen hörte, erkannte er, dass sich zwischen ihm und seinem Freund zum ersten Mal im Leben ein Riss aufgetan hatte, ein Bruch, der nie mehr heilen würde.

Er sagte leise: »Deine Mutter sucht nach dir. Leg den Ast lieber hin und geh zurück.«

James senkte den Ast in den Schlamm hinab, als wäre er eine Leiche. Er rieb sich heftig mit dem Ärmel über das Gesicht und watete auf das Ufer zu, wo Byron auf ihn wartete, aber als Byron ihm sein Taschentuch anbot, nahm er es nicht. Er konnte den Blick nicht heben. Er sagte: »Wir werden uns nicht mehr sehen. Meine Gesundheit gibt Anlass zur Sorge. Ich muss die Schule wechseln.« James schluckte so schwer, dass es knackte.

»Aber was ist mit dem College?«

»Wir müssen an meine Zukunft denken«, sagte James, der immer weniger wie er selbst klang. »Das College ist nicht der beste Ort für meine Zukunft.«

Bevor Byron weiterfragen konnte, spürte er, wie ein Gewicht seine linke Tasche nach unten zog.

»Das ist für dich.«

Byron griff hinein und spürte zwischen den Fingern etwas Glattes, Hartes, hatte aber keine Zeit, nachzusehen, weil sein Freund schon davonrannte. James krabbelte die Böschung hinauf, fast auf Händen und Knien, er klammerte sich an das lange Gras und zog sich daran hoch. Manchmal rutschten ihm die Büschel aus den Händen, dass er fast nach hinten kippte, aber er kämpfte sich weiter nach oben. Den Zaun nahm er praktisch im Sprung.

Byron sah James nach, wie er durch die Wiese pflügte. Seine Jacke hing ihm nur noch an einer Schulter, mehrmals stolperte er, als versuche das Gras, ihm die Schuhe von den Füßen zu ziehen. Der Abstand zwischen ihnen wurde immer größer, bis James schließlich das Lattentor durchquerte und auf die Gruppe der Eltern zurannte, die am Haus standen. Seine Mutter lief ihm über den oberen Rasen entgegen und führte ihn davon, während sein Vater das Auto vorfuhr. Mrs Lowe schob James auf den Rücksitz, als wäre er etwas Zerbrechliches, und schlug die Tür zu. Da wusste Byron, dass sie ihn alleinlassen würden.

In einer letzten Anstrengung, das Kommende aufzuhalten, hetzte er die Böschung hoch zum Zaun. Er bückte sich, um zwischen den Zaunpfosten durchzukriechen, und in der Hast schlug er sich vielleicht den Kopf an, vielleicht geriet er auch in die Nesseln, denn seine Beine kribbelten plötzlich, und sein Schädel pochte. Er walzte durch das hohe Wiesengras und folgte dem Wagen der Lowes, der langsam die Auffahrt hinunterrollte. »James! James!«, schrie er, und sein Keuchen und Schreien brannte wie Wunden in seiner Brust, egal, er raste weiter. Er riss das Lattentor auf, stürmte an den Beeten mit den Schnittblumen vorbei, der Plattenweg hämmerte seinen Füßen entgegen. Er rannte die ganze Buchenhecke entlang, streifte sie manchmal, so schwindlig war ihm, und lief weiter über das Gras zur Auffahrt. Der Wagen hatte die Straße schon fast erreicht. »James! James!« Er konnte seinen Freund auf dem Rücksitz erkennen, daneben die hohe Gestalt von Andrea Lowe. Aber der Wagen bremste nicht, und James sah nicht zurück. Sie bogen aus der Ausfahrt, dann waren sie fort.

Genau in dem Moment, als seine Gefühle hochzuschäumen und über ihm zusammenzuschlagen drohten, fühlte sich Byron auf einmal völlig leer.

4
Das Ende des Isolierbands

Obwohl die Temperatur ansteigt und es für die Jahreszeit un-
gewöhnlich mild wird, geht Jim nicht auf die Heide. Er geht
auch nicht zur Arbeit. Er kann nicht einmal bis zur Telefonzelle laufen, um Mr Meade anzurufen und ihm die Lage zu erklären. Vermutlich wird er seinen Job verlieren, hat aber nicht
die Energie, sich darüber aufzuregen, geschweige denn, etwas
dagegen zu unternehmen. Er kümmert sich nicht um seine
Pflanzen. Er verbringt den ganzen Tag im Wohnwagen. Die
Rituale hören nie auf.

Manchmal wirft er einen verstohlenen Blick aus dem Fenster und sieht das Leben ohne ihn weitergehen. Es ist, als winke
er zum Abschied jemandem zu, der längst fort ist. Die Bewohner von Cranham Village tauchen mit ihren Weihnachts-
geschenken auf. Kinder mit neuen Schneestiefeln und neuen
Fahrrädern. Männer mit batteriebetriebenen Laubsaugern.
Einer der ausländischen Studenten hat einen Schlitten bekommen, und obwohl kein Schnee liegt, gehen sie in ihren Mützen
und Daunenjacken zu den Skateboard-Rampen. Der Mann
mit dem bissigen Hund hat vor dem Haus ein neues Schild
angebracht, das Eindringlinge vor Überwachungskameras
warnt. Jim fragt sich, ob der Hund gestorben ist, dann fällt
ihm ein, dass er dort noch nie einen Hund gesehen hat, bissig

oder nicht. Vielleicht war das alte Schild nur ein Trick und was daraufstand, gar nicht wahr. Der alte Mann sitzt wieder am Fenster. Er trägt anscheinend eine Baseballmütze.

So ist also das Normalsein. Wenn man über die Runden kommt. Im Grunde keine große Sache, aber Jim schafft es nicht.

Das Innere des Campers ist überall mit Isolierband gestreift. Es ist nur noch eine Rolle übrig. Jim weiß nicht, was er tun soll, wenn die alle ist. Und dann dämmert ihm langsam, dass er nicht länger leben wird als das Isolierband. Er hat nicht gegessen, nicht geschlafen. Er braucht alles auf einschließlich sich selbst.

Jim liegt auf dem Bett. Unter dem Aufklappdach klebt ein Gitter aus Isolierband, Streifen kreuz und quer. Ihm dreht sich der Kopf, das Blut pocht ihm in den Ohren, seine Finger stechen. Er denkt an die Ärzte in Besley Hill, an die Leute, die ihm zu helfen versuchten. Er denkt an Mr Meade, an Paula und Eileen. Er denkt an seine Mutter, seinen Vater. Wo hat es angefangen? Bei den zwei Sekunden? Bei der Brücke über dem Teich? Oder war alles von Anfang an da gewesen? Als seine Eltern beschlossen, ihr Sohn solle eine goldene Zukunft haben?

Er zittert, der Wohnwagen zittert, sein Herz zittert, die Fenster zittern – es war alles umsonst. Jim, Jim, ruft es. Aber er ist kein Jim mehr. Er ist Hallo, Hallo. Er ist ein Streifen Isolierband.

»Jim! Jim!«

Er schläft ein, fällt ins Licht, fällt ins Nichts. Die Türen, die Fenster, die Wände des Wohnwagens, alles pocht, wumm, wumm, wie der Schlag eines Herzens. Und gerade, als er ein Nichts ist, springt das Aufklappdach in die Höhe. Kalte Luft ohrfeigt ihn. Er sieht Himmel, er sieht ein Gesicht, vielleicht sollte es eine Frau sein, es ist aber keine, ein erschrockenes Gesicht, sehr erschrocken, und dann kommt ein Arm, eine Hand.

»Jim, Jim. Na, alter Kumpel. Wir sind da.«

5
Krank im Kopf

Seymour stellte eine Frau mittleren Alters ein, die sich um die Kinder kümmerte. Sie hieß Mrs Sussex. Sie trug Tweedröcke und dicke Strümpfe und hatte zwei Muttermale mit Haaren wie Spinnenbeine. Sie erzählte den Kindern, ihr Mann sei bei der Armee.

»Heißt das, dass er tot ist wie Mummy?«, fragte Lucy.

Mrs Sussex sagte, das heiße, dass er im Ausland stationiert sei.

Sie forderte Seymour auf, an den Wochenenden, wenn er käme, ein Taxi vom Bahnhof zu nehmen, falls er nicht mit dem Auto fahren wollte. Sie kochte Eintöpfe und Pasteten, die sie in den Kühlschrank stellte, und hinterließ Anweisungen zum Aufwärmen, dann fuhr sie zu ihrer Schwester. Manchmal fragte sich Byron, ob sie ihn und Lucy wohl einladen würde, einmal mitzufahren, aber das tat sie nie. Seymour verbrachte die Wochenenden in seinem Arbeitszimmer, weil er so viel Arbeit nachholen musste. Manchmal fiel er hin, wenn er die Treppe hinaufging. Er versuchte, Konversation zu machen, aber seine Worte rochen säuerlich. Und obwohl Seymour es nie aussprach, schien alles Dianas Schuld.

Das Verwirrendste am Tod seiner Mutter war für Byron, dass sein Vater in den folgenden Wochen ebenfalls starb. Aber sein Tod war anders als der von Diana. Es war ein Tod im Leben, keiner im Grab, ein Tod, der Byron auf eine andere Art schockierte als das Verschwinden seiner Mutter, weil er ihn mit ansehen musste. Er machte eine Entdeckung. Der Mann, für den er seinen Vater gehalten hatte – der Mann, der distanziert und aufrecht neben seiner Mutter stand, der sie drängte, altmodische Bleistiftröcke anzuziehen und »jetzt, Diana, auf die linke Spur« zu wechseln –, dieser Mann war, seit Diana fort war, nicht mehr derselbe. Nach ihrem Tod schien Seymour das Gleichgewicht zu verlieren. An manchen Tagen sagte er gar nichts. An anderen Tagen tobte er herum. Er lief schreiend durchs Haus, als genüge sein Zorn, damit seine Frau zurückkehrte.

Er wisse nicht, was er mit den Kindern machen solle, hörte Byron ihn ein anderes Mal sagen. Er brauche sie nur anzusehen und sehe Diana.

Das sei ganz normal, sagten die Leute.

Aber das war es nicht.

Inzwischen ging das Leben weiter, als hätte der Verlust seiner Mutter nichts daran verändert. Die Kinder kehrten in die Schule zurück. Sie zogen ihre Schuluniformen an. Sie trugen ihre Schultaschen. Auf dem Spielplatz versammelten sich die Mütter um Mrs Sussex. Sie luden sie zum Kaffee ein. Sie fragten, wie die Familie zurechtkomme. Mrs Sussex blieb reserviert. Einmal sagte sie, sie sei überrascht vom Zustand des Hauses. Cranham House sei ein kühler Ort, keine fröhliche Umgebung für kleine Kinder. Die Frauen tauschten Blicke aus, mit denen sie sich zu beglückwünschen schienen, dass sie es besser erwischt hatten.

Ohne James und ohne seine Mutter fühlte sich Byron als Außenseiter. Mehrere Wochen hoffte er auf einen Brief von James mit der Adresse seiner neuen Schule, aber nichts kam.

Einmal versuchte er sogar, bei ihm zu Hause anzurufen, aber als er Mrs Lowes Stimme hörte, legte er gleich wieder auf. In der Schule verbrachte er ganze Stunden damit, auf seine Hefte zu starren, ohne etwas hineinzuschreiben. In den Pausen blieb er lieber allein. Einmal bekam er mit, wie einer der Lehrer seine Umstände als schwierig bezeichnete. Da könne man wenig erwarten.

Als Byron am Fuß einer Esche einen toten Spatz fand, begann er zu weinen, denn nun endlich schien Diana nicht mehr allein im Tod zu sein. Am liebsten hätte Byron nicht einen toten Vogel, sondern Hunderte gehabt. Am Wochenende fragte er seinen Vater, ob sie den Spatz begraben könnten, doch Seymour schrie ihn an, er solle nicht mit toten Dingen spielen. Das sei krank im Kopf, sagte Seymour.

Byron erwähnte nicht, dass Lucy ihre Sindy-Puppen beerdigt hatte.

Es war eindeutig falsch, dass sich Byron zu viele Sorgen gemacht hätte. Diana hatte sich in so vielem geirrt. Manchmal stellte er sich seine Mutter vor, wie sie in ihrem Sarg lag, und fand den Gedanken, dass sie ganz von Dunkel umgeben war, fast unerträglich. Dann stellte er sich seine Mutter vor, wie sie noch am Leben war, das Licht in ihren Augen, ihre Stimme, ihre Art, die Strickjacke um die Schultern zu drapieren, und da vermisste er sie sogar noch mehr. Er ermahnte sich, sich auf den Geist seiner Mutter zu konzentrieren und nicht auf ihren Körper, wie er eingesperrt unter der Erde lag. Aber oft gingen seine Gedanken mit ihm durch, er wachte nachts in heißen Schweiß gebadet auf und konnte das Bild nicht vertreiben, wie sie versuchte, Verbindung mit ihm aufzunehmen, wie sie mit den Fingern gegen den verschlossenen Sargdeckel trommelte und schrie, er solle ihr helfen.

Er erzählte niemandem davon, genauso wenig konnte er jemandem gestehen, dass er die Ereigniskette, die zu ihrem Tod führte, selbst ins Rollen gebracht hatte.

Der Jaguar blieb in der Garage stehen, bis eines Tages ein Transporter kam und ihn fortbrachte. Er wurde durch einen kleinen Ford ersetzt. Der Oktober ging vorbei. Laubblätter, auf die einmal der Blick seiner Mutter gefallen war, lösten sich von den Bäumen und kreiselten herab, sammelten sich als rutschiger Teppich zu seinen Füßen. Die Nächte wurden länger und brachten Regentage. Krähen flogen gegen den Sturm an und wurden von ihm auseinandergetrieben. In einer einzigen Nacht regnete es so viel, dass der Teich sich wieder zu füllen begann und Seymour ihn noch einmal trockenlegen lassen musste. Die Hecken waren bis auf das geisterhafte Gespinst der Clematisranken, die sie durchflochten, nackt und schwarz und tropften.

Im November schlug der Wind um, die Wolken jagten über die Heide, bis sie sich schließlich zu einer so dicken Schicht verbanden, dass der Himmel wie ein Schieferdach über dem Land lag. Der Nebel kehrte zurück und hing den ganzen Tag über dem Haus. Als ein Wintersturm eine Esche fällte, lag der Baum, in Stücke zerschmettert, im ganzen Garten herum. Niemand kam, um ihn wegzuräumen. Der Dezember brachte Schnee- und Hagelgestöber. Die Winston-House-Schüler verbrachten jeden Tag mit der Vorbereitung auf die Stipendienprüfung. Manche hatten private Nachhilfe. Der Bewuchs der Heide verfärbte sich von Lila über Orange zu Braun.

Die Zeit würde die Wunden heilen, sagte Mrs Sussex. Byrons Verlust würde erträglicher werden. Aber das war ja der Haken dabei. Byron wollte seinen Verlust nicht verlieren. Der Verlust war alles, was ihm von seiner Mutter noch blieb. Wenn die Zeit die Lücke schloss, wäre es, als hätte es sie nie gegeben.

Eines Nachmittags, als sich Byron gerade mit Mrs Sussex über Verdunstung unterhielt, ließ sie das Messer fallen und schnitt sich in den Finger. »Aua, Byron«, sagte sie.

Es gab keinen Zusammenhang zwischen Byron und ihrer Verletzung. Sie machte ihm keine Vorwürfe. Sie holte sich einfach ein Pflaster und fuhr mit Kartoffelschälen fort, aber Byron begann, sich Gedanken zu machen. Er wollte diese Gedanken nicht, konnte sie aber nicht verhindern. Sie kamen ihm sogar, wenn er schlief. Er dachte an seine Mutter, die in ihrem Sarg schrie. Er dachte daran, wie Mrs Sussex ihren Finger unter dem Wasserhahn abspülte, dass das Wasser ganz rot wurde. Er war überzeugt, dass als Nächstes Lucy dran wäre und dass er auch an Lucys Verletzung schuld sein würde, genau wie an dem Unfall und an der Schnittwunde von Mrs Sussex.

Anfangs verbarg er seine Ängste. Es fiel ihm leicht, den Raum unter irgendeinem Vorwand zu verlassen, wenn Lucy hereinkam. Wenn er nicht hinausgehen konnte, weil sie zum Beispiel zu Abend aßen, summte er leise vor sich hin, um sich von diesen Gedanken abzulenken. Er gewöhnte es sich an, abends eine Leiter unter Lucys Schlafzimmerfenster zu stellen, als sicheren Fluchtweg für sie, falls etwas passieren sollte. Doch eines Morgens vergaß er, die Leiter rechtzeitig zu entfernen, und Lucy wachte auf, sah die Leiter an ihrem Fenster, rannte kreischend in die Eingangshalle und rutschte aus. Sie musste oberhalb ihres linken Auges mit drei Stichen genäht werden. Er hatte recht. Er brachte anderen Leuten Verletzungen bei, auch wenn er es nicht wollte.

Nun folgten Gedanken, die sich um die Jungen in der Schule drehten, um Mrs Sussex und die Mütter. Sogar um Leute, die er nicht kannte, die er vom Busfenster aus sah, wenn er hinter Mrs Sussex und Lucy saß. Er sah, dass er eine Gefahr für die Menschheit war. Was wäre, wenn er schon jemanden verletzt hatte, ohne es zu wissen? Wenn ihm solche schrecklichen Gedanken kamen, dass er Menschen verletzt hatte, dann sicher deshalb, weil es bereits geschehen war. Sicher deshalb, weil er zu den Menschen gehörte, die die Macht dazu hatten – warum sonst hätte er solche Gedanken? Manchmal brachte er sich selbst kleine Verletzungen bei, um zu zeigen, dass mit ihm etwas war – vielleicht schlug er sich den Arm an, dass er einen blauen Fleck bekam, oder zwickte sich in die Nase, bis sie blutete. Aber das schien niemanden zu beunruhigen. Beschämt zog er die Ärmelmanschetten über die Fingerknöchel. Er musste sich etwas anderes überlegen, um seine Gedanken in Schach zu halten.

Als auf dem Spielplatz durchsickerte, was hinter Lucys genähter Platzwunde steckte, rief Deirdre Watkins Andrea Lowe an. Dann schlug sie Mrs Sussex einen großartigen, netten Herrn in der Stadt vor, den Andrea kenne. Mrs Sussex sagte, der Junge brauche nur ein bisschen liebevoll geknuddelt zu werden, weiter nichts; doch da rief Deirdre Watkins Seymour an. Zwei Tage später reichte Mrs Sussex ihre Kündigung ein.

Von seinem Besuch beim Psychiater blieb Byron nicht viel im Gedächtnis. Aber nicht, weil er Medikamente bekam oder irgendwie misshandelt wurde. Weit davon entfernt. Um keine Angst zu haben, summte er erst leise vor sich hin, und als der Psychiater lauter sprach, musste auch er etwas lauter singen. Der Psychiater forderte Byron auf, sich hinzulegen. Er fragte ihn, ob er Gedanken habe, die nicht normal seien.

»Ich verursache Unfälle«, sagte er. »Ich bin selber nicht normal.«

Der Psychiater sagte, er würde an Byrons Eltern schreiben. Daraufhin wurde Byron so still und stumm, dass der Psychiater die Sitzung beendete.

Zwei Tage später verkündete ihm sein Vater, ihm würde ein neuer Anzug angemessen.

»Warum brauche ich einen neuen Anzug?«, fragte er. Sein Vater wankte aus dem Zimmer.

Diesmal war es Deirdre Watkins, die Byron zum Kaufhaus begleitete. An ihm wurde Maß genommen, und er bekam neue Hemden, Pullover, zwei Krawatten, Socken und Schuhe für drinnen und draußen. Er sei ein kräftiger Junge, sagte Deirdre zu dem Verkäufer. Sie fragte auch nach einer Badehose, vollständiger Sportbekleidung und Schlafanzügen. Diesmal fragte Byron nicht, warum.

An der Kasse schrieb der Verkäufer eine Rechnung. Er schüttelte Byron die Hand und wünschte ihm viel Glück in seiner neuen Schule. »Internate sind toll, wenn man sich erst mal ein bisschen auskennt«, sagte er.

Byron wurde auf eine Schule im Norden geschickt. Er hatte den Eindruck, niemand wisse etwas mit ihm anzufangen, und unternahm auch nichts dagegen. Wenn überhaupt, fand er es gut. Er schloss keine Freundschaften, weil er Angst hatte, andere zu verletzen. Er drückte sich immer am Rand herum. Manchmal fuhren die anderen zusammen, weil sie keine Ahnung hatten, dass er im Zimmer war. Er wurde verspottet, weil er so still war, ein Spinner. Er wurde verprügelt. Eines Nachts wachte er auf und fand sich auf einem Meer von Händen, die ihn unter Gelächter hinaustrugen, aber er lag einfach ganz still da und wehrte sich nicht. Manchmal staunte er selbst, wie wenig er empfand. Er wusste nicht mehr, warum er unglücklich war, wusste nur, dass er es war. Manchmal erinnerte er sich an seine Mutter, an James oder sogar an den Sommer 1972, aber wenn er an diese Zeit dachte, war es, als erwache er aus dem Schlaf mit Bruchstücken von Träumen, die keinen Sinn ergaben. Es war besser, an nichts zu denken. Die Schulferien verbrachte er in Cranham House mit Lucy und einer Reihe aufeinanderfolgender Kindermädchen. Seymour kam selten zu Besuch. Lucy blieb bald lieber bei Freundinnen. Bei der Rückkehr in die Schule fiel er bei den Prüfungen durch. Seine Zeugnisse waren schlecht. Es schien niemanden groß zu kümmern, ob er gescheit war oder dumm.

Vier Jahre später lief er aus dem Internat davon. Er nahm mehrere Nachtzüge und einen Bus und kehrte nach Cranham Moor zurück. Das Haus war natürlich abgeschlossen, er konnte nicht hinein. Also ging er zur Polizeiwache und stellte sich. Die Beamten waren ratlos. Er hatte nichts verbrochen, obwohl er darauf beharrte, es bestehe die Gefahr, dass. Er verursache Unfälle, sagte er. Er weinte. Er flehte sie an, ihn dazubehalten. Er war sichtlich so verzweifelt, dass sie ihn nicht ins Internat zurückschicken konnten. Sie riefen Seymour an und forderten ihn auf, seinen Sohn abzuholen. Seymour trat nie in Erscheinung, stattdessen kam Andrea Lowe.

Es waren mehrere Monate vergangen, als Byron vom Selbstmord seines Vaters erfuhr. Diesmal war alles ganz anders, Byron hatte keinen Raum mehr in sich, wo er etwas spüren konnte. Es war die Rede von einem Jagdgewehr, einer schrecklichen Tragödie und aufrichtigstem Beileid, aber er hatte solche Worte inzwischen so oft gehört, dass sie für ihn bedeutungsleer geworden waren. Als er gefragt wurde, ob er zur Beerdigung gehen wolle, lehnte er ab. Ihm fiel noch ein, sich nach seiner Schwester zu erkundigen, ob sie Bescheid wisse. Die sei doch im Internat, wurde ihm gesagt, ob er sich nicht daran erinnere? Nein, sagte er, das wisse er nicht mehr. Er erinnerte sich überhaupt an nicht viel. Dann sah er auf dem Fensterbrett eine schwarze Fliege tot auf dem Rücken liegen und begann am ganzen Körper zu zittern.

Es sei alles in Ordnung, sagten sie zu ihm. Alles würde gut.

Sie fragten ihn, ob er sich ruhig halten könne? Nicht mehr weinen und die Hausschuhe ausziehen? Und er versprach, das alles zu tun. Dann bohrte sich die Nadel in seinen Arm, und als er wieder zu sich kam, redeten sie von Keksen.

6
Die Begegnung

Jim muss immer wieder seine Sportschuhe betrachten. Er kann nicht entscheiden, ob seine Füße gewachsen oder gleich groß geblieben sind. Wenn sie in Schuhen stecken, fühlen sie sich anders an. Er muss mit den Zehen wackeln und die Fersen anheben und bewundern, wie seine Füße nebeneinanderstehen, wie zwei alte Freunde. Er ist froh, dass sie einander wiederhaben. Es fühlt sich seltsam an, nicht zu humpeln, sondern gleichmäßig zu gehen wie alle anderen. Vielleicht ist er doch kein solcher Sonderling. Vielleicht muss manchmal etwas abhandenkommen, damit man sieht, wie gut es vorher war.

Er weiß, dass er seine Rettung Paula und Darren verdankt. Sie machten sich Sorgen, weil er nicht zur Arbeit erschien, und fuhren mit dem Bus nach Cranham Village. Sie klopften an Tür und Fenster seines Wohnwagens. Erst dachten sie, er wäre in Urlaub. Erst als sie am Weggehen waren, kamen ihnen andere Gedanken, gab Paula später zu. »Wir dachten, du wärst vielleicht tot oder was.« Da kletterte Darren aufs Dach und stemmte das Klappdach auf. Sie wollten ihn sofort in die Notaufnahme bringen, aber er schlotterte so, dass sie ihm stattdessen Tee kochten. Mit einiger Mühe zogen sie das Isolierband von den Fenstern, Türen und Schränken. Sie holten Decken und etwas zu essen. Sie leerten die chemische Toilette. Sie versicherten ihm, dass alles wieder gut sei.

Heute ist Silvester, später Nachmittag. Jim kann nicht glauben, dass er so nahe daran war, aufzugeben. Er hatte innerlich schon kapituliert. Doch jetzt, wo er über dem Berg ist, wieder arbeitet und seinen orangefarbenen Hut, seine orangefarbene Schürze und seine orangefarbenen Socken trägt, sieht er, wie falsch das gewesen wäre. Er hat beinahe aufgegeben, aber dann ist etwas geschehen, und er konnte weitermachen.

Regentropfen kleben wie Perlen an den dunklen Fenstern des Supermarktcafés. Bald wird geschlossen. Mr Meade und seine Mitarbeiter schlagen schon das Gebäck in Folie ein. Die wenigen Gäste trinken ihre Getränke aus, ziehen den Mantel an und machen sich bereit für die Heimfahrt.

Paula hat den ganzen Nachmittag über nichts anderes geredet als über ihr Kostüm für die Silvesterparty im Sport- und Freizeitzentrum, zu der Darren sie eingeladen hat. Darren wiederum hat lange Zeit auf der Toilette verbracht, wo er mit seinem Haar etwas anstellte, damit es so aussah, als hätte er nichts damit gemacht. Um halb sechs wird sich Mr Meade in den Smoking werfen, den Mrs Meade beim Kostümverleih gemietet hat, und sich unten mit seiner Frau treffen. Sie gehen zu einem festlichen Dinner mit anschließendem Tanz und Feuerwerk um Mitternacht. Moira ist, wie sich herausstellt, mit einem der Jungs von der Blaskapelle verabredet und wird die Band zu einem Silvesterauftritt begleiten. Das Café wird schließen, und alle haben etwas vor, wo sie hingehen können, außer Jim, der zu seinem Wohnwagen zurückkehren und die Rituale durchführen wird.

»Komm doch mit uns mit«, sagt Paula. Sie räumt die leeren Teller und Cola-Dosen von einem Tisch. Jim nimmt sein Spray und seinen Lappen, um ihn sauberzuwischen. »Das würde dir guttun. Vielleicht lernst du jemand kennen.«

Jim bedankt sich, lehnt aber ab. Seit Paula und Darren ihn im Van gefunden haben, muss er ihr ständig versichern, dass es ihm gutgeht. Sogar wenn er ängstlich oder traurig ist, und manchmal ist er beides, muss er sein Gesicht zu einem breiten Lächeln verziehen und beide Daumen in die Luft strecken.

»Übrigens hat sie wieder angerufen«, sagt Paula.

Er antwortet, dass ihn Eileens Nachricht nicht interessiere. Aber sie habe schon dreimal angerufen, beharrt Paula.

»Ich dachte, du hast gesagt, sie ...« Der Satz stochert in der Luft herum. »Ich dachte, du hast gesagt – hast gesagt – sie richtet nur Ch-ch-ch...?«

»Sie richtet auch lauter Chaos an«, unterbricht ihn Paula. Da nur noch ein einziger Gast im Café sitzt, stellt sie ihr Tablett ab. Sie zieht eine blaue Perücke aus der Tasche und zerrt sie über die Haare. Jetzt sieht sie aus wie eine Nixe. »Aber gutes Chaos. Und außerdem mag sie dich.«

»Es hat – es hat keinen Z-z-zweck.« Was Paula da sagt, aber noch mehr, welche Empfindungen ihre Antwort in ihm auslöst, verwirrt Jim so, dass er auch auf dem Tisch des letzten Gastes anfängt zu spritzen und zu wischen. Der Mann erstarrt und sitzt reglos da. Er hat seinen Kaffee noch nicht ausgetrunken.

»Wie du meinst«, sagt Paula. »Ich zieh mich jetzt um.« Sie geht.

»Entschuldigung, wissen Sie, wie spät es ist?«

Die Frage gehört zu den Cafégeräuschen. Jim nimmt sie kaum wahr. Sie gehört zu der jungen Blaskapelle, die unten ihr dürftiges Silvestermedley beendet, gehört zu dem blinkenden Glasfaserbaum. Sie gehört zu anderen Leuten, die mit ihrem Leben beschäftigt sind, und Jim fühlt sich nicht betroffen, deshalb wischt er weiter. Der Mann räuspert sich. Er wiederholt die Frage, diesmal ein wenig lauter, ein wenig gezielter. »Entschuldigen Sie bitte. Können Sie mir sagen, wie spät es ist?«

Jim blickt nach unten und sieht entsetzt, dass der Fremde ihm direkt ins Gesicht starrt. Das Café scheint mit einem Ruck stillzustehen, als hätte jemand Licht und Ton abgedreht. Jim deutet auf sein Handgelenk, um zu zeigen, dass er keine Uhr hat. Er hat sie nicht, die Zeit, hat nicht einmal den hellen Streifen auf der Haut, den ein Armband hinterlässt.

»Ich bitte um Entschuldigung«, sagt der Fremde. Er kippt den letzten Rest Kaffee hinunter und tupft sich mit der Weihnachtsserviette den Mund ab. Jim fährt mit Spritzen und Wischen fort.

Der Mann trägt gebügelte Freizeitkleidung: eine beige Hose, ein kariertes Hemd, eine regendichte Jacke. Er sieht aus wie jemand, der bewusst daran denken muss, das Entspannen nicht zu vergessen. Wie seine Kleidung ist sein schütter werdendes Haar von einem undefinierbaren Graubraun, die weiche, blasse Haut deutet auf ein Leben hauptsächlich in Innenräumen. Neben seiner Kaffeetasse hat er die Autohandschuhe abgelegt, ordentlich zu einem Päckchen gefaltet. Er riecht sauber. Ein Geruch, der Jim vage bekannt vorkommt.

Der Fremde schiebt den Stuhl zurück. Er steht auf. Er wendet sich zum Gehen, dann zögert er einen Moment. »Byron?«, flüstert er. »Bist du das?« Seine Stimme ist älter, belegt und um die Konsonanten herum ein wenig verwaschener, aber unverkennbar. »Ich bin James Lowe. Du erinnerst dich wohl nicht?« Er hält ihm die Hand entgegen, mit offener Handfläche, wie eine Einladung. Die Jahre fallen ab.

Plötzlich würde Jim gern die seine verlieren, keine Hand

mehr haben, aber James wartet ganz ruhig, und in seiner Ruhe ist eine solche Freundlichkeit, eine solche Geduld, dass Jim nicht einfach weggehen kann. Er streckt die Hand aus. Legt sie auf die von James. Seine eigene zittert, aber James' Hand fühlt sich sauber und weich an und auch warm wie Kerzenwachs kurz vor dem Schmelzen.

Es ist kein Händeschütteln. Die Geste hat nichts Erschüttertes. Es ist ein Erfassen, ein Halten der Hand des anderen. Zum ersten Mal seit über vierzig Jahren drückt Jim seine rechte Handfläche gegen die rechte Handfläche von James Lowe. Ihre Finger berühren sich, gleiten ineinander, verschränken sich.

»Mein lieber Freund«, sagt James leise. Und weil Jim plötzlich den Kopf schüttelt und blinzelt, zieht James seine Hand weg und bietet ihm stattdessen die Weihnachtsserviette an. »Es tut mir leid«, sagt er. Obwohl unklar bleibt, ob es ihm leidtut, dass er Jims Hand ergriffen, ihm eine gebrauchte Serviette angeboten oder ihn lieber Freund genannt hat.

Jim schnäuzt sich, tut, als habe er Schnupfen. Inzwischen richtet James die Lasche des Reißverschlusses an seiner Jacke senkrecht aus. Jim tupft weiter an seiner Nase herum, und James zieht sich den Reißverschluss bis zum Hals.

James sagt: »Wir sind auf dem Heimweg hier vorbeigefahren. Meine Frau und ich. Ich wollte ihr die Heide zeigen und wo wir aufgewachsen sind. Meine Frau macht gerade noch ein paar Weihnachtseinkäufe auf den letzten Drücker, bevor wir nach Cambridge zurückfahren. Ihre Schwester besucht uns an Neujahr.« Der hochgeschlossene Kragen verleiht ihm etwas Kindliches. Vielleicht merkt er es selbst, denn als er an sich herunterschaut, runzelt er die Stirn und zieht den Reißverschluss wieder etwa bis zur Mitte auf.

Da ist so viel zu verarbeiten. Dass James Lowe ein kleiner Mann in den Fünfzigern geworden ist, mit schütterem Haar.

Dass er hier ist, im Supermarktcafé. Dass er in Cambridge wohnt und eine Frau hat. Und eine Schwägerin, die an Neujahr zu Besuch kommt. Und eine regendichte Jacke mit Reißverschluss.

»Margaret hat mich ins Café geschickt. Ich bin ihr beim Einkaufen im Weg. Ich fürchte, ich bin immer noch kein praktischer Mensch. Auch nach so vielen Jahren nicht.« Seit dem Händedruck kann James seinem alten Freund anscheinend nicht mehr in die Augen sehen. »Margaret ist meine Frau«, fügt er hinzu. Dann sagt er: »Ich bin ihr zweiter Mann.«

Jim hat die Sprache verloren und nickt nur.

»Es war ein Schock«, sagt James. »Die Entdeckung, dass Cranham House und die Gärten nicht mehr da sind. Ich wollte eigentlich gar nicht dorthinfahren, das Navi muss einen Fehler gemacht haben. Als ich die Siedlung sah, hatte ich keine Ahnung, wo ich bin. Dann fiel mir ein, dass ich von der neuen Siedlung gehört hatte. Nur hatte ich mir vorgestellt, sie würden das alte Haus stehen lassen. Ich hatte keine Ahnung, dass sie es abgerissen haben.«

Jim hört zu und nickt, als würde er gar nicht zittern oder ein Desinfektionsspray in der Hand halten oder einen orangefarbenen Hut aufhaben. Gelegentlich macht James zwischen den Sätzen eine Pause, um Jim die Chance zu geben, selbst etwas zu sagen, aber Jim schafft es nur zu ein paar Hm-Hms, mühsam nach Luft ringend.

James sagt: »Ich hatte keine Ahnung, Byron, wie groß Cranham Village ist. Unglaublich, dass das genehmigt wurde. Es muss so schlimm gewesen sein, mit anzusehen, wie das alte Haus zerstört wird. Und der Garten. Es muss sehr schlimm für dich gewesen sein, Byron.«

Seinen richtigen Namen zu hören ist für ihn, als würde er wiederholt geohrfeigt. Byron. Byron. Er hat das seit vierzig Jahren nicht mehr gehört. Was ihn so aus der Fassung bringt, ist die Unbefangenheit, mit der James seinen Namen ausspricht, als hälfe er ihm in ein altes Kleidungsstück, in seine alte blaue Kammgarnhose zum Beispiel, von der Jim geglaubt hat, sie wäre verschollen oder würde ihm nicht mehr passen. Jim, der nicht Jim ist, sondern Byron, aber lange jemand anderer war, nämlich eine Person namens Jim, ein Mann ohne Wurzeln und ohne Vergangenheit – Jim kann immer noch nicht sprechen. James spürt es und fährt fort:

»Aber vielleicht warst du auch bereit, loszulassen? Vielleicht war es dir ganz recht, dass sie das Haus niedergerissen haben. Die Dinge entwickeln sich nicht immer so, wie wir denken. Nach 1972 hat es keine weitere Mondlandung mehr gegeben, Byron. Sie haben dort oben Golf gespielt, ein paar Proben eingesammelt, und dann ist das Ganze zum Stillstand gekommen.« James Lowe unterbricht sich und legt das Gesicht in konzentrierte Falten, als spule er den letzten Satz zurück und höre ihn noch einmal ab. »Ich habe kein Problem mit Golf. Ich finde es nur geschmacklos, dass sie es unbedingt auf dem Mond spielen mussten.«

»Ja.« Endlich. Ein Wort.

»Aber ich kann leicht sentimental sein, wenn es um den Mond geht, und genauso, wenn es um Cranham House geht. Um ehrlich zu sein, bin ich nie dorthin zurückgekehrt. Die ganzen Jahre nicht.«

Jim macht den Mund auf. Er klaubt und tastet nach Worten, die nicht kommen wollen. »Sie – sie haben v-verkauft.«

»Das Haus?«

Er nickt. Aber dass er stottert, scheint James weder aus der Fassung zu bringen noch peinlich zu sein; er wirkt nicht einmal überrascht.

»Die Treuhänder haben es verkauft?«

»Ja.«

»Das tut mir leid. Das tut mir sehr, sehr leid, Byron.«

»Es war kein – es war kein Geld mehr da. Mein Vater hat – er hat alles schleifen lassen.«

»Das habe ich gehört. Schlimme Sache. Und was ist aus deiner Schwester Lucy geworden? Was hat sie gemacht?«

»London.«

»Sie wohnt da?«

»S-s-sie hat einen Banker geheiratet.«

»Hat sie Kinder?«

»Wir haben – wir haben keinen Kontakt mehr.«

James nickt traurig, als verstehe er, als wäre der Bruch zwischen Bruder und Schwester unter den gegebenen Umständen unvermeidlich, aber dennoch zu beklagen. Er wechselt das Thema. Er fragt, ob Byron noch etwas von der alten Clique hört. »Meine Frau und ich sind zu einem dieser Stehempfänge gegangen, für die alten Winston-House-Schüler. Ich habe Watkins gesehen. Erinnerst du dich an den?«

Jim sagt, ja, er erinnere sich. James erzählt ihm, dass Watkins nach dem Studium in Oxford in die City gegangen ist. Er hat eine nette Französin geheiratet. James fügt noch hinzu, dass solche Partys eher etwas für seine Frau sind. »Und was führt dich hierher, Byron?«

Er erklärt, es sei sein Job, die Tische abzuwischen, was James wieder nicht überrascht. Er nickt eifrig und meint, das sei ja großartig. »Ich selbst habe mich aus dem Berufsleben schon zurückgezogen. Habe mich früh verabschiedet. Ich wollte nicht mit der neuen Technologie Schritt halten müssen. Und die Messung der Zeit verlangt eine solche Präzision. Man darf sich keine Fehler leisten.«

Jim werden die Knie schwach, als hätte ihm jemand mit einem stumpfen Gegenstand in die Kniekehlen geschlagen.

Er müsste sich setzen, der Raum dreht sich, aber er darf nicht sitzen, er ist mitten in der Schicht. »Zeit?«

»Ich bin Atomwissenschaftler geworden. Meine Frau hat immer gesagt, es wäre mein Job, die Uhr zu reparieren.« James Lowe lächelt, aber nicht so, als glaube er, er hätte etwas Witziges gesagt. Sein Lächeln ist eher zerknittert. »Meine Arbeit war schwer zu erklären. Wenn meine Frau davon sprach, fiel ihr auf, dass die Leute aussahen, als wären sie entweder müde oder mit anderen Dingen beschäftigt. Aber du würdest es natürlich verstehen. Du warst immer der Intelligente.«

James Lowe verweist auf Cäsium-Atome und zehn hoch minus vierundzwanzig. Er erwähnt auch das Observatorium von Greenwich sowie die Mondphasen, die Schwerkraft und das Schlingern der Erdachse. Jim hört zu, hört die Worte, ohne ihren Sinn zu erfassen. Sie sind eher ein leises Geräusch, gedämpft durch den Aufruhr in ihm. Hat er richtig gehört? Hat James Lowe wirklich gesagt, er sei der Intelligente gewesen? Vielleicht starrt er ihn an oder schneidet eine Grimasse, weil James ins Stocken gerät. »Es ist so schön, dich zu sehen, Byron. Ich habe an dich gedacht – und da bist du schon. Je älter ich werde, desto merkwürdiger finde ich das Leben, muss ich zugeben. Es steckt voller Überraschungen.«

Während James geredet hat, war das Café wie vom Erdboden verschluckt. Es gab nur noch die beiden Männer und einen schwindelerregenden Zusammenprall zwischen Vergangenheit und Gegenwart. Dann kommt ein Geräusch von der Theke, die Kaffeemaschine zischt, und Jim blickt auf. Paula starrt ihn ungeniert an. Sie dreht sich zu Mr Meade und sagt ihm etwas ins Ohr, und dann unterbricht auch er seine Tätigkeit und sieht zu den beiden alten Freunden herüber.

James bekommt allerdings nichts davon mit. Er fummelt wieder an seinem Reißverschluss herum. Er richtet die Lasche parallel zu den Metallzähnen aus. Dann setzt er wieder an: »Es gibt noch etwas, was ich dir sagen muss.«

Jim hört James Lowe und sieht gleichzeitig Mr Meade. Der Geschäftsführer füllt zwei Tassen mit Kaffee und stellt sie auf ein Tablett. James' Stimme und Mr Meades Bewegungen vermischen sich wie in einer Filmszene, wo der Soundtrack nicht zu den Bildern passt.

»Das fällt mir so schwer«, sagt James.

Mr Meade nimmt das Plastiktablett. Er kommt direkt auf sie zu. Jim muss sich etwas überlegen, um sich zu entschuldigen. Sofort. Aber Mr Meade ist schon so nahe, die Tassen klappern nervös auf den Untertellern.

»Ich bitte dich um Verzeihung, Byron«, sagt James.

Mr Meade bleibt mit dem Plastiktablett an ihrem Tisch stehen. »Verzeihung, Jim«, sagt Mr Meade.

Jim hat keine Ahnung, was sich da abspielt. Ein weiteres zufälliges Zusammentreffen, das keinen Sinn ergibt. Mr Meade setzt das Tablett am Rand des Tisches ab. Er spricht zu den Heißgetränken und auch zu einem Teller mit zwei Rosinentörtchen. »Eine kleine Stärkung für Sie, spendiert vom Haus. Bitte, Gentlemen, nehmen Sie doch Platz. Möchten Sie Kakao?«

»Entschuldigung?«, sagt James Lowe.

»Auf Ihren Cappuccinos?«

Beide Gentlemen möchten gern Kakao. Mr Meade zieht einen kleinen Streuer hervor und bepudert beide Tassen großzügig mit Kakaopulver. Er deckt den Tisch mit Besteck und Servietten. Der Ständer mit Zucker und Würzsaucen kommt in die Mitte. »*Bon appétit*«, sagt Mr Meade, »lassen Sie es sich schmecken.« Danach dreht er sich rasch um und geht zur Küche, erst in sicherer Entfernung wird er langsamer. »Darren?«, ruft er mit plötzlicher Autorität in der Stimme. »Hut.«

Jim und James Lowe starren den spendierten Cappuccino

und die Rosinentörtchen an, als hätten sie noch nie einen so üppig gedeckten Tisch gesehen. James zieht für Jim einen Stuhl hervor. Jim wiederum reicht James seine Kaffeetasse und eine Serviette. Er bietet ihm das größere Rosinentörtchen an. Sie setzen sich.

Eine Weile sind die beiden Kindheitsfreunde mit nichts anderem beschäftigt als mit Essen und Trinken. James Lowe schneidet sein Rosinentörtchen in Viertel und lässt sie säuberlich in seinem Mund verschwinden. Die Kiefer malmen, die Zähne kauen, die Zungen spüren noch dem letzten bisschen Süße aus der spendierten Leckerei nach. Sie sind so unbedeutend, diese Freunde in mittleren Jahren, der eine groß, der andere klein, der eine mit einem orangefarbenen Hut, der andere mit einer wasserdichten Regenjacke, und doch verharren beide in einer Erwartung, als besäße der andere die Antwort auf eine Frage, für die im Moment die Worte fehlen. Erst als alles aufgegessen ist, fängt James Lowe noch einmal an zu reden. »Ich wollte sagen …« Er faltet seine Serviette in der Mitte und dann noch einmal und noch einmal, bis er ein winziges Quadrat vor sich hat. »Diesen Sommer habe ich nie vergessen. Wir waren damals noch Kinder.«

Jim versucht zu trinken, aber seine Hände zittern so, dass er auf den Kaffee verzichten muss.

James stützt eine Hand auf den Tisch, um Halt zu finden, und legt die andere über die Augen, als wolle er die Gegenwart ausblenden und nur noch auf die Vergangenheit blicken.

»Da sind Dinge passiert, die keiner von uns wirklich begriffen hat. Furchtbare Dinge, die alles verändert haben.« Sein Gesicht verdüstert sich, und Jim weiß, dass James an Diana denkt, weil er plötzlich auch an sie denkt. Er sieht nichts anderes mehr. Haar wie eine goldene Rüsche, Haut blass wie Wasser, ihre Silhouette, wie sie auf dem Teich tanzte.

»Ihr Verlust ...« James stockt. Sein Mund erstarrt. Die beiden sitzen lange stumm da, keiner sagt ein Wort. Dann setzt James sein Gesicht wieder zusammen. »Ihren Verlust spüre ich noch immer.«

»Ja.« James tastet nach seinem Desinfektionsspray, aber als er es in der Hand hält, merkt er, wie überflüssig es ist, und stellt es wieder hin.

»Ich habe versucht, mit Margaret darüber zu reden – über sie. Über deine Mutter. Aber es gibt Dinge, die lassen sich nicht sagen.«

Jim nickt – oder schüttelt er den Kopf?

»Sie war wie ...« Wieder kommt James ins Stocken. Plötzlich sieht Jim wieder den Jungen, diese geballte Stille, die immer in James Lowe war. Sie ist so offensichtlich, dass er nicht begreift, wie er sie damals übersehen konnte. »Ich habe mir nie viel aus Büchern gemacht. Erst nach meinem Rückzug aus dem Berufsleben habe ich das Lesen entdeckt. Ich mag William Blake. Ich hoffe, du nimmst es mir nicht übel, wenn ich das sage, aber – deine Mutter war wie ein Gedicht.«

Jim nickt. Das war sie. Ein Gedicht.

Es geht eindeutig über James' Kräfte, weiter von ihr zu reden. Er räuspert sich und reibt sich die Hände. Schließlich reckt er das Kinn, wie Diana früher das ihre gereckt hat, und fragt: »Und was machst du so, Byron, in deiner Freizeit? Liest du auch?«

»Ich pflanze Blumen.«

James lächelt, als wolle er sagen, ja. Ja, natürlich pflanzt du Blumen. »Da schlägst du nach deiner Mutter«, sagt er. Und dann rutscht das Lächeln ohne Erklärung in eine solche Trauer, einen solchen Kummer ab, dass Jim sich fragt, was passiert ist. Mühsam sagt James: »Ich schlafe nicht. Nicht gut. Ich bin dir etwas schuldig, Byron. Seit vielen, vielen Jahren. Ich muss dich um Vergebung bitten.«

James kneift die Augen zusammen, aber die Tränen schießen trotzdem heraus. Er sitzt da, die Hände auf dem Tisch zu Fäusten geballt. Jim würde gern die Hand über die laminierte Tischplatte ausstrecken und die seine umfassen, aber zwischen ihnen steht ein Plastiktablett, ganz zu schweigen von über vierzig Jahren. Und so groß ist die Bestürzung in Herz und Kopf, dass er sich nicht erinnern kann, wie man die Arme hebt.

»Als ich gehört habe, was dir zugestoßen ist – als ich von Besley Hill erfuhr – und vom Tod deines Vaters – von allen schlimmen Dingen, die danach passierten –, ist mir das entsetzlich nahegegangen. Ich habe versucht, dir zu schreiben. Ich habe viele Anläufe gemacht. Ich wollte dich besuchen. Ich konnte nicht. Mein bester Freund – und ich habe nichts getan.«

Jim blickt hilflos in die Runde und sieht Mr Meade, Darren und Paula alle drei von der Theke herüberstarren. Verlegen versuchen sie, beschäftigt zu tun, aber es gibt keine Gäste mehr, nur Teller mit Gebäck, die sie hin und her schieben, damit aber niemanden täuschen können. Paula formt mit den Lippen lautlose Worte. Sie muss es zweimal machen, weil er nicht reagiert, sondern sie nur anstarrt. »Alles klar?«

Er nickt einmal.

»Byron, es tut mir so leid. Ich habe mein Leben damit verbracht, es zu bereuen. Mein Gott! Wenn ich dir doch nie von den beiden Sekunden erzählt hätte!«

Jim spürt James' Worte bei sich ankommen. Sie schlüpfen unter seine orangefarbene Uniform und dringen in ihn ein, bis ins Mark. Unterdessen wischt sich James über die Jackenärmel. Er nimmt seine Autohandschuhe, knipst die Druckknöpfe auf und streift sie über die Finger.

Jim sagt: »Nein.« Er sagt: »Du warst nicht schuld.« Hektisch tastet er in seiner Hosentasche herum. Er zieht seinen Schlüssel heraus. James Lowe sieht verwirrt zu, wie Jim sich abmüht, den Schlüsselring abzubekommen. Jims Finger zittern so stark, dass er sich fragt, ob er es überhaupt schaffen wird. Er zwickt sich den Fingernagel ein, doch endlich gelingt es, und der silberne Ring liegt in seiner Handfläche.

James starrt wie versteinert den Messingkäfer an, Jim ebenso. Es ist, als sähen ihn beide Männer zum ersten Mal. Die glatten, angelegten Flügel. Das kleine eingravierte Muster an der Brust. Den flachen Kopf.

»Nimm ihn. Er gehört dir«, sagt Jim. Dann drängt er James ein zweites Mal. Er will ihm den Anhänger unbedingt geben, gleichzeitig hat er furchtbar Angst, was passiert, wenn er zum Wohnwagen zurückkehrt und den Anhänger nicht mehr hat. Das wird eine Katastrophe. Das weiß er, aber genauso weiß er, dass er den Schlüsselring zurückgeben muss.

James hat keine Ahnung von alledem und nickt nur. »Danke«, sagt er leise. Er nimmt den Käfer und dreht ihn zwischen den Fingern, kann noch gar nicht glauben, was ihm da geschenkt wurde. »Du meine Güte«, sagt er immer wieder und lächelt selig übers ganze Gesicht, als hätte ihm Byron einen wesentlichen, lange verlorengegangenen Teil seiner selbst zurückgegeben. Und dann sagt er: »Ich habe etwas, was dir gehört.«

Jetzt ist James mit Zittern an der Reihe. Er fummelt in seiner Innentasche herum, den Blick zur Decke gerichtet, die Lippen halb geöffnet, als warte er, bis seine Finger das Richtige finden. Schließlich zieht er eine Brieftasche hervor. Sie ist aus gebürstetem Leder. Er schlägt sie auf und fischt aus einem der vielen Fächer etwas heraus. »Da.« Er legt eine zerknitterte Karte in Jims Hand. Es ist die Sammelkarte mit der Montgolfière. Die Nummer eins der Serie.

Es ist schwer zu sagen, wie das nun Folgende im Einzelnen abläuft. Erst sitzen sie einander gegenüber und starren auf ihre wiedererhaltenen Besitztümer. Im nächsten Moment steht

James auf, und noch während er die Beine streckt, scheint er zusammenzubrechen. Bevor er stürzen kann, ist Jim schon aufgesprungen und hat ihn aufgefangen. So bleiben sie einen Moment stehen, zwei erwachsene Männer, die sich gegenseitig in den Armen hängen. Und nachdem sie sich nach all diesen Jahren wiedergefunden haben, können sie einander nicht loslassen. Sie halten einander fest umarmt, auch wenn sie schon wissen, dass sie sich im Moment, wenn sie sich wieder voneinander lösen, so benehmen werden, als wäre nichts gewesen.

»Das hat gutgetan«, sagt ihm James Lowe ins Ohr. »Dich wiederzufinden. Das hat gutgetan.«

Jim, der nicht Jim ist, sondern am Ende doch wieder Byron, murmelt ein Ja. Ja, es hat gut getan.

»*Tout va bien*«, sagt James tapfer. Vielmehr formen seine Lippen diese Worte. Die zwei Männer reißen sich voneinander los.

Als sie sich verabschieden, schütteln sie einander die Hand. Anders als beim ersten Mal und anders als bei ihrer Umarmung, geschieht dies zügig und förmlich. Aus derselben Brieftasche zieht James Lowe seine alte Uni-Visitenkarte. Er deutet auf die Telefonnummer und sagt, die stimme immer noch. »Wenn du mal in Cambridge bist, musst du mich besuchen.« Jim wiederum nickt und versichert es ihm, obwohl er weiß, dass er Cranham Moor nie verlassen wird, dass er immer hier sein wird und seine Mutter auch, und jetzt, wo er seine Vergangenheit wiedergefunden hat, wird er sich nie wieder davon losmachen. James Lowe dreht sich um und gleitet so unauffällig aus Jims Leben davon, wie er hineingeraten ist.

»Das sah aber heftig aus«, bemerkt Paula. »Alles klar?« Darren schlägt vor, Jim könne jetzt vielleicht ein Schlückchen Hochprozentiges vertragen. Jim bittet jedoch, ihn kurz zu entschuldigen. Er brauche frische Luft.

Da zupft ihn etwas am Ellbogen, und als er hinunterblickt,

sieht er Mr Meade. Rot wie eine Himbeere deutet er an, Jim würde sich vielleicht wohler fühlen, wenn, wenn – er kann es kaum aussprechen, so peinlich ist es ihm –, wenn er seinen orangefarbenen Hut abnimmt.

7

Ein Name

Seinen Namen zu wechseln war nichts, was Byron geplant hatte. Auf diese Idee war er noch nie gekommen. Er hatte immer angenommen, dass man, wenn man einmal einen Namen hatte, eben der Mensch war, der so hieß, und Schluss. Sein neuer Name kam einfach auf ihn zu wie der Tod seiner Mutter oder Besley Hill oder die Wolken, die über die Heide wanderten. Alle diese Dinge geschahen im selben Moment, in dem sie auch schon wieder weiterzogen, alles ohne Vorwarnung. Erst im Nachhinein blickte Byron zurück, fasste das Geschehene in Worte und begann damit, eine Ordnung in etwas Fließendes zu bringen, es in einem bestimmten Zusammenhang festzumachen.

Sein Vater holte ihn nicht bei der Polizeiwache ab. An seiner Stelle erschien Andrea Lowe. Sie erklärte, Seymour habe sie von London aus angerufen und um Hilfe gebeten. Byron saß ganz still da und hörte den Polizisten erwidern, dass sie den armen Jungen in eine Zelle gesteckt hätten, weil sie nicht wussten, wo sonst hin mit ihm. Er habe sich in Schlafanzug, Schulblazer und Schuhen dreihundert Meilen weit durchgeschlagen. Wie er aussehe, habe er seit Tagen nichts gegessen. Byron versuchte sich hinzulegen, seine Füße reichten bis ans Ende der Matratze. Die kratzige Decke bedeckte ihn nicht ganz.

Andrea Lowe sagte, es gebe Familienprobleme. Sie sprach schnell, mit scharfer Stimme. Byron fand, dass sie panisch klang. Die Mutter sei tot. Der Vater – wie solle sie es ausdrücken – sei unfähig. Es gebe keine Verwandten außer einer Schwester, die aber im Internat sei. Das Schlimme sei, dass Byron selbst ein Problem darstelle. Er mache Schwierigkeiten. Byron wusste nicht, warum sie so etwas über ihn sagte.

Der Polizist erklärte, sie könnten den Jungen nicht in einer Polizeizelle behalten, nur weil er von der Schule weggelaufen sei. Er fragte, ob Mrs Lowe ihn nicht für die Nacht bei sich aufnehmen könne, aber sie sagte, nein, das könne sie nicht. Sie würde sich in Gegenwart eines jungen Mannes mit einer solchen Vorgeschichte nicht sicher fühlen.

»Aber er ist doch erst sechzehn. Und ich sehe nicht, was mit ihm nicht stimmen soll«, sagte der Polizist. »Er sagt, er sei gefährlich, aber man merkt doch nach einem Blick, dass er keiner Fliege was zuleide tut. Herrgott nochmal, er ist im Schlafanzug!« Er wurde tatsächlich ein wenig lauter.

Andrea Lowes Stimme blieb jedoch leise. Byron musste ganz still werden, um sie zu hören, so still, dass er fast aufhörte, er selbst zu sein. Sie sprudelte die Worte mit einer solchen Hast hervor, als wolle sie sie nicht in ihrem Mund haben. Habe die Polizei nicht gehört? Byron sei weggeschickt worden, weil er solche Schwierigkeiten mache. Das seien Tatsachen, sagte sie. Er habe daneben gestanden und tatenlos zugesehen, wie seine Mutter ertrank. Er habe bei ihrer Beerdigung sogar Kuchen gegessen. »Kuchen!«, wiederholte sie. Und wenn das nicht genüge: Es habe weitere Probleme gegeben. Der Junge sei schuld an einer ernsthaften Kopfverletzung seiner Schwester. Die Anzeichen seien von Anfang an da gewesen. Mit zehn habe er an einem Teich fast ihren Sohn umgebracht. Sie sei gezwungen gewesen, James aus der Schule zu nehmen.

Byrons Mund öffnete sich zu einem stummen Schrei. Das alles mit anzuhören überstieg seine Kräfte. Er hatte seiner Mutter helfen wollen. Er hätte James niemals etwas getan. Und als er draußen die Leiter hinstellte, hatte er doch nur versucht, seine Schwester zu retten. Es war, als unterhielten sie sich über einen anderen Jungen, der er gar nicht war, aber anscheinend doch auch. Vielleicht hatte Mrs Lowe recht? Vielleicht war doch alles seine Schuld? Die Brücke und Lucys Unfall? Vielleicht hatte er die ganze Zeit die Absicht gehabt, James und Lucy zu verletzen, auch wenn ein anderer Teil in ihm das nie wollte? Vielleicht war er zwei Jungen? Einer, der schreckliche Dinge tat, und ein anderer, der sie verhindern musste? Byron begann zu zittern. Er stand auf, trat gegen das Bett, gegen den Eimer darunter. Der Blecheimer drehte sich im Kreis, dass einem schwindlig wurde, und krachte dann an die Wand. Er hob ihn auf. Warf ihn noch einmal gegen die Wand, aber dann konnte er ihn nicht länger gegen die Wand schmettern, weil er schon ganz verbeult war und gleich auseinanderfallen würde. Stattdessen schlug er mit dem Kopf gegen die Wand, um nicht mehr zu hören, um nicht mehr zu fühlen, um etwas Festes zu spüren, und es war, als brülle er sich selber an, weil er nicht unhöflich sein und herumschreien wollte. Die Wand war kalt und hart, und mit dem Kopf dagegenzuschlagen war verrückt, aber vielleicht konnte er es gerade deshalb nicht lassen. Er hörte Schreie an der Zellentür. Alles schien einen Gang höher zu schalten. Dann brach jeder Zusammenhang weg.

»Schon gut, schon gut, Junge«, sagte der Polizist, und als Byron immer noch nicht aufhören wollte, gab er ihm eine Ohrfeige. Andrea Lowe kreischte auf.

Er habe Byron nicht weh tun, sondern nur wieder auf den Teppich zurückholen wollen, sagte der Polizist. Er schien selbst entsetzt über die Ohrfeige. Andrea Lowe sah von der Tür aus zu, schneeweiß im Gesicht. Der Polizist lief auf und ab. Das ist zu viel, sagte er immer wieder, als könnte er nicht glauben, was sich da abspielte.

»Ich verursache Unfälle«, flüsterte Byron.

»Hören Sie?«, schrie Andrea Lowe.

»Ich muss nach Besley Hill. Ich will nach Besley Hill.«

»Sie haben gehört, was er gesagt hat«, sagte Andrea Lowe. »Er will dorthin. Er verlangt, dass man ihn hinbringt. Er braucht unsere Hilfe.«

Es fand ein weiterer Anruf statt, Andrea Lowe holte ihr Auto. Sie war sichtlich außer sich. Mit tapferer Stimme erklärte sie, als enge Freundin der Familie wolle sie die Sache zum Abschluss bringen. Aber sie wollte Byron nicht vorne sitzen lassen. Als er fragte, wohin sie führen, antwortete sie nicht. Er versuchte, von etwas anderem zu reden, fragte, wie es James so in seiner Schule gehe, aber von ihr kam immer noch keine Reaktion. Er hätte ihr gern gesagt, dass sie sich mit dem Teich irrte, dass die Brücke nicht seine, sondern James' Idee gewesen sei, aber die Worte waren zu schwierig. Es war einfacher, nur dazusitzen, die Fingernägel in die Handflächen zu graben und zu schweigen.

Andrea Lowe ratterte über den Weiderost, und die Heide öffnete sich rings um sie in endloser, wilder Weite. Byron hatte keine Ahnung, was er in Mrs Lowes Auto machte. Er wusste nicht einmal, warum er von der Schule weggelaufen war oder warum er sich der Polizei gestellt hatte oder warum er mit dem Kopf gegen die Wand geschlagen hatte. Vielleicht versuchte er nur zu zeigen, dass er es nicht schaffte, dass er unglücklich war. Er könnte so leicht zurück, könnte wieder so sein wie vorher. Wenn Mrs Lowe nur anhalten würde, wenn sie nur alles einen Moment anhalten könnten, wäre es nicht zu spät, und er könnte noch zurück. Aber Andrea Lowe bog schon in die Auffahrt ein, und schon liefen Leute die Treppe herunter, ihnen entgegen.

»Danke, Mrs Lowe«, sagten sie.

Andrea Lowe sprang aus dem Auto und rannte zum Eingang. »Schafft ihn aus meinem Auto raus. Holt ihn raus«, sagte sie.

Sie bewegten sich so flink, dass er nicht zum Denken kam. Sie rissen die Tür an seiner Seite auf. Sie stürzten sich auf ihn, als könnte er jeden Moment explodieren. Er grub die Nägel in den Sitz, klammerte sich an den Gurt. Dann packte jemand seine Füße und jemand anderer seine Arme, und er schrie, nein, nein, bitte nicht. Noch mehr Leute kamen mit Jacken und Decken, und sie sagten, Achtung, dass er sich den Kopf nicht anstößt, und fragten einander, ob sie seine Venen finden könnten. Sie zogen ihm die Ärmel hoch, und er wusste nicht, ob er weinte oder überhaupt Geräusche von sich gab. Wie alt er sei, rief jemand.

»Er ist sechzehn«, rief Andrea Lowe über die Schulter zurück. »Er ist sechzehn.«

Andrea Lowe weinte, vielleicht war es aber auch jemand anderer.

Alle Stimmen flossen ineinander, weil sein Kopf ihm nicht mehr gehörte. Sie trugen ihn auf das Gebäude zu. Der Himmel über ihm, es war, als klappe er herunter, und dann war er in einem Raum mit Stühlen, und dann war er gar nichts mehr.

Am ersten Tag in Besley Hill war er zu keiner Bewegung fähig. Er schlief, wachte auf, erinnerte sich, wo er war, und wurde von einem solchen Schmerz überwältigt, dass er wieder einschlief. Am zweiten Tag war er ruhiger, und da fragte ihn eine der Schwestern, ob er vielleicht einen Spaziergang machen wolle.

Sie war eine kleine, adrette Frau. Vielleicht lag es an ihrer Haarfarbe – die goldenen Haare fielen ihr weich bis zum Kinn –, jedenfalls hatte er das Gefühl, dass sie nett war. Sie zeigte ihm den Schlafsaal, wo er schlafen würde, den Raum, wo er sich baden konnte, und die Toiletten. Sie deutete zum Fenster hinaus und sagte, was für eine Schande, dass so ein schöner Garten so heruntergekommen sei. Er hörte Stimmen, Rufe, manchmal Gelächter, das alles kam und ging. Meist herrschte Stille. Eine so tiefe Stille, dass er glauben konnte, der Rest der Welt sei weggeschnitten worden. Er wusste nicht, ob er darüber froh oder traurig war. Seitdem er die Beruhigungsspritzen bekommen hatte, stellte er fest, dass seine Gefühle an einem Punkt aufhörten, bevor er sie spüren konnte. Es war, als sähe er das Schwarz der Trauer, wäre aber von etwas erfüllt, das nicht zur Trauer passte, von Lila vielleicht, und leicht wie ein Vogel, der niemals landete.

Die Schwester schloss die Tür zum Fernsehraum auf, und als er fragte, warum der Fernseher hinter einer Glastür stehe, lächelte sie und sagte, er solle keine Angst haben. In Besley Hill sei er sicher aufgehoben.

»Wir werden uns um dich kümmern«, sagte sie. Ihr Gesicht war rosa und gepudert, als wäre sie mit Puderzucker bestäubt. Sie erinnerte Byron an eine Zuckermaus, und im selben Moment merkte er, dass er Hunger hatte. Er war so hungrig, dass er sich fühlte wie ein Loch.

Sie sagte, sie heiße Sandra. »Und wie heißt du?«, fragte sie.

Die Antwort lag ihm schon auf der Zunge, als ihn etwas zurückhielt. Es war, als sähe er bei ihrer Frage eine Tür wie die Glastür vor dem Fernseher, an einem Ort, wo er zuvor nur eine Wand vermutet hatte.

Byron dachte daran, was aus seinem Leben geworden war. Er dachte an alle Fehler, die er gemacht hatte, und es waren so viele, dass ihm schwindlig wurde. Beladen mit so viel Scham, Einsamkeit und Kummer konnte Byron unmöglich bleiben, wer er war. Das überstieg die Grenze des Erträglichen. Es gab nur einen einzigen Ausweg. Um weiterleben zu können, musste er jemand anderer werden.

Die Schwester lächelte. »Ich frage dich nur nach deinem Namen. Du brauchst mich nicht so besorgt anzusehen.«

Byron griff in die Tasche. Er schloss die Augen und dachte an den klügsten Menschen, den er kannte. An den Freund, der wie der Teil seiner selbst war, der ihm fehlte und den er über alles liebte, genauso sehr, wie er seine Mutter geliebt hatte. Er schloss die Finger um den Glückskäfer.

»Ich heiße James.« Der Name fühlte sich in seinem Mund weich und roh an.

»James?«, wiederholte die Schwester.

Er warf einen Blick über die Schulter und wartete, dass jemand hervorsprang und sagte, dieser junge Mann ist nicht James, sondern Byron, er ist ein Versager, ein Nichts. Aber niemand sprang hervor. Er nickte, um der Schwester zu bestätigen, dass er ein James war.

»Mein Neffe heißt auch James«, sagte die Schwester. »Das ist ein schöner Name. Aber weißt du was? Mein Neffe mag ihn nicht. Wir müssen ihn alle Jim nennen.« Der Name klang lustig, fast wie der Anfang von Dschingeling, und er lachte. Die Schwester lachte auch. Es war, als könne er endlich etwas mit jemandem teilen, welche Erleichterung.

Er erinnerte sich an das Lächeln seiner Mutter, als sie Geschenke gekauft hatten, um sie in die Digby Road zu bringen, und an die seltsame Geschichte von dem Mann, der nur Champagner trank. Er dachte an ihre verschiedenen Stimmen, die flattrige für Seymour und die freundliche für die Kinder. Er dachte daran, wie sie mit Beverley gelacht hatte, wie sie in eine andere Person hinübergleiten konnte, so leicht, wie eine Wasserpfütze unter einer Tür durchfließt. Vielleicht war es wirklich so einfach? Vielleicht brauchte man, was man war, nur anders zu nennen, und schon war man ein anderer? Schließlich hatte James gesagt, dass man einen Hund auch einen Hut nennen könne und dabei womöglich entdeckte, dass einem die ganze Zeit etwas entgangen war.

»Ja«, wiederholte er etwas kühner. »Mich nennt man auch Jim.« Und jetzt, wo sie den Namen abkürzten, kam ihm die Lüge schon nicht mehr so groß vor. Es war, als hätte er in Besley Hill seinen besten Freund ganz nah bei sich. Er hatte keine Angst mehr. Er hatte sogar keinen Hunger mehr.

Die Schwester lächelte. »Mach's dir doch bequem, Jim«, sagte sie. »Warum nimmst du nicht den Gürtel ab und ziehst dir die Schuhe aus?«

Ein kleiner Trupp Männer in Schlafanzügen kam vorbei, langsam, im Gänsemarsch. Er hätte ihnen gern zugewinkt, sie sahen so müde aus. Jeder trug auf der Stirn zwei Abdrücke, rot wie Mohn.

»Siehst du?«, sagte die Schwester, »viele der Gentlemen tragen Hausschuhe, solange sie hier sind.«

Durch die Fenster sah Byron, wie sich die Heidehügel hoben, bis sie den Winterhimmel berührten. Die Wolken waren so schwer, dass es vielleicht sogar schneien konnte. Er erinnerte sich, wie die Sonne in Cranham House durch die Fenster hereingeschienen hatte, in so klaren, warmen Lichtquadraten, dass er sich hineinstellen konnte und innerlich ganz hell und heiter wurde.

Byron kniete nieder, um seine Schuhe auszuziehen.

8
Ein anderes Ende

Über die Heide weht ein Regenschleier. Sogar im Dunkeln nimmt Jim die allerersten Spuren des Frühlings wahr. Blätter stoßen durch die Erde, so neugeboren, dass sie noch eingerollt sind und schmal wie Grashalme. Er findet ein ausgebildetes Blatt des gelben Scharbockskrauts und kleine Schösslinge, die zu Wiesenkerbel und Brennnesseln heranwachsen werden. In der Stadt hat er schon Kirschblüten, blasse Kätzchen, krümelgroße Knospen gesehen. Wieder einmal verändert sich das Land.

Jim denkt an James Lowe und an Diana, an seine Schwester Lucy, die er nicht mehr sieht, an seinen Vater, zu dessen Beerdigung er nicht gegangen ist. Sie sind umsonst gewesen, all diese Jahre, in denen er Isolierband geklebt, alles doppelt geprüft und mit Hallo begrüßt hat. Er sieht das mit einer Klarheit, die ihm den Atem raubt, so sehr schmerzt sie. Er war niemals in Sicherheit. Egal, wie oft er die Rituale wiederholte, er konnte sich nie schützen, weil das, wovor er sich am meisten fürchtete, schon eingetreten war. Es war an dem Tag passiert, als er auf die Uhr gesehen hatte, als er die hinzugefügten Sekunden sah. Es war an dem Tag passiert, als seine Mutter einen Spaziergang zum Teich machte und sich in Regen auflöste. Das Schlimmste kommt nicht, es ist schon da. Es begleitet ihn seit über vierzig Jahren.

Es gibt so vieles, was er sich bewusst machen muss. Er steht reglos da und atmet heftig in kurzen Stößen, als boxe jemand von innen auf ihn ein. Er weiß nicht, wie er wieder ins Café zurücklaufen, sein altes Leben wieder aufnehmen soll. Der Graben zwischen der Vergangenheit und diesem Moment ist so riesig, dass er das Gefühl hat, auf einer Eisscholle ausgesetzt zu sein, zwischen anderen Bruchstücken seines Lebens, die um ihn herumtreiben und nicht zu kitten sind. Manchmal ist es einfacher, denkt er, mit den Fehlern, die wir gemacht haben, weiterzuleben, als die nötige Energie und Phantasie aufzubringen, um sie wieder auszubügeln.

Er sieht seine Mutter ihre Uhr in den Teich werfen. Er denkt an die Jahre, die seither gekommen und vergangen sind, die Tage, die Minuten. Sie zu messen wäre völlig bedeutungslos.

James Lowe hat recht. Ihre Begegnung war die ganze Zeit schon angelegt. Sie ist eine Notwendigkeit für das Universum. Aber damit ein Mensch dem anderen helfen kann, damit eine kleine Tat der Liebe geschehen kann, muss vieles gutgehen, müssen Myriaden Dinge an den richtigen Platz fallen. Über vierzig Jahre sind vergangen, und doch hat die Zeit, in der James und er sich nicht gesehen haben, ihrer Freundschaft keinen Abbruch getan. James Lowe hat einen guten Beruf gefunden, hat eine Frau und ein Eigenheim; Byron dagegen hatte viele Jobs, hat nie geheiratet und besitzt kein Haus. Sie haben beide an der Hoffnung festgehalten, dass eines Tages dieser Moment kommen würde. Sie haben gewartet. Er hat James' Glückskäfer aufgehoben, James die Sammelkarte. Tränen schießen ihm in die Augen, die Sterne werfen Speere über den Himmel. Er schluchzt, schluchzt so heftig wie ein Kind. Schluchzt aus Kummer über den Verlust, das Leid, den Schmerz. Über die Vergeudung, die Irrwege, die Fehler. Schluchzt um seinen Freund. Um Vergebung.

Epilog
Die wieder abgezogene Zeit

Am frühen Morgen des Neujahrstags ist die Luft klar. Riesige Wolken ziehen langsam vor den Sternen vorbei. Raureif hat seine Nadeln über das Land verstreut, jeder Grashalm glitzert im Mondlicht. Es ist zu früh, um deutlich zu sehen, aber ein Wind streicht durch die toten Blätter und die Efeubehänge und lässt sie ganz leise wispern. Auf der anderen Seite der Hügel schlägt der Kirchturm sechs Uhr.

Byron sitzt in Mantel und Wollmütze draußen vor dem Wohnwagen. Er war schon unterwegs, um seine Pflanzungen zu besichtigen, und hat einen gefrorenen Blätterteppich beseitigt. Eileen schläft noch auf dem Ausziehbett, ihr Haar liegt dick auf dem Kissen. Als er aufgestanden ist, hat er die Decke rings um sie festgestopft, und sie hat mit den Zähnen geknirscht, ist aber nicht aufgewacht. Sie ist voll bekleidet. Er bestaunte wieder ihre kleinen Stiefel und an der Rückseite seiner Tür das Stechpalmengrün ihres Mantels, in dessen Taschen die eingewickelten Stifte stecken. Der Ärmel hatte sich in der Schulter verfangen, bemerkte er. Er blieb stehen, zog am Ärmelaufschlag, wo ihre Hand sein könnte, und strich den Ärmel glatt.

Er ertappte sich bei der Überlegung, ob er es vielleicht einundzwanzig Mal tun sollte. Es zuckte ihm in den Fingern.

Doch er ließ den Mantel hängen, wie er war, und schloss leise die Tür des Wohnwagens hinter sich.

Gestern Abend hat er seine Rituale nicht vollständig durchgeführt. Er konnte nur einen Teil beenden. Nachdem er bei Eileen angekommen war, nachdem sie Tee getrunken hatten, fuhren sie auf die Heide und gingen zu einem erhöhten Punkt, um das Feuerwerk anzusehen. Von dort dehnte sich der Spaziergang wie von selbst nach Cranham Village aus, dann zum Dorfanger und von da zu seinem Wohnwagen. Sie verloren kein Wort darüber, was sie taten. Ihre Schuhe liefen einfach weiter. Erst als sie die Sackgasse erreichten, merkte er, was da geschah, und begann zu zittern.

»Alles in Ordnung?«, fragte Eileen. »Ich könnte auch nach Hause gehen.«

Er brauchte lange, bis er gesagt hatte, er hätte es gern, dass sie bleibe.

»Vielleicht eins nach dem anderen«, sagte sie.

Er sagte ihr, wie er wirklich hieß, und erzählte ihr die Geschichte von James. Von Diana und dem Unglück. Von Cranham House, wie es an die Bauherren verkauft wurde, wie er zusah, als die Bulldozer es niederrissen. Er erzählte ihr von den verschiedenen Behandlungen über die Jahre hinweg und erklärte etwas mühsam, dass ihm nichts passieren könne, solange er die Rituale durchführe. Nichts davon kam ihm leicht über die Lippen. Die Sätze waren in seiner Kehle, in seinem Mund wie Glasscherben. Sie brauchten Stunden, bis sie ausgesprochen waren. Eileen hörte die ganze Zeit zu, wartete, hielt den Kopf ganz ruhig, die blauen Augen weit geöffnet. Sie sagte nicht: Das ist ja nicht zu glauben. Sie sagte nicht: Ich brauche jetzt Schlaf. Sie sagte nichts dergleichen. Sie erwähnte lediglich, dass ihr Cambridge gefalle. Dass sie gern eines Tages hinfahren würde. Er zeigte ihr die Sammelkarte.

Neben dem Wohnwagen stellt er einen Klapptisch und zwei Campingstühle auf; den Tisch deckt er mit einer Teekanne, Milch, Zucker, Bechern und einem Päckchen Kekse mit Vanillecremefüllung. Der Stuhl gegenüber ist für Eileen; er steht da und sieht ihn an, offen wie eine Frage.

Während er dasitzt, dreht er ihren Becher so hin, dass ihr der Henkel entgegensieht, wenn sie sich setzt.

Falls sie sich denn setzt.

Er dreht den Becher so, dass der Henkel ihm selbst entgegensieht.

Dann dreht er ihn zu einem unverbindlichen Punkt in der Mitte.

Er sagt, Hallo, Eileens Tasse.

Ihr Name in seinem Mund fühlt sich an, als berühre er sie an einer kleinen Stelle, wo sie es vielleicht nicht bemerkt, zum Beispiel am weichen Ärmelaufschlag ihres Mantels. Er stellt sich vor, wie er in der Nacht neben ihr gelegen hat und ihre Kleider ächzten. Er denkt an den Duft ihrer Haut ganz aus der Nähe. An ihren Atem neben dem seinen. Er fragt sich, ob sie jemals nackt schlafen werden, aber der Gedanke ist so gewaltig, dass er ihn mit einem Keks verscheuchen muss. Ihm dreht sich der Kopf.

Ehrlich gesagt hat er überhaupt nicht geschlafen. Es war schon vier vorbei, als ihm endlich klarwurde, dass Eileen über Nacht blieb. Er erklärte, dass er noch nicht gesagt hatte, hallo, Jubiläums-Küchentuch, hallo, Matratze, und sie zuckte nur mit den Achseln und sagte, er solle sie nicht beachten. Sie würde warten, sagte sie. Und nach zehn Runden Tür aufschließen und wieder einsteigen, wobei er jedes Mal vor Schreck über ihre stämmige Gestalt neben seinem Zwei-Flammen-Kocher erschrak, sagte sie schließlich:

»Zu mir hast du nichts gesagt.«

»Wie bitte?«

»Du hast nicht gesagt, hallo, Eileen.«

»Aber du bist ja nicht Teil meines Wohnwagens.«

»Werde ich aber vielleicht sein«, sagte sie.

»Du bist kein unbelebter Gegenstand.«

»Ich sage ja nicht, dass du musst. Ich sage nur, dass es vielleicht nett wäre.«

Das nahm ihm den Wind aus den Segeln. Er zog das Klappbett herunter und holte Decken, hoffte, dass er die Rituale zu Ende bringen könnte, wenn sie schlief. Sie legte sich hin und fragte ihn, ob er sich neben sie legen möge. Erst saß er beiläufig da, in der Nähe ihrer Knie, dann hob er behutsam die Füße, und danach stieß er eine Art Seufzen aus, als hätte er gar nicht bemerkt, dass er sich ausstreckte. Sie legte den Kopf auf seinen Arm und war innerhalb von Minuten eingeschlafen.

Dicht an Eileen gedrückt, kniff er die Augen zusammen und wartete, dass etwas Schlimmes passierte. Ohne das Isolierband kam ihm der Raum verletzlich und beängstigend vor – wenn hier irgendetwas nackt war, dann der Wohnwagen. Aber nichts passierte. Sie schlafwandelte nicht. Sie fing bald an zu schnarchen. Er dachte, dass er sich lieber den Arm abschneiden würde, als sie zu stören.

Er isst einen zweiten Keks. Er hat einen solchen Hunger, dass einer nicht genügt.

Als Eileen zu ihm herauskommt, ist eine Seite ihres Gesichts vom Kissen rot und zerdrückt. Sie hat ihren Mantel angezogen. Die Knöpfe sind falsch zusammengeknöpft, der Stoff um ihre Taille herum zu Ziehharmonikafalten zusammengeschoben. Ihre Haare stehen in zwei riesigen Flügeln ab. Sie setzt sich in den Stuhl gegenüber, ohne etwas zu sagen, und folgt seinem Blick. Sie nimmt den Becher, als gehöre er ihr, und gießt sich Tee ein. Sie bedient sich an den Keksen.

»Schön ist das«, sagt sie.

Weiter nichts.

Die Dämmerung hat schon eingesetzt. Im Osten spaltet ein goldenes Band die Nacht, dicht über dem Horizont. Der Efeu rauscht vor sich hin, Worte sind nicht nötig. Plötzlich steht Eileen auf und umarmt ihren Oberkörper. Sie stampft mit den Füßen auf den Boden.

»Gehst du?«, fragt er, um einen Ton bemüht, als mache es ihm nichts aus.

»Ich brauche eine Decke, wenn du hier draußen sitzen willst.«

Sie steigt in den Wohnwagen und dreht sich um. Ihre Hand ruht auf dem Türrahmen, als wäre sie schon viele Male eingestiegen. Als würde sie noch Hunderte Male einsteigen.

Er sagt: »Ich würde dir gern etwas zeigen, Eileen.«

»In zwei Sekunden bin ich wieder da«, sagt sie. Sie verschwindet im Wohnwagen.

Byron führt Eileen zum Dorfanger. Der Mond steht noch am Himmel, aber die weiße Scheibe verliert ihre Leuchtkraft, der Himmel gehört jetzt der Morgendämmerung. Unter ihren Stiefeln knackt das gefrorene Gras. Die Grashalme funkeln wie verzuckert. Er erinnert sich, dass Eileen Frost mag, lieber als Schnee, und er freut sich, dass sie einen solchen Tag erlebt. Sie halten sich nicht an den Händen, aber ein-, zweimal finden ihre Schultern oder Hüften zusammen. Dann weichen sie einander nicht aus.

Eileen und Byron bleiben bei dem ersten Haus an der Sackgasse stehen. »Schau mal«, sagt er. Er unterdrückt ein Lachen, aber sein Herz macht aufgeregte Sprünge.

Er deutet auf das Haus der ausländischen Studenten. Noch ist niemand aufgestanden; auf dem Fußabstreifer steht eine Kiste mit leeren Flaschen und Bierdosen neben mehreren Paar

Sportschuhen. Eileen sieht ihn verwirrt an. »Ich sehe nichts«, sagt sie. »Was soll ich denn sehen?«

»Schau dahin.« Er deutet noch einmal in die Richtung.

»Ich sehe immer noch nichts.« Er führt sie näher heran. Sie stehen direkt am Erdgeschossfenster. Von drinnen kommt kein Geräusch. Behutsam greift er in den Kunststoff-Blumenkasten und schiebt eine Blätterschicht auseinander. Eileen späht hinein. Drinnen blühen zwei lila Krokusse.

»Blumen?«

Er nickt. Er legt den Finger an die Lippen und flüstert: »Die habe ich gepflanzt.«

Sie sieht ihn verwirrt an. »Warum?«, fragt sie.

»Ich weiß nicht. Vielleicht ein bisschen für dich.«

»Für mich?«

»Vielleicht.«

»Aber da kanntest du mich doch noch gar nicht.«

»Na, ich weiß nicht.« Er lacht.

Eileen tastet nach unten und nimmt seine Hand in die ihre. Sie ist warm wie ein Handschuh. Er hat keine Angst. Er zuckt nicht zurück.

»Hättest du lieber Stifte?«

»Nein«, sagt sie. »Die gefallen mir.«

Er führt sie zu dem nächsten Blumenkasten. Er ist hinter der Wäscheleine verborgen, von der die Wäsche nie abgehängt wird. Sie bücken sich unter den gefrorenen Küchentüchern durch und schleichen zum Fenster. Auch hier gibt es kein Anzeichen von Leben im Haus. Unter der Schicht gefrorener Blätter spitzen zwei schlanke grüne Stängel hervor. Sie sind noch zu schmächtig, um Blüten zu tragen, strömen aber einen reinen Geruch aus, der an Kiefern erinnert. »Die auch?«, fragt Eileen. Und wieder bejaht Byron. Die auch.

Schließlich beginnt Eileen zu begreifen. Sie betrachtet nicht mehr nur die beiden kleinen Häuser mit den Kunststoff-Blumenkästen, die direkt vor ihr stehen. Sie legt die Hände tunnelartig über die Augen und lässt den Blick prüfend über die ganze Länge der weißen Sackstraße schweifen. Bei jedem Haus ist es dasselbe. Unter den gefrorenen Blättern findet sie kleine Lebenszeichen, die aus der Erde hervorspitzen.

»Wann hast du das alles gemacht?«, fragt sie schließlich.

»Als die Leute geschlafen haben.«

Sie starrt ihn an. Einen Augenblick lang fragt er sich, ob er etwas zwischen den Zähnen hat, Spinat zum Beispiel, aber er hat eigentlich keinen gegessen.

»Alle Achtung!«, sagt sie.

Hand in Hand überqueren sie die lehmige Fläche, die die Bewohner den Dorfanger nennen, und gehen auf den eingezäunten Graben in der Mitte zu. Diesmal braucht Byron auf nichts zu deuten, nichts zu erklären. Eileen scheint schon zu wissen, was sie finden wird. Die Blätter, die er vorhin weggeschoben hat, liegen in glitzernden Haufen am Rand.

Innerhalb der Umzäunung leuchtet der Boden in vielen Farben. Da sind winzige Krokusse, Winterlinge, Schneeglöckchen, Gelbsterne. Noch nicht alle blühen, manche Knospen sind noch fest geschlossen.

»Hier ist meine Mutter gestorben.«

»Ja.« Sie wischt sich über die Augen.

»Nichts wollte hier wachsen. Das Wasser ist immer wiedergekommen. Nicht viel. Aber für einen Wassergraben reichte es. Wasser macht nicht immer, was die Leute wollen.«

»Nein«, sagt sie, nickt aber.

»Vielleicht müssen wir das einfach akzeptieren: Wasser kommt und geht.«

Eileen fischt ein Papiertaschentuch aus ihrem Ärmel und schnäuzt sich knatternd.

Er sagt: »Deshalb habe ich Erde hergebracht. Und Dünger. Ich habe Zwiebeln gepflanzt. Jeden Abend habe ich nachgesehen, ob alles anwächst.«

»Ja«, flüstert sie. »Ja.«

Eileen löst sich von ihm und tritt an den Zaun. Sie schaut zu dem Tümpel aus Winterblumen hinunter, wo einmal ein Teich gewesen ist. Als Byron sie betrachtet, ist es, als erwache etwas in ihm. Er sieht Diana wieder, wie sie auf dem Wasser balanciert. Er spürt die Hitze jenes Sommers 1972, als sie unter den Sternen schlief und in der Luft ein betäubender, süßer Duft von Levkojen und weißem Ziertabak lag. Er findet die Möbel seiner Mutter wieder: Die Lampe mit dem Rüschenschirm, die Beistelltischchen, den Sessel mit dem Chintzbezug. Das alles steht ihm so klar vor Augen, dass es ihm schwerfällt, sich zu erinnern, dass seither vierzig Jahre vergangen sind.

James Lowe hatte recht. Die Geschichte ist ungenau. Byron wagt kaum zu blinzeln, um nicht zu verlieren, was seine Augen ihm da schenken.

Aber es umgibt ihn auf allen Seiten. Links findet er nicht mehr die erschwinglichen Drei-Zimmer-Reihenhäuschen mit Satellitenschüsseln auf dem Dach, die aussehen wie Hüte. Sondern da steht ein über hundert Jahre altes Haus massiv und allein, mit dem Rücken gegen die Heide. Wo die Kinderschaukeln sind, sieht er die Rosenbeete seiner Mutter. Er findet die Terrasse und hört ihre Tanzmusik. Er sieht die Bank, wo sie an einem heißen Septemberabend saßen und nach Sternschnuppen Ausschau hielten.

Eileen dreht sich um. Plötzlich fliegen aus der frostigen Luft von allen Seiten Mücken herbei und umschwärmen ihr Haar wie winzige Lichter. Sie schlägt mit der Hand nach ihnen. Er lächelt – und in diesem Moment verschwinden seine Mutter, das Haus, die Mücken. Sie waren alle einmal hier, diese Dinge, sie haben alle einmal ihm gehört, und jetzt sind sie vorbei.

Langsam erhebt sich über dem Horizont die Sonne wie ein alter Heliumballon und gießt überall Farbe aus. Die Wolken flammen genauso auf wie das Land. Die Heide, die Bäume, das gefrorene Gras, die Häuser, alle lodern rot, als hätten sie beschlossen, dieselbe Farbe anzunehmen wie Eileens Haar. Schon kommen Autos vorbei, Spaziergänger und ihre Hunde. Gutes Neues Jahr!, wird gerufen. Die Leute bleiben stehen, um sich den Sonnenaufgang anzusehen, die Türme von Safranwolken, den Mond, der nur noch als Gespenst am Himmel hängt. Manche bemerken Byrons Blumen. Ein Nebel steigt vom Boden auf, so weich, dass er aussieht wie Atem.

»Sollen wir zurück zu dir?«, fragt Eileen.

Byron geht zum Teich, ihr entgegen.

Der alte Mann betrachtet von drinnen seinen Blumenkasten. Er runzelt die Stirn, drückt das Gesicht an die Glasscheibe. Dann verschwindet er ein paar Minuten und taucht an seiner Haustür wieder auf. Er trägt Hausschuhe, einen karierten Morgenmantel mit einem Bindegürtel um die Taille und eine Baseballmütze. Der alte Mann setzt einen Fuß hinaus, prüft die Luft, den Boden. Mit vorsichtigen Schritten geht er zum Blumenkasten, zerbrechlich wie ein alter Spatz, und späht hinein.

Der alte Mann streicht über die beiden lila Blumen, erst über die eine, dann die andere, und schließt die hohlen Hände darum. Er lächelt, als hätte er bekommen, worauf er die ganze Zeit gewartet hat.

Und in anderen Räumen, in anderen Häusern, sind Paula und Darren, Mr und Mrs Meade, Moira mit dem jungen Musiker, der das Becken schlägt. Da ist James Lowe mit seiner Frau Margaret, Lucy mit ihrem Banker. Irgendwo, ja, irgendwo muss sogar Jeanie sein, die nun zum dritten Mal verheiratet ist und das einträgliche Importgeschäft ihrer Mutter betreibt. Die ausländischen Studenten, der Mann mit oder ohne bissigen Hund, alle Bewohner von Cranham Village. Jeder glaubt an diesem Neujahrsmorgen, dass sich das Leben ein bisschen zum Besseren wenden kann. Ihre Hoffnung ist zart und blass wie ein junger Trieb. Es ist noch mitten im Winter, und weiß Gott, wahrscheinlich wird der Frost ihn holen. Aber wenigstens einen Moment lang wächst er und gedeiht.

Die Sonne steigt immer höher und verliert an Farbe, bis die Heide blau ist wie Staub.

Dank

Mein Dank gilt Susanna Wadeson, Kendra Harpster, Clare Conville, Benjamin Dreyer, Alison Barrow, Larry Finlay, Claire Ward, Andrew Davidson, Hope, Kezia, Jo und Nell, Amy und Em. Aber am allermeisten Paul Venables, weil er diese Geschichte genauso gut kennt wie ich.